L'ESPIONNE
DU
DIABLE

Michel BAR-ZOHAR

L'ESPIONNE DU DIABLE

traduit de l'américain
par
Eléonore Bakhtadzé

Olivier Orban

Paru sous le titre original :

THE DEVIL'S SPY

aux Editions Charles Scribener's Sons
(New York)

ISBN 2-266-03462-6

PROLOGUE

Immobile dans l'ombre, il écoutait les cris du prisonnier et il observait l'Anatolien. A l'abri dans cette obscurité accueillante, il savourait en secret son pouvoir. Il s'adossa à la roche rugueuse et sentit l'humidité à travers l'étoffe soyeuse de son uniforme. A l'autre extrémité de la cellule, les charbons ardents qui se consumaient lentement dans le brasero rouillé jetaient une lueur rouge sur les mâchoires massives de l'Anatolien. Murat sentait l'odeur âcre de la sueur qui dégoulinait le long de la poitrine de l'homme, imbibant sa chemise et son pantalon. L'Anatolien, les tendons de son cou gonflés par l'effort, se courba au-dessus de l'étroite couchette de bois et abattit sa ceinture hérissée de clous sur les talons sanglants de sa victime. Le hurlement strident du prisonnier se répercuta d'un bout à l'autre de la salle souterraine.

Chaque fois qu'il levait le bras pour faire tourner la ceinture au-dessus de sa tête, le tortionnaire esquissait une sorte de rictus bestial ; ses yeux n'étaient plus que deux fentes dans sa face épaisse. Puis le bras puissant plongeait vers l'avant et la large bande de cuir claquait dans l'air avant de retomber sur la chair à vif du prisonnier. Alors, l'adjudant de

Murat, Abdül se penchait vers le malheureux. D'une voix rauque, il chuchotait :

— C'est toi. Dis que c'est toi. Dis-le qu'ils t'ont payé. Dis que tu nous as vendus aux Anglais et on te laissera en paix.

Mais moi, qui me laissera en paix, pensa Murat en sortant silencieusement de la cellule. Il referma derrière lui la porte de fer ; puis, dans la pénombre du couloir, il alluma une cigarette noire dont il aspira avidement la fumée âpre. Dans la lueur trouble des lanternes accrochées au mur, il remarqua des traces de cendre sur son épaulette dorée et les chassa d'un geste de la main gauche. Les fils de putes, les traîtres d'Istanbul, Enver Pacha et ses laquais, vendraient leurs propres mères pour le plaisir de lui arracher ses épaulettes, médailles et galons de général avant de le livrer au bourreau du palais. Murat savait que les vipères qui l'épiaient depuis les palais d'Istanbul ne tarderaient pas à découvrir leurs crochets s'il ne prenait pas l'espion qui avait donné aux Anglais la forteresse d'El Arich. Murat serait alors convoqué à Istanbul, amené sous escorte au palais Topkapi et traîné jusqu'à la Fontaine du Bourreau, où l'attendrait, son cimeterre recourbé à la main, l'exécuteur du sultan.

En soupirant, il s'éloigna le long du couloir. Il avait rêvé d'un retour différent dans la capitale de l'Empire au moment de son départ trois ans auparavant. Il était alors au faîte de la gloire, craint et respecté dans tout le pays ; on voyait en lui l'homme fort du triumvirat gouvernant l'Empire ottoman. Parti pacha..., avait-il pensé sur le chemin de la gare, il reviendrait peut-être sultan, et fondateur d'une nouvelle dynastie.

Il se rappelait l'enthousiasme des foules massées devant la gare en ce jour de 1914, peu après le déclenchement de la Grande Guerre. On l'acclamait aux cris de « sauveur de l'Egypte », lui qui avait promptement abandonné ses fonctions de ministre de la Marine impériale pour prendre le commandement de la Quatrième armée turque en Syrie tout en se faisant nommer gouverneur général de Syrie et de Palestine. « Je ne reviendrai à Istanbul qu'une fois conquise l'Egypte », avait-il promis dans son allocution d'adieu. Pendant que dehors la foule braillait des slogans en son honneur, une cérémonie officielle se déroulait sur le quai du train à destination de Damas. Ministres, hauts fonctionnaires impériaux, attachés militaires, dignitaires du palais... Ils étaient tous venus le saluer. Enver Pacha et Talât Pacha, ses deux collègues au sein du gouvernement des Jeunes-Turcs, avaient prononcé des discours fleuris chantant ses louanges ; même le sultan Rechat avait envoyé l'astrologue de la cour annoncer que les augures étaient favorables.

Ce n'était qu'une bande d'hypocrites, bien sûr, Murat le savait ; ils ne le croyaient pas capable de battre les Anglais et de s'emparer du canal de Suez. Mais ils étaient contents de le voir partir car ils le craignaient, et redoutaient ses ambitions secrètes. Ils le soupçonnaient de vouloir prendre la tête de l'Empire, et ils étaient trop faibles pour lutter contre lui. Lui était bien décidé à montrer à ces couards au parler mielleux ce que pouvait faire un véritable chef militaire turc. L'Empire ottoman qui s'étendait naguère des portes de Vienne jusqu'au golfe Persique tombait en morceaux ; Français, Anglais et Italiens l'encerclaient comme des hyènes affamées, prêts à se jeter sur sa carcasse dès qu'il s'effondrerait. Ils s'étaient déjà arrangés secrètement pour le partage du butin. Le temps était venu ! Un nouveau chef turc devait se lever, écraser les ennemis de l'Empire puis marcher sur Istanbul pour faire rendre gorge au régime corrompu qui avait fait de la Turquie un eunuque indolent.

Il s'était donc mis en route, rêvant de conquêtes et de victoires, résolu à frapper la fourbe Angleterre qui avait réussi d'une manière détournée à soustraire l'Egypte à l'autorité ottomane. Il traverserait le Nil à la tête des armées ottomanes pour rétablir la souveraineté turque au Caire. Et alors, avait-il pensé, il reviendrait à Istanbul en triomphateur, et personne n'oserait lui barrer le chemin du palais Topkapi.

Ses rêves secrets avaient commencé à prendre corps lorsqu'il avait balayé la Syrie et la Palestine à la manière d'une tempête de sable. Pour assurer la stabilité au sein de ses provinces, il écrasa toute résistance à la loi turque. Son équipe d'Anatoliens triés sur le volet ramassa tous les chefs arabes qui avaient osé parler d'indépendance. Il les fit emprisonner, torturer et pendre à l'issue de simulacres de procès dans les principales villes de la province. Avec les Juifs, qui avaient une certaine influence politique à Berlin, il lui fallut montrer quelques égards. Il en expulsa un petit millier, en enferma un autre millier dans les prisons de Jaffa et de Damas, en sorte que leurs chefs, terrifiés, lui obéissaient au doigt et à l'œil.

A Jérusalem, il convoqua les chefs chrétiens pour les avertir qu'en cas d'insoumission il n'hésiterait pas à faire raser églises et couvents. « Le pape, c'est moi maintenant », termina-t-il, railleur, amusé de voir évêques, prêtres et moines regagner affolés le refuge de leurs cellules parfumées d'encens.

Ses arrières ainsi assurés, il avait lancé un premier assaut contre les Anglais. Ses bataillons traversèrent le désert du Sinaï sans se faire repérer et, à la stupeur du monde entier, émergèrent au bord du canal de Suez. Ils lançaient déjà les ponts flottants quand un détachement de forces ennemies rassemblé à la hâte les avait repoussés au prix de lourdes pertes.

A cette nouvelle, la foule transportée de joie avait scandé son nom dans les rues d'Istanbul. Bien sûr, il n'avait pas pris le canal... mais il avait prouvé qu'il en était capable et que la prochaine fois...

Quelques mois plus tard, un autre détachement spécial avait traversé le Sinaï sous ses ordres ; ils fondirent sur une brigade de cavalerie britannique qu'ils massacrèrent dans l'oasis de Romani. Les fiers officiers jouaient aux cartes en sirotant du champagne glacé sous leurs tentes lorsque ses hommes leur tombèrent dessus à coups d'épée et de baïonnette. Ceux qui ne furent pas tués ou abandonnés aux jeux cruels des maraudeurs bédouins, furent exhibés à Damas et à Jérusalem. Il envoya quelques officiers à Istanbul où on les fit défiler sur les rives du Bosphore.

Mais c'est alors que sa chance avait tourné. Lorsqu'il traversa le Sinaï pour la troisième fois avec trente mille hommes, les Anglais l'attendaient, leur artillerie pointée sur ses bases camouflées dans le désert et les routes secrètes de ses convois. La cavalerie ennemie s'enfonça dans ses lignes en massacrant presque cinq mille de ses meilleurs combattants. Puis, étrangement, les Anglais s'avancèrent encore et encerclèrent la ville clef d'El Arich en évitant ses troupes embusquées, ses champs de mines et ses avant-postes. La garnison turque s'enfuit dans le désordre en abandonnant la ville. El Arich était tombée sans combattre tandis que les cavaliers anglais se trouvaient aux portes de la Palestine. Alors il avait compris, de manière certaine, qu'il avait été trahi.

En effet, les Anglais n'auraient pas pu remporter une telle victoire sans avoir eu accès aux secrets les mieux gardés de la Quatrième armée turque. C'était uniquement parce qu'ils connaissaient avec exactitude leur localisation qu'ils avaient pu se faufiler entre ses pièges, ses champs de mines et ses positions fortifiées. Seul un espion haut placé, peut-être un de ses plus proches seconds, avait pu leur fournir les renseignements qui lui avaient coûté cinq mille hommes et porté un coup fatal à son prestige. Le même espion avait aussi bien pu révéler aux Anglais ses plans de défense de la Palestine.

A la pensée que les Turcs pouvaient perdre la Palestine et, pire, voir tomber aux mains des infidèles la ville sainte de Jérusalem, pour la première fois de sa vie, Murat sentit monter la panique. Jérusalem, d'où le prophète Mahomet était monté au paradis sur son cheval magique, El Buraq... Sur cette terre sainte avaient été bâties certaines des mosquées parmi les plus sacrées de l'Islam. Jérusalem était après La Mecque et Médine la ville sainte de centaines de millions de musulmans.

Murat savait ce que signifierait pour lui la perte de Jérusalem. Il ne serait pas seulement démis de son commandement et rappelé à Istanbul pour être publiquement dégradé ; on ne se contenterait pas de lui prendre son palais sur le Bosphore ni de chasser ses fils de l'académie militaire ; ce ne serait pas seulement la fin du rêve où il se voyait le chef de la Turquie nouvelle. Non, cela signifierait surtout, si l'on fouillait son passé et découvrait le secret de sa défaite, la décapitation à la Fontaine du Bourreau, dans la cour carrelée de marbre du Topkapi.

Istanbul le bombardait de télégrammes exaspérés exigeant des explications pour la perte d'El Arich. Murat lisait fort bien entre les lignes. Ce serait la vie de l'espion ou la sienne. Il avait immédiatement commencé son enquête au sein de son quartier général. Mais comment trouver l'espion ? Ce pouvait être n'importe qui. Un officier turque poussé par la cupidité, un serviteur arabe, un garde de nuit circassien, un interprète juif, un expert en artillerie allemand... Ce pouvait même être Abdül, son fidèle adjudant. Murat avait dressé plusieurs listes de suspects, puis il en avait fait arrêter des dizaines et des dizaines, qui furent en vain interrogés, battus et torturés. C'était comme de poursuivre le diable dans une caverne noire.

Il grimpa l'escalier courbe qui aboutissait dans la cour intérieure de la forteresse de Saint-Jean-d'Acre. Il était plus de minuit et il n'y avait personne alentour à part les sentinelles qui arpentaient le faîte de la muraille. Le souffle salé de la Méditerranée effleura son visage empourpré.

Il se dirigeait vers ses quartiers privés quand un bruit de pas retentit derrière lui. Il se retourna vivement. C'était Abdül. Essoufflé, le visage luisant, il secouait la tête.

— Il s'est évanoui, pacha. Il a rien dit.

Murat scruta les yeux de son adjudant.

— Qu'en penses-tu ? lui demanda-t-il.

Abdül s'essuya le front avec sa manche. Elle était toute tachée de sang.

— C'est pas lui l'espion. Il aurait craqué depuis longtemps si c'était lui.

Murat demeura silencieux, le regard perdu dans l'obscurité. Le grondement étouffé de la mer montait et descendait comme un souffle lourd, au rythme des rouleaux se brisant un à un contre les remparts. L'homme dans la salle de torture était le maire arabe d'El Arich. L'Anatolien le travaillait depuis déjà deux jours. Mais peut-être ne fallait-il pas encore abandonner.

— Réveille-le. S'il n'a rien dit au lever du soleil, relâche-le et amène le suivant. Qui est-ce ?

— Le directeur de l'hôpital. Un Grec.

Murat se détourna d'un air sceptique.

— Voulez-vous que je vienne, pacha, et que je vous apporte un imam bayalde ?

L'imam bayalde était le mets favori de Murat. On le préparait avec une aubergine entière farcie de viande hachée, de fromage et d'amandes, puis cuite au four. Littéralement, le nom de ce plat succulent se traduisait par « le prince s'est évanoui »... de plaisir.

— Non. Je n'ai envie de rien pour l'instant.

Arrivé dans la salle de réception de ses appartements, il se laissa tomber dans un fauteuil. Il ferma les yeux sans prendre la peine d'ôter ses bottes. Il se sentait épuisé. Il était dans une impasse. Les interrogatoires et la torture duraient depuis presque deux semaines et l'on n'était pas plus avancé qu'au premier jour. Il n'avait pas de nom, aucun indice, pas la moindre indication. Il émit un long soupir. Ils n'y arriveraient jamais, ils ne trouveraient pas le traître.

Et le temps pressait.

Il sursauta. On tambourinait à la porte. Il avait dû s'endormir. Il se redressa péniblement et se dirigea vers la porte en tirant sur sa tunique froissée et en rajustant sa ceinture.

— Excellence ! répétait-on d'une voix basse et respectueuse, tandis que l'on tapait toujours à la porte. Excellence, Murat Pacha !

Il ouvrit et cligna des yeux sous la lumière. Des lampes à huile à la main, deux officiers de la garde se tenaient sur le seuil. Derrière eux, un bédouin Azazma vêtu d'une cape poussiéreuse en loques et d'une gallabeya trempée de sueur.

— Qu'y a-t-il ? demanda-t-il d'un ton rude.

Les officiers s'écartèrent. Le bédouin s'avança en défaisant son turban, et son visage sortit de l'ombre.

— Von Traub !

L'Allemand s'inclina brièvement.

— J'ai à vous parler, dit-il en anglais.

Le comte Von Traub était un des rares Allemands que Murat Pacha respectait, pour la bonne raison que cet homme était un génie de l'espionnage. Colonel de l'armée impériale allemande, on l'avait envoyé en Palestine environ un an auparavant comme conseiller spécial de Murat. Von Traub était un homme jeune, d'un peu plus de trente ans, mauvais et froid comme une araignée. Perpétuellement occupé à tisser sa toile... réseaux d'espions et conspirations de traîtres d'un bout à l'autre de l'Orient ; ses tentacules s'étiraient du quartier général anglais du Caire au palais du sultan à la Corne d'Or. Il disparaissait souvent plusieurs jours durant, parfois plusieurs semaines ; il ne disait jamais où il allait mais il revenait toujours de ses mystérieux voyages avec une moisson de renseignements.

Von Traub en savait beaucoup, ce qui faisait de lui un allié précieux et un ennemi redoutable. Machinalement, Murat serra les dents. Von Traub était le seul Allemand qu'il craignait. Il était presque sûr que celui-ci connaissait son terrible secret. Un seul mot de Von Traub pouvait l'envoyer au billot.

— Entrez, dit Murat en prenant une lampe des mains d'un officier.

L'Allemand le suivit en refermant soigneusement la porte derrière lui. Ce soir-là, dans la lumière vacillante de la lampe à huile, Von Traub semblait plus impitoyable que jamais, le visage comme de la cire, les lèvres pâles, les yeux bleus où brillait une étrange flamme.

— J'ai trouvé votre espion, pacha, dit-il avec son accent allemand saccadé.

— Quoi ?

Von Traub marqua une pause en le regardant fixement, puis il prononça un nom. Murat en eut le souffle coupé.

— Ruth Mendelson, avait-il dit.

Murat avala sa salive avec difficulté.

— Êtes-vous sûr ?

Il n'en croyait pas ses oreilles.

Von Traub hocha brièvement la tête, puis ses lèvres minces grimacèrent un sourire.

— Vous la connaissez, je crois ?

Une sorte de chaleur emplit les veines de Murat, et deux yeux, couleur d'ambre lui revinrent en mémoire. Ruth Mendelson. La fille du vieux savant américain de la grande maison du mont Carmel. La Juive.

PREMIERE PARTIE

CHAPITRE 1

Le toit de tuiles rouges de la grande maison émergea un instant de la brume cotonneuse ; Murat posa instinctivement la main sur son pistolet. Le gros mauser allemand était froid et lisse dans son étui ouvert. Semblant partager son impatience, son cheval secoua sa tête noire, et Murat lui flatta l'encolure. Avant de se mettre en route, l'idée l'avait traversé de lui envelopper les sabots, comme il faisait autrefois en Arménie. Alors ses hommes galopaient silencieusement dans la nuit, comme des spectres de mort, jusqu'au moment où, sabres au clair, torches enflammées, le visage fouetté par le vent de la montagne, ils surgissaient dans les rues du village voué au massacre. Mais ce n'était pas l'Arménie ici, et il n'était plus capitaine de cavalerie. Il était aujourd'hui un prince de l'Empire ottoman, un pacha redouté et respecté ; et un pacha de l'Empire ne s'introduit pas comme un voleur dans le repaire d'une bande d'espions... d'autant moins que les misérables étaient encerclés depuis minuit par une compagnie de soldats déployés dans les vergers entourant la maison.

Il jeta un coup d'œil par-dessus son épaule vers la colonne d'infanterie qui grimpait le long de la route sinueuse. Les officiers et son état-major personnel formaient un groupe compact à l'arrière du bataillon. Seul Müller, l'officier de liaison allemand, marchait juste derrière lui, raide sur sa selle. Monocle vissé à l'œil gauche et lèvre supérieure relevée, il avait l'air perpétuellement dégoûté. Murat serra les dents ; il maudissait l'étranger aux manières pompeuses. D'un signe il appela Abdül qui marchait derrière lui, de front avec la première ligne de soldats. Le Tatar éperonna sa jument grise et s'approcha en soulevant sur son passage un fin nuage de poussière, qui se reposa lentement sur la route non pavée. L'homme, petit, mince et nerveux, faisait corps avec sa monture.

— Oui, pacha.

En dépit du règlement, Abdül portait une écharpe tricotée de fils de soie, vert et noir, dont les pans se déployaient comme les ailes d'un oiseau de proie lorsqu'il se lançait au galop.

— Débarrasse-moi de l'Allemand, lui dit Murat. Il ne va pas plus loin.

Un sourire révéla les dents jaunies d'Abdül. Il avait la peau grêlée, et sa moustache épaisse et tombante lui faisait le visage satanique.

— Et dis au bikbachi...

Murat désigna d'un geste le colonel à la silhouette courtaude qui marchait sur le côté de la colonne.

— ... que les troupes se déploient tout de suite comme je l'ai ordonné. Une section en position pour l'assaut de la maison. Une section dans le jardin derrière et une là-haut pour barrer la route.

Il montra du doigt un rocher nu qui surplombait la route. Plus haut la brume opaque enveloppait encore le petit village juif.

— La deuxième compagnie occupe le village. Tous les hommes et les garçons seront rassemblés au nord de la route et toutes les maisons fouillées. Si quelqu'un proteste, vous le tuez et brûlez sa maison.

— Oui, pacha.

— La troisième compagnie restera en réserve.

Abdül acquiesça d'un signe de tête, gifla le flanc de la jument et s'en fut.

Les yeux fixés sur la baie de Haïfa tout en bas, Murat tira sur les rênes de son cheval qui gagna le bord de la route. La broussaille brûlée par le soleil s'accrochait par touffes sur les pentes de la montagne. Les vents matinaux apportaient une odeur âcre de fumée provenant sans doute d'un feu allumé par un berger plus haut. Dans le village les coqs chantaient et une volée de moineaux s'éleva au ras de la première corniche du mont Carmel. Le soleil n'était pas encore paru à l'horizon et des crêtes d'écume se balançaient sur les eaux sombres de la Méditerranée. Il remarqua loin à l'ouest une masse menaçante, de nuages automnaux suspendus au-dessus des flots. Deux bateaux de pêche regagnaient lentement la côte, les gros bulbes de leurs feux de position encore allumés.

Il se pencha sur l'encolure de son cheval. Si l'informateur de Von Traub disait vrai, l'espionne opérait depuis la crique en forme de croissant entourée par les ruines de la forteresse romaine juste en dessous de lui. L'eau était immobile et noire dans l'ombre des vieux remparts. Deux fois par mois, à la faveur de la nuit, le bateau anglais venu de Port-Saïd s'introduisait dans la petite anse, et la Juive remettait à l'ennemi sa moisson de plans et de rapports.

Pensivement, il lissa sa barbe en ramenant sous son menton les poils drus et courts. Il avait encore quelque peine à voir en la jeune gazelle une espionne perfide. Il l'avait vue une fois avec son père et la délégation venue à la forteresse de Saint-Jean-d'Acre solliciter la libération des agitateurs sionistes. Il avait refusé, bien sûr, et fait fouetter les agitateurs. On les avait ensuite mis aux fers avant de les expulser du pays. Ils auraient dû lui être reconnaissants, avait-il dit à la délégation, de n'avoir pas pendu les félons comme il avait fait pour les rebelles arabes de Damas et de Nazareth. Plus tard, Von Traub lui avait appris que l'amant de la Juive était parmi les agitateurs.

C'était une jeune fille haute et svelte, avec une peau d'ivoire et des cheveux couleur de miel tressés en une couronne d'or au-dessus de son front. Elle portait une longue robe noire épousant ses formes. C'était la seule femme de cette délégation d'hommes mûrs aux visages graves, vêtus de costumes européens élimés et chaussés de lourdes chaussures en cuir fendillé. Elle n'avait pas prononcé un mot ce jour-là ; ses yeux couleur d'ambre fixés sur lui. Elle l'avait observé d'un air mécontent. Il se rappelait son cou, long comme celui d'un cygne.

C'est alors qu'un souvenir vague, surgi du fond de sa mémoire, vint l'importuner. Une jeune Arménienne d'Urfa avec la même peau de satin, la même beauté féline... mais avec de longs cheveux noirs comme le jais. Dans ses yeux noirs également brûlait la haine, et la peur distordait et faisait trembler sa bouche. Il n'avait pas oublié la blancheur de sa peau, sa nudité lisse et palpitante, et puis ses ongles, ses dents, son sang répandu sur le sol de terre battue. Il secoua la tête pour chasser cette évocation désagréable. Il revint à la Juive. La chienne, pensa-t-il, la poitrine soudain gonflée de fureur. Si c'était vraiment elle l'espion, il lui tordrait le cou de ses propres mains.

Un éclat de voix monta derrière lui. Du coin de l'œil, il vit l'officier allemand agiter furieusement le poing devant Abdül qui lui barrait la route. Murat haïssait les Allemands, leur suffisance, leurs airs supérieurs, leur mépris pour leurs alliés turcs, qu'ils traitaient presque en esclaves. Enver Pacha et sa clique à Istanbul avaient fait de la Turquie le valet de l'Allemagne, et cela il ne l'oublierait jamais. Les experts allemands pullulaient partout en Syrie et en Palestine — officiers d'artillerie, spécialistes des opérations, coordinateurs des forces aériennes, fournisseurs d'armes et de munitions. Ils étaient à tous les quartiers généraux et postes de commandement. Ils s'abstenaient seulement d'aller risquer leur peau au combat, laissant aux Turcs l'honneur de se faire tuer. Dans les unités de combat, ils se contentaient de servir les mitrailleuses lourdes ; travail d'expert, soi-disant, trop compliqué pour des Turcs arriérés !

Pourtant, on n'est pas plus mauvais qu'eux au combat, pensait-il bouillonnant de rage. Gallipoli a été une victoire purement turque ; on n'a pas eu besoin de ces salauds d'Allemands. On n'a pas besoin d'eux !

A part Von Traub, bien sûr.

Une rafale de vent marin monta en gémissant dans les ruisseaux à sec, et la brume enveloppant la maison se déchira en longues banderoles oscillant dans l'air humide. C'était une grosse maison arabe construite dans la pierre jaune pâle du mont Carmel. Façade à demi recouverte de vigne vierge, hautes fenêtres cintrées au premier étage, toiture de tuiles rouges, basse et doucement inclinée... elle lui rappelait son quartier général de Damas. Une solide tour décorative, faite de pierres brutes, s'élevait au-dessus de l'entrée principale et dominait un large porche. La tour était surmontée d'une façade de gros blocs de pierre, qui ressemblait vaguement au portail fortifié de Naplouse dans les remparts de Jérusalem. Autour de la maison, une vaste cour où l'on voyait plusieurs colonnes grecques et romaines, hautaines sentinelles, debout côte à côte, leurs surfaces de marbre brossées et nettoyées. Le vieux devait travailler là, se dit Murat, et le domaine de la fille se trouvait à l'arrière de la maison, avec le belvédère aux teintes joyeuses, la petite roseraie et l'écurie au toit plat où elle gardait sa jument. Il avait une fois surpris une conversation entre deux officiers qui évoquaient la jeune fille gravissant la montagne à cheval, ses longs cheveux au vent, ses bras blancs étreignant le cou de l'animal. C'est à cela que devaient ressembler les Houris, avait soupiré l'un des officiers en songeant aux beautés légendaires qui hantaient le paradis des musulmans.

Il se retourna, et sa monture anticipant ses intentions regagna la route d'un pas dansant. La colonne de soldats l'avait dépassé au milieu d'un nuage de poussière. En l'apercevant, tous redressaient instinctivement le torse et relevaient le menton. Satisfait, il montra cependant à ses hommes un visage de marbre.

Un jeune gringalet du rang opposé, presque un enfant, le regardait, bouche bée et les yeux écarquillés.

— Attention là-bas ! lui cria Murat en se relevant dans ses étriers.

Le garçon se redressa effrayé et la main tenant la crosse du fusil se mit à trembler. Murat en éprouva une manière de jouissance. Juifs, Arabes ou Turcs, tous tremblaient encore devant lui. Il ferait pareillement trembler de peur les chacals d'Istanbul. Mais il lui faudrait d'abord regagner sa gloire perdue. Il devait prendre l'espion.

Il fit un signe à Abdül.

— En avant, dit-il.

— Ruth ! Ruth, réveille-toi ! Pour l'amour de Dieu, Ruth !

En gémissant, elle se recroquevilla sous les couvertures. Elle tenta de se dégager de la main enserrant son épaule. Mais l'emprise ne se relâchait pas et une voix familière l'appelait. Lentement, elle émergea d'un sommeil agité. L'espace d'un instant, elle se méprit : était-ce Saul ? Une douce sensation de bonheur l'emplit. Elle sourit. Puis sa vision se fit plus nette ; ce n'était pas Saul, ce ne pouvait pas être lui, bien sûr. C'était Gédéon. Le visage fou de terreur, les yeux écarquillés par l'angoisse, son jeune frère la secouait furieusement.

— Ruthie, réveille-toi ! Regarde !

— Hein...

Mais déjà il la tirait hors du lit pour l'entraîner vers la fenêtre. Les jambes flageolantes, elle frissonna dans la fraîcheur du matin. Elle saisit sa robe de chambre. Des mèches de cheveux flottaient devant ses yeux.

— Qu'est-ce qui te prend, marmonna-t-elle en secouant la main agrippant son bras. Lâche-moi donc...

— Regarde !

Sans ménagement, il la poussa contre la fenêtre et écarta légèrement les volets de bois. Elle titubait encore de sommeil, la bouche sèche, les paupières lourdes, mais un seul coup d'œil dehors suffit à la réveiller. La main soudain plaquée sur la bouche elle étouffa un cri. Une peur atroce lui tordit l'estomac. Son cauchemar devenait réalité. Cette colonne silencieuse de soldats turcs émergeant de la brume hantait ses rêves depuis deux ans ; nuit après nuit elle se réveillait, hurlant et trempée de sueur froide. Cette vision, elle avait tenté en vain de la chasser de son esprit durant les heures qu'elle avait passées à attendre le bateau anglais dans les ruines de la forteresse romaine. Cela devait arriver, tôt ou tard, c'était inévitable, elle le savait depuis le début ; elle savait que les Turcs finiraient par découvrir la vérité et qu'un jour, au petit matin ils viendraient la chercher. Et alors ce serait la fin, la torture, la souffrance, la mort lente et atroce.

— Mon Dieu, que va-t-on faire ?

Hypnotisé, incapable de détacher les yeux des soldats qui approchaient, Gédéon se tordait les mains. L'adolescent semblait si vulnérable, si juvénile dans son pyjama de flanelle un peu trop grand pour lui.

— On ne peut plus s'enfuir, c'est trop tard. Je voulais réveiller papa, mais... mais...

Son père ! Ces mots l'arrachèrent à son état de stupeur. Quelques enjambées, et elle était sortie de la pièce. Trébuchant dans sa chemise de nuit, elle dévala l'escalier. Elle n'en réchapperait pas, mais son père... Le vieil homme allait payer de sa vie alors qu'il n'était responsable de rien. Le professeur Mendelson n'avait pas la moindre idée des activités de sa fille, mais les Turcs n'y croiraient jamais. Qui croirait qu'elle s'était jetée dans cette folle entreprise de son propre chef, avec la seule aide de son jeune frère ?

— Giddy, descends, j'ai besoin de toi !

Elle détacha la minuscule clef accrochée à son cou par une chaîne d'argent.

— Vite, descends !

A genoux dans le recoin obscur sous l'escalier, elle chercha d'une main tremblante la serrure du vieux coffre adossé au mur. Du calme, se répétait-elle, pas de panique, ce n'est pas le moment. Il y a toujours un moyen d'en sortir ; c'est Saul qui l'a dit. Mais où était-il, Saul, alors qu'elle avait tant besoin de lui ! Elle finit par ouvrir le coffre. Ils ne toucheraient peut-être à personne d'autre si elle faisait disparaître les preuves. Ils l'emmèneraient sûrement pour l'interroger, mais son père serait épargné, ainsi que Gédéon.

— Gédéon ! Dépêche-toi ! Où es-tu ?

Tandis qu'elle fouillait dans le coffre, elle entendit le pas hésitant de son frère descendant l'escalier. Puis il parut à ses côtés, l'air hébété.

— Prends ça ! dit-elle haletante, et puis ça...

Elle jetait dans ses bras inertes des piles de lettres, des cartes, un appareil photo en forme de boîte.

— Dans la salle de bains, vite !

— Dans la salle de bains ? répéta-t-il stupéfait.

— Oui.

Elle avait préparé une cache dans la salle de bains en prévision de circonstances comme celles-là, mais elle avait jugé préférable de n'en rien dire à Gédéon même s'il était par ailleurs au courant de ses activités. Lorsqu'il se fut retourné, elle glissa la main dans un recoin du coffre et la referma sur un petit objet froid. Son contact et la pensée de ce qu'elle en ferait peut-être la firent frémir. Elle le dissimula dans sa tresse qu'elle roula ensuite prestement en un chignon serré. Deux paires de jumelles de l'armée, un petit sac de cuir et une fiole d'encre sympathique à la main, elle courut rejoindre Gédéon dans la salle de bains.

— Tiens, souffla-t-elle en désignant le coin le plus éloigné, sous la fenêtre, mets tout ça là et va-t'en.

— Mais...

— Gédéon, je t'en prie, sors d'ici !

Une fois seule, elle transporta les objets à l'autre bout de la pièce, derrière la grande baignoire. Du moins son frère ne révélerait pas ce qu'il ne savait pas. Il penserait peut-être qu'elle avait tout jeté dans l'égout par la fenêtre. Elle entendit un drôle de petit bruit dehors, comme si le vent matinal agitait la cime des arbres ou comme si quelqu'un s'avançait furtivement dans le jardin. S'immobilisant, elle tendit l'oreille, mais le bruit ne se reproduisit pas. Elle déplaça fébrilement quatre carreaux du sol orné d'arabesques aux teintes vives. Puis elle souleva une dalle dissimulant une profonde cavité. Elle y déposa d'abord les cartes et les papiers, puis l'appareil photo, le sac et les jumelles.

Un bruit violent provenant de la porte d'entrée la fit sursauter. Elle lâcha la petite fiole qui se brisa au sol, et l'encre incolore se répandit sur le carrelage.

— Mon Dieu !

Affolée, elle poussa de ses mains nues les éclats de verre dans la cache avant de replacer la dalle et les carreaux de céramique. Les coups résonnèrent à nouveau dans toute la maison. Les Turcs enfonçaient la porte à coups de crosse de fusil.

Elle se releva et jeta un dernier coup d'œil derrière elle. Un petit éclat vert brillait sur le sol au bord de la cache. Elle le poussa du bout du pied sous la baignoire. Elle sortit de la salle de bains en essuyant rapidement sur sa chemise de nuit ses mains poissées par l'encre visqueuse. Le visage en feu et le souffle court, elle tentait de se contrôler. Immobile face à la porte, Gédéon attendait, les bras ballants, les épaules voûtées, déjà défait. Elle éprouva alors, au-delà de sa peur et de son désespoir, un élan d'amour et de compassion pour son frère. Il était si beau, grand et mince, les mains longues, et les cheveux noirs entourant un visage digne du portrait de Lord Byron jeune qu'elle avait vu à Londres. Mais il était tellement fragile. Pourquoi l'avoir entraîné dans cette aventure tragique ?

— Que se passe-t-il ? Qui va là ?

La voix de son père, surpris mais non alarmé, leur parvint du haut de l'escalier. Gédéon ne se retourna pas et ne répondit pas. Elle non plus. Car à cet instant la porte s'abattit et un Turc gigantesque fit irruption dans la pièce. Les yeux étincelants, les bras velus, il brandissait un fusil, baïonnette au canon. Sa calotte de laine lui descendait bas sur le front. Il avait le nez épais, le menton proéminent, la mâchoire brutale. Il marqua une courte pause devant Gédéon, puis levant son arme il enfonça la crosse du fusil dans le ventre du garçon. Sous le coup, il fut projeté à travers la pièce et s'effondra le corps plié en deux de douleur.

— Non..., cria Ruth en se précipitant.

Mais le Turc gravissait déjà l'escalier en direction de son père, et d'autres soldats en uniforme jaune et calotte de laine se répandaient dans la maison. Puis derrière eux, tunique bleue, fez brodé d'or, pistolet au poing et les yeux brûlants de haine, entra Murat Pacha.

— J'exige des explications !

Son père avait jeté une robe de chambre à carreaux sur ses épaules voûtées et descendait difficilement l'escalier. Le soldat qui avait frappé Gédéon reculait lentement devant le professeur, la baïonnette à quelques centimètres à peine de sa poitrine.

— Vous ne pouvez pas vous introduire comme ça chez moi, poursuivait le professeur Mendelson. J'ai des droits...

Il s'interrompit. Il venait de remarquer Murat Pacha dans l'encadrement de la porte. Un Juif, petit et gras, coiffé du fez turc et vêtu d'un costume brun froissé sur une chemise crasseuse, chuchotait à l'oreille de Murat. Ce dernier s'avança d'un pas et s'immobilisa les poings sur les hanches. Il parcourait la pièce de ses yeux auxquels rien ne semblait devoir échapper. Il examina le lourd mobilier arabe, les coffres de bois, les miroirs damasquinés, les tentures bédouines, les rangées de livres et les étagères chargées de découvertes archéologiques. Il inclina légèrement la tête en distinguant le coffre bas dissimulé sous l'escalier.

Le regard de Murat s'attarda un instant sur Ruth qui frissonna ; il étincelait, cruel, semblant se réjouir d'avance. Une peur atroce la vrilla tant cet homme petit aux épaules étroites et aux cuisses trop fortes inspirait un malaise spontané. Malgré le fez de général fait de peau d'astrakan, le bel uniforme bleu, les épaulettes dorées et les médailles ornant sa tunique, il faisait tout sauf distingué. Le visage de cire encadré par une barbe noire, les yeux farouches, les lèvres minces où flottait un mauvais sourire et le menton proéminent exsudaient une force brute et sauvage, une cruauté naturelle. Et dans ce regard sournois, Ruth percevait aussi la flamme d'une sensualité intense, ce même désir brutal qu'elle avait lu dans les yeux du pacha fixés sur elle le jour de leur visite à la forteresse de Saint-Jean-d'Acre. Instinctivement, elle fit un pas en arrière en baissant les yeux.

Murat lâcha un bref éclat de rire. Puis, se tournant vers le professeur Mendelson, il prononça lentement quelques phrases en turc. Il avait la voix profonde et puissante, qui par moments s'enrouait.

— Son Excellence dit que vous n'avez aucune espèce de droit, dit l'interprète en hébreu.

Il s'efforçait de garder un ton froid et impersonnel mais il était livide.

— Vous êtes un ennemi de la nation, et vous avez trahi l'hospitalité et l'indulgence des autorités ottomanes.

Derrière lui les soldats continuaient de pénétrer dans la maison. L'un d'eux ouvrit d'un coup de pied la porte du fond menant à la cuisine. Deux officiers montant l'escalier au pas de course écartèrent brutalement le professeur Mendelson.

— Nous savons, poursuivit l'interprète, que vous êtes des espions anglais...

— Quoi ? s'exclama Mendelson.

Ruth remarqua les lèvres tremblantes de l'interprète lorsqu'il reprit :

— ... tous dans cette maison, et vous feriez mieux de tout nous dire de votre plein gré ou nous saurons vous faire parler avant de vous pendre.

— Des espions ?

Mendelson ôta fébrilement ses lunettes rondes à montures d'acier pour scruter Murat.

— Nous, des espions ? C'est un mensonge. Un ignoble mensonge !

Clignant des yeux, il regarda autour de lui comme à la recherche d'un appui. Il remit ses lunettes de myope.

— Vous savez très bien que je suis archéologue, reprit-il, et que je ne m'intéresse à rien d'autre qu'à mon travail.

Ruth observait le vieil homme avec anxiété. Son accent américain se faisait plus fort et il déformait les mots hébreux lorsqu'il perdait son calme.

Le visage de Murat s'empourpra quand il entendit la traduction. Il écarta violemment l'interprète, avança d'un pas et prononça quelques mots d'un ton venimeux.

— Un ignoble mensonge ? dit l'interprète à contrecœur. Vous me traitez de menteur ? On va voir qui est le menteur ici. Qu'Allah ait pitié de vous.

L'interprète avait à peine terminé sa phrase que les hommes de Murat se déployaient dans toute la maison suivant un plan parfaitement au point. Placards, coffres et vitrines furent ouverts à coups de crosse et leur contenu répandu sur le sol. Les soldats vidaient les tiroirs, piétinaient et déchiraient le linge, brisaient les statuettes de porcelaine.

— Non, s'il vous plaît, pas ça ! hurla Mendelson horrifié.

Un soldat balaya d'un geste négligent les étagères où étaient rangées les antiquités. Poteries, figurines et petites lampes à huile gisaient au sol en mille morceaux.

— Ces objets ont une valeur inestimable. Arrêtez ! Je vous en supplie.

Il se précipita, mais deux soldats lui barrèrent le

passage en le saisissant par le bras. Murat Pacha se tourna alors vers lui et le frappa violemment au visage avec le canon de son pistolet. La joue du vieil homme, balafrée, se mit à saigner. Murat Pacha le poussa contre le mur opposé. Les lunettes de Mendelson se brisèrent sur le carrelage et il tomba sur les genoux en se tenant le crâne.

— Assez ! hurla Ruth.

Elle s'élança vers Murat Pacha.

— Laissez-le tranquille. Il est âgé !

Elle menaçait le Turc de son poing fermé.

— Est-ce cela les héroïques soldats turcs ? Tout saccager dans une maison, frapper un vieil homme sans défense ?

Murat Pacha l'observait étrangement.

— Mais vous avez la main blessée, mademoiselle, dit-il lentement dans un anglais correct malgré un fort accent.

Elle remarqua alors la longue égratignure couverte de sang coagulé à l'index de sa main gauche. Elle s'était coupée en nettoyant les morceaux de verre dans la salle de bains.

— Laissez mon père tranquille, répéta-t-elle rageusement.

Un cri retentit à l'arrière de la maison. Elle reconnut la voix d'Aïsha, sa jeune femme de chambre arabe.

— Mais... que lui font-ils ? s'écria-t-elle. Vos soldats sont-ils devenus fous ?

— Pourquoi ne nous parlez-vous pas calmement et raisonnablement de vos activités, lui dit Murat en la regardant fixement. Et nous ne toucherons plus personne.

— C'est un mensonge, articula-t-elle. Mon père vous a dit qu'il n'y avait pas d'espion chez nous.

Murat haussa les épaules et l'écarta négligemment de son passage pour surveiller la mise à sac de la maison. Les soldats arrachaient les tentures des murs et examinaient les cadres des miroirs brisés. Deux d'entre eux prenaient les livres sur les étagères et les secouaient vigoureusement avant de les jeter sur un tas de plus en plus haut sur le sol. Un bruit de pas lourds retentit à l'étage puis des craquements de bois cassé. Les dossiers de son père et le bureau, pensa-t-elle affolée. Le travail d'une vie anéanti en quelques minutes. Son frère gémit. Elle le rejoignit en deux enjambées.

— Il ne t'arrivera rien, lui dit-elle en serrant contre elle la tête brune de Gédéon. Tout ira bien, Giddy.

Personne ne se préoccupa d'elle et elle s'accroupit près de son frère en le tenant dans ses bras. Son père était recroquevillé sur le sol de l'autre côté de la pièce, tandis que les Turcs poursuivaient le saccage de la maison. Toutefois, elle s'aperçut rapidement qu'ils procédaient selon une méthode rigoureuse. Les soldats brisaient tous les objets pouvant dissimuler un morceau de papier ; ils empilaient près de la porte de la cuisine les lettres et les documents trouvés dans la maison ; deux officiers postés là les examinaient brièvement tout en se consultant à voix basse. Ils appelèrent plusieurs fois Benaroya, l'interprète juif, pour lui demander des éclaircissements sur des documents rédigés en hébreu. Un des officiers entra dans la cuisine et revint en traînant Aïsha derrière lui. Le visage couvert de zébrures rouges, la jeune fille sanglotait, mais apparemment on ne l'avait pas violée. Ruth réprima un soupir de soulagement. Selon la coutume du pays, son père et ses frères l'auraient taillée en pièces si elle avait été déshonorée. On emmena Aïsha à l'étage où quelqu'un l'interrogea en arabe sans obtenir d'autre réponse que sanglots et gémissements. La malheureuse n'avait même jamais soupçonné ses activités secrètes, songea Ruth en entendant ses pleurs.

Et pendant tout ce temps-là, Murat Pacha l'observait. Assis face à elle, jambes croisées, dans un fauteuil à dossier droit, il ne la lâchait pas du regard. Un long fume-cigarette d'ébène à la main, il fumait des cigarettes noires qui répandaient une odeur infecte. Elle s'efforçait de regarder ailleurs, mais une force étrange l'obligeait à revenir encore et encore à ces yeux perçants fixés sur elle. Les serpents, avait-elle appris, hypnotisaient ainsi leurs proies, les clouant sur place aussi longtemps qu'ils le voulaient avant le coup fatal.

De temps à autre, un Tatar entrait murmurer quelque chose à l'oreille du pacha. Ce dernier écoutait, acquiesçait, murmurait à son tour un mot ou deux, mais ses yeux ne la quittaient jamais. Il ne se doutait pas, il ne soupçonnait pas, se dit soudain Ruth, il savait. Il savait que c'était elle l'espionne des Anglais.

Combien de temps passèrent-ils ainsi ? Deux ou trois heures peut-être. Le désarroi lui avait fait perdre toute notion de temps. On ne lui avait même pas permis de lui apporter un verre d'eau. Même indifférence glacée, lorsque Mendelson voulut chercher des lunettes de rechange dans sa chambre. Etrangement silencieux, Gédéon avait rampé dans un coin de la pièce où il se tenait recroquevillé, frissonnant, les genoux serrés dans les bras.

Quelque chose se passait à l'extérieur également. Ruth percevait certains sons étouffés : les pas lourds de soldats qui couraient, des cris en turc et en hébreu, un cliquetis de sabots. Une bouffée de fumée piquante s'engouffra brièvement par la porte cassée ; un coup de feu retentit non loin de là et l'écho se répercuta dans les gorges rocailleuses à l'arrière de la maison.

Le temps s'était étiré interminablement lorsque les officiers examinant les documents vinrent faire leur rapport à l'oreille de Murat. Puis les sanglots d'Aïsha se turent et un autre officier descendit faire à son tour son rapport. Sans connaître le turc, Ruth avait compris ce qu'ils disaient à leur chef. Les exclamations mécontentes de Murat et l'air ennuyé des officiers indiquaient qu'ils n'avaient rien trouvé.

Une lueur d'espoir, vacillante, hésitante, naquit dans son cœur. Une flamme minuscule au fond des yeux, Gédéon émergeait de son état d'hébétude ; il la regardait intensément. Les Turcs les laisseraient peut-être s'ils ne trouvaient rien, pensa-t-elle. L'opération se fondait peut-être sur de simples conjectures, de vagues soupçons ; quelqu'un avait dû apprendre, à la forteresse de Saint-Jean-d'Acre, que Saul travaillait pour les services d'espionnage anglais au Caire, et l'on en avait déduit que les Mendelson étaient impliqués. Quoi de plus logique puisque Saul vivait et travaillait chez eux avant d'être expulsé ? Ils avaient donc tout naturellement commencé là leurs recherches.

Elle jeta un coup d'œil furtif vers Murat Pacha. Il secouait vigoureusement la tête. Il n'avait pas renoncé. Il aboya quelques mots et les officiers se dispersèrent promptement. Il avait ordonné une nouvelle fouille de la maison. Néanmoins, elle se sentait mieux ; tout n'était peut-être pas perdu. Pouvaient-ils découvrir à présent ce qui leur avait échappé la première fois ?

Elle essaya de capter le regard de Gédéon pour le réconforter d'un sourire ; mais son frère fronçait les sourcils, les yeux fixés sur la porte de la salle de bains. Un soldat posté près du mur avait remis son fusil à son compagnon et, tout gêné, il était entré dans la salle de bains, manifestement pour se soulager. Elle vit la porte de la salle de bains se refermer. Le Turc remarquerait que des carreaux avaient été déplacés s'il regardait attentivement. Mais la chasse d'eau se déclencha, la porte s'ouvrit et le soldat, un homme petit et gros, s'apprêta à sortir en rajustant ses vêtements. Alors soudain il glissa, perdit l'équilibre et tomba sur le carrelage. Ses compagnons éclatèrent de rire et le soldat se remit sur ses pieds avec un sourire embarrassé. Soulagée, Ruth lança un rapide coup d'œil en direction de son frère. Tu vois bien, voulait-elle lui dire, il n'y a pas de raison de s'inquiéter.

Mais le gros Turc s'essuyait les mains sur son pantalon. Puis il examina ses paumes et, penché au-dessus du seuil de la salle de bains, il passa son doigt sur le carrelage. Il dit quelque chose à son compagnon, qui posa son fusil contre le mur et le rejoignit. Les deux hommes parcoururent la salle de bains en scrutant le sol. Un instant plus tard, le plus gros se redressa ; l'air intrigué, il leva un objet vers la lumière. Ruth sentit son sang se glacer dans ses veines ; le Turc tenait un morceau de verre de couleur verte.

Deux enjambées, et Murat Pacha fut auprès de ses hommes. Penché à son tour, il toucha le carrelage glissant à l'endroit où l'encre sympathique s'était répandue. Il s'associa à l'examen systématique du sol de la salle de bains. Soudain il émit une exclamation et se releva, tenant un autre morceau de verre. Il le considéra un instant, puis il se retourna et revint dans la pièce. Le cœur tambourinant dans la poitrine, Ruth regardait ailleurs, quand elle sentit Murat agripper sa main gauche. Il passa son doigt sur l'égratignure.

— Vous vous êtes blessée à la main, mademoiselle, dit-il à nouveau d'une voix doucereuse.

Il la lâcha pour regagner la salle de bains. Il fit signe à un officier qui, prenant un fusil, le rejoignit à l'intérieur et ferma la porte derrière lui. Elle les entendit cogner le sol du fût et de la crosse du fusil. Mon Dieu, ne permets pas qu'ils trouvent, pria-t-elle. Il ne faut pas qu'ils trouvent.

Mais les coups cessèrent, et elle entendit un grincement puis un son mat, et des exclamations. Ils avaient trouvé la cache. Eperdue, elle se tourna vers Gédéon et lut dans ses yeux horrifiés de l'égarement. Il ramenait discrètement ses pieds sous lui, prêt à bondir. Elle allait crier, car il n'y avait aucun espoir, aucune fuite possible. Mais son frère était déjà debout, plongeant vers la porte de la cuisine.

Tout alla très vite : deux soldats turcs vidèrent leurs chargeurs dans le dos de Gédéon ; le garçon s'affaissa lentement, une tache rouge s'élargissant sur son pyjama ; son père se mit debout, en lançant un cri terrible et la porte de la salle de bains s'ouvrit devant Murat Pacha, avec les jumelles et les cartes du Sinaï et du sud de la Palestine.

C'était fini. Elle plongea la main dans ses cheveux. Mais Murat, rapide comme une panthère, était déjà sur elle. Il lui arracha le minuscule revolver à crosse de nacre, qui était son dernier recours. En la plaquant au sol, il se pencha sur elle. Ruth sentit sur son visage l'haleine âpre et chaude de Murat ; dans ses yeux brûlait une joie sauvage.

CHAPITRE 2

L'automobile s'immobilisa devant Bab-us-Salam, la Porte de la Paix, dans la première cour du palais Topkapi. Un officier de la garde, cape rouge et fez blanc, le sabre dans son large ceinturon de cuir, lui ouvrit la portière en s'inclinant respectueusement. Une compagnie de cadets de la marine en uniforme de parade présentèrent les armes et les musiciens de la fanfare firent retentir tambours, pipeaux et clochettes suspendues aux perches surmontées du croissant.

Murat Pacha frissonna en s'avançant sur le pavage face aux tours à toits pointus qui flanquaient le portail. Malgré la cape doublée de fourrure qu'un officier d'état-major avait jetée sur ses épaules à son arrivée, il était transpercé de froid. Peut-être était-ce, se dit-il, le vent de la mer Noire qui balayait le détroit, soufflant son haleine glacée sur Istanbul... ou la vue, à sa droite, de la pierre noire en forme d'autel devant la Fontaine du Bourreau.

L'image de la pierre sanglante hantait Murat depuis quelque temps. On verrait peut-être bientôt son sang à lui souiller la dalle noire du sultan. Combien de fois avait-il vu, posées sur sa surface plate, les têtes coupées de traîtres, véritables ou supposés, tandis que le bourreau lavait placidement son cimeterre dans l'eau claire de la fontaine ? Une fois, jeune officier, il avait même assisté à la décapitation du grand vizir, l'homme le plus puissant de l'Empire après le sultan. Ce matin-là, le grand vizir Bayazid avait été convoqué à la salle d'audience par le sultan Abdül-Hamid. Le sultan lui avait ordonné de lui remettre le sceau impérial que le vizir portait dans une poche de soie glissée dans la ceinture de son pantalon bouffant. Puis le sultan s'était détourné avec un hochement de tête indifférent. On n'avait pas surnommé pour rien Abdül-Hamid le Sultan rouge. Obsédé par la peur de complots réels ou imaginaires, il massacrait sans hésitation tous ceux dont ses espions et ses informateurs soufflaient les noms à son oreille. Le grand vizir n'avait même pas supplié qu'on lui laissât la vie sauve. Il connaissait trop bien le Sultan rouge. Un petit détachement d'officiers, dont Murat faisait partie, avait traîné le malheureux vizir jusqu'à la Fontaine où le bourreau attendait depuis l'aube.

Tel était le prix du pouvoir, songea Murat. Un jour l'homme le plus puissant de l'Empire et l'instant suivant une carcasse sans tête pourrissant devant la Fontaine du Bourreau.

Murat avait de la peine à détacher les yeux de la fontaine maudite. Serait-il la prochaine victime ? Il ne voulait pas venir à Istanbul, qui était sous le contrôle absolu d'Enver. Il se trouverait à la merci d'Enver dès que franchies les grilles du palais, et alors sa vie ne vaudrait pas chère. Mais Von Traub ne lui avait pas laissé le choix ; il l'avait obligé à venir en exerçant un chantage ignoble.

L'Allemand était venu à Saint-Jean-d'Acre la nuit suivant l'arrestation de la Juive avec son père. Murat s'était endormi devant une bouteille de raki, qu'il buvait sec, sans le diluer dans un verre d'eau comme les Méditerranéens ont coutume de faire. Il aimait sentir la forte liqueur lui tordre les boyaux avant de répandre sa brûlure dans tout son corps. Soucieux de ne pas enfreindre en public la loi islamique, il buvait toujours seul. Seul Abdül connaissait son penchant car il déposait chaque soir une bouteille avec une assiette de viande salée près de son fauteuil préféré.

Von Traub avait frappé à sa porte longtemps après minuit. Murat s'était habitué aux apparitions de l'Allemand à des heures indues, nuitamment de préférence. Rasé de près, ses cheveux blonds bien coiffés, il était impeccable dans son uniforme de colonel. Von Traub n'avait pas pris part à la capture des Mendelson, mais Murat ne doutait point qu'il connaissait tous les détails de l'opération. Von Traub était venu s'enquérir des intentions de Murat concernant l'espionne. Tout était déjà au point dans l'esprit de Murat :

— D'abord, je vais la faire parler, avait-il grommelé. Après je les pendrai elle et son père à Jérusalem, devant le Mur des Lamentations. Et je laisserai pourrir leurs corps sur le gibet. Les Juifs en tireront la leçon qu'ils voudront.

— Je pense avoir une meilleure idée, avait dit Von Traub. C'est une femme intelligente, très astucieuse. Je veux la faire travailler pour nous.

— Travailler pour nous ? C'est absurde, avait pensé Murat en se souvenant de la lueur de haine dans les yeux de l'espionne. Il faut la tuer cette chienne.

— Je peux en faire la clef d'une victoire éclatante, avait repris Von Traub sans s'émouvoir. Et c'est vous qui récolterez tous les lauriers, pacha.

Ces mots l'avaient fait réfléchir, même s'il avait continué de résister, surtout pour la forme. Enfin, de mauvaise grâce, il s'était rendu aux arguments de Von Traub. Celui-ci lui offrait à la fois une victoire fort utile et l'occasion de satisfaire l'envie ardente et secrète qui bouillait dans ses veines. La Juive, il la voulait vivante. Il voulait son corps, non son cadavre. Il la voulait tremblante, luttant contre lui bec et ongles lorsque après lui avoir arraché ses vêtements il plongerait dans son corps chaud.

Il avait donc fini par écouter le plan de Von Traub et l'accepter après une discussion de pure forme et quelques modifications. En revanche Murat avait refusé net, lorsque Von Traub lui avait suggéré de solliciter l'accord d'Enver Pacha à Istanbul. C'était une idée saugrenue et stupide, même si Von Traub voulait se couvrir en cas d'échec.

Von Traub avait alors fait quelques pas, et dans le dos de Murat, il avait prononcé une phrase qui l'avait pétrifié.

— Pas aussi stupide que celle proposée dans une lettre datée du 17 décembre, pacha.

Le 17 décembre ! Le jour où il avait signé la lettre russe.

Cette lettre secrète était devenue un cauchemar pour Murat, son enfer privé. Jusqu'au moment de sa mort, il se reprocherait cette erreur terrible. C'était arrivé l'année précédente, lorsque les Anglais avaient arrêté son avance dans le Sinaï, et lorsqu'il avait reçu la nouvelle des victoires françaises et anglaises en Europe. Au moment où cet imbécile d'Enver avait envoyé une armée gigantesque contre les Russes dans le Caucase. Cent mille soldats aguerris dont trente mille seulement avaient survécu.

Murat s'était soudain rendu compte que l'Allemagne et la Turquie allaient perdre la guerre. Son rêve de s'emparer du pouvoir à Istanbul s'évanouirait comme un mirage une fois l'Empire disloqué. Alors, quand la Russie avait lancé son offensive dans les Balkans, il avait jugé le moment venu de changer d'alliance. Il avait envoyé un émissaire secret à Saint-Pétersbourg pour proposer un marché au tsar : lui, Murat Pacha, renverserait le sultan et la bande d'Enver. Puis il se proclamerait chef de la Turquie asiatique et d'une fédération autonome d'Etats comprenant la Syrie, la Palestine, la Mésopotamie, l'Arabie, la Cilicie et le Kurdistan. La nouvelle Turquie expulserait de son territoire tous les conseillers allemands et signerait un pacte de non-agression avec la Russie.

Saint-Pétersbourg avait d'abord réagi favorablement, et un agent russe lui avait apporté un premier jet de lettre d'accord, qu'il avait signée. Mais peu après, des troubles intérieurs avaient secoué la Russie, Kerenski était devenu Premier ministre et le nouveau gouvernement avait abandonné le projet. D'ailleurs, entre-temps, Murat lui-même, qui avait recouvré ses esprits, y avait renoncé pour revenir à son plan initial consistant à attendre la fin de la guerre avant de marcher sur Istanbul.

Bien sûr, il avait eu soin de détruire les traces de sa trahison. Le corps de l'envoyé secret en Russie pourrissait dans le désert de Judée, où le fidèle Abdül l'avait égorgé sans poser de questions. Mais il y avait la lettre d'accord.

Et Von Traub l'avait, ou du moins il l'avait lue. Le chacal ne lui avait jamais dit explicitement qu'il connaissait sa tentative de trahison. Mais une nuit, dans le fort de Gaza, Murat et Von Traub s'étaient violemment affrontés au sujet de la politique menée par Enver. Murat avait lancé que le dirigeant turc était fou de vouloir conquérir la Russie. Alors, froidement, sans le lâcher du regard, Von Traub avait répondu :

— Mieux vaut combattre les Russes plutôt que conspirer avec eux.

Depuis cette nuit-là, Murat n'avait pas connu un instant de répit. Von Traub savait-il ? Et que savait-il exactement ? Puis lorsque Von Traub avait clairement mentionné la lettre, ses doutes s'étaient transformés en certitude. Von Traub le tenait dans le creux de la main. Il avait lu la lettre, peut-être même l'avait-il en sa possession. Rien au monde ne pourrait sauver Murat du cimeterre du bourreau si Von Traub décidait de révéler à Enver le contenu de la missive russe.

Alors il s'était tourné vers Von Traub, debout devant la fenêtre, scrutant l'obscurité à l'extérieur. Von Traub ne s'était même pas donné la peine de le menacer ouvertement.

— Eh bien, allons à Istanbul, avait dit Murat avec lassitude.

Et il y était maintenant, devant l'entrée du palais Topkapi où Enver l'attendait. Malgré la peur qui lui serrait le ventre, il retint à grand-peine un bâillement. Il se sentait encore moulu à la suite du voyage épuisant depuis la Palestine — à cheval jusqu'à Haïfa, et jusqu'à Damas dans sa voiture bringuebalante, puis par train spécial jusqu'à Istanbul. Il avait entouré son voyage du plus épais secret. Il ne tenait pas à voir un de ses ennemis — et il en avait beaucoup — rappeler au peuple turc son vœu de ne pas revenir avant d'avoir libéré l'Egypte. A dire vrai, les chances de l'armée turque de marcher sur Le Caire étaient devenues très minces. Mais les Anglais n'avaient pas encore traversé la frontière de la Palestine, et ils semblaient hésiter à lancer l'attaque sur ses lignes de défense au sud de Gaza.

— Par ici, Excellence.

L'officier de la garde s'inclina et désigna d'un geste ample la porte du palais. Il suivit l'homme au visage de marbre qui passa sous la Porte de la Paix menant à la Deuxième cour. Tous les visiteurs, même les plus distingués, devaient franchir à pied la Porte de la Paix, que seul le sultan avait le droit de traverser à cheval ou en voiture. Les officiers d'état-major qui avaient accueilli Murat à la gare de chemin de fer et ceux qui avaient voyagé avec lui depuis Damas marchaient derrière lui, en observant les douze mètres de distance protocolaire. A l'intérieur de la cour, deux huissiers prirent en charge le petit groupe, ouvrant la marche d'un pas lent et solennel en cognant le pavé de leurs bâtons à pommeau d'argent.

Un pâle soleil de septembre répandait une lumière

diffuse sur les bâtiments du palais. Murat jeta un coup d'œil circulaire. A sa droite les cuisines du sultan, les magasins aux murs ocre, les bains surmontés d'un toit en dôme. De la fumée s'échappait des cheminées des cuisines et une forte odeur d'aromates et d'épices flottait dans l'air. Comme le cortège de Murat traversait la cour, des acclamations retentirent depuis la foule massée devant un pavillon bas. Les plus curieux s'approchèrent pour apercevoir l'illustre personnage que le sultan allait recevoir. Quelqu'un le reconnut et cria : « Longue vie à Murat Pacha ! » L'ovation se répéta plusieurs fois au milieu des applaudissements.

Murat sourit brièvement et salua la foule. Commerçants, propriétaires terriens, boutiquiers, chefs d'entreprise, presque tous portaient la longue robe colorée, le pantalon bouffant en laine et le gilet de velours brodé, la tête surmontée du turban ou du fez à gland. Les rares personnes qui arboraient le costume européen avec montre de gousset dans la poche du gilet, conservaient néanmoins le turban ou le fez traditionnels et leurs mains croisées dans le dos dévidaient interminablement les chapelets d'ambre. Tous les mardis, depuis la victoire de Mehmet II le Conquérant sur Byzance trois siècles auparavant, les hommes d'affaires turcs attendaient là l'apparition des commis du gouvernement chargés de répondre à leurs requêtes.

Les choses n'avaient guère changé, se dit Murat, depuis la première fois, presque quarante ans plus tôt. Il était alors un jeune soldat originaire du Taurus, qui s'était distingué dans la bataille d'Andrinople contre les Russes. Il se revoyait, jeune paysan ébahi, dans son uniforme rêche et ses lourdes bottes ; il pénétrait pour la première fois dans les salles emplies de trésors du palais du sultan. Ce jour-là, on l'avait promu et décoré pour son courage à la guerre — alors que la guerre était déjà perdue. Les Russes avaient arrêté leur avance à la mer de Marmara, quinze kilomètres à peine au nord d'Istanbul. La Turquie avait dû accepter de signer un traité de paix humiliant, qui la dépouillait de la majeure partie de ses territoires européens.

La situation de l'Empire n'était guère meilleure aujourd'hui, se dit-il avec tristesse. La Turquie risquait fort de périr dans ce combat titanesque entre les puissances mondiales. Cependant, dans la capitale, régnait l'éternelle douceur, cet air d'opulence sereine. Istanbul était, à jamais, belle à couper le souffle, avec ses mosquées somptueuses et ses tours médiévales, les eaux miroitantes de la Corne d'Or, les palais de marbre et les jardins alignés le long du Bosphore, les ondulations verdoyantes de la campagne s'étirant à l'est.

Le pays, il le savait, avait besoin de changement, d'un autre gouvernement, d'idées nouvelles et de nouvelles conquêtes. Mais la Turquie préférait s'enfoncer dans son passé. Même les compagnons de Murat aux jours de la révolution des Jeunes-Turcs n'avaient pu mener à bien aucune réforme. A Salonique, lorsqu'ils préparaient le coup militaire qui les avait portés au pouvoir neuf ans auparavant, ils avaient juré de balayer la vieille Turquie avec ses coutumes et ses lois médiévales pour construire sur ses ruines une nouvelle puissance mondiale. Ils avaient décidé de laisser le sultan sur le trône, comme figure de proue, comme symbole de la Turquie éternelle. Mais la Turquie éternelle avait gagné. Et la routine du Topkapi se poursuivait avec ses usages et ses cérémonials ridicules. Les ambassadeurs étrangers continuaient de se prosterner au sol lorsque le sultan les recevait en audience. Astrologues, devins et saints derviches le conseillaient dans ses décisions politiques. Et des centaines d'épouses et de concubines, claquemurées pour la vie dans son harem, servaient ses appétits charnels sous la protection des eunuques noirs.

Il traversa un passage voûté débouchant sur la cour intérieure. Il jeta un coup d'œil alentour espérant voir Von Traub. Mais Von Traub n'était pas là. Il était parti le premier pour Istanbul, après leur rencontre nocturne, pour organiser la conférence avec Enver. Murat n'avait eu aucune nouvelle de lui depuis. Simplement, peu après le départ de Von Traub, il avait reçu un télégramme l'appelant à regagner la capitale pour s'entretenir avec les principaux ministres.

Mais pourquoi ici, pourquoi au Topkapi ? Murat craignait un piège ou une surprise perfide. Depuis quelque temps la plupart des affaires de l'Etat se traitaient au palais Dolmabahce : situé sur la rive du Bosphore, il était plus commode d'accès et muni du téléphone, du télégraphe et d'installations pratiques. Alors pourquoi Enver Bey avait-il choisi le Topkapi pour cet entretien ? La Fontaine du Bourreau n'était-elle pas le lieu officiel des exécutions capitales de la cour impériale ? Enver et Talât avaient peut-être besoin d'un bouc émissaire à la suite des derniers revers militaires... Et si tout cela n'était qu'un bon stratagème concocté en haut lieu pour le faire décapiter ou garrotter pour incompétence aujourd'hui même ? Et si Von Traub avait parlé de la lettre russe ?

Il ralentit le pas. Les accents étouffés d'une musique plaintive s'échappaient du harem du sultan à sa gauche. Au-delà de ces murs épais, dans les salles aux tentures de soie, des femmes à demi nues dansaient pour le sultan. Murat regarda autour de lui. Ses hommes, qui s'étaient immobilisés aussi, l'observaient, et les officiers de la garde le considéraient avec une curiosité polie. Von Traub l'aurait-il trahi ? Avait-il tout machiné pour l'attirer, seul et désarmé, à Istanbul ?

Prenant une profonde inspiration, Murat rassembla ses esprits. Mais non, impossible ! On n'accueille pas un traître à Bab-us-Salam avec une compagnie de cadets et une fanfare militaire. Il était décidément trop méfiant ! Et puis Allah commandait tout, et les simples mortels, fussent-ils pachas ne pouvaient pas changer leur destin. Chassant ces sombres pensées, il releva le menton et entra d'un pas ferme dans la Troisième cour du Topkapi.

A part le petit groupe d'hommes rassemblés autour de la fontaine, la grande salle d'audience du sultan était vide. Le bruissement argenté de l'eau couvrait leurs voix. Tel était d'ailleurs l'objet de cette fontaine : protéger des oreilles indiscrètes les conversations secrètes. Murat se souvenait du jour où il avait entendu un espion arabe rapporter au sultan Abdül-Hamid que son vizir Midhat Pacha préparait une rébellion contre lui. Midhat était depuis longtemps en exil dans le sud de l'Arabie mais, Abdül-Hamid avait un jour chuchoté : « Il me le faut mort », et Murat s'était agenouillé le premier pour baiser le pan de son caftan rouge et or.

— Votre volonté sera faite, Majesté, avait-il dit.

Le jeune officier qu'il était alors, avait envoyé le soir même une missive au sultan vassal du Yémen. Deux semaines plus tard, Midhat se faisait étrangler dans son lit, et l'on avait expédié sa tête à Istanbul dans un sac en peau de chameau.

Murat pénétra seul. Les gardes du palais avaient barré le chemin aux officiers qui l'escortaient dans la salle. Quelqu'un avait pris soin que cet entretien eût lieu dans le plus grand secret.

Il foula les profonds tapis de Perse recouvrant le sol de la salle renommée pour ses vingt-deux coupoles et colonnes, sa façade de céramique de couleur et les poèmes en langues persane et arabe peints sur les portes par les sultans eux-mêmes. De petits braseros de fer alignés le long des murs étaient emplis de braises ardentes qui répandaient une douce chaleur. Une haute estrade recouverte de tapis de Kum en soie portait un trône plaqué d'or et orné de tapisseries piquetées de perles avec de larges coussins tissés de fils d'or.

Deux des trois hommes se levèrent pour l'accueillir. Il s'agissait d'Izzat Pacha, timide ministre de l'Intérieur, et de Talât Pacha, le ministre de la Guerre. Le jeune officier qui était resté assis, sur les lèvres, un sourire arrogant, était Enver, chef du gouvernement et dictateur non officiel de l'Empire. Ils avaient revêtu leurs uniformes de parade : tuniques bleu marine à galons et boutons dorés, sangles de cuir bien cirées, décorations rutilantes et culottes de cheval brunes rentrées dans leurs bottes. Un quatrième homme en costume anthracite, col blanc amidonné et cravate gris perle se tenait debout derrière eux. Ses cheveux blonds étaient bien lissés et son visage étroit rasé de près et poudré. Mais dans ses yeux bleus Murat rencontra le même feu qu'à Saint-Jean-d'Acre la nuit où le comte Von Traub lui avait fait part de son plan concernant la Juive. Son regard trahissait le vif intérêt de Von Traub, et Murat en éprouva du soulagement. L'Allemand ne l'avait évidemment pas entraîné dans un piège ; en fait il brûlait de réaliser son projet, et rien d'autre n'importait. Le grand espion était sur le coup de sa carrière.

— Bienvenue à Istanbul, pacha, dit Enver d'une voix sirupeuse.

Murat s'inclina poliment avant de serrer la main des quatre hommes. La poignée de main d'Enver molle et brève. C'était un homme mince, aux épaules étroites, avec un visage de fouine, des yeux curieusement bridés et une fine moustache. Enver admirait tant les Allemands, nota Murat avec mépris, qu'il retroussait les pointes de sa moustache à la manière du Kaiser. C'était le Kaiser qu'il s'efforçait d'égaler, même si son rêve de conquérir la Russie lui avait valu le surnom de « Napoléonik », petit Napoléon. Une expression furtive et fuyante ne quittait jamais le visage étriqué d'Enver. Mais contrastant étrangement au milieu de ce visage, il avait la bouche charnue, humide et avide. Selon Murat, elle trahissait la véritable nature d'Enver.

Il répondit par des phrases courtes et prudentes aux questions de convenance qu'Enver lui posa sur le moral des troupes, la nourriture en Palestine, la femme de Murat à Istanbul et ses fils à l'académie militaire. Sans prendre part à la conversation, Izzat et Talât se contentaient de l'observer de leurs yeux froids et méfiants.

— Vous vous demandez sans doute pourquoi nous vous avons fait venir au Topkapi, poursuivit Enver de cette voix suave qui rappelait à Murat le ronronnement trompeur d'un léopard. C'est une idée du comte Von Traub, aussi le laisserai-je vous l'expliquer.

— Avant tout, je tiens au secret absolu, commença Von Traub en anglais.

Son accent saccadé déformait son anglais par ailleurs excellent. Murat soupçonnait le comte de parler le turc également tout en préférant le cacher.

— Votre visite à Istanbul ne peut être maintenue secrète, toutefois, et il y a ici suffisamment d'agents ennemis prêts à épiloguer sur les raisons de ce voyage soudain en plein milieu de la campagne palestinienne.

A nouveau sûr de lui, Murat sortit un étui de sa poche et plaça une cigarette au bout de son fume-cigarette d'ébène. Il gratta une allumette et souffla ostensiblement une longue bouffée en direction du plafond. N'importe qui d'autre fumant dans la salle d'audience du sultan se ferait rappeler à l'ordre, se dit-il, mais avec moi ils n'oseront pas.

— Veuillez éteindre votre cigarette, je vous prie, pacha, dit Enver d'un ton sec.

Penché en avant, il l'observait avec attention. Une lueur de colère traversa son regard, puis sa voix redevint doucereuse.

— Nous sommes ici dans le palais du sultan, et nous devons y respecter certaines règles. Vous aussi bien que les autres.

Il n'aurait jamais osé me parler comme ça il y a trois ans, se dit Murat, en rage. Mais il se contrôla. Il s'inclina poliment et écrasa sa cigarette dans une des minuscules soucoupes. Il avait deviné juste. Ils ne le craignaient plus autant depuis ses défaites dans le Sinaï. Mais vous ne perdez rien pour attendre, beys et pachas, jura-t-il intérieurement, titres ronflants ou pas, vous verrez de quel bois je me chauffe. Je tiens la Juive maintenant, et tout va changer ; je vais écraser les Anglais. Et vous en même temps. Il prit une profonde inspiration. En attendant... prudence !

— Nous avons besoin d'un prétexte valable justifiant votre venue ici, disait Von Traub, le maintien raide, les bras croisés sur la poitrine.

Il avait les doigts longs et fins et les ongles pâles, très soignés.

— En conséquence, à la fin de cet entretien, le sultan vous recevra pour vous remettre la médaille du Mérite, en récompense des services rendus en Orient. La nouvelle sera diffusée dans la presse, et ce sera la raison officielle de votre visite à Istanbul.

Une délicieuse sensation de soulagement envahit Murat, qui acquiesça d'un signe de la tête. Voilà pourquoi ils avaient choisi le Topkapi.

— C'est une bonne idée, comte, dit-il en glissant négligemment son étui à cigarettes dans sa poche.

— Au fait..., dit alors Talât Pacha, un autre officier va être décoré aujourd'hui. Pendant la même cérémonie. On le récompense pour son courage exceptionnel lors de la campagne de Gallipoli. C'est le général Mustafa Kemal. Vous le connaissez, je crois ?

Murat serra les dents.

— Oui, marmonna-t-il, je connais Kemal.

Ces chiens puants avaient décidé de l'humilier. Sa haine pour Kemal était de notoriété publique. N'étaient-ils pas ennemis au sein de l'organisation des Jeunes-Turcs dès avant la prise du pouvoir à Istanbul ? Kemal dirigeait alors un groupe indépendant d'officiers, la Patrie, basé à Damas, et avait publiquement sali le nom de Murat pour son rôle dans ce qu'il appelait « le massacre des Arméniens ». Il avait la folie des grandeurs ! Murat le savait. Un de ses informateurs lui avait une fois apporté une lettre privée dans laquelle Kemal affirmait qu'il pouvait devenir un jour le père de la Turquie moderne. A longueur d'articles, Kemal proclamait que la Turquie avait besoin d'un gouvernement « moral ». Quelle morale ? La sienne, naturellement, se disait Murat.

Mais Kemal était un adversaire redoutable. Il jouissait d'une popularité immense au sein des troupes. Certains l'appelaient « le loup gris d'Angora ». En fait, Kemal était son seul rival sérieux dans la course au pouvoir après l'élimination d'Enver, de Talât et d'Izzat. Les trois hommes calés dans leurs sièges en face de lui le savaient fort bien. Ils devaient exulter secrètement. Il les imaginait, le jour où ils avaient mis au point cette cérémonie idiote, décider de décorer Kemal aussi, uniquement pour gâcher le plaisir de Murat. Et pourquoi cette médaille à Kemal ? Pour Gallipoli, une campagne terminée depuis plus de deux ans !

La voix caverneuse de Talât l'arracha à ses pensées.

— Bon, disait-il avec agacement, on a trouvé un prétexte officiel pour votre venue ici, pacha. N'empêche que je ne comprends pas pourquoi vous aviez tant besoin de venir. Votre présence est plus utile en Palestine. C'est la guerre là-bas.

— Je pensais que le comte Von Traub vous avait fait part de son plan, dit Murat.

Il prit une gorgée du café épais et sucré.

— Il nous a seulement raconté la capture des espions anglais à Haïfa, reprit Talât. Et pourquoi ne les avez-vous pas pendus, ces salauds de traîtres ? Si c'était moi, ils se balanceraient au gibet jusqu'à ce que leurs cadavres empuantissent la Palestine tout entière.

Des trois hommes, Talât était le plus proche de lui. Ils étaient tous les deux issus de la tradition égalitariste que l'Empire avait héritée des anciennes tribus turques. La Turquie n'admettait aucune barrière sociale, aucune distinction de classes, ni du fait de la fortune ou de la naissance : un fils de mendiant pouvait par son mérite accéder jusqu'au sommet de l'Empire. Seul demeurait inaccessible le trône du sultan. Talât était comme Murat fils de paysan ; et comme lui il était monté en grade grâce à son courage. Ils avaient combattu ensemble plusieurs fois et participé comme chefs de division à la guerre des Balkans. Massif et musculeux, Talât dégageait une formidable impression de force. Et son visage carré, son front proéminent, sa mâchoire lourde renforçaient ce sentiment. Son aspect extérieur correspondait parfaitement à ce qu'il était : féroce, fruste, brutal. Murat pouvait le lire comme un livre ouvert. Talât lui rappelait les grands ours bruns que les Gitans montraient de village en village. Ils les tenaient au bout de longues chaînes rouillées et les faisaient danser au son de leurs violons grinçants. Au milieu des scintillements du palais du sultan, l'air balourd de Talât était encore plus déplacé, même s'il n'était pas aussi perfide et rusé que les deux vipères qui l'entouraient. Un jour, je le ferai danser au son de ma musique, pensa Murat.

— Nous pensons pouvoir utiliser les espions, la femme particulièrement, commença-t-il.

Mais soudain cela l'irrita d'avoir à se justifier face aux trois pachas comme devant un tribunal. Pourquoi Von Traub ne ferait-il pas le boulot, après tout ? Tourné vers l'Allemand, il s'inclina courtoisement et poursuivit :

— Mais demandez plutôt au comte Von Traub de vous expliquer, pacha. C'est lui qui a eu l'idée.

Von Traub s'inclina à son tour, avec froideur, en direction de Murat. Puis, sans préambule, s'adressant à Enver :

— L'armée anglaise est aux portes de la Palestine. Leur principale force armée est la division de cavalerie légère Anzac, une très bonne unité recrutée en Australie et en Nouvelle-Zélande.

— Ne se sont-ils pas battus à Gallipoli ? demanda Talât.

Il avait pris une pleine poignée de fruits secs, qu'il mâchait lentement, la bouche entrouverte.

— Si. Il y a parmi eux beaucoup de vétérans des Dardanelles.

— Fameux soldats, grommela Talât. Ce sont des hommes braves.

— Ils sont toujours au Caire, reprit Von Traub, mais leurs unités avancées sont postées face à nos lignes de défense entre Gaza et Beersheba. A la fin de l'hiver, au plus tard, ils lanceront leur offensive sur Jérusalem. Comme vous me l'avez dit une fois, Excellence, la chute de Jérusalem aux mains des Anglais pourrait être fatale à l'Empire.

Enver acquiesça sombrement.

— Oui. Jérusalem est la dernière ville sainte que nous tenons encore. Médine est encerclée et La Mecque aux mains du chérif Hussein, qui est à la botte de Larness.

— Larness ? Qui est ce Larness ? s'enquit Talât, front plissé et voix de stentor.

— Lawrence, corrigea lentement Murat. Le commandant Lawrence.

Il échangea un regard avec Enver agacé par cette flèche.

— Lawrence est officier dans les services de renseignements anglais. Il opère dans le Hedjaz. Il a réussi à se frayer un chemin jusqu'au sommet de la hiérarchie tribale et le chérif Hussein a fini par le recevoir. Il a fait certaines promesses à Hussein et aux autres cheikhs pour les inciter à rejoindre la rébellion contre nous.

— Des promesses ? Quelles promesses ? demanda Talât.

Murat n'était pas fâché de montrer à quel point il était bien renseigné.

— Je pensais que vous saviez, susurra-t-il en coulant un regard en direction d'Enver.

L'homme l'observait sombrement en triturant les pointes de sa moustache cirée. Murat poursuivit :

— Au nom du roi d'Angleterre, Lawrence a promis à Hussein, Saoud, Fayçal et Abdullah de les faire rois de Syrie, de Palestine, de Mésopotamie et d'Arabie s'ils combattaient aux côtés de l'Angleterre contre nous.

— Et ils y ont cru ? s'étonna Talât. Ne savent-ils pas que les Britanniques et les Français ont décidé de se partager le gâteau ?

Murat laissa échapper un rire étouffé.

— Lawrence est très persuasif.

— Toute la péninsule Arabique s'est dressée au coude à coude contre l'Empire à cause de lui, dit sèchement Von Traub.

— On dirait que les Anglais ont trouvé leur Von Traub, lança Talât avec un ricanement.

Mais personne ne sembla apprécier la plaisanterie. Les lèvres serrées, Von Traub garda le silence.

— Il n'y a pas de quoi rire, dit Murat. Lawrence est un homme redoutable. Il a juré de prendre Jérusalem.

— La chute de la ville sainte de Mahomet sera une trahison de son testament, dit Talât avec ferveur.

De tous les chefs des Jeunes-Turcs, il était le plus pieux.

— C'est la fin de l'Empire si on laisse tomber Jérusalem aux mains de ce... Larness et aux infidèles.

Et la mienne du même coup, se disait Murat en soutenant le regard d'Enver fixé sur lui. Il sait que je veux sa place, encore un faux pas et je suis bon pour l'hallali.

— Si nous perdons Jérusalem, dit Enver, les yeux rivés sur Murat, nous perdrons le soutien des musulmans palestiniens et syriens. Les Anglais entreront dans leurs territoires comme dans du beurre. Et en un rien de temps, ils seront aux portes d'Istanbul.

Talât hochait la tête avec gravité.

— Il ne peut pas arriver pire malheur à la Turquie que la perte de Jérusalem. Ce serait pire encore que la chute d'Istanbul. Parce que sans Jérusalem, nous ne pouvons plus nous prétendre les héritiers de la nation sainte de Mahomet.

Enver prit une poignée de dattes.

— Et vous avez un plan pour sauver Jérusalem, comte ?

Il y avait dans le ronronnement de sa voix une pointe d'ironie, que Von Traub ignora.

— Oui, Excellence. Et c'est pourquoi j'ai besoin de cette femme juive. C'est une espionne redoutable d'intelligence, une des meilleures que j'aie jamais connues. Je vais la retourner et en faire notre agent. Je veux qu'elle aille au Caire et qu'elle s'infiltre dans l'état-major impérial anglais.

— Au Caire ? s'exclama Talât, incrédule.

— Oui. Elle aura pour mission de s'emparer des plans de la campagne de Jérusalem.

— Tous les espions que vous avez envoyés au Caire ont été pris et pendus par les Anglais, dit Talât toujours la bouche pleine.

— C'est exact, Excellence, concéda Von Traub sans se départir de sa courtoisie glaciale. Mais ils étaient tous arabes, grecs, italiens... Cette femme portera un passeport canadien. Elle est née en Amérique, elle parle l'anglais à la perfection et n'ignore rien des habitudes et des coutumes anglaises. Son père est archéologue. Ils ont voyagé dans le monde entier avant leur venue en Palestine. Enfant, elle a vécu en Egypte et parle un peu l'arabe. Plus tard, elle a étudié dans les meilleurs établissements anglais et américains, et elle a même passé deux ans en Angleterre. Une jeune femme intelligente et belle comme elle deviendra sans mal la reine de toutes leurs réceptions.

Murat imagina l'espace d'un instant la Juive dans un palais du Caire, en robe de soirée, les yeux brillants et son cou de cygne orné de pierreries. Brusquement exaspéré, il chassa de son esprit cette image troublante.

— Il est vrai, pacha, dit-il à Enver qui semblait abîmé dans la contemplation des dattes dans sa main, que la Juive ne manque pas d'idées. Savez-vous qu'au moment de sa capture, on a découvert un minuscule revolver caché dans ses cheveux ?

— Mais elle est connue au Caire, non ? dit Enver à sa poignée de dattes.

— Pas vraiment, Excellence.

Von Traub avait bien préparé ses réponses.

— Elle n'y est plus retournée depuis son enfance. Elle ne connaît pas d'officiers anglais. Quand elle remettait ses rapports aux marins anglais près de la côte, elle avait toujours le visage masqué, pour raisons de sécurité. La seule personne qui la connaisse vraiment au Caire est son officier traitant, un Juif palestinien nommé Saul Donsky. C'est lui qui l'a recrutée.

— C'est son amant, je crois ? lança Murat.

Von Traub ignora sa remarque.

— Je peux vous garantir qu'ils n'auront pas l'occasion de se voir.

— Et comment arriverez-vous à cela ? demanda Talât.

Un pâle sourire passa sur les lèvres de Von Traub qui ne prit pas la peine de répondre.

Talât le considérait d'un air fâché.

— Elle mérite d'être pendue, dit-il sombrement. Et au lieu de ça vous allez la relâcher de prison et l'envoyer au Caire. Et vous comptez aussi la payer ?

— Nous avons un meilleur moyen de l'inciter à travailler pour nous.

Talât secouait la tête avec incrédulité.

— Vous avez pris une espionne qui travaillait loyalement pour Le Caire, et vous voulez l'envoyer au Caire travailler pour nous. Qu'est-ce qui vous fait penser qu'elle ne nous trahira pas ?

— Très juste, dit Enver. Tout ça semble trop risqué, comte. N'avez-vous personne d'autre pour ce travail ?

— C'est elle qu'il nous faut, dit Von Traub doucement. Elle portait toute l'opération sur ses épaules. Son père ne savait absolument rien, apparemment, et son jeune frère...

— Celui qui a été tué ? dit Talât.

Von Traub fit oui d'un signe de tête.

— Il ne faisait que l'aider. Il ne faisait pas vraiment d'espionnage. Mais tout cela est dans le rapport que je vous ai remis. J'espère que vous avez eu le temps de le lire.

Enver hocha la tête affirmativement.

Von Traub reprit.

— Comme je le mentionnais aussi dans mon rapport, Excellence, elle n'avait pas de complices. Ruth Mendelson n'a même jamais essayé de recruter d'autres agents. Elle savait très bien qu'aucun Juif palestinien ne rejoindrait son réseau.

— Et pourquoi donc ? interrogea toujours Talât.

Fruste et brutal, se dit Murat, mais pas stupide. Impossible de le faire lâcher prise une fois qu'il avait verrouillé ses mâchoires sur une proie !

— Les dirigeants juifs, expliqua patiemment Von Traub, ont averti les leurs que la moindre action contre les Turcs risquait d'attirer le malheur sur la communauté tout entière.

— Mais cette femme l'a fait malgré leurs avertissements, grommela Talât, obstiné. Alors il y en avait peut-être d'autres.

Von Traub haussa les épaules mais ne répondit rien. Murat sentit qu'il devait intervenir pour convaincre Enver d'accepter le plan de Von Traub.

— C'est elle qui a fourni aux Anglais les plans de défense d'El Arich. On a perdu la ville à cause d'elle uniquement.

Enver se pencha en avant. Il le scrutait. Ses yeux bridés n'étaient plus que deux fentes noires.

— Comment savez-vous cela ?

— Elle n'arrêtait pas de donner des réceptions pour les officiers turcs dans sa maison du mont Carmel, répondit Murat âprement. J'ai reconstitué la liste de ses invités et tout le monde a été interrogé. C'est en usant de flatterie et de sa séduction qu'elle a réussi à faire parler un imbécile de capitaine. Il lui a décrit les plans exacts de défense d'El Arich et du Nord Sinaï. Le crétin sera exécuté la semaine prochaine.

— Ce n'est pas le capitaine l'imbécile, pacha, lâcha soudain Enver d'une voix vibrante de colère, mais vous. Vos officiers devaient faire la guerre, pas des mondanités ! Alliez-vous aux réceptions de la Juive, vous aussi ?

Le silence envahit la vaste salle ; Izzat fixait sur Murat un regard ouvertement hostile. Talât cessa de mastiquer, des lignes profondes creusant son front bas.

— Alors, vous y étiez ? répéta Enver.

Murat secoua la tête négativement sans un mot, humilié. Ainsi Enver était déjà sur ses traces, prêt à le réduire en pièces au prochain faux pas !

Von Traub vint à sa rescousse.

— Elle obtiendra les plans pour nous, j'en suis sûr.

Un rictus sceptique incurva la bouche charnue d'Enver.

— Et comment allez-vous la convaincre de travailler pour vous, comte ?

Von Traub échangea un regard entendu avec Murat Pacha.

— J'ai une idée, Excellence.

Murat acquiesça. Le sang battait à ses tempes.

Enver le considérait au milieu d'un silence tendu, que seul troublait le murmure de la fontaine. Puis sa voix s'éleva, rauque et lourde de menace, directe cette fois, non plus voilée.

— Vous feriez bien de réussir cette fois-ci, Murat, dit-il. Plus une seule erreur.

Alors d'un geste brusque de la main, il écrasa les dattes entre ses doigts osseux. La peau des fruits mûrs s'ouvrit et la pulpe gluante s'en échappa, le jus épais et rouge se mit à goutter sur le tapis.

CHAPITRE 3

La lourde porte de fer grinça dans ses gonds rouillés. Eperdue, elle recula dans l'obscurité, rampant, traînant son corps dans l'humidité fétide. Mais comment se fondre dans les murs ? pensa-t-elle cramponnée à la pierre froide. Son corps n'était plus qu'une masse de souffrance, son esprit un abysse de terreur pure. Elle sentait les ignobles serpents de la démence s'enrouler autour d'elle, lentement, inexorablement. Et elle priait pour que la mort survînt la première.

Une lueur blafarde se balança du côté de la porte, et elle détourna la tête, en gardant les yeux hermétiquement clos. Un rat aveugle... aveugle, d'ailleurs, elle l'était presque avec son œil droit tuméfié, complètement fermé. Elle avait le visage meurtri, couvert d'ecchymoses ; le sang suintait de sa lèvre inférieure déchirée, là où elle avait enfoncé ses dents en un effort vain pour ne pas crier, ne pas hurler sa peur et sa douleur. Le goût métallique du sang envahissait sa bouche chaque fois que sa langue touchait la blessure.

Des pas se rapprochaient lentement sur le sol de pierre nue ; filtrant à travers ses paupières closes, la lueur se fit plus brillante. Le visage enfoui dans le creux du bras, elle risqua un regard avec son œil valide. Elle cligna plusieurs fois la paupière tandis que sa pupille s'accoutumait à la lumière crue. Un brouillard brunâtre flottait devant elle, voilant les deux silhouettes qui étaient entrées dans la cellule. L'une attendait devant la porte ouverte et sa forme se découpait sur la lueur glauque du couloir à l'arrière-plan. C'était une vieille femme, squelettique, un peu voûtée, et sa robe pendait autour de son corps décharné. Ses jambes semblaient bizarrement épaisses et noires sous l'ourlet inégal du vêtement en loques. Ruth pensa qu'elle devait porter le pantalon traditionnel des musulmanes.

L'autre femme, penchée au-dessus d'elle, était beaucoup plus jeune. Il y avait quelque chose de masculin dans ses épaules puissantes, ses cheveux coupés ras et ses bras courts. La lampe à pétrole dans une main, elle était trapue et grasse, avec le ventre protubérant ; ses cuisses musculeuses tendaient le tissu de la jupe lui arrivant aux genoux et ses pieds larges étaient enfermés dans des sandales de peau de vache.

Ruth ne leva pas les yeux vers les visages des deux femmes ; c'était inutile. Elle ne connaissait que trop leurs traits. La vieille avait un visage émacié, des plis de peau desséchée autour de la mâchoire ; le nez camus, la bouche tombante. Un réseau de rides et de sillons lui faisait une tête de tortue cauchemardesque. Ses yeux opaques ne s'éveillaient jamais, même lorsqu'elle frappait Ruth consciencieusement de ses poings osseux ou lui cinglait la paume des mains et la plante des pieds avec une baguette de bambou flexible. La vieille femme accomplissait son ignoble besogne avec une application perverse. En arrivant, elle commençait par ôter le voile noir masquant le bas de son visage. Puis elle allongeait Ruth sur le dos sur une table basse en bois et lui attachait méticuleusement les bras et les jambes au moyen de cordes imbibées d'eau. Ensuite, la vieille femme retroussait ses manches. Elle crachait dans ses mains, les frottait l'une contre l'autre avant de lever la baguette au bout de son bras décharné. Alors, tandis qu'une douleur indicible déchirait ses membres, tandis que ses dents s'enfonçaient dans ses lèvres en sang, Ruth contemplait d'un regard horrifié sa face de reptile, ses yeux fixes, les gros grains de beauté criblant sa lèvre supérieure et ses joues parcheminées, les filets de sueur qui serpentaient depuis les racines blanches de ses cheveux rares et rougis au henné... et la bouche mince, affaissée sur les gencives édentées, et légèrement retroussée tant elle se concentrait.

Mais Ruth savait à présent que la vieille n'était rien qu'une exécutante docile des ordres de l'autre femme, Suad. La vieille lui inspirait un profond dégoût, mêlé d'une étrange pitié pour cette misérable épave humaine, Suad éveillait en elle un sentiment d'horreur infini. Elle avait à peine plus de vingt ans, mais la cruauté marquait déjà tout son visage : ses mâchoires saillantes, son front bas, son nez épais, ses petits yeux haineux. Elle percevait une sorte de jouissance animale dans le souffle soudain court de Suad, sur ses lèvres frémissantes, et dans les spasmes répétés, presque sexuels, qui secouaient son corps lorsqu'elle la torturait. Et l'extase de Suad culminait toujours en même temps que la souffrance de Ruth, lorsqu'elle réussissait à briser sa résistance et à la faire hurler de douleur.

Ruth avait désespérément tenté de surmonter sa terreur, en fermant les yeux, en essayant de fermer son cerveau à la souffrance de son corps. Mais en vain. Chaque fois que la face de Suad apparaissait au-dessus d'elle, chaque fois que la mauvaise lueur s'allumait dans les petits yeux noirs, Ruth savait que son bourreau venait de concevoir un nouveau jeu sadique. Suad venait souvent seule, toujours occupée à mâchonner un morceau de pain arabe ou une poignée de doliques bouillis. Plantée au-dessus de Ruth, elle la considérait d'un air songeur, et tout à coup ses yeux s'allumaient. Elle frappait le ventre de Ruth avec une chaussette remplie de sable, l'étranglait jusqu'à lui faire perdre connaissance, elle lui flagellait les seins avec sa courte baguette de bambou ou simplement elle se jetait sur elle, la griffait, la mordait, la rouait de coups de pied, s'acharnait sur son visage à coups de poing.

Comment des femmes pouvaient-elles être aussi cruelles ? Suad pouvait faire irruption dans la cellule de Ruth à toute heure, comme si elle avait élu domicile dans les sinistres cachots de la forteresse de Saint-Jean-d'Acre ; rien ne semblait l'intéresser au monde sinon torturer Ruth. Voulait-elle la faire parler ? Elle ne lui avait jamais posé de questions. Elle avait probablement reçu l'ordre de la briser en prévision d'un interrogatoire imminent.

On ne l'avait interrogée qu'une fois, chez son père, peu après la mort de son frère. Curieusement, Murat Pacha ne lui avait lui-même posé aucune question. Après avoir examiné les documents découverts dans la cache de la salle de bains, Murat s'était approché d'elle ; elle était recroquevillée contre le mur, inerte, encore hébétée à la suite de la mort de Giddy. Murat lui avait pris le menton, et en la scrutant dans les yeux, il l'avait giflée de toutes ses forces. La grosse bague en or qu'il portait au petit doigt lui avait entaillé la peau sous l'œil, et elle avait senti le sang qui coulait. Les mains puissantes de Murat s'étaient alors refermées autour de son cou, et il l'avait observée d'un air narquois ; puis, soudainement, il l'avait repoussée contre le mur et était sorti en la laissant aux mains de deux jeunes officiers, un commandant et un capitaine.

Elle s'était évanouie de fatigue et s'était réveillée beaucoup plus tard enfermée dans un placard. Elle avait les mains attachées dans le dos. On l'avait laissée là sans manger ni boire une journée, ou peut-être plus ; elle avait perdu la notion du temps. Du fond de la maison, elle entendait les hurlements stridents de son père.

Elle l'avait vu le lendemain matin, lorsque les Turcs les avaient jetés tous les deux enchaînés dans un chariot tiré par un cheval. Le ciel était morne et bas ; le vieil homme avait traversé le jardin d'un pas chancelant ; il frissonnait dans son vieux pantalon et sa chemise sans col souillée de taches brunâtres. Il s'était efforcé docilement de grimper dans le chariot et il avait trébuché plusieurs fois ; finalement deux soldats l'avaient hissé pour l'asseoir face à Ruth. Le visage du professeur Mendelson était couvert de croûtes de sang séché et il la regardait fixement du fond d'une étrange hébétude. Il ne répondait pas à ses questions. Il n'avait même pas cillé lorsque, disposés en ligne, torches en mains, les soldats turcs avaient mis le feu à sa maison. Pas une seule fois durant le trajet en direction d'Acre, il n'avait tourné les yeux vers l'épaisse colonne de fumée qui consumait ses biens, son passé, son œuvre scientifique, et le peu qui lui restait de son fils mort. Son père était vivant, mais son regard éteint portait déjà la marque de la mort.

Ils avaient atteint la forteresse de Saint-Jean-d'Acre à la nuit tombée. Une foule d'officiers, de soldats et de gardes les attendaient dans la cour intérieure. Ruth avait reculé devant les deux lampes à pétrole soudain levées au-dessus de son visage. Des yeux emplis de haine brillaient dans l'obscurité, des voix avaient hurlé quelque chose en turc, puis un officier l'avait poussée vers un portail voûté en secouant inutilement son pistolet. Un fouet avait sifflé derrière elle, suivi par le gémissement rauque de son père.

A un moment, alors qu'ils descendaient, le bruit des chaînes de son père s'était éloigné ; elle s'était retournée, mais son père et ses gardes avaient disparu. On la traînait dans l'escalier qui s'enfonçait sous terre entre deux rangées de cellules surpeuplées ; Ruth entendait les prisonniers gémir, jurer, ronfler et elle sentait l'odeur nauséabonde des excréments humains et des corps d'hommes entassés.

La descente interminable lui avait rappelé sa visite des catacombes à Paris. Elle était avec son père alors, fermement accrochée à cette main si rassurante avec son odeur de tabac et de vieux livres. Cette fois, elle était seule pour une descente aux enfers dont elle ne ressortirait sans doute pas vivante.

Une lampe fumante à la main, un des gardiens de la prison ouvrait la marche. C'était un grand Arabe, probablement de descendance africaine avec ses cheveux crépus et sa peau foncée. Sa robe longue, pâle, ondulait comme le linceul d'un spectre dans les couloirs traversés de courants d'air. Il s'était immobilisé devant une cellule tout au fond du corridor. Des gouttes d'eau suintant du plafond bas s'écrasaient sur le sol de pierre avec un son discordant. La lampe du gardien avait alors éclairé les deux femmes qui l'attendaient accroupies au sol. La plus jeune s'était levée lentement en mastiquant un morceau de pain de pita ; dans la lumière blafarde, elle avait scruté Ruth. Et le cauchemar avait commencé.

Suad fit encore un pas et Ruth recula, éperdue, le corps frissonnant. Elles l'avaient laissée en paix depuis la veille au matin. Ou était-ce le soir ? Impossible de distinguer le jour de la nuit dans les profondeurs du donjon. Elle s'était réveillée plusieurs fois en hurlant, pour s'apercevoir que son rêve atroce était réalité : son frère était vraiment mort, son père sombrait dans la démence, et il ne restait plus de leur maison qu'un tas de cendres. Tout cela par sa faute. Comment réparer, même si elle survivait, le terrible désastre tombé sur sa famille ? La marque de Caïn à jamais gravée dans sa conscience, elle serait jusqu'à son dernier souffle tenaillée par la culpabilité.

Mais une autre peur, plus effroyable encore, la hantait depuis l'instant de sa capture. Elle craignait d'avoir entraîné la communauté juive de Palestine dans la pire des tragédies. Pourquoi les Turcs se gêneraient-ils désormais d'exercer une vengeance sanglante sur les colons et paysans disséminés dans la campagne ? Elle leur avait offert une bonne raison d'éliminer une fois pour toutes les Juifs européens dont ils avaient jusqu'alors toléré à contrecœur l'immigration en Palestine.

Plus d'un an auparavant, on avait amené Ruth secrètement auprès de Joseph Shurman, le chef officieux de la communauté juive. Elle gardait un souvenir vivace de cette rencontre de mauvais augure. Cette nuit-là, elle descendait à cheval par un chemin dérobé la pente du mont Carmel ; elle se rendait à son rendez-vous avec le bateau du Caire. Soudain deux hommes surgis des broussailles avaient saisi les rênes de son cheval.

— N'ayez pas peur, avait chuchoté l'un d'eux en hébreu.

Elle s'était ainsi aperçue qu'en dépit de leurs keffiehs et de leurs longues capes noires, les hommes étaient juifs. Puis en voyant leurs tuniques russes et les cartouchières entrecroisées sur leurs poitrines, elle avait compris qu'ils appartenaient à la Hachomer, l'organisation de défense juive. Ils lui avaient fait remonter un sentier chevrier jusqu'au sommet de la montagne rocailleuse. Un homme l'y attendait, assis sous le tronc fendu d'un olivier. Il portait un manteau de peau de mouton retournée et une casquette à visière.

— Laissez-nous, dit-il aux deux hommes, et elle reconnut la voix de Joseph Shurman. Viens t'asseoir près de moi, Ruth.

Plus intriguée qu'inquiète, elle était descendue lentement de cheval. Accroupie près de lui, elle avait scruté son visage sans pouvoir distinguer ses yeux dans l'ombre de la visière.

— Nous sommes tous menacés à cause de toi, avait dit Shurman sans aucun préambule.

Du fond du ravin était monté l'appel nostalgique d'un oiseau de nuit.

— Que voulez-vous dire ?

Elle avait la voix mal assurée. L'herbe était humide, et elle avait frissonné.

— Tu sais de quoi je parle, Ruth. Je suis au courant de ce que tu fais.

Shurman parlait à voix basse, presque un murmure.

— Ne t'inquiète pas, je ne te trahirai pas. A part moi, personne ne sait. Tu t'es jetée dans une aventure insensée. Je suis venu te demander d'arrêter.

Elle était demeurée un long moment sans voix, horrifiée par les paroles de Shurman. Ainsi il savait qu'elle travaillait pour le compte de l'Angleterre. Enfin, rassemblant ses esprits, elle avait dit :

— Je ne peux pas, Joseph. C'est pour le bien de notre peuple.

Il avait laissé échapper un éclat de rire amer.

— Oh ! non ! avait-il dit doucement, oh ! non !...

Il avait marqué une autre pause. Il était de ceux qui affectionnent le silence plus que les mots.

— Il y aura un bain de sang en Palestine si les Turcs te prennent. Ils massacreront les Juifs comme ils ont massacré les Arméniens. Sauf que ça ira beaucoup plus vite.

Une nouvelle pause, puis :

— Nous ne sommes pas plus de cinquante ou soixante mille ici. Et ils anéantiront tout ce que nous avons bâti en Palestine. A cause de toi.

Elle secouait la tête.

— Je ne peux pas faire autrement, Joseph. L'Angleterre est notre seule chance.

Hésitante, elle avait ajouté :

— Vous ne pouvez pas m'obliger à arrêter, vous savez.

Il avait regardé au loin en hochant la tête.

— C'est exact, je ne peux pas t'y obliger.

Il s'était levé et elle l'avait suivi jusqu'au bord du ravin. Elle entendait les chuchotements des deux hommes dans le canyon peu profond.

— Bâtir tout ceci nous a coûté un tel effort, avait-il dit. Tant de vies humaines, tant d'espoirs... Il nous faut protéger ce qui a été créé, ou alors notre retour sur cette terre s'achèvera par un désastre, comme dans le passé. Tu pourrais nous entraîner dans une tragédie, Ruth.

— Ou vers la victoire, avait-elle dit, obstinée.

Shurman s'était soudain retourné. Il avait pris la tête de Ruth entre ses mains calleuses. Elle distinguait avec peine son visage émacié et fripé dans la lueur blafarde des étoiles.

— Tu es si jeune, si belle, avait-il murmuré d'une voix douce et triste. Et si naïve, Ruth. Que Dieu nous vienne en aide.

Mais Dieu ne leur était pas venu en aide.

A présent, elle gisait là, dans cette cellule obscure, ensanglantée, dépouillée de tout, et les paroles de Shurman résonnaient interminablement dans sa mémoire. Comme les Arméniens, avait-il murmuré d'une voix très douce. Mais plus vite... Mais il le fallait, je ne pouvais pas faire autrement, se répétait-elle en ce dialogue imaginaire qui possédait ses pensées depuis son arrestation ; c'était pour le bien de la nation.

Et pour Saul, ajoutait une voix intérieure, dévoilant timidement la raison essentielle pour laquelle elle s'était jetée corps et âme dans cette entreprise. Par amour pour Saul Donsky.

Saul. Elle aimait Saul de tout le feu qui consumait son cœur. Elle ne s'était jamais imaginée capable d'une telle passion avant de le rencontrer. Elle aimait à rêver, bien sûr. Elle était profondément romanesque et consciente de cette corde qui vibrait tout au fond d'elle, sous le vernis de la tranquille assurance, produit de son éducation anglaise. Certains couplets des grands poètes anglais et français éveillaient en elle une manière de nostalgie. Mais elle n'avait jamais rencontré l'homme que ses rêves tissaient en secret. Elle en avait pourtant connu beaucoup au cours de ses voyages avec son père, et pendant ses études en Angleterre ; elle avait ensuite côtoyé quotidiennement et en toute simplicité un grand nombre de jeunes colons juifs de Palestine. Aucun n'avait éveillé en elle ni trouble ni intérêt.

Bien sûr, elle savait lire dans les yeux des hommes la séduction que ses vingt-quatre ans exerçaient. Elle le savait, mais ne pouvait s'y habituer. Leur attention continuait de la surprendre, et si elle se sentait flattée, cela l'embarrassait toujours un peu. Elle détestait ces femmes coquettes et vaniteuses qu'elle avait rencontrées dans les villes prestigieuses du monde. La compagnie des hommes ne l'impressionnait nullement, et elle recevait sans manifester aucune confusion leurs compliments maladroits et leurs regards fougueux.

Tout avait changé le jour où Saul Donsky était entré dans sa maison et dans sa vie. Son magnétisme étrange avait balayé toutes ses défenses, la laissant désorientée, totalement vulnérable. Dès l'instant où, par un soir très doux dans le jardin de leur maison, il avait posé sur elle ses yeux noirs et intenses, son corps avait répondu par une impulsion presque douloureuse, un élancement.

Cela faisait maintenant près de trois ans, à la fin d'un été qui s'étirait interminablement. Les ombres du crépuscule se déroulaient déjà le long des pentes, une fraîche brise montait de la mer. Les nuages duveteux, teintés de rouge, baignaient d'une lueur incandescente les cimes du mont Carmel ; ainsi que les deux cavaliers qui s'avançaient dans le jardin. Mal assuré dans sa selle, son père agitait son casque colonial, faisant mine de la saluer bien bas.

— Voici Saul, mon nouvel assistant, avait-il dit.

Le jeune homme, monté sur un cheval fort vieux et indolent, avait mis pied à terre ; et alors leurs regards s'étaient rencontrés.

C'était un homme mince, approchant de la trentaine, vêtu de noir. Teint mat, bouche énergique, boucles brunes et rebelles au-dessus d'un front large. Son visage était d'une beauté rude, durci par le menton volontaire, adouci par des yeux empreints d'une profonde sagesse. Sentant ses joues s'empourprer, elle s'était réfugiée en hâte à l'intérieur de la maison en marmonnant un vague prétexte au sujet du dîner. Elle avait trébuché avant de faire une halte devant le miroir damasquiné du salon pour examiner son visage en feu.

Au dîner, les yeux brillants de contentement, son père avait entrepris d'expliquer son nouveau projet d'exploration des ruines de Césarée. Puis s'apercevant que Ruth et Giddy, manifestement fascinés par le nouveau venu, ne l'écoutaient pas, il s'était tu pour noyer son orgueil blessé dans son bol de soupe. Ruth avait pensé plus tard que seul un homme de science distrait comme son père avait pu ne pas remarquer la tension étrange qui s'était installée entre Saul et elle durant ce dîner. Trop occupé à assaillir Saul de questions, Giddy n'avait rien perçu non plus.

Saul ne parlait pas volontiers de lui-même. Il s'exprimait dans un hébreu singulier mais charmant, empli d'expressions surannées probablement apprises dans les livres anciens et les bibles. Il avait la voix douce, légèrement voilée et un accent russe mélodieux. Il était né à Kiev, en Ukraine, disait-il, mais avait passé bien des années à Saint-Pétersbourg comme étudiant. Oui, avait-il avoué sous le feu des questions de Giddy, il avait participé au mouvement révolutionnaire étudiant ; et aussi à la révolution avortée de 1905. En révélant son dernier secret, il avait ajouté qu'il avait été jeté en prison par l'Okhrana du tsar après que la révolution eut été noyée dans le sang.

Ruth devait apprendre plus tard que son séjour dans les cachots du tsar n'était nullement le dernier secret de Saul. Au cours des semaines qui avaient suivi leur première rencontre, divers fragments de la vie tumultueuse de Saul lui étaient parvenus par la bouche de Giddy. Saul avait littéralement ensorcelé son jeune frère, selon toute apparence déterminé à consacrer le reste de son existence à l'étude du passé nébuleux de son héros. Attaché à ses pas comme une ombre, toujours disposé à lui rendre service, il avait fini par transpercer la carapace de Saul pour devenir son confident. Et ce qu'il n'apprenait pas directement de Saul, l'adolescent s'ingéniait à le reconstituer à partir de rumeurs et d'informations disparates recueillies au village ou auprès des visiteurs de son père.

Saul, murmurait fiévreusement le jeune garçon à l'oreille de Ruth, n'était pas seulement révolutionnaire. C'était aussi un des chefs de la conspiration contre le régime tsariste. Il s'était évadé de sa prison de Sibérie quelques années après son arrestation pour retourner à ses activités périlleuses. Passé maître dans l'art du déguisement et de la dissimulation, il avait réussi à brouiller les pistes et à échapper aux agents du tsar lancés à sa poursuite. Un informateur de l'Okhrana avait néanmoins réussi à s'infiltrer au cœur même du réseau clandestin. L'organisation avait été démantelée, ses membres pendus, et seuls quelques-uns avaient pu échapper aux griffes de la police secrète du tsar. Mais Saul, lui, était resté là-bas, racontait Giddy en retenant son souffle ; il avait démasqué le traître et l'avait étranglé de ses propres mains avant de s'enfuir de Russie déguisé en rabbin hassidim.

Ruth n'y croyait pas, bien sûr ; le doux jeune homme ne pouvait pas avoir commis de sang-froid un meurtre pareil ! Parfois pourtant son visage se transformait, et elle discernait quelque chose d'implacable dans un froncement de sourcils, dans le regard qui se faisait dur et la bouche plus mince. De toute façon, le passé mystérieux de Saul ne faisait qu'intensifier son magnétisme. Et elle avait dû rapidement se rendre à l'évidence : elle était amoureuse de Saul Donsky.

D'une main hésitante dans l'obscurité, elle toucha ses lèvres desséchées et ensanglantées. Son amour pour Saul n'avait jamais été consommé. Il ne l'avait embrassée qu'une fois, mais le souvenir de ce baiser brûlait encore dans ses veines. Ce soir-là, il l'avait retrouvée au sommet de la colline, sous le chêne solitaire où elle avait coutume de s'asseoir pour admirer le coucher de soleil. Saul avait découvert par hasard — c'est du moins ce qu'il prétendait — son refuge secret en haut de la colline, et de temps à autre, il se matérialisait à ses côtés à l'improviste, lorsqu'il revenait des fouilles de son père pour passer une nuit dans la grande maison.

De longs silences ponctuaient leurs rencontres sur la colline ; ils évitaient avec soin tout sujet de conversation trop personnel et parlaient plutôt du pays, du travail de son père ou d'histoire, le sujet favori de Saul. Mais leurs discussions manquaient de liberté et avaient une tonalité gauche et artificielle. Elle ne faisait jamais allusion à son passé en Russie ; il l'évoquait en termes généraux et disait avoir subi une métamorphose, lui le révolutionnaire russe devenu un fervent sioniste.

— Il est temps que les Juifs cessent de faire les révolutions et les guerres des autres peuples, lui avait-il dit une fois, et qu'ils commencent à s'occuper de leur avenir à eux. Et leur avenir est ici, sur cette terre.

En ce soir inoubliable de la fin de l'automne de 1914, Saul était demeuré assis à ses pieds un long moment sans dire un mot. Depuis le début de la guerre, il semblait préoccupé, tendu, comme la proie d'une obsession secrète.

— Quelque chose ne va pas, Saul ? avait-elle demandé en touchant son épaule.

Il portait, elle s'en souvenait très bien, une roubashka de grosse toile blanche, élimée mais propre, avec une encolure basse brodée de fils argentés ternis. Et ses éternelles bottes noires, qui avaient grand besoin d'être réparées.

D'une voix ardente, il avait dit alors :

— Il ne faudra plus espérer créer un Etat juif en Palestine si les Turcs gagnent la guerre.

Elle s'était levée pour lui faire face.

— Pourquoi dites-vous cela ? Papa pense au contraire que nous devrions soutenir les Turcs. Les chefs de la communauté viennent juste de publier une proclamation incitant les hommes à rejoindre l'armée turque.

— Les chefs de la communauté sont un tas d'imbéciles et de poltrons, avait-il marmonné, avec une violence qu'elle ne lui connaissait pas. Les Turcs nous ont trahis et nous trahiront encore ! Ne voient-ils donc pas cela ? Il y a quinze ans, le sultan avait promis à Herzl que l'Empire ottoman nous aiderait à retrouver notre terre. Et qu'est-il sorti de cette promesse ?

— Mais Herzl est mort trois ans après, avait-elle répliqué.

Saul avait sauté sur ses pieds et l'avait prise par les épaules. Elle avait senti la pression de ses doigts à travers la fine étoffe de son chemisier.

— Ça n'a rien à voir, ne le savez-vous pas ? Le sultan n'avait de toute façon aucune intention de tenir parole. En fait, Herzl n'avait même pas encore quitté Istanbul que le sultan ordonnait déjà une politique d'oppression et de persécution systématique de nos colons en Palestine. Les Turcs sont nos pires ennemis, Ruth.

— Alors, que faut-il faire d'après vous ?

Son visage était pâle, ses yeux brillants.

— Travailler avec l'Angleterre, avait-il dit, ses doigts s'enfonçant dans sa chair. C'est la seule issue, vous ne voyez pas ?

— Mais...

— Ce sont des gens corrects, Ruth. Ils nous aideront à bâtir notre Etat si nous les aidons à gagner la guerre.

Elle l'écoutait en hochant la tête, emportée par son charisme, captivée par son regard intense. Le vent frais du large jouait dans ses cheveux et un effluve poivré était monté des fleurs sauvages couvrant le flanc de la montagne. Par la suite, elle n'avait pas réussi à se souvenir du moment exact où ils s'étaient tus et où il l'avait prise dans ses bras. Elle se rappelait bien, en revanche, le contact brûlant de ses lèvres sur les siennes, cette pression brève et fougueuse, et le courant violent qui avait traversé son corps. Le souvenir de cet unique baiser la faisait encore vibrer et il hantait ses nuits solitaires.

Le même jour, quelques heures après, la police

ottomane arrêtait Saul et une centaine d'autres Juifs jugés dangereux. Expulsé de Palestine, Saul avait gagné l'Egypte quelques semaines plus tard. Elle était restée sans nouvelles de lui pendant presque un an. Puis, un matin, elle avait découvert glissé sous la selle de sa jument un mot écrit de sa main. Il travaillait pour les services secrets britanniques au Caire ; il s'occupait du réseau de Palestine. « Il faut m'aider, Ruth. J'espère que tu te souviens de ce coucher de soleil sur la montagne. » Elle s'était mise à trembler, le sang battant à ses tempes. Suivaient des instructions détaillées lui indiquant comment lui faire parvenir sa réponse dans une lettre d'apparence anodine adressée à un cousin en Suisse, pays neutre.

— « Oui, Saul », avait-elle écrit. Oui, mon amour, avait-elle pensé.

A chacun de ses réveils, elle retrouvait l'obscurité de la cellule et la puanteur des excréments dans le seau qu'ils ne se préoccupaient pas de vider. Elle avait entendu des petits bruits de pas sur le sol et aperçu la lueur rouge des yeux des rats courant autour d'elle. Elle avait senti son sang se glacer dans ses veines, mais ils l'avaient laissée tranquille pour s'attaquer à la nourriture — une tranche de pita et une écuelle de pois chiches salés — qu'elle n'avait pas réussi à manger.

Mais Suad et Gurun étaient de nouveau là, et le cauchemar allait recommencer. Elle s'efforça en vain de surmonter la terreur qui lui tordait l'estomac ; un tremblement continu secouait son corps tout entier. Suad ne la frappa pas. Penchée sur Ruth, elle dit quelque chose en turc. Ruth la regarda sans comprendre. Suad répéta ce qu'elle venait de dire, puis elle parla en arabe.

— *Ta'ali !* ordonna-t-elle.

Ruth se souvenait de ce mot. Cela voulait dire : viens. Où ? Comment ? Et que lui voulait-elle ?

Suad s'impatientait.

— *Ta'ali !* marmonna-t-elle encore.

La saisissant par le bras, elle la tira vers le haut. Ruth se dressa sur les genoux et tenta de se mettre debout. Une extrême faiblesse l'envahit ; la cellule tournoyait autour d'elle. Sans se décourager, elle voulut se hisser sur ses pieds. Mais à peine les eut-elle posés au sol qu'une douleur insoutenable la transperça, et elle retomba sur la pierre. Suad lâcha un juron ; elle fit un signe à Gurun qui engouffrait les reliefs du festin des rats près de la porte. A regret, elle reposa le plateau par terre et s'approcha en s'essuyant les mains sur sa robe. Les deux femmes prirent Ruth chacune sous un bras et la traînèrent hors de la cellule, Suad tenant la lampe à huile de son autre main. Ruth les regardait d'un air effaré. Où l'emmenaient-elles ? Etait-ce la fin ? La douleur dans ses jambes et dans ses pieds était intolérable, mais un reste de fierté au fond de son cœur lui fit serrer les dents pour ne pas crier. Les deux femmes échangèrent quelques mots en turc avec le gardien. Alors, passant derrière Ruth, l'homme souleva le bas de ce qui avait été sa chemise de nuit, et il examina ses pieds. Il grommela quelques mots et, en dépit des protestations véhémentes de Suad, il souleva Ruth dans ses bras. Sans effort apparent, il la porta ainsi jusqu'au bout du couloir et dans l'escalier.

Ruth sentait sous son dos et sous ses jambes les muscles puissants du gardien. La tête reposant contre son torse, elle sentait également les battements de son cœur. Un lointain souvenir d'enfance lui traversa fugitivement l'esprit : le doux contact de sa mère la serrant contre sa poitrine dans leur maison de la banlieue de Boston, et son père l'emportant dans sa chambre en haut de l'escalier. Son père riait et l'embrassait et lui chatouillait les pieds... son rire couvrait la toux de sa mère qui, elle devait l'apprendre plus tard, était alors déjà condamnée. Pauvre Giddy, pensa-t-elle, il était si jeune à la mort de leur mère.

Elle prit une profonde inspiration pour s'arracher aux ombres de son passé. Le vêtement crasseux du gardien sentait le rance ; ou peut-être était-ce son odeur à elle qui gisait dans sa sueur et ses excréments depuis son arrivée dans l'infect cachot ? Elle avait atteint le fond de l'avilissement et de l'humiliation. Et à présent elle allait mourir.

Comme le gardien montait les marches, elle entendit les mêmes chuchotements et les mêmes jurons que la nuit de son arrivée. Là s'entassaient dans l'obscurité des cellules des centaines de prisonniers, dont son père. Derrière les murs épais, quelqu'un gémissait de douleur en appelant Allah à son secours ; bientôt la voix fut noyée dans les accents dissonants d'un chant arabe entonné par quelques voix masculines. On dut l'apercevoir, car le chant monotone s'interrompit brusquement et de cellule en cellule, de part et d'autre de l'escalier tournant, ricochèrent des interpellations surexcitées. Plus ils avançaient, plus le vacarme augmentait ; c'était à la fin une terrifiante cacophonie de braillements, de sifflets et de rires gras. Ouvrant son œil valide, Ruth distingua une multitude de faces barbues et hirsutes pressées contre les ouvertures étroites et rectangulaires placées à hauteur de genoux. Des doigts crasseux s'accrochaient aux barreaux. Elle imaginait les regards brûlants, à demi déments, fixés sur elle.

L'air devint plus frais et plus léger ; une soudaine clarté la fit cligner des yeux : la lumière du jour ! Le gardien marchait à présent sur un terrain plat. Elle hasarda un autre regard et discerna de hauts murs de pierre sous un ciel gris. L'odeur âcre du crottin de cheval flottait partout. Des soldats en très grand nombre étaient alignés.

Le gardien s'immobilisa et dit quelque chose en turc d'un ton respectueux. Ruth s'efforça de tourner la tête ; mais avant même d'avoir vu le visage barbu et les yeux noirs perçants, elle reconnut la voix caverneuse de Murat Pacha.

Murat la prit par la nuque et fit pivoter sa tête vers lui. Une expression de surprise et de colère emplit ses yeux de prédateur. Le visage déformé par la fureur, il se tourna vers Suad et vociféra. Les mains sur les hanches, elle lui répondit calmement. Soudain, Murat plongea vers elle et la gifla deux fois du dos de la main.

— Elle dit qu'elles frappent toujours les prisonnières, expliqua Murat en anglais à quelqu'un que Ruth ne voyait pas, et que personne ne s'en plaint.

L'autre homme s'approcha. Elle fut surprise de voir un homme blond, étroit d'épaules dans son uniforme allemand. Sa casquette à la main, il se tapotait la jambe. Il avait les cheveux raides, le visage allongé, les traits contractés et les yeux bleus. Il lui jeta un regard indifférent et haussa les épaules.

— Ça va nous faire perdre du temps, dit-il en anglais avec un fort accent allemand.

Murat aboya quelque chose au gardien, qui porta Ruth jusqu'au coin le plus proche. Il la déposa au sol sans ménagement et l'assit adossée au mur. Puis il lui mit les bras dans le dos, et elle sentit se refermer sur ses poignets les menottes de fer. Le gardien lui passa ensuite autour de la taille une chaîne qu'il serra fort et qu'il glissa dans deux larges anneaux scellés dans la pierre avant de refermer un lourd cadenas. Elle était épinglée au mur comme un papillon, obligée de regarder vers une plate-forme surélevée de l'autre côté de la cour. Quelques grosses gouttes de pluie tombèrent sur son visage. Soudain, elle vit un homme colossal sur la plate-forme. Il avait une moustache noire, tombante, et à part cela le visage et le crâne rasés de près. Il était torse nu, et l'on voyait ses muscles énormes bouger sous sa peau comme des créatures vivantes. Il portait un pantalon bouffant de grosse toile noire, et la lame du cimeterre sur lequel il s'appuyait reflétait la lumière blafarde du matin. Ruth frissonna.

Elle entendit des pas. Murat Pacha et l'officier allemand s'approchaient d'elle.

— Regarde ça, dit Murat entre ses dents serrées.

La saisissant par les cheveux, il lui maintint la tête tournée vers l'estrade. Deux hommes enchaînés gravissaient sous escorte l'escalier de pierre en haut duquel se tenait le géant à demi nu. La tête recouverte d'une haute cagoule de toile brute, ils vacillaient et trébuchaient à chaque pas sur les marches inégales. A coups de pied et à coups de crosse, les soldats les forcèrent à s'agenouiller sur l'estrade, leurs mains entravées par des menottes tordues dans le dos, leurs têtes touchant presque le dallage.

Le Turc au cimeterre se pencha et d'un geste preste il ôta la cagoule du premier prisonnier. L'homme avait le visage tuméfié et couvert d'ecchymoses ; Ruth avait néanmoins vaguement l'impression de l'avoir déjà vu. L'homme tourna la tête avec peine et laissa échapper un hurlement de terreur. Le Turc levait lentement son cimeterre.

Ruth se débattit pour se détourner, mais Murat la tenait par les cheveux d'une poigne de fer.

— Alors, tu te souviens de lui ? chuchota-t-il. Tu te souviens ?

Tout d'un coup, lui revint l'image du fringant jeune homme en uniforme d'officier, avec sa moustache cirée et son visage bien rasé, lors de cette réception chez elle, il n'y avait pas si longtemps...

— Le capitaine...

— Exactement, dit Murat. Cet imbécile de capitaine qui t'a donné les plans d'El Arich. Regarde. Il va avoir ce qu'il mérite.

Murat leva la main. D'un mouvement rapide et violent, le bourreau abattit la lame large et recourbée. La tête tranchée roula sur la pierre à ses pieds. Le corps décapité se figea un instant avant de basculer de côté, un flot de sang jaillissant des artères sectionnées.

Ruth hurla. Elle secoua la tête de tous côtés et tira désespérément sur les menottes qui lui clouaient les poignets au mur. Les yeux hermétiquement clos, elle tentait d'échapper à la scène d'horreur qui se déroulait sur la plate-forme. Dans quelques instants, à son tour, elle s'agenouillerait sur la pierre ensanglantée pour attendre comme le jeune officier turc que s'abattît sur son cou le cimeterre du bourreau. Pour quelle autre raison l'auraient-ils amenée là ? Mon Dieu, pria-t-elle, faites que ça vienne vite, que ça soit fini, mon Dieu...

Mais Murat poursuivait son jeu cruel.

— Je vous conseille d'ouvrir les yeux, mademoiselle. Vous connaissez mieux encore le suivant.

— Non..., bredouilla-t-elle. Arrêtez...

— Ouvrez les yeux ! souffla-t-il dans son oreille. Sa vie est entre vos mains.

Le Turc ôta la cagoule de l'autre homme et leva son cimeterre. Une broussaille de poils blancs recouvrait le visage du prisonnier ; la bouche entrouverte, il avait les yeux éteints, vides d'expression, comme si la vie l'avait quitté longtemps avant de monter sur la plate-forme de pierre. Son cri mourut dans sa gorge et elle suffoqua, près de s'évanouir. Car l'homme aux cheveux blancs au-dessus de qui le bourreau avait levé son arme était son père.

L'Allemand lui parlait, mais elle n'entendait pas. Elle tremblait de tout son corps et agitait follement la tête. Il répéta sa phrase plusieurs fois. Finalement, il s'agenouilla près d'elle et parla d'une voix forte et distincte. Elle le regarda, hébétée. Elle voyait derrière l'Allemand un prisonnier arménien qui les observait intensément entre les barreaux de sa cellule, le cou tendu pour mieux entendre.

— C'est la tête de votre père qui va tomber maintenant, Fraulein, disait l'Allemand avec froideur. A moins que vous n'acceptiez de faire quelque chose pour nous.

Lentement, les mots firent leur chemin dans son esprit égaré d'horreur et peu à peu elle en saisissait le sens.

— Que..., commença-t-elle, mais sa voix la trahit et aucun son ne sortit de ses lèvres. Que..., essaya-t-elle encore sans quitter des yeux l'officier blond.

— Nous voulons que vous alliez au Caire, dit l'Allemand.

CHAPITRE 4

Le chœur des coqs dans les arrière-cours aux palissades de roseau de la banlieue sud du Caire et les aboiements des chiens galeux semblant leur répondre depuis les ruelles de Masr el-Qadimah — le Vieux Caire — réveillaient Saul Donsky tous les matins. Bientôt suivrait l'appel plaintif à la prière du matin lancé par le muezzin de la vieille mosquée Amr. Et peu à peu enflerait la rumeur de la grande ville, ce vacarme typique du Caire où se mêlaient rires d'enfants, disputes de femmes, mélopées des conducteurs de chameaux et cris des marins au-dessus du clapotis des eaux du Nil. Fredonnement éternel de l'Egypte montant et descendant comme le souffle rauque d'une courtisane orientale qui a tout vu et tout entendu depuis le temps où avait émergé la première pyramide de la mer de sable de Gizeh.

Un autre bruit, également familier, se joignit au concert discordant qui emplissait la petite chambre. C'était la voix haut perchée de l'Italienne d'à côté qui se disputait avec son froussard de mari. La nuit précédente, elle avait aussi cherché querelle à Saul, et son époux venu à sa rescousse avait agité ses petits poings sous le nez de Saul en roulant des yeux furibonds. Ils en avaient soupé de ses horaires tardifs, avait hurlé l'Italienne, et de ces gens qui venaient le voir en pleine nuit. Ils n'avaient pas eu une seule nuit de repos depuis son arrivée ici. C'était une pension respectable, pas un hall de gare, et elle n'aurait qu'un mot à dire pour le faire jeter dehors. Son mari était un homme d'affaires important, disait-elle, il exportait des dattes en Italie, et ils vivaient comme des rois avant la guerre, mais maintenant à cause de cette calamité ils étaient obligés de frayer avec des gens comme lui. C'était une grosse femme aux cheveux teints et aux bras dodus et blancs ; sa robe élimée était décolorée par la sueur à l'endroit des aisselles. Ils avaient déjà parlé au gérant de la pension, avait-elle dit, et si cela n'y faisait rien, eh bien, ils iraient à la police. Saul avait fait de son mieux pour les calmer, et ils étaient partis, la femme claquant la porte derrière elle. Il risquait de se retrouver à la rue s'ils se plaignaient à nouveau au gérant.

C'était le prix de son indépendance, méditait Saul Donsky. Les militaires, eux, n'avaient à s'inquiéter ni du logement ni de la nourriture ni des vêtements. Mais il avait refusé de s'engager dans l'armée, car il n'avait aucune envie de marcher à la baguette. Conseiller civil du colonel Montague, telle était sa position dans les services de renseignements britanniques. Ça lui convenait parfaitement sauf qu'il traînait toujours son vieux costume de coton au lieu de parader en uniforme d'officier. Mais il était son propre maître, menait ses opérations à sa guise et discutait d'égal à égal avec les officiers supérieurs britanniques. N'était-ce pas cela l'essentiel, après tout ?

Il enfila son pantalon et gagna le lavabo. Le carrelage était froid et lisse sous ses pieds nus. Par la fenêtre ouverte s'engouffrait l'odeur âcre des feux dans les arrière-cours, où les femmes en robe noire préparaient déjà les petits déjeuners de pain de pita et de bouillie de fèves. Ce mélange d'odeurs piquantes, de bruits et de teintes vives lui rappelait sans cesse son statut d'exilé en cette terre exotique. Les rues enneigées de Saint-Pétersbourg, l'immensité gelée de la Sibérie appartenaient à un autre temps. La fine jeune fille aux yeux lumineux assise sur son tertre herbeux face au coucher de soleil baignant le mont Carmel semblait plus éloignée, plus inaccessible encore. Ruth pensait-elle à lui en cet instant ? Pourrait-il jamais lui dire ce que, grâce à elle, il avait éprouvé à nouveau, au point de surmonter le souvenir de la perte tragique de Tatiana ? Mais... il n'aurait peut-être pas dû entraîner Ruth dans cette opération d'espionnage. Tatiana avait conspiré avec lui contre le régime tsariste, et elle en était morte. Il s'était lancé dans une autre guerre, et à son tour, Ruth risquait sa vie.

Il secoua la tête, comme pour chasser les idées sinistres qui assaillaient son esprit chaque jour un peu plus. Surtout depuis qu'il avait appris, le mardi précédent, que Ruth n'avait pas paru au rendez-vous avec le bateau anglais. Ce n'était pas une raison suffisante de s'alarmer. Ruth avait déjà manqué un ou deux contacts par le passé, à cause d'un contretemps de dernière minute. Le prochain contact était prévu pour le lendemain soir, et il avait confiance ; elle serait là sur la plage.

Une succession de pas lourds puis traînants ponctués par les coups secs d'une canne se fit entendre derrière la porte ; c'était Maimon qui gravissait laborieusement l'escalier décrépi menant au deuxième étage. Maimon était en avance aujourd'hui. Saul versa de l'eau d'une jarre dans la cuvette d'émail écaillée et s'examina d'un œil critique dans le miroir fêlé accroché au mur ; puis il se lava rapidement le visage et le recouvrit de mousse. Lorsque Maimon entra dans la pièce, il était déjà occupé à aiguiser son rasoir sur la bande de cuir suspendue près de la table de toilette.

— Sergent Maimon de service, m'sieur, annonça Maimon de sa voix sonore et cassée.

Mais sa gaieté semblait légèrement surfaite ce jour-là, et Saul se tourna vers son adjoint.

Maimon disparaissait dans son éternel trench-coat, encore orné de l'insigne usé des Zion Mule Corps, l'unité juive de l'armée britannique. Sa carrière militaire avait tourné court à Gallipoli après qu'un obus turc lui eut broyé la jambe droite tout en anéantissant quatre de ses mulets. L'infirmité qui avait résulté de sa blessure n'avait toutefois pas pu briser l'optimisme jovial de Maimon. Né à Jérusalem d'une famille juive qui n'avait jamais quitté la Terre sainte, Maimon avait tout d'un Arabe avec sa peau mate et ses traits anguleux. Ses yeux noirs et étroits étaient légèrement globuleux sous l'arcade saillante et les sourcils tombants. Il avait les joues creuses, le nez crochu surplombant une moustache broussailleuse, la bouche charnue. Une petite cicatrice en forme d'étoile irrégulière marquait sa peau sous la pommette gauche. C'était la Rose de Jéricho, une cicatrice due à la morsure d'un insecte inconnu qui prospérait, disait-on, sur les bords de la mer Morte. Les cheveux de Maimon, sous son vieux casque colonial, étaient bouclés et noirs comme le jais bien qu'il approchât de la cinquantaine. L'ancien muletier n'avait besoin d'aucun déguisement pour se fondre dans les foules orientales. Il se faisait aisément passer pour un Arabe de Palestine ou un Bédouin du Sinaï. Mais c'était surtout pour son intelligence incisive et sa sagacité toute méditerranéenne que Saul Donsky avait fait de Maimon son adjoint personnel.

— Tu es en avance, lui dit-il en hébreu. Des problèmes, Maimon ?

Il commença à se raser. Il ne connaissait pas le prénom de Maimon ; personne ne semblait le connaître, à dire vrai. Un vieil Arabe au sourire édenté parut sur le seuil de la porte avant que Maimon pût répondre. Il était pieds nus, avec une gallabeya rayée et un turban de grosse toile grise mollement ajusté. Un film blanchâtre voilait son œil droit. Il apportait un pot à café de cuivre et deux minuscules tasses sur un plateau de cuivre martelé.

— Merci, Ossama, dit Saul en anglais avec un fort accent russe. Pose ça sur la table.

Le domestique poussa une pile de dossiers et la grosse lampe à huile et posa le plateau sur le bureau noir branlant. Puis il fit retraite en s'inclinant à plusieurs reprises. Saul s'aspergea le visage et rinça le rasoir dans la cuvette.

— Qu'est-ce qui ne va pas ? demanda-t-il à nouveau. Arrête donc ce petit jeu, Maimon. Réponds !

Maimon baissa les yeux.

— On vient d'avoir des nouvelles..., dit-il. De Palestine.

Il gagna le bureau en boîtant et versa du café dans les deux petites tasses. Quelques gouttes tombèrent, formant un chapelet de perles noires sur le cuivre terni du plateau.

— De Palestine ?

La tête penchée, Saul le scrutait.

— Le réseau Mendelson, lâcha Maimon. Ils ont... Saul, c'est terrible.

En deux enjambées Saul fut près de Maimon. Il agrippa son ami par les épaules.

— Qu'est-ce que tu racontes ? Pour l'amour de Dieu, explique-toi !

Maimon releva la tête. Ses yeux étaient injectés de sang et de profondes rides sillonnaient ses joues basanées.

— On a reçu un rapport de Palestine de bonne heure ce matin. Le réseau Mendelson a été anéanti. Les Turcs ont su à leur sujet. La maison a été prise d'assaut. Murat Pacha en personnne commandait l'opération. Ils ont descendu le gamin...

— Gédéon, haleta Saul.

Pas Gédéon, pensa-t-il. C'est impossible.

— Gédéon, oui. Il a été tué sur place, et après ils ont brûlé la maison. Ruth et le professeur ont été emmenés.

Maimon marqua une pause. Il avala sa salive avec

difficulté, puis posant une main hésitante sur l'épaule de Saul, il termina :

— Ils ont été exécutés la semaine dernière dans la forteresse de Saint-Jean-d'Acre.

La pièce vacilla autour de lui et un étau d'acier se referma sur sa gorge. Il demeura un long moment ainsi, incapable de prononcer un mot. D'abord Tatiana et à présent Ruth. Puis tant bien que mal, il demanda :

— Quelle est la source ? Les Turcs ?

Maimon prit une profonde inspiration.

— Un témoin oculaire, murmura-t-il. Un garde circassien. Il était là quand c'est arrivé. Alors il n'y a aucun doute possible. Une troisième personne, un officier turc, a été exécuté en même temps qu'eux.

Il marqua une pause et poursuivit :

— Le Turc était sûrement un des informateurs de Ruth.

Saul regardait Maimon fixement. Il avait un passage à vide ; son esprit refusait d'assimiler la nouvelle.

— Par quel canal nous est parvenue l'information ? demanda-t-il machinalement.

— Le réseau du couvent. Le Circassien travaille avec un moine suédois de Nazareth, qui a télégraphié à Stockholm. Et l'officier de liaison de Montague a reçu la nouvelle là-bas.

A nouveau il hésita, puis :

— Apparemment les Mendelson ont été décapités.

— Quoi ?

Maimon hocha la tête silencieusement.

Saul vacillait sur ses pieds. « Non », essaya-t-il de dire, « non », mais aucun son ne sortit de sa bouche.

La main posée sur son épaule, Maimon le regardait. Il finit par le lâcher, et il se dirigea vers la fenêtre en s'appuyant sur sa canne. En quelques gestes rapides il se roula une cigarette et l'alluma. Le vent du désert appelé le khamsin soufflait du sud ; un air brûlant et sec envahit la pièce.

Tournant le dos à Maimon, Saul tira une chaise de derrière le bureau et s'y laissa tomber. Un frisson le parcourut ; il frotta ses bras et ses épaules nus. Ses mouvements étaient étrangement décousus et sa peau insensible à son propre toucher. Il prit la tasse de café d'une main tremblante et l'avala d'un trait. Tous morts. Même Gédéon, qui était presque un enfant. Et le vieux professeur qui ne savait rien des activités de sa fille. Mon Dieu, pensa-t-il, on m'a accueilli comme un fils dans cette famille, et j'ai jeté la mort sur eux.

Maimon avait dit : décapités. C'était curieux. Les Turcs n'avaient pas pour habitude de décapiter les espions mais de les pendre sur la grand-place de Damas ou d'Acre. Ce devait être à cause du traître turc. Les bouchers. Ils coupaient la tête de leurs traîtres. Et la main des voleurs sur la place du marché, se rappela-t-il. Il frémit. Il imaginait Ruth agenouillée, son cou gracieux offert à la lame du bourreau. Il s'enfouit le visage dans les mains et sentit des gouttes de sueur froide perler à son front. La mort entre les mains des Turcs n'était pas un supplice mais une délivrance. Les sauvages pensa-t-il. Il imaginait les tortures abominables qu'ils avaient dû lui faire subir avant de la traîner à l'échafaud. Des images atroces revinrent l'assaillir, émergeant des lointaines contrées de son passé. Les scènes vécues dans les cachots du tsar étaient de nouveau là, vivaces dans son esprit comme dans sa chair. Il revoyait les instruments horribles, les chemises tachées de sang des tortionnaires, et il entendait les hurlements inhumains des femmes. Il revit l'agonie de la petite et ronde Macha, la comptable d'Odessa, le suicide de Sonia, l'étudiante en lettres ukrainienne prise avec deux détonateurs dans son sac, et la fin de Tatiana, sa douce Tatiana aux lèvres roses, violée et fouettée vingt-quatre heures durant avant que ne se taisent ses cris. Mais le pire, le souvenir le plus terrible était le visage radieux de Ruth dans la lumière du crépuscule sur le mont Carmel, et les étincelles qui brillaient dans ses yeux d'ambre, le goût de sa bouche sous la sienne.

La voix de Maimon l'arracha à ses pensées.

— Saul, disait-il. On doit partir maintenant.

— Laisse-moi tranquille, grommela-t-il sans se retourner. Je reste ici.

Maimon le contourna et se planta face à lui. Il secouait la tête.

— On t'attend au quartier général, dit-il doucement. Tu dois y aller.

Il émergeait de sa torpeur, la souffrance se métamorphosant en un féroce désir de vengeance. Devant ses yeux flottait le visage de Murat Pacha, qu'il avait vu à Acre avant d'être expulsé. Tu paieras, jura-t-il, et ses doigts se recourbèrent en forme de serres. Où que tu sois, je te trouverai, Murat Pacha, et je te tuerai de mes propres mains. Il avait sans s'en rendre compte prononcé les derniers mots à voix haute. Il leva les yeux vers le visage défait de Maimon, qui semblait figé sur place.

L'esprit indifférent à tout ce qui se passait autour de lui, il suivit Maimon dans l'escalier. Leur gharry, un fiacre léger tiré par un seul cheval, attendait devant la pension. La rue n'était qu'un chemin de terre sans trottoir. Un essaim de mouches bourdonnait autour d'un tas d'ordures abandonné au coin. Le conducteur du gharry, un Egyptien trapu coiffé d'une chéchia rouge et d'une gallabeya verte et informe, était accroupi dans la poussière entouré par une nuée de gamins pieds nus et déguenillés. Dès que Maimon et Saul émergèrent sous l'enseigne décrépite annonçant fièrement « Bel-Air pension », les enfants se précipitèrent sur eux en criant, la main tendue pour un sou ou une cigarette. Un adolescent infirme brandissait une amphore de terre cuite avec une anse cassée et clamait, guère convaincu : « Antika ! Antika ! » De l'autre côté de la rue, une vieille femme qui menait deux chèvres efflanquées sortit une paire d'oranges fatiguées.

— Deux pour une ! Une piastre, English good !

Elle commença à traverser la rue puis changeant

d'avis elle se lança à la poursuite de ses chèvres, agitant toujours ses oranges au-dessus de sa tête et en marmonnant : « Deux pour une, deux pour une... »

Un garnement, le crâne rasé et les yeux incrustés de mouches, avait repéré l'uniforme de Maimon ; il se mit au garde-à-vous et entonna la *Tipperary March* en écorchant joyeusement les mots anglais. Pressés autour des deux étrangers, les enfants tiraient sur leurs vêtements en essayant de leur attraper les mains. Maimon tapa jovialement sur une petite main glissée dans la poche de Saul. Leur cocher fut long à se lever puis, une fois debout, fit claquer son fouet en l'air en criant « Imshi ! » et les enfants se dispersèrent dans un nuage de poussière.

Saul refusa d'un signe de tête l'exemplaire tout frais de l'*Egyptian Gazette* que lui tendait Maimon, et, le visage fermé, s'installa sur la banquette arrière. Le cocher se hissa tant bien que mal sur son siège ; il claqua la langue et agita les rênes au-dessus de son cheval étique. Ils dépassèrent bientôt les deux tours de la forteresse romaine de Babylone et aperçurent de loin la décharge fumante de Fustât. Un peu avant le pont de Gizeh, le chemin de terre devenait une route pavée, et les taudis du sud du Caire laissaient la place aux immeubles cossus de la ville moderne.

Mosquées, palais, jardins et maisons européennes se succédaient au long des boulevards. Ils passèrent devant l'Opéra, un édifice somptueux bâti pour l'inauguration du canal de Suez cinquante ans auparavant ; là défilait lentement un orchestre écossais, faisant hurler ses cornemuses et rouler ses tambours, tandis que le vent du désert soulevait les kilts des musiciens. La foule habituelle de jeunes s'accrochait à leurs talons, avec les enfants qui singeaient les Ecossais en tenant haut leurs gallabeyas et en soufflant dans des bâtons et des morceaux de sucre de canne. Mais les vieux Egyptiens qui regardaient la procession depuis les trottoirs ne riaient pas. Le cocher de la voiture cracha quelques mots entre ses dents. Maimon se pencha vers Saul.

— Ils détestent les Anglais, dit-il en jetant son mégot à l'extérieur.

Saul tourna un regard absent vers les spectateurs silencieux du défilé. Il pensa aux pauvres sur la Perspective Nevski à Saint-Pétersbourg, lorsqu'ils regardaient en silence parader sur leurs coursiers les fringants officiers de la garde du tsar. L'expression était la même : amertume, haine et rage. Mais cette vision se dissipa instantanément, et le visage de Ruth revint le hanter. D'abord Tatiana, et à présent Ruth. Jamais, jusque dans ses cauchemars, il n'avait imaginé qu'il lui faudrait subir à nouveau une telle souffrance.

La voiture se fraya tant bien que mal un passage au milieu de la foule des Egyptiens, des troupeaux de chameaux et de chèvres, des charrettes attelées de mulets, des paysans chargés de fruits et légumes, des soldats anglais en permission et des encombrements aux croisements des tramways électriques. Une demi-heure plus tard, elle franchissait un large portail ouvrant sur un parc entouré d'une haute palissade garnie de pointes. De part et d'autre de la grille, deux sentinelles anglaises en grande tenue montaient la garde dans des guérites à pignon de couleur kaki. Ils n'arrêtèrent pas leur voiture qui s'engagea dans l'allée de graviers entre les pelouses bien soignées et les arbustes artistiquement taillés. Quelques jardiniers égyptiens s'affairaient sous l'œil d'un sergent-major des fusiliers gallois arborant une moustache à la lord Kitchener.

Le fiacre s'immobilisa devant le palais. Haut de quatre étages, d'un blanc immaculé, il était orné de figures gravées sur les fenêtres et les portes immenses, et des balustrades de fer forgé protégeaient les balcons du dernier étage. Des officiers supérieurs montaient d'un pas décidé les marches de marbre conduisant à l'entrée, et derrière eux flânaient les aides de camp tenant leurs porte-documents. Un grand Union Jack flottait au mât scellé dans le mur, au-dessus de l'inscription peinte à la main : Etat-major impérial — Grand Quartier Général du Caire.

Saul et Maimon montèrent l'escalier de marbre ; ils détonnaient au milieu de la foule de galonnés.

— Tu es le seul civil à participer à cette réunion, lui disait Maimon. Et le premier Juif qui ait jamais assisté à une réunion de l'état-major impérial.

Il s'esclaffa et tendit leurs laissez-passer à un sergent qui les examina d'un air soupçonneux. L'homme avait des mains grassouillettes recouvertes d'un duvet roux comme ses cheveux.

— Non seulement juif, poursuivit Maimon, mais encore un ancien révolutionnaire russe. Ils vont être saisis d'horreur.

Saul ne répondit rien. Ils se trouvaient dans un hall de vaste dimension. La lumière qui entrait à flots par les hautes fenêtres illuminait le sol de marbre, les colonnes élancées et les couloirs voûtés. Un portrait du roi George V en grand uniforme ornait le mur du fond. Appuyé sur sa canne, Maimon se dirigea vers le couloir de droite et Saul le suivit à quelques pas derrière. Ils subirent plusieurs contrôles de sécurité et atteignirent les portes à deux battants de la salle de conférence. Assis derrière un bureau, un capitaine, un homme de forte carrure, vérifiait les noms sur une liste tapée à la machine. Il jeta un regard méprisant sur le trench-coat déteint de Maimon, ses yeux froids s'attardant sur l'étoile de David cousue à sa manche. Derrière lui, deux soldats Ghurka armés de fusils montaient la garde de part et d'autre de la porte. Une dizaine de casquettes d'officiers s'alignaient sur une étagère, certaines ornées des feuilles du grade de général ; tout au bout était posé un chapeau à plumet australien.

— Tout est en règle, dit le capitaine à Donsky. Vous pouvez entrer..., monsieur, ajouta-t-il après un instant d'hésitation.

— Attends ! dit Maimon.

— Votre cravate... monsieur.

Il coinça sa canne sous son bras et rajusta d'une main experte la cravate de Donsky. C'était la seule qu'il possédait et elle était fort démodée. Maimon la lui avait nouée une fois, et depuis, comme il était incapable de refaire le nœud lui-même, il avait accoutumé de se la passer autour du cou comme la corde du pendu. Saul laissa faire Maimon, puis il se dirigea vers la salle de conférence.

Soudain, Maimon le saisit par le bras, l'obligeant à se retourner.

— Reprends-toi, murmura-t-il d'un ton vibrant. Le sort de la Palestine et de ton peuple dépend peut-être de cette réunion. Tu dois être fort, pour notre salut à tous !

Puis, d'un ton plus doux :

— Je te comprends, Saul. C'est horrible, je sais. Mais tu ne peux pas les faire revenir, mon ami.

Saul le scruta un bref instant, et il s'éloigna en direction des portes à deux battants.

Une vaste pièce, et de hautes fenêtres face aux bouquets de palmiers ornaient la pelouse. Une table ovale entourée de sièges de cuir capitonnés ; et alignées contre le mur, de simples chaises de bois. Un autre portrait de George V accroché derrière le fauteuil présidentiel, et sur la gauche, un peu plus loin, épinglée sur un panneau de contre-plaqué, une immense carte du Sinaï et de la Palestine. Un groupe d'officiers de haut rang discutaient tranquillement près des fenêtres panoramiques. Et soudain, à l'instant où Saul Donsky entra, un silence hostile...

En d'autres circonstances, il se serait enorgueilli d'être admis, lui le rebelle, le fils d'un rabbin d'Ukraine, au conseil suprême des chefs militaires britanniques au Moyen-Orient, les capitaines de l'Empire, les dirigeants du monde. Mais ce matin-là, il était encore hébété par la nouvelle de la disparition de Ruth ; lointains personnages d'une scène dans laquelle il n'avait pas de rôle à jouer, généraux et colonels évoluaient dans un autre univers.

Il se sentait même un peu gauche dans ses bottes noires fatiguées et sa chemise usée face à tous ces superbes uniformes. Puis il remarqua les sourcils froncés, les regards hautains, les sourires à peine dissimulés, et une rage froide le saisit. L'esprit à nouveau en éveil, les paroles de Maimon lui revinrent, « Tu es le premier Juif à assister à ce genre de réunion. » Fort bien, se dit-il en relevant le menton et en retournant aux officiers leurs regards condescendants. J'ai peut-être envie de pleurer, messieurs, mais vous n'en saurez rien. Il se dirigea vers la table et tira un siège.

— Saul !

Un colonel se détacha du groupe d'officiers. Voûté et les cheveux blancs, il tenait les mains croisées dans le dos.

— Comment allez-vous, mon garçon ? demanda-t-il d'un ton plein de gravité.

— Bonjour, mon colonel.

Le colonel Montague était le chef des services de renseignements du Caire et, à ce titre, le supérieur direct de Saul Donsky. Les secrétaires du bureau avaient pris des airs de conspirateurs pour lui apprendre que Montague, ancien officier aux Indes, avait la réputation d'être un espion de génie, un véritable artiste des services secrets. Ayant passé les premiers mois de la guerre à Calcutta et à Londres, il avait ensuite demandé sa mutation au Caire. Montague, qui approchait de soixante-dix ans, avait le visage tanné d'un marin, la frêle silhouette et la voix distinguée d'un vieux professeur d'université avec l'œil bleu candide d'un nouveau-né. Une moustache fort clairsemée ornait sa lèvre supérieure, et il avait pour habitude de passer son doigt dessus comme pour s'assurer qu'elle était toujours là.

Etrangement, Montague s'était pris d'affection pour Saul Donsky, dont il appréciait grandement les qualités de coordinateur des services d'espionnage pour la Palestine. Il semblait également fasciné par son passé révolutionnaire dans la Russie tsariste. Donsky avait toutefois l'impression qu'autre chose motivait la sympathie de Montague à son égard, quelque chose qui instillait cette note singulière dans sa voix lorsqu'il disait « mon garçon », et qui le faisait toujours s'enorgueillir des succès remportés par son jeune collaborateur.

C'était d'ailleurs Montague qui avait tenu à ce que Saul Donsky fût convié à la réunion de l'état-major impérial de ce matin-là. Donsky n'avait pas caché son scepticisme.

— Etranger, juif et civil, avait-il dit. Ça fait trois bonnes raisons pour que je ne sois pas admis à cette réunion.

Le colonel avait ri.

— J'en fais mon affaire, mon garçon. Il serait temps qu'ils comprennent que sans vous ils ne mettront rien sur pied en Palestine.

Le vieux militaire avait gagné la partie. Mais loin de triompher en saluant Donsky ce matin-là, il semblait au contraire abattu.

— Vous êtes déjà au courant, je suppose, dit-il.

Saul répondit d'un simple signe de tête, et le colonel poursuivit :

— Je tiens à ce que vous sachiez que je suis de tout cœur avec vous, mon garçon. C'est une perte terrible pour tout le monde.

Puis, détournant les yeux :

— Je crois savoir que cette jeune fille vous était chère...

Saul allait répondre lorsqu'il eut conscience, pour la deuxième fois ce jour-là, d'un silence dans la salle. Il se retourna. Dans l'encadrement de la porte, se tenait le légendaire commandant Lawrence.

Saul avait vu Lawrence une fois, deux ans auparavant, à la veille du séjour en Arabie qui l'avait rendu célèbre. C'était alors un jeune lieutenant à la silhouette mince, la casquette inclinée sur la tête, et ses cheveux blonds dansant dans le vent lorsqu'il faisait pétarader sa grosse moto dans la cour intérieure des bâtiments des services de renseignements de Zamalek. Son uniforme était fort défraîchi, et il ne portait pas de ceinture. Saul avait interrogé à son sujet un de ses collègues.

— C'est Lawrence, lui avait-on répondu. Un gars qui travaille pour le service topographique. Les cartes et les guides, en somme. Le genre distrait, mais un brave type dans l'ensemble.

Le brave type ne portait pas sa ceinture ce jour-là non plus, ni son uniforme, d'ailleurs. Il était venu habillé en prince arabe, une tenue qu'il arborait avec une aisance naturelle. Une large torsade tissée d'or retenait son keffieh de fine étoffe à carreaux. Sa gallabeya noire et ample, richement brodée et profondément échancrée, lui descendait jusqu'aux chevilles. Il portait dessous une longue tunique de soie immaculée avec un haut col boutonné sous le menton. La profonde échancrure de la gandoura laissait apparaître le manche incrusté de pierreries de la dague à lame courbe des Bédouins. Saul avait entendu dire qu'elle avait été offerte à Lawrence par le chérif Hussein en personne.

Après un bref salut de la tête, Lawrence traversa la pièce et prit un siège à l'écart des autres officiers. Parmi eux personne ne bougea, sauf un qui s'approcha d'un pas aisé et se pencha vers lui pour lui serrer la main. C'était un homme aux tempes dégarnies et au torse puissant. Grand front, œil gris, aigu sous le sourcil broussailleux, nez fort, moustache taillée et menton volontaire, son visage exprimait une force singulière. Saul lança un regard interrogateur vers Montague.

— Le général Allenby, murmura Montague en effleurant sa moustache.

Un réseau de fines veines bleutées s'entrecroisaient sous la peau blanche de ses mains.

— Le nouveau commandant de l'armée de Palestine.

Saul ne pouvait détacher les yeux de Lawrence.

Comment croire que cet officier d'allure presque juvénile était le chef de la révolte arabe ? Une année à peine s'était écoulée depuis que Lawrence avait traversé la mer Rouge pour rejoindre à dos de chameau le prince Fayçal dans le désert du Hedjaz. Par son humilité, son grand courage et la sincérité avec laquelle il avait épousé la cause arabe, il avait gagné la confiance des princes du désert. Usant de son charisme et de son intelligence ainsi que d'une bonne quantité de pièces d'or et de fournitures militaires, il avait réussi à soulever les tribus arabes disséminées dans l'immensité de la péninsule et, prenant leur tête, il les avait entraînées dans une guerre sainte contre leur maître turc. L'Arabie tout entière était désormais aux mains des alliés des Britanniques. Les Turcs avaient perdu plusieurs batailles importantes ; Lawrence et ses Bédouins avaient massacré la plupart de leurs garnisons, dynamité leurs voies de chemin de fer et détruit leurs trains. L'audacieux Anglais s'apprêtait à présent à lancer sur les traces de Mahomet ses guerriers du désert pour libérer Damas et les lieux saints de Jérusalem.

Lawrence n'en était pas moins un officier britannique. Pourquoi, alors, avoir revêtu le costume arabe pour assister à cette réunion de l'état-major général ? Saul avait la forte impression que le commandant jouait là un rôle soigneusement mis au point.

Ses pensées furent interrompues par l'arrivée d'un homme grand et distingué portant l'uniforme de général. Chargé de dossiers épais, le suivait son aide de camp, qui semblait fort nerveux. Le général était sir Philip Chetwode, commandant en chef de l'armée d'Orient, dont le visage guère souriant apparaissait presque quotidiennement en première page de l'*Egyptian Gazette*. Chetwode semblait particulièrement mécontent ce matin-là. Il gagna le fauteuil présidentiel tête baissée et les épaules ramassées, comme un taureau près de charger ; un pli soucieux barrait son front. Avant même de s'asseoir, il jeta un rapide coup d'œil dans la pièce.

— Ah, vous êtes là, Montague, dit-il de sa voix sèche. Mauvaises nouvelles de Palestine, d'après ce qu'on m'a dit.

— Oui, mon général. Nous avons malheureusement...

Mais Chetwode l'interrompit en désignant d'un geste impatient les officiers disséminés dans la salle.

— Je vous en prie, messieurs, asseyez-vous, asseyez-vous. Vous aussi, Lawrence, rejoindrez-vous l'armée britannique ?

Donsky était presque sûr d'avoir perçu une note ironique dans la voix de Chetwode, qui se tourna vers Montague.

— Oui, Montague, que disiez-vous ?

Montague attendit patiemment que tout le monde eût pris place autour de la table, et lui-même s'assit près de Donsky.

— C'est profondément regrettable mais notre principal réseau palestinien a été détruit, dit-il d'une voix calme.

Au milieu d'un silence absolu, Montague fit en quelques phrases courtes et précises le récit de la capture et de la mort de la famille Mendelson.

— J'espère que nous pourrons remplacer les Mendelson, ajouta-t-il sombrement, mais leur mort horrible ne va pas inciter les Palestiniens, juifs ou arabes, à suivre leur exemple.

Il posa alors la main sur l'épaule de Donsky en un geste protecteur un peu inattendu et il reprit :

— Je tiens à rappeler mon absolue confiance dans notre coordinateur du service d'espionnage palestinien, M. Saul Donsky, responsable direct de ce réseau. La fuite ou la trahison qui a causé la destruction du réseau Mendelson n'est liée en rien, j'en ai l'intime conviction, à l'activité de M. Donsky.

— Assurément, grommela Chetwode.

— Vous vous souvenez sans doute, mon général, que c'est moi qui vous ai suggéré d'inviter M. Donsky à cette réunion. Je suis persuadé que les conseils de M. Donsky seront pour nous d'un grand intérêt puisque nous devons aujourd'hui mettre sur pied la campagne de Palestine.

— Oui, dit Chetwode d'un ton mordant. La campagne de Palestine. Mauvaises nouvelles de ce côté-là aussi, n'est-ce pas, messieurs ?

Personne ne répondit.

— N'est-ce pas ? répéta-t-il, et son visage se colora légèrement.

Il tendit une main vers son aide de camp qui s'empressa de lui donner un paquet de rapports. Le geste précis, Chetwode sortit et chaussa sur son nez aquilin une paire de lunettes à monture d'acier.

— Depuis avril..., reprit-il. Non, mars, nous essuyons défaites sur défaites face aux Turcs à Gaza. Aux portes de la Palestine.

Il feuilletait la liasse de feuilles.

— Première bataille de Gaza, du 26 au 28 mars... quatre mille morts et blessés. Deuxième bataille de Gaza du 19 au 20 avril... cinq mille neuf cents morts et blessés. Cinq mille neuf cents ! En deux batailles nous avons déjà perdu près de dix mille hommes ! Nous sommes incapables de percer leurs lignes, messieurs.

Il repoussa le rapport.

— En Europe, nous battons les Boches sur tous les fronts. En Flandre, nos forces prennent l'offensive ; la bataille d'Ypres est gagnée. Les Italiens progressent le long de l'Isonzo. Il n'y a qu'à Gaza que nous sommes à genoux. Les meilleurs soldats de l'armée britannique détalent devant un ramassis de Turcs illettrés ! Et pourtant qu'avons-nous là ?

Il enfouit son visage dans la liasse de papiers.

— Les cinquante-deuxième, cinquante-troisième et cinquante-quatrième divisions. La brigade méhariste. La division de cavalerie impériale. Et la célèbre — sa voix était pleine d'ironie — division Anzac. Tout cela pour arriver à quoi ?

Après une pause :

— Rien du tout !

— Si vous permettez, mon général !

Une voix emplie de colère retentit de l'autre côté de la table, et un homme de taille moyenne, maigre et nerveux, portant un uniforme sensiblement différent avec culottes de cheval et jambières de cuir, sauta sur ses pieds.

Donsky interrogea du regard Montague.

— Général de corps d'armée Chauvel, chuchota Montague. Le commandant des Anzacs. Les unités australiennes et néo-zélandaises, vous savez, ajouta-t-il inutilement.

C'était donc lui le propriétaire du chapeau à larges bords ornés de plumes posé sur l'étagère à l'extérieur.

— Asseyez-vous, Chauvel. Votre sens de la discipline...

— Avec votre permission, mon général ! répéta Chauvel, obstiné. Vous savez fort bien que la cavalerie légère australienne et les fusiliers à cheval néo-zélandais étaient déjà dans Gaza quand on a reçu l'ordre de battre en retraite. Nous aurions sans doute pris la ville ce jour-là si le général Murray n'avait pas...

— J'ai dit, asseyez-vous, général Chauvel !

L'Australien hésita, puis se rassit lentement dans son siège, la nuque raide, le visage rouge de fureur, tandis que Chetwode poursuivait d'un ton cinglant :

— J'espère que vos troupes sont plus disciplinées que leur commandant. Ce dont je doute fort.

— Pour la discipline, je ne sais pas, répliqua Chauvel, mais je sais que ce sont vos meilleurs combattants. Et le général Murray...

— Murray est parti, c'est Allenby qui le remplace, et je ne poursuivrai pas plus loin cette discussion, dit Chetwode en tapant sur la table du plat des deux mains.

Il ôta ses lunettes.

— Comme vous le savez tous, j'ai procédé à un remaniement général en avril, et plusieurs officiers fort connus ont été renvoyés chez eux. Je n'hésiterai pas à en renvoyer un certain nombre d'autres si les choses ne changent pas sur le front palestinien, et rapidement.

— Qu'est-ce qui lui prend ? chuchota à l'oreille de son voisin le général des Royal Lancers assis aux côtés de Donsky. Je ne l'ai jamais vu dans un état pareil.

Il retournait nerveusement dans sa main un long cigare qu'il n'osait manifestement pas allumer.

Après un instant de silence, Chetwode remit ses lunettes.

— Il faut que je vous lise une phrase, dit-il d'une voix vibrante de colère contenue. Je viens de recevoir un rapport de Londres rendant compte des délibérations du cabinet de guerre. Ecoutez un peu ce qu'ils disent là-bas...

Il lut lentement en détachant chaque mot :

— « Gaza semble devoir être un second Gallipoli. »

Il marqua une pause, puis :

— Voilà ce qu'on dit au gouvernement.

Telle était donc le motif de la colère de Chetwode, pensa Donsky. Subissant une pression de Londres, il déchargeait son exaspération sur ses officiers.

— Eh bien, je trouve cette comparaison intolérable, messieurs, disait Chetwode. Gaza ne sera pas un autre Gallipoli. Et le but de cette réunion est de trouver un moyen de sortir de cette impasse humiliante.

Un lourd silence s'ensuivit, que brisa la voix de baryton d'Allenby.

— Peut-on fumer ?

Ce type a du cran, se dit Saul.

— Comment ? fit Chetwode, décontenancé. Oui, bien sûr, allez-y.

Allenby prit son temps pour allumer sa pipe de bruyère, il éteignit son allumette et s'éclaircit la gorge.

— Puis-je parler, mon général ?

— Oui, Allenby, allez-y, grommela Chetwode.

Allenby se leva sans hâte et gagna le panneau où était déroulée la carte du théâtre des opérations. Il pointa le tuyau de sa pipe fumante vers Gaza, masse noire irrégulière bouchant la route et le chemin de fer longeant la côte palestinienne en direction du nord vers Jaffa et Acre.

— Sauf tout le respect que je vous dois, mon général, Gaza ne m'intéresse pas du tout, dit-il calmement.

— Quoi ? fit Chetwode, qui n'en croyait pas ses oreilles. Vous dites que...

— Exactement. Gaza n'a aucune importance, de toute façon. Gaza n'est pas la porte de la Palestine.

Sourcils froncés, Saul se pencha en travers de la table pour mieux voir.

— Bon, écoutez, Allenby, dit Chetwode qui avait quelque peine à garder son sang-froid. Toute la plaine côtière...

— C'est exactement cela. Gaza est la porte de toute la plaine côtière. Et si nous la prenions, nous atteindrions en temps raisonnable Jaffa, Haïfa et, l'année prochaine, peut-être, Damas.

— Et tout ça ne compte pas pour vous ?

— Non. Jaffa est bien le dernier de mes soucis. Parce que si on veut prendre la Palestine, et plus que la Palestine, c'est ailleurs qu'il faut frapper. Ici !

Il abattit sa main au centre de la carte, à une distance de Gaza de cinquante kilomètres environ.

— Beersheba ?

Le général Chauvel, debout, scrutait la carte.

— Pourquoi Beersheba ? Pour les puits ?

— Je vais vous dire pourquoi, dit Allenby calmement. Beersheba commande une vieille route qui va vers le nord-est en traversant les monts de Judée et Hébron.

Mon Dieu, pensa Saul, qui venait de comprendre où Allenby voulait en venir. Ce type était un génie.

De son doigt vigoureux, Allenby suivit le début d'une ligne noire et sinueuse sur la carte.

— Vous savez tous où mène cette route, dit-il.

Il y eut un moment de silence.

— Fabuleux, chuchota Montague à l'oreille de Donsky.

— Jérusalem ! dit Chauvel en s'enfonçant dans son siège. Vous voulez prendre Jérusalem !

Allenby hocha la tête affirmativement.

— La ville sainte parmi les villes saintes du monde. La dernière ville sainte islamique que les Turcs contrôlent encore. S'ils perdent Jérusalem, ils perdront le soutien des Arabes. Une fois prise Jérusalem, le reste de la Palestine et la Syrie nous tomberont dans les mains comme un fruit mûr. Et l'Empire ottoman suivra.

— Il a raison, murmura Montague. Si on atteint la frontière turque, le sultan demandera la paix à genoux. C'est évident.

Saul approuva d'un signe de la tête. L'offensive d'Allenby pouvait terminer la guerre en Orient.

— Voici ce que je compte faire, dit Allenby prosaïquement. Nos forces sont concentrées au sud et à l'est de Gaza. Les Anzacs ici...

Il désigna avec sa pipe les rectangles rouges représentant les concentrations de troupes.

— Les cinquante-troisième et cinquante-quatrième divisions ici, la brigade méhariste du côté du pipeline. Je vais lancer une double offensive. Une colonne va attaquer et peut-être prendre Gaza. Mais ça c'est la feinte.

— La feinte ? fit Chetwode.

— Je vais concentrer mon effort principal sur l'attaque de Beersheba, comme ceci...

Allenby traça avec le tuyau de sa pipe une diagonale traversant le désert jusqu'à Beersheba.

— Il faudra prendre la ville, se regrouper et immédiatement marcher sur Jérusalem. A quatre-vingts kilomètres de là seulement.

— Vous n'oubliez qu'une chose, Allenby, dit Chetwode, sceptique. C'est que la ligne Gaza-Beersheba est protégée par trois rangs de tranchées avec mitrailleuses et pièces d'artillerie.

— C'est exact. Mais cette ligne, je l'attaquerai environ douze heures après l'assaut sur Gaza. Entre-temps, toutes les unités turques disponibles seront parties défendre Gaza.

Il tira une bouffée de sa pipe et coinça son pouce gauche sous sa patte d'épaule, l'air fort content de lui.

— Fabuleux, répéta Montague, à voix haute cette fois, et en caressant sa moustache.

Chetwode considérait la carte d'un air pensif. La tête de côté, il passa plusieurs fois la main sur ses cheveux châtains.

Otant la pipe de sa bouche, Allenby se tourna vers Chetwode :

— Je suis convaincu, mon général, que quelques semaines après le début de l'offensive, mes troupes entreront dans Jérusalem.

De l'autre côté de la salle, on entendit grincer un siège sur le parquet et une nouvelle voix s'éleva :

— Il faudra me passer sur le corps, mon général.

Donsky se tourna. Lawrence était debout, les bras croisés sur la poitrine et les yeux étincelants de fureur.

— Il faudra me passer sur le corps, mon général, répéta-t-il.

— Ça y est, marmonna le général de brigade à la droite de Donsky. Le voilà qui recommence.

Visiblement exaspéré par cette intervention, Chetwode s'était levé.

— Dites donc, Lawrence... commença-t-il.

Mais le jeune officier n'en tint aucun compte. Il y avait dans son regard une étrange fixité. Son visage était blême, sa voix tremblante.

— Jérusalem, dit-il, est une ville arabe. Les Arabes l'appellent « al-Quds », ce qui signifie « La Sainte ». Durant les longues marches dans le désert, sous les tentes de peau de chèvre, dans les pauvres agglomérations de huttes de terre qu'ils appellent des villes, ils rêvent d'al-Quds, racontent des légendes et chantent des chansons sur al-Quds, ils prient Allah pour al-Quds.

Il s'interrompit, la voix étranglée par l'émotion. Sa sincérité bouleversait Saul.

— Nous, l'Empire britannique, sommes leurs alliés, reprit Lawrence. Ils ont décidé de nous faire confiance, de s'engager à nos côtés dans cette sale guerre contre les Turcs, d'envoyer leurs fils et leurs frères se faire tuer à notre place. Je leur ai promis en votre nom qu'ils libéreraient al-Quds.

— Personne ne vous a donné autorité de leur faire une telle promesse, répliqua Chetwode en se rasseyant.

— Bravo ! firent quelques voix autour de la table.

— De même que personne ne m'a donné autorité de les soulever contre les Turcs, lança Lawrence. Mais une fois que c'était fait vous m'avez couvert de médailles et d'honneurs dont je ne voulais pas.

Il se pencha pour rassembler les plis de sa gallabeya dans ses bras, en un geste typique des Bédouins, et alors Donsky comprit : Lawrence avait revêtu à dessein son costume arabe pour cette occasion ; il voulait s'identifier au peuple qu'il considérait comme le sien, et il montrait qu'il luttait pour leur cause, en leur nom.

Il se redressa et, démultipliées en un fabuleux trésor, les pierreries de sa dague soudain exposée à la lumière jetèrent un millier d'étincelles de toutes les nuances de rouge et de vert.

— S'il nous reste une once d'honneur, si nous nous considérons toujours comme les alliés de Fayçal, de Hussein et de la nation arabe, nous devons les laisser libérer al-Quds, dit Lawrence.

Alarmé, Saul se raidit. Mais autour de lui plusieurs officiers acquiescèrent avec énergie.

— Bien dit, Lawrence, lança un colonel aux cheveux grisonnants.

— C'est insensé, marmonna Allenby. Jérusalem était la ville sainte des chrétiens bien avant la naissance de Mahomet. De par le monde, des centaines de millions de chrétiens nous sauront gré d'avoir délivré Jérusalem du joug turc.

— Mais c'est une ville arabe ! s'écria Lawrence.

Ça, c'est faux, pensa Saul, qui n'avait aucun droit d'intervenir.

— Quelle blague ! tonna Allenby. Jérusalem n'est pas plus arabe que chrétienne ou juive. Que pensera le monde en apprenant que nous avons délibérément fait passer notre ville sainte d'une loi musulmane sous une autre ?

Le général Chauvel était debout également.

— Commandant Lawrence, commença-t-il d'une voix altérée par la fureur. Mes soldats australiens ne sont que des paysans. Ce ne sont pas des gens raffinés comme vous. Ils ne sont pas très au fait des complots tordus et des alliances secrètes concoctés par les as des services secrets avec les tribus et les cheikhs d'Arabie. Ils sont en revanche profondément attachés à Dieu et à leur foi.

Il parlait les poings serrés sur la poitrine comme s'il mettait à nu son cœur.

— Il y a une Bible dans la sacoche de selle de chaque cavalier. Mes garçons sont venus du bout du monde pour libérer la Terre sainte. Des milliers sont déjà morts dans le Sinaï et à Gaza, et des milliers d'autres vont mourir en Palestine. Qu'éprouveront-ils si nous leur disons qu'ils ne sont pas autorisés à libérer Jérusalem ? N'avez-vous pas honte ? N'êtes-vous pas chrétien vous-même, ou auriez-vous changé de foi en même temps que d'habit ?

— Bravo ! entendit-on à nouveau dans la salle.

Mais Donsky remarqua que plusieurs officiers, manifestement d'accord avec Lawrence, secouaient la tête avec indignation.

— Un moment, je vous prie.

La voix de Chetwode s'éleva avec tant d'autorité que les discussions s'interrompirent instantanément.

— Je ne me souviens pas d'avoir permis ce débat ici, aujourd'hui. Je ne me souviens pas non plus d'avoir inscrit à l'ordre du jour une discussion théologique sur le caractère sacré de Jérusalem.

Il marqua une pause et parcourut la salle du regard.

— Asseyez-vous, Lawrence. Merci. Ce sera tout, Allenby.

Le général regagna son siège.

— Ce dont je me souviens, en revanche, reprit alors Chetwode, c'est que nous sommes réunis ici, aujourd'hui, pour débattre de la campagne de Palestine. Je vous rappelle que nous sommes en guerre, et cette guerre nous devons la gagner. Nous aurions intérêt, avant de décider à qui revient de droit divin le privilège de libérer la ville sainte entre toutes, à chercher qui a les meilleures chances de prendre Jérusalem en infligeant le maximum de pertes à l'ennemi tout en réduisant les nôtres au strict minimum.

Alors, il se tourna vers Saul.

— Montague me dit que vous êtes notre meilleur expert concernant la campagne de Palestine, monsieur... Dorsky.

— Donsky, dit Saul.

— C'est juste. Alors dites-nous un peu qui, selon vous, d'Allenby ou de Lawrence, devrait prendre Jérusalem? Nous sommes tout ouïe, monsieur Dorsky.

Il marcha d'un pas mécanique jusqu'à la carte et se plaça face à eux. Les regards qu'il rencontra variaient de sarcastique à franchement hostile. A part Montague, qui l'encourageait d'un sourire, et l'Australien, qui l'observait d'un air sincèrement intéressé. Il lui vint soudain à l'esprit que, cinq ans auparavant, il eût volontiers placé une bombe au milieu de cette assemblée symbolisant l'ordre politique qu'il s'efforçait alors de renverser. N'était-ce pas l'objet de la révolution, pensa-t-il, en Angleterre comme en Russie et dans tout pays que continuait de gouverner l'Ancien Régime ? Mais tout cela semblait si loin à présent.

Il rassembla ses esprits. Il lui fallut chasser toutes pensées importunes et reléguer dans les plus lointaines profondeurs de son âme le visage de Ruth qui continuait de le hanter. Ce malheur était-il humainement supportable ? Il prit une profonde inspiration. Précision, concision, pas de circonvolutions, se dit-il en sortant une liasse de feuilles de sa poche. Et il commença :

— Là question n'est pas de savoir qui devrait mais qui pourra libérer Jérusalem...

Son fort accent lui valut quelques sourires mais il passa outre et poursuivit :

— Jérusalem est située dans une zone montagneuse difficile d'accès.

Il suivit avec le doigt le pourtour des monts de Judée.

— C'est la Septième armée turque qui la défend, renforcée par les troisième et cinquante-huitième divisions et entre cent dix et cent vingt canons légers. Un grand nombre de mitrailleuses lourdes, servies par des Allemands, sont en position sur les crêtes contrôlant la ville.

— Combien de combattants, s'il vous plaît ? demanda Allenby au milieu d'un nuage de fumée.

— Entre onze et treize mille.

Et après avoir consulté ses papiers :

— Ils pourraient amener d'autres troupes du Caucase, mais nous n'avons pour l'instant pas de rapport précis à ce sujet. Comme vous le savez, les Turcs disposent pour le Moyen-Orient tout entier de 250 000 hommes environ, le même nombre à peu près que les forces du général Allenby.

Chetwode acquiesçait d'un air méditatif.

— Poursuivez, je vous en prie.

— Les tribus arabes, d'un autre côté, ne peuvent pas rassembler plus de trois mille combattants. Elles...

Lawrence était debout.

— Ce n'est pas vrai ! Qu'en savez-vous ?

— C'est pourtant bien ça, dit Donsky en s'efforçant de garder un ton égal. Vous avez les tribus du Hedjaz, certains clans du Nedjd, et les Juheinas.

— Oui, mais plus au nord...

Lawrence désignait d'un doigt vindicatif un point imaginaire au-dessus de sa tête.

— Plus au nord, vous rejoindront les Haouweitats et les Abou Tayi du désert de Transjordanie. Au total, vous aurez, comme je le disais, trois mille combattants.

— Mais les meilleurs ! dit Lawrence avec force. Les meilleurs qui soient.

— J'en conviens. Ils sont hautement motivés, commandant. Mais la Septième armée turque les surpasse largement par le nombre. Et les vôtres sont des guerriers du désert, guère entraînés aux combats de montagne ; ils peuvent mener des raids très rapides et disparaître dans le désert mais certainement pas monter l'offensive contre une ville fortifiée protégée par des tirs d'artillerie.

Un bref coup d'œil lui permit de voir qu'Allenby acquiesçait avec énergie.

Lawrence contre-attaqua :

— N'ont-ils pas fait tomber cinq mille soldats turcs dans le désert du Hedjaz ?

C'était un adversaire coriace et farouchement dévoué à sa cause.

— Dans le Hedjaz, oui. Les Turcs sont obligés de défendre leurs voies de chemin de fer en vous pourchassant dans tout le désert. Mais dans ce même désert du Hedjaz, vous n'avez pas pu déloger leur garnison de Médine. Ils sont toujours à l'intérieur de la ville. Si vous aviez trente mille cavaliers, alors, peut-être...

— Vous déformez les faits. Dès l'instant où nous aurons atteint la Palestine, la population arabe tout entière prendra les armes contre les Turcs ! s'écria Lawrence.

— Je n'y compterais pas trop à votre place, commandant...

Saul prit une profonde inspiration. Il avait de la

sympathie pour Lawrence ; il aurait préféré éviter cet affrontement.

— C'est regrettable, mais les Arabes de Palestine ne sont pas des guerriers.

— Vous ne les aimez pas, on dirait ? gronda Lawrence.

Chetwode interrompit le duel que tous suivaient dans un silence tendu.

— Allons, messieurs, dit-il calmement. Si je vous comprends bien, monsieur Dorsky, vous pensez que le général Allenby est celui qui pourra prendre Jérusalem.

— Absolument, dit Donsky. Et c'est Donsky, mon général, pas Dorsky.

Mais Lawrence n'abandonnait pas. Tenant les plis de sa gallabeya, il fit quelques pas en direction de Saul. Son visage était livide.

— Monsieur Donsky, dit-il la voix rauque, vous êtes, si j'ai bien compris, juif et sioniste. Je suis tout à fait favorable au mouvement sioniste. Mais je pense que vos convictions sont pour beaucoup dans la position que vous adoptez...

— Mensonge ! s'emporta Saul.

Il vit du coin de l'œil un jeune lieutenant entrer discrètement dans la salle de conférence et remettre une enveloppe cachetée au colonel Montague.

Un doigt accusateur dardé sur Donsky, Lawrence poursuivit :

— Vous essayez d'empêcher une victoire arabe à Jérusalem pour que la ville soit juive... Parce que vous savez que si les Arabes libèrent Jérusalem, ils en resteront les maîtres pour l'éternité. Elle ne redeviendrait jamais une ville juive.

Donsky, lorsqu'il était troublé, trébuchait sur les mots anglais.

— C'est une... affirm... une accusation scandaleuse !

Mais il savait au fond de son cœur qu'il y avait une parcelle de vérité dans ce que venait de dire Lawrence. A dire vrai, il redoutait qu'une conquête arabe à Jérusalem ne fît voler en éclats le rêve sioniste de voir la ville sainte redevenir la capitale d'une nation juive indépendante.

— Commandant Lawrence, commença-t-il en s'efforçant de garder son calme.

Mais à cet instant Montague se leva. Il tenait à la main une feuille de papier mince avec les deux lignes violettes signifiant top secret.

— Si vous permettez, mon général, dit-il et sans attendre l'autorisation de Chetwode il se tourna vers les autres officiers.

— Je dois porter à la connaissance de l'état-major impérial le rapport des services secrets que je viens de recevoir.

Il semblait extrêmement soucieux.

— « En prévision de notre prochaine offensive sur Jérusalem, les services secrets turcs ont envoyé au Caire un espion chargé de mettre la main sur notre plan de campagne. Leur agent a déjà dû atteindre Le Caire. C'est une femme. »

Les mots de Montague tombèrent au milieu d'un silence consterné. Il se tourna vers Donsky.

— Je sais qu'on vous excusera, Saul, si vous quittez cette réunion dès à présent.

Surpris, Saul lui lança un regard furieux.

— Vous devriez retourner à Zamalek sur-le-champ. Je veux que vous trouviez la trace de cette femme et que vous l'empêchiez — à tout prix — de mettre la main sur nos plans. A tout prix, mon garçon.

Donsky hocha la tête lentement et prit le rapport que Montague tenait à la main de l'autre côté de la table. Il trouverait cette femme pour lui faire payer la mort de Ruth. Ce serait sa vengeance. Murat Pacha n'aurait pas le dessus une seconde fois.

DEUXIEME PARTIE

CHAPITRE 5

En évitant de quitter l'ombre des collines blanches, la petite caravane galopait dans le désert sous la clarté de la lune. Les silhouettes des dromadaires se balançaient gauchement comme des chimères contre les dunes et le ciel étoilé. Très loin derrière, à l'est, une mince traînée grise s'étirait au-dessus de l'horizon. L'aube était proche, et le détachement de tête recherchait déjà un endroit où la caravane pourrait se cacher et prendre du repos durant la journée.

Du haut de sa monture, Ruth regardait filer le détachement de tête, cinq Bédouins qui avançaient de front. Elle se maintenait au milieu du convoi, entourée par six gardes du corps. On les avait payés royalement pour la protéger, au prix de leur vie si nécessaire, mais elle doutait fort de leur loyauté. En une semaine, elle avait pu observer le caractère perfide des nomades du Sinaï ; ils n'auraient pas hésité à s'entre-tuer ou à trahir leurs amis et leurs maîtres pour un fusil anglais ou une sacoche de haschisch. La veille, à Bir Gafgafa, elle avait assisté, impuissante, à un horrible massacre, et elle était à présent persuadée qu'ils l'égorgeraient si on leur proposait une somme rondelette.

Elle ne se fiait qu'à Abed, celui qui parlait quelques mots d'anglais et qui savait qu'elle était une femme. Pour les vingt-cinq autres Bédouins, elle était un jeune garçon, un étranger, trop réservé pour se déshabiller ou même s'asseoir en leur compagnie. Ils avaient accepté cette explication avec l'indifférence passive des nomades du désert. Rien ne les intéressait que les pièces d'or turques, qu'ils recevraient s'ils introduisaient le jeune garçon clandestinement en Egypte, par le canal de Suez, avant de le conduire sain et sauf jusqu'au Caire.

Les nouveaux maîtres de Ruth s'étaient donné de la peine pour la métamorphoser en garçon. A Beersheba, avant son départ, Von Traub l'avait emmenée sous une tente bédouine noire, où une vieille femme lui avait coupé les cheveux ; deux autres femmes, le front et le menton tatoués de points et de croissants vert pâle, l'avaient revêtue des diverses épaisseurs de l'ample habit des Arabes du désert. Un bandage serré sur ses seins lui aplatissait la poitrine. On lui avait ordonné de ne jamais quitter la longue bande d'étoffe dont les Bédouins s'entourent la tête et le bas du visage, ne laissant voir que les yeux. Ainsi elle courait moins de danger, avait dit Von Traub ; elle aurait constitué une excellente prise dans le désert où les femmes représentaient un butin de guerre apprécié. Un garçon revêtu de guenilles n'avait en revanche aucune valeur.

On ne l'avait autorisée à emporter ni robes, ni chaussures, ni aucun vêtement de femme. On ne lui avait pas donné d'argent ni d'objets de valeur. Elle portait, sous les plis vagues de sa gallabeya, le cadeau de la vieille Bédouine : une fine dague dans sa gaine de cuir. Mais son bien le plus précieux était collé avec du sparadrap à même la peau de son ventre ; c'était un passeport canadien au nom de Mary Bartlett.

Elle n'en aurait pas besoin avant son arrivée en Egypte. Von Traub lui avait dit qu'il tenait à ce qu'elle fût au Caire le plus tôt possible et qu'il n'aurait pas le temps de l'envoyer d'abord dans un pays neutre d'où elle aurait pu prendre un bateau pour Alexandrie. Il avait donc décidé de lui faire traverser le désert du Sinaï malgré le risque que cela représentait.

Car le Sinaï était devenu un dangereux *no man's land* entre la Palestine ottomane et l'Egypte occupée par les Anglais. Serpents et Bédouins n'étaient pas les seuls dangers. Les Anglais et les divisions de cavalerie Anzac contrôlaient déjà la plaine côtière entre Port-Saïd et Gaza. Depuis leurs bases le long de la côte, les patrouilles britanniques pénétraient profondément au sud pour lancer des attaques surprises sur les puits et les oasis du plateau central ; l'aviation britannique survolait fréquemment les chemins contrebandiers à la recherche des patrouilles de reconnaissance turques. Ruth n'aurait l'occasion d'utiliser son passeport que si elle parvenait saine et sauve au terme du voyage.

Le passeport avait l'air authentique. Mais en examinant les tampons et les visas, elle s'était rendu compte que Murat Pacha et Von Traub l'avait préparé longtemps avant de la traîner dans la cour de la forteresse de Saint-Jean-d'Acre. Elle les soupçonnait même d'avoir mis en scène à son intention exclusivement la sanglante exécution du malheureux lieutenant turc. Ils étaient sûrs, après l'avoir menacée de décapiter son père sous ses yeux, qu'elle ne refuserait pas de travailler pour eux. Prévoyant ses réactions, ils avaient mis au point l'opération du Caire jusque dans ses moindres détails.

On l'avait fait sortir de la prison à la dérobée, et un chariot bâché l'avait emmenée vers le sud, jusqu'à Beersheba, où on l'avait accueillie dans une maison fort vieille mais propre. La femme arabe qui l'entretenait avait reçu pour instruction de soigner les blessures de Ruth et de l'aider à se rétablir avant le harassant voyage pour l'Egypte. Un Bédouin taciturne au visage grêlé et aux bras noueux lui avait montré comment se tenir dans la selle malcommode, à double pommeau, et à laisser son corps aller à l'unisson avec le balancement du dromadaire.

Vingt-six jeunes Bédouins de la tribu Ibn Rachid, triés sur le volet, et Abed, qui parlait un peu l'anglais, avaient été désignés pour l'accompagner dans le désert du Sinaï. On avait choisi les meilleurs dromadaires et des officiers des services secrets turcs avaient tracé à leur intention la route la plus sûre. On lui avait finalement annoncé qu'une maison était prête pour elle au Caire ; un envoyé spécial de Von Traub chargé de contrôler sa mission sur place était déjà en route pour l'Egypte et atteindrait Le Caire avant elle.

Von Traub la manipulait comme une marionnette, songeait Ruth avec amertume. Elle se souvenait du dernier soir à Beersheba, lorsqu'il était venu la voir juste avant son départ. Elle portait déjà son habit bédouin ; Abed attendait accroupi à l'extérieur, les deux dromadaires entravés à l'arrière de la maison.

Von Traub lui avait rappelé ses instructions.

— Pas de contact avec les Bédouins, sauf avec Abed.

Elle avait acquiescé et il avait poursuivi :

— Ils ne doivent pas savoir, ni même suspecter que vous parlez arabe... De toute façon, leur dialecte est très spécial ; vous ne comprendriez pas un mot de ce qu'ils disent...

Il avait marqué une pause, puis :

— Et n'oubliez pas : vous me remettez vos rapports directement. A moi seul, et personne d'autre. Votre officier traitant au Caire vous fournira le code et le moyen d'entrer en contact.

— Qui est mon officier traitant ?

— Vous le saurez en temps voulu. Attention, pour le cas où vous auriez à quitter l'Egypte précipitamment, il vous faut mémoriser un plan de fuite prévu à l'avance. Rien par écrit, c'est compris ?

Il lui avait fait répéter le plan de fuite.

— Vous vous en souviendrez, mademoiselle Mendelson ?

Elle avait demandé des nouvelles de son père. Von

Traub s'était contenté d'examiner ses mains et ses pieds nus en faisant courir ses doigts sur les cicatrices ; puis il lui avait fait répéter une fois encore ses instructions. Ensuite seulement, d'un ton détaché, il avait dit :

— La vie de votre père est entre vos mains. Ne l'oubliez pas.

Elle avait répondu d'un signe de la tête, et sans la lâcher de ses yeux bleus et fixes, il avait ajouté :

— Et n'oubliez pas que si vous nous trahissez, Murat Pacha n'hésitera pas une seconde à lancer ses soldats contre votre peuple en Palestine. La communauté juive sera balayée en moins de temps qu'il faut pour le dire. Vous le savez, n'est-ce pas ?

Oui, pensait-elle, en proie à un sentiment de solitude atroce, elle le savait.

— Et vous savez aussi...

Son regard froid la transperçait.

— ... ce qui arrivera à tous ces gens et au professeur si vous faites la plus petite tentative de prendre contact avec Saul Donsky.

Elle l'avait regardé sans répondre, en se mordant la lèvre, puis elle s'était dirigée vers la porte.

L'Allemand l'avait suivie. Il était demeuré immobile, silhouette vague contre le mur de la maison, tandis qu'Abed aidait Ruth à se hisser dans la selle. Abed s'était penché sur elle pour détacher l'entrave du dromadaire et elle avait senti son haleine empestant le tabac. L'animal s'était dressé, sur les pattes de derrière d'abord, amorçant ce profond balancement qui soulevait le cœur. Abed lui avait giflé la croupe, et ils s'étaient mis en route.

Soufflant depuis les monts déchiquetés qui se profilaient loin au sud, les froides rafales du matin cinglaient le convoi. Ruth serra en frissonnant sa robe crasseuse autour d'elle. Ils étaient en route depuis une semaine, s'approchant furtivement le soir des points d'eau pour remplir leurs outres de peau de chèvre ou prendre livraison du chargement de riz et de dattes séchées déposé dans une cachette à leur intention.

Elle jeta un coup d'œil en arrière. Abed marchait dans ses pas. Enveloppé de son vieux manteau de l'armée britannique, il semblait nerveux ce soir. Il se retournait constamment, faisait souvent galoper son dromadaire jusqu'au sommet des dunes pour surveiller les alentours, et il ne cessait de vérifier son fusil. Il lui faisait la conversation, habituellement, ou chantait à mi-voix les mêmes airs interminables et monotones qu'Aïsha dans leur maison du mont Carmel. Parfois seule la voix grêle et haut perchée d'Abed la maintenait éveillée la nuit durant. Mais cette nuit-là, enfermé dans un mutisme obstiné, il ne lui avait pratiquement pas adressé la parole.

Elle s'était prise de sympathie pour ce Bédouin, jeune et gai, avec ses dents gâtées et son anglais farfelu ; il en était très fier et l'avait appris en faisant commerce de dromadaires avec les Australiens dans le Sinaï. Les Australiens avaient formé une brigade méhariste qui montait les belles bêtes blanches du Soudan ; et tandis qu'un autre clan des Ibn Rachid volait les dromadaires des « grands Anglais grands chapeaux », comme il disait des Australiens, le clan d'Abed préférait, transaction moins avantageuse mais moins risquée, acheter les bêtes estropiées ou malades de l'armée pour les revendre à la tribu des Ageyl, les célèbres trafiquants de dromadaires.

— Ageyl grands voleurs, lui disait souvent Abed, serrer la main, compter les doigts après, Ageyl prendre les doigts, grands voleurs.

Ensuite il s'esclaffait des heures durant et lui montrait de temps à autre sa main avec deux doigts pliés en répétant :

— Compter les doigts après.

Pour des raisons de sécurité, ils avaient emprunté un itinéraire tortueux traversant le plateau central entre la plaine côtière sous contrôle britannique et les montagnes rocailleuses du sud. Ils approchaient de la grande oasis de Bir Gafgafa où ils passeraient la journée avant la dernière étape du voyage qui devait les amener au bord du canal. Les bouquets de palmiers se profilèrent au loin et le détachement de tête s'en fut au galop pour reconnaître le terrain ; les puits de Bir Gafgafa étaient le lieu de rencontre et le champ de bataille d'un grand nombre de tribus du désert et une arrivée sans reconnaissance préalable pouvait s'achever par un bain de sang.

Au retour du détachement de tête, tous sauf Ruth se pressèrent autour des hommes ; manifestement, d'après les voix surexcitées, ils avaient découvert quelque chose. Suivit une discussion à mi-voix au milieu de laquelle elle reconnut celle, haut perchée, d'Abed qui semblait en désaccord avec les autres ; en butte à leur hostilité, Abed finit par s'écarter du groupe, et il rejoignit Ruth avec son dromadaire.

Quelques minutes après, ils se retrouvèrent seuls ; tout le monde filait en direction de l'oasis. Le jeune Bédouin semblait extrêmement inquiet.

— Bédou voir grands Anglais grands chapeaux lui dit-il. Bons dromadaires. Eux partis tuer grands Anglais. Je dire non, nous partir Souez, eux dire non, tuer grands Anglais grands chapeaux, prendre bons dromadaires.

Il lui fallut quelques secondes pour réaliser.

— Mon Dieu ! Il faut les en empêcher ! Vite !

Il secoua la tête.

— Bédou tuer grands Anglais grands chapeaux. Toi dire non, Bédou tuer toi.

Sans savoir ce qu'elle ferait ensuite, elle cravacha son dromadaire et partit au galop sur les traces des autres. Abed la suivit. Mais elle n'avait même pas atteint la chaîne de dunes dominant le point d'eau que déjà des coups de feu retentissaient. Trop tard. Dans l'oasis, un spectacle sinistre s'offrait à leurs yeux : sous la clarté de la lune, les Bédouins couraient en tous sens dans leurs robes blanches comme des spectres. Ils brandissaient en poussant des cris leurs dagues à lame courbe. Près du puits gisaient plusieurs soldats australiens probablement touchés par la première volée de balles. Horrifiée, Ruth regarda les Bédouins égorger les hommes blessés, les déshabiller et leur ôter leurs bottes alors qu'ils se débattaient encore. Une bagarre brève et très violente éclata au-dessus du cadavre d'un Australien entre deux Bédouins plus âgés, qui convoitaient sans doute un bijou. On chargeait déjà l'équipement et les armes de la patrouille massacrée sur leurs dromadaires indifférents, entravés près du feu mourant où ils paissaient l'herbe sèche du désert. Il ne resta bientôt plus au bord du puits que six corps nus et ensanglantés.

Abed la rejoignit.

— Mauvais, dit-il en secouant la tête. Bir Gafgafa pays Ageyl. Ageyl hommes mauvais, grands voleurs, grands tueurs.

Mais cette fois il ne s'esclaffa pas. Ruth se fit la remarque qu'Abed s'était opposé à l'attaque par peur des Ageyl, sans réprouver vraiment la tuerie. Selon la loi non écrite du désert, tout butin de guerre dans cette région appartenait aux Ageyl. A présent, Abed craignait des représailles.

A la halte suivante, la dernière avant le canal, il l'emmena à l'écart jusqu'à l'endroit qu'il avait choisi pour leur feu. Lorsqu'ils s'arrêtaient, Abed la conduisait toujours dans un endroit isolé, où elle pouvait, à l'abri des regards des autres Bédouins, découvrir son visage pour manger son riz et ses dattes. Il préparait le thé à la manière des Bédouins en le faisant bouillir plusieurs fois et en rajoutant du sucre au fur et à mesure jusqu'à obtenir un breuvage épais et très sucré. Pendant qu'elle buvait à petites gorgées, il engouffrait bruyamment sa nourriture ; roulant le riz bouilli dans ses doigts il en faisait de grosses boules gluantes hâtivement avalées. Puis il fouillait dans sa gallabeya à la recherche de la petite pochette dans laquelle il transportait son mélange de tabac et de haschisch et des morceaux d'un vieux journal turc. Il fabriquait une cigarette longue et fine, dont il protégeait le bout incandescent de ses doigts arrondis ; alors il inhalait profondément tout en observant Ruth entre ses paupières mi-closes.

Ce jour-là, il mit deux fois plus de temps que d'habitude à choisir leur bivouac. La caravane s'était installée dans une ravine peu profonde entre deux hautes dunes abritant hommes et bêtes des nuages de sable que le vent poussait au-dessus du sol. Mais Abed refusa de partager avec les autres Bédouins cet excellent abri. Tirant, poussant et frappant leurs dromadaires, il leur fit franchir la crête de la dune du nord et les entrava sur la pente extérieure à quelques mètres du sommet. A cet endroit ils n'étaient que partiellement protégés du vent de sable tournoyant autour d'eux. Ruth tenta vainement de s'abriter derrière son dromadaire ; le sable s'insinuait partout, dans ses cheveux, ses yeux, sa bouche, les portions de riz bouilli qu'Abed lui tendait. Elle refusa de manger, se couvrit la tête avec la couverture et essaya de dormir. Elle était effrayée, affamée et furieuse contre Abed qui l'avait entraînée au sommet de la dune.

Le vent, le froid, la peur la maintinrent éveillée longtemps. Près d'elle, Abed s'agitait constamment. Il avait jeté du sable sur le feu pour l'éteindre dès que le riz et le thé furent prêts. Il n'avait pas chanté ni sorti son oud à une seule corde, ni fumé sa ration habituelle de haschisch. Il passa son temps à ramper dans le sable autour d'elle sans jamais lâcher son fusil. Elle écouta longtemps le léger frottement de ses pieds sur le sol et finalement elle s'endormit.

Elle avait un sommeil agité et pénible ; dès qu'elle sombrait, son esprit s'emplissait des images d'horreur et des souvenirs qu'elle chassait avec une détermination farouche lorsqu'elle était éveillée. Pour préserver son équilibre nerveux, elle avait froidement décidé de faire taire ses sentiments. Mais en s'endormant elle ne contrôlait plus son esprit torturé. Et elle rêvait, nuit après nuit, du sourire franc de Giddy, du cimeterre du Turc au-dessus de son père, et de la bouche de Saul pressée contre la sienne, ce jour-là sur une crête du mont Carmel. Cette fois ce n'était pas la bouche de Saul mais sa main, une main osseuse qui lui écrasait les lèvres avec tant de force qu'elle crut étouffer. Suffoquant, elle se débattit sous la poigne d'acier de Saul, puis tout à coup on ôta la couverture de son visage, et elle se réveilla, face à face avec Abed. De son autre main, il la secouait violemment par l'épaule.

— Nous partir, souffla-t-il.

Son visage touchait presque le sien et elle lut de la terreur dans ses yeux noirs.

— Nous partir, OK ? OK ?

Quand enfin elle acquiesça, lentement, presque à regret, il ôta la main de sa bouche et fit un geste en direction de l'est.

— Ageyl. Ageyl venir.

Dressée sur les coudes, elle jeta un coup d'œil au-delà de la crête de la dune. Elle crut à un mirage. La lumière du petit jour peignait le paysage, les personnages et les animaux dans différentes nuances de gris, qui tuaient les couleurs, brouillaient les visages, estompaient les contours. Les Ageyl étaient à quelques centaines de mètres à peine. Cinquante, peut-être plus, ils s'avançaient à couvert dans l'ombre de la dune la plus au sud, en sorte que l'on ne pouvait pas les apercevoir du fond de la ravine. Leurs dromadaires allaient au pas lentement et silencieusement. Un homme de haute taille, vêtu d'une gallabeya gris sale, conduisait le détachement. Des bandes de munitions croisées sur la poitrine, il tenait un vieux fusil turc. C'en était fait de leur escorte s'ils atteignaient la ravine avant que l'on donnât l'alarme.

— Il faut les prévenir, murmura-t-elle en se tournant vers Abed.

Mais il n'était plus à ses côtés. Il avait déjà détaché leurs dromadaires et s'affairait fébrilement à sangler les selles. Elle se laissa glisser sur la pente, ses pieds s'enfonçant dans le sable mou. Elle répéta :

— Il faut les prévenir.

Mais Abed n'écoutait pas. Il la hissa dans la selle.

— Nous partir, souffla-t-il d'un air farouche.

Elle se rendit compte qu'à ses yeux ses amis étaient comme morts.

Ils étaient déjà loin de la dune, lancés au grand galop, lorsqu'ils entendirent les premiers coups de feu puis des hurlements de terreur. Ruth imaginait aisément le carnage, les dagues plongeant dans les gorges, les mutilations, et les victimes dépouillées de leurs vêtements avant même d'avoir rendu le dernier soupir. Telle était la loi impitoyable du désert. Les Ageyl infligeaient aux Ibn Rachid ce que les Ibn Rachid avaient infligé aux Australiens la veille.

Le soleil levant étirait à présent de longues ombres tremblantes devant les pattes tournées vers l'extérieur des dromadaires. Ils traversaient une étendue de sable dur formant une croûte. Devant eux, une chaîne de basses collines jaunes. Soudain, des cris retentirent derrière eux, puis des coups de feu extrêmement proches. De petits champignons de sable jaillissaient dans leur sillage. On leur tirait dessus ! Abed avait espéré que l'attaque du bivouac occuperait suffisamment les Ageyl pour leur permettre de fuir, mais quelqu'un les avait vus et avait donné l'alerte.

Affolée, Ruth se tourna vers Abed qui se trouvait à sa droite et légèrement en arrière. Presque couché sur sa selle, le jeune Bédouin cravachait successivement leurs deux dromadaires.

— Partir ! hurla-t-il. Partir !

Alors, un coup d'une terrible violence sur son bras droit la fit vaciller sur sa selle. Puis elle ressentit un élancement douloureux et un liquide visqueux coulant le long de son bras. Elle vit une tache rouge sombre s'agrandir sur sa manche.

— Je suis touchée.

Mais Abed avait vu le sang sur son vêtement. Il rapprocha dangereusement son dromadaire du sien et le soleil étincela sur la dague qu'il avait à la main.

— Partir ! cria-t-il en enfonçant sa lame dans la croupe du dromadaire.

L'animal hurla et accéléra soudain en se balançant furieusement. Ruth se coucha sur sa selle et agrippa le pommeau avant surmontant la bosse du dromadaire. Les collines jaunes étaient déjà proches et l'animal s'élança vers elles instinctivement. Derrière elle, retentirent les salves du fusil d'Abed.

Il la rejoignit une demi-heure plus tard près d'un bouquet de broussailles au pied des collines. Il la regarda en silence envelopper maladroitement son avant-bras dans une bande de tissu déchirée dans sa robe. Ce n'était qu'une blessure superficielle, mais la douleur était presque intolérable. Elle serra un garrot au-dessus de la blessure et sentit le sang battre dans son épaule. Abed n'essaya pas de l'aider ; il venait d'un monde où les femmes résolvaient seules leurs problèmes.

Il avait le visage et les vêtements couverts de poussière, et il avait perdu son turban. Le tapis quadrillé rouge et bleu avec les longs pompons couvrant la bosse de son dromadaire sous la selle avait disparu également ; probablement percée par une balle, l'outre d'Abed pendait, vide et fripée, sur le côté de la selle. En restant en arrière pour couvrir sa fuite, il avait dû forcer sa monture à s'agenouiller pour s'en faire un bouclier vivant.

— Merci, dit-elle, et elle répéta en arabe : shoukran.

Elle ne s'enquit pas du sort de leurs poursuivants.

Il la considéra un moment sombrement, puis soudain il hocha la tête.

— Nous partir, dit-il en désignant l'ouest. Partir.

Le reste de la journée, ils progressèrent en silence entre les collines dénudées. Ruth était épuisée ; sa blessure la faisait souffrir mais elle n'osait pas demander à Abed de faire une halte. Ils ne mangèrent pas ; elle regardait avec inquiétude diminuer le contenu de la seule outre qui leur restait. Les dromadaires aussi étaient près de l'épuisement ; ils tanguaient plus que d'habitude en découvrant leurs horribles dents jaunes, et ils ne réagissaient plus à la cravache d'Abed. Abed lui-même semblait singulièrement détaché comme si la fuite devant les Ageyl avait consumé toutes ses forces et endormi sa vigilance.

Au soleil couchant, ils atteignirent une vieille clôture de barbelés déchiquetée en plusieurs endroits. Des lambeaux de tissu et des touffes de broussailles désséchées transportées par le vent s'accrochaient aux piquants rouillés. Des pancartes de métal bosselées, la peinture écaillée ou effacée depuis longtemps, étaient suspendues à la clôture à intervalles réguliers. Ruth put distinguer sur l'une d'elles les contours d'un crâne avec les deux os croisés et des lettres arabes ; sur une autre, était inscrit en anglais le mot « Mines ».

Ils franchirent la clôture et commencèrent leur escalade, tandis que l'obscurité se répandait autour d'eux. Puis, soudain, tout près d'eux, une sirène hulula dans la nuit. Ruth chercha Abed du regard. Elle aurait juré que c'était une sirène de bateau.

Mais Abed avait déjà atteint le sommet de la colline et il désignait de son doigt osseux un point en contrebas. Ruth le rejoignit. A un kilomètre de là environ, entre deux collines en forme de mamelons, s'étirait un bras d'eau reflétant la lueur argentée de la lune. Une ombre gigantesque glissait en direction du sud, et Ruth distingua les contours d'une grosse cheminée.

A ses côtés, Abed s'esclaffa.

— Souez, dit-il.

Le reste du voyage, depuis les collines dominant le canal de Suez, fut d'une facilité déconcertante. La même nuit, ils atteignaient un petit village sur la rive orientale du canal. Ils gagnèrent à la dérobée une maison à l'écart des autres. Son propriétaire les attendait. C'était un grand Soudanais au visage rébarbatif avec la peau noire et luisante, une moustache épaisse. Il leur fit manger du riz et du pain de pita, puis il prit les dromadaires. Il examina les vêtements tachés de sang de Ruth et échangea quelques chuchotements avec Abed. Le jeune Bédouin s'approcha d'elle.

— Toi pas partir Le Caire avec habits comme ça, dit-il en montrant les taches. Ça mauvais. Toi partir habits femme.

— Mais vous avez dit à vos amis que j'étais un garçon, protesta-t-elle faiblement.

Elle était si fatiguée que la tête lui tournait.

Abed pouffa.

— Finis amis, dit-il en lui rappelant d'un geste évocateur de la main la fin tragique des Ibn Rachid.

Le Soudanais sortit. Il revint quelques minutes plus tard. Il donna à Ruth un ballot de vêtements féminins noirs ainsi qu'une grosse chandelle brune, et il lui indiqua une petite pièce à l'arrière de la maison. Elle avait un plafond bas et inégal, noirci par la fumée, et un sol de terre battue. Une odeur rance d'animal alourdissait l'air confiné. Il n'y avait aucun meuble dans la pièce, à part deux nattes de roseau et un vieux harnais d'âne pourrissant dans un coin. Elle posa la chandelle sur le sol, puis elle changea promptement le pansement de sa blessure au moyen d'un autre morceau de sa gallabeya désormais inutile. La pièce n'avait pas de porte. Elle hésita un instant en scrutant l'ombre derrière elle ; finalement, sous l'œil indifférent d'une chèvre famélique et de deux poules qui se partageaient les lieux, elle se déshabilla et enfila ses nouveaux vêtements. Titubant de fatigue, elle gagna une des nattes et sombra dans un profond sommeil.

Le Soudanais la réveilla quelques heures plus tard. A la faveur de la nuit épaisse, ils se glissèrent jusqu'à la rive sablonneuse du canal, où Abed attendait dans une felouque à fond plat. La traversée du bras ne prit que quelques minutes ; ils accostèrent à Deversoir, là où le canal de Suez rencontre le lac Timsah.

Un autre Soudanais, plus jeune mais ressemblant étonnamment au premier, les attendait à Deversoir avec trois dromadaires frais. Ils prirent la route du nord ; peu après le lever du soleil, Ruth et Abed prenaient le train en gare d'Ismaïlia. Dans leur wagon de troisième classe se pressaient une foule de paysans chargés de ballots et d'une multitude d'animaux domestiques, chèvres, oies et poules, qu'ils espéraient sans doute vendre au Caire. Dans un coin s'élevait une lourde volute de fumée : deux femmes vêtues de noir préparaient déjà le petit déjeuner au-dessus d'un fourneau de fortune. Ruth jeta un coup d'œil par la fenêtre ouverte. Le Soudanais et ses dromadaires étaient déjà hors de vue.

Deux heures et demie plus tard, ils étaient au Caire.

Les peintures vives des voitures à cheval, les gallabeyas éclatantes des hommes, les jardins verts, le disque d'or du soleil au-dessus des pyramides, les palais immaculés, le gris profond du Nil, tout cela se mêlait en un flamboyant tourbillon d'images qui firent remonter des souvenirs d'enfance aux contours estompés. Fumets de viande grillée et de poisson frit, excréments d'animaux, cris des marchands ambulants, tristes accents des chants des hommes dans les cabarets, fracas joyeux des tramways bondés l'assaillirent d'une manière vaguement familière.

L'idée d'avoir réussi, d'être finalement arrivée au Caire libéra aussi tout ce qu'elle avait relégué au plus profond de son cœur durant la traversée du Sinaï. Elle ne put s'empêcher en sortant de la gare sur la grande place Ramsès de dévisager tous les Européens dans l'espoir d'apercevoir par un heureux hasard le visage aimé de Saul. Saul, désormais si proche et pourtant inaccessible.

— Si jamais vous le rencontrez, votre père mourra, lui avait dit Von Traub.

Murat Pacha ne s'encombrerait alors d'aucun scrupule pour faire décapiter ou battre à mort le vieil homme. Pourquoi le destin était-il aussi cruel ? L'homme qu'elle aimait passionnément, et que son corps appelait depuis trois longues années, celui pour qui elle avait risqué les vies de sa famille, était ici, presque à portée de main, et lui était interdit. L'idée qu'il respirait le même air, voyait les mêmes choses lui donnait le vertige. Rien, pas même Murat Pacha, ne pouvait l'empêcher de chercher Saul du regard dans la foule des fonctionnaires britanniques, des employés européens et des réfugiés de Palestine emplissant les rues du Caire. Il portait peut-être l'uniforme anglais. Ne travaillait-il pas pour l'armée britannique ?

Mais les chances de rencontrer Saul dans la rue étaient pratiquement nulles. La capitale égyptienne était une ville gigantesque que peuplaient des millions d'Arabes et des dizaines de milliers d'Européens. Depuis quelque temps, les campements de toile des corps expéditionnaires britanniques poussaient comme des champignons dans les faubourgs du Caire. Deux personnes pouvaient passer leur vie entière dans cette ville, la plus grande du monde arabe, sans jamais se croiser. Rien pourtant ne saurait l'empêcher de l'espérer secrètement. Aussi longtemps qu'elle serait au Caire, elle ne cesserait pas de chercher, dans les foules, dans les souks, dans les clubs et les restaurants, le visage de son bien-aimé.

Abed se tourna vers elle et lui dit quelque chose dans son dialecte bédouin. Elle comprit qu'elle ne devait pas dévisager de la sorte tous les Européens. Elle portait le costume des femmes égyptiennes avec l'ample robe noire, le foulard serré sur la tête et le voile cachant le bas de son visage, et une Egyptienne était tenue de marcher tête baissée en évitant les regards des hommes.

— Viens, dit Abed à voix basse, et elle le suivit docilement dans la foule.

Elle avait encore peine à croire qu'elle était au Caire, libre, loin des pièges mortels du Sinaï. Liberté bien illusoire pourtant car, même au Caire, elle demeurait la prisonnière de Murat Pacha.

Le bazar de Khan el Khalili était un enchevêtrement de rues obscures et tortueuses, de passages et de cours bordés d'échoppes, de magasins, d'éventaires, d'ateliers et de restaurants. Une multitude de toits pentus, d'encorbellements treillissés et d'auvents rapiécés formaient un plafond bas, presque opaque, au-dessus des ruelles, plongeant le marché dans une pénombre épaisse. Docile et soumise comme une véritable femme arabe, Ruth suivait Abed dans ce labyrinthe grouillant de monde. Ils n'avaient pas échangé un mot depuis la place Ramsès. L'odyssée dans le Sinaï avait épuisé Ruth ; mais où aurait-elle pu prendre du repos ? L'on aurait trouvé singulier un couple de Bédouins dans une voiture à cheval. Il ne lui restait qu'à peiner dans le sillage d'Abed jusqu'au moment où ils furent avalés par une des portes noires de Khan el Khalili.

Poussés par la foule, ils prirent l'allée des orfèvres et l'allée des bijoutiers avant de s'engager dans l'odorante rue des maroquiniers ; ils pénétrèrent ensuite dans une allée non pavée où des hommes coiffés du tarbouch et portant de longs tabliers noirs sculptaient des statues d'ivoire, incrustaient de nacre le bois des tables à thé, filigranaient d'argent les plateaux de cuivre ovales. Dans une niche d'un mur décrépi, Ruth remarqua un vieil homme à demi nu, les reins ceints d'un pagne crasseux et la peau criblée de profondes cicatrices. Il faisait tourner des pierres inégales sur un axe, au moyen d'un touret rudimentaire, pour les transformer une à une, patiemment, en perles lisses et luisantes, qu'il rangeait dans une corbeille de roseau. Un rayon de soleil oblique passa sur le panier métamorphosant pour un bref instant les simples pierres en un trésor fabuleux. Ruth s'immobilisa devant l'artiste au visage ridé, qui leva la tête et lui offrit un sourire édenté ; il avança machinalement une main remplie de perles. Elle secoua la tête et s'empressa sur les traces d'Abed qui venait de traverser la ruelle. Le Bédouin marqua une pause, jeta un coup d'œil furtif derrière lui et disparut dans l'entrée d'un chaudronnier d'art.

Après une brève hésitation, Ruth s'enfonça à son tour dans la boutique. La pièce était déserte, mais il y avait une autre salle au fond, séparée de la première par un rideau de perles multicolores, derrière lequel elle entendait chuchoter Abed et un autre homme. Plateaux de cuivre, bouilloires, vases, plaques ornementales gravées de faux hiéroglyphes et de scènes de l'Egypte pharaonique... autour d'elle tout luisait et miroitait. Une coupe inachevée reposait sur une table recouverte de rognures scintillantes, avec des outils et un rouleau de fil de cuivre.

Dans l'arrière-salle, les chuchotements se turent et Abed écarta le rideau de perles. Elle distingua fugitivement une autre silhouette derrière lui ; quelque chose dans l'allure de cette personne lui sembla vaguement familier. Puis l'ombre s'évanouit dans l'obscurité ; l'étrange impression se dissipa tandis qu'Abed la rejoignait à pas lents. Il lui mit dans la main un morceau de métal lourd. Elle baissa les yeux et vit une grande clef de cuivre.

— Pour maison, dit-il en s'esclaffant.

Ils contournèrent l'édifice de l'Opéra et une demi-heure plus tard Abed tournait dans la somnolente rue Alfi, face à un parc luxuriant. Les verts bosquets et les pelouses lui semblèrent familiers, et un nom émergea dans la mémoire de Ruth : les jardins de l'Ezbekeya.

Abed passa sous un porche voûté ouvrant sur une cour intérieure, qui évoqua à Ruth un patio espagnol. A leur arrivée une volée d'alouettes s'éleva en pépiant. De grandes dalles blanches recouvraient la cour qu'ombrageaient deux acacias. Une superbe fontaine omeyyade de céramique bleue occupait le centre du patio ; mais elle était vide, son bassin envahi de brindilles jaunies et de feuilles mortes. Tout autour, les murs blancs étaient presque entièrement recouverts de lierre. Deux rangées de fenêtres dominaient la cour face à l'entrée voûtée, celles du premier étage agrémentées de balcons coquets. Les deux autres murs étaient également ornés de fenêtres et deux portes presque identiques se faisaient face. Abed désigna d'un geste celle de gauche.

— Maison là, dit-il en pointant un doigt osseux sur le poing fermé de Ruth, pour clef.

Puis soudain, il fit un pas en arrière, inclina légèrement la tête et dit :

— Ma'a Salaam... La paix soit avec toi.

— Vous partez ? fit Ruth prise de panique.

Elle s'était accoutumée à son jeune accompagnateur. Il ne devait pas partir, pas encore. Elle écarta avec agacement le voile qui la gênait pour parler.

— Attendez.

Elle fit un pas vers Abed et lui tendit impulsivement la main.

Abed s'esclaffa, mais son rire sonnait faux. Il passa gauchement d'un pied sur l'autre, et finalement il leva une main avec deux doigts pliés.

— Serrez main, compter doigts après, dit-il.

Et il découvrit en un pauvre sourire ses dents toutes gâtées. Puis il s'inclina vivement, et sa main voleta à son cœur, à ses lèvres, à son front.

— La paix soit avec toi, bredouilla-t-il et il disparut.

CHAPITRE 6

Emma Altschiller regarda par une fente du volet la femme en noir ouvrir la porte d'en face. Elle était enfin là, la mystérieuse Mary Bartlett à laquelle les Turcs attachaient tant d'importance. Emma était arrivée au Caire la semaine précédente. Sans avoir jamais rencontré Mary Bartlett, sans la moindre préparation, Emma était venue d'Europe avec pour instruction de conduire et de contrôler la jeune femme dans l'accomplissement de sa mission.

Quinze jours auparavant, elle avait été convoquée d'urgence dans la sombre mansarde de Hermann Kondrake. Le colonel Kondrake, attaché militaire adjoint à Berne, était en réalité le chef des services secrets allemands en Suisse. Emma le connaissait depuis huit ans, car tous deux avaient fréquenté la première école d'espionnage créée à Darmstadt par la légendaire Fraulein Doktor. A cette époque-là, le jeune Kondrake arborait chapeaux à larges bords, costumes sombres, capes noires et visage de marbre, et il ne parlait que par monosyllabes.

C'était devenu un homme fort ennuyeux, à la silhouette compacte, avec en permanence sur sa face rose une expression de dégoût, comme si l'on agitait sous son gros nez un poisson crevé. Il n'avait pas perdu de temps en bavardages, même s'ils ne s'étaient pas vus depuis six mois. Emma, devait partir immédiatement pour l'Italie et s'embarquer sur le *S.S. Alicante* à Naples. *L'Alicante* était un paquebot espagnol qui faisait route pour l'Egypte, où Emma aurait à contrôler un agent secret, une femme, détachée au Caire pour une mission de première importance. L'espionne s'appelait Mary Bartlett.

Emma avait protesté. Elle venait de s'échapper de France et elle était à bout de nerfs depuis l'arrestation de Mata-Hari. La cour martiale française avait reconnu Mata coupable ; les jours, les heures peut-être, de Mata étaient comptés si le président Poincaré rejetait le recours en grâce. Emma ne trouvait plus le sommeil. Mata était sa seule amie. Elle avait besoin d'être seule quelque temps ; elle ne se sentait pas prête à plonger à nouveau dans l'action clandestine. Mais Kondrake avait refusé d'entendre. N'était-ce pas le chef des services de renseignements allemands, le colonel Nikolaï en personne, qui avait demandé Emma Altschiller ?

Elle aurait pu refuser, bien sûr, malgré la pression du colonel Nikolaï. Une idée lui était venue à l'esprit. Couronnée de succès, la mission du Caire pouvait lui apporter enfin la reconnaissance. Et un succès serait salutaire pour elle dans les circonstances présentes. Elle avait acquis prestige et influence grâce à Mata ; mais Mata était en prison aujourd'hui.

Elle devait revenir à Berlin avec un succès retentissant si elle voulait réaliser son rêve et se hisser un jour au poste de chef adjoint des services de renseignements allemands. Cette femme du Caire permettrait à Emma Altschiller de redevenir la nouvelle Fraulein Doktor des services secrets allemands.

L'après-midi même, Emma avait reçu chez elle, par courrier spécial, une grosse enveloppe gris pâle. Toujours efficace, Kondrake y avait glissé la version anglaise de *l'École des femmes* de Molière, qui servirait de carnet de déchiffrement pour l'opération à venir, une photographie de Mary Bartlett, une page tapée à la machine (« à détruire après l'avoir lue ») contenant des détails sur la fille ; 75 000 francs français, des billets de train et de bateau et un passeport français au nom qu'Emma s'était choisi pour l'opération : Sabine de Ponthieu. Pourquoi un nom à particule ? C'était une faiblesse qu'elle partageait avec Mata : toutes deux se prétendaient volontiers de sang royal, et Mata s'était même fait établir des cartes de visite ornées de la petite couronne ! C'était ce que Mata avait inventé de plus désopilant une fois lassée de se faire passer pour une princesse indienne.

Elles ne riraient plus jamais ensemble. Deux jours plus tard, peu avant d'embarquer sur *l'Alicante*, Emma avait appris par les journaux l'exécution de Mata-Hari, au château de Vincennes. Mata avait montré un courage admirable. Elle avait affronté le peloton d'exécution vêtue de sa robe gris perle, coiffée de son chapeau de paille à larges bords et à voilette — Emma était avec elle le jour où elle l'avait acheté et perchée sur ses chaussures italiennes à boucle argentée, ses préférées.

La traversée avait été un véritable cauchemar. Le visage passionné de Mata, sa voix voilée, sa silhouette voluptueuse ne l'avaient pas quittée un seul instant. Elle n'avait adressé la parole à personne à bord et avait pris tous ses repas dans sa cabine. Elle avait débarqué à Alexandrie toujours en état de choc. Depuis son arrivée au Caire, elle vivait recluse dans la maison de la rue Alfi, pleurant en secret son amie bien-aimée. Elle se rappelait la peau soyeuse de Mata, son corps parfait, ses yeux de braise ; avec quel brio elle usait de son charme pour envoûter officiers et hommes d'Etat, les attirer dans son lit, leur soutirer tout leur suc, leur argent, leurs secrets. Elle n'oublierait jamais l'été 1916, ces jours merveilleux passés à Paris et à Vittel, où Mata œuvrait pour obtenir les plans de l'offensive alliée en préparation.

Il lui fallait à présent chasser de son esprit le souvenir de Mata et prendre en main une nouvelle recrue. Pourrait-elle en faire une nouvelle Mata ? Elle en doutait ; femme, danseuse, amante ou espionne, Mata était irremplaçable. Emma ne savait presque rien de Mary Bartlett, sinon qu'elle était venue de Palestine par le Sinaï. La jeune fille devait occuper un des appartements de la maison de la rue Alfi aménagée pour elles, tandis qu'Emma la surveillerait depuis l'autre appartement. La feuille de renseignements fournie par Kondrake ne comportait que quelques détails sur son âge, la couleur de ses cheveux, de ses yeux et ses mensurations. Emma s'en était servi pour lui constituer une garde-robe complète venant des magasins les plus huppés de la ville. Elle connaissait Le Caire, et le détestait, depuis son séjour en Egypte avant la guerre.

Mary Bartlett semblait fort jolie sur la photographie un peu floue que lui avait donnée Kondrake à Berne. Sa voix — lorsqu'elle avait parlé au jeune Bédouin dans le patio — était chaude et agréable. Elle paraissait jeune et Emma se demanda si Mary Bartlett était aussi bien faite que le laissaient supposer ses mensurations : les amples vêtements noirs qu'elle portait pour l'instant ne révélaient rien. Mais Emma le savait, Mary Bartlett n'égalerait jamais sa chère Mata qui reposait à présent dans une tombe anonyme de la banlieue de Paris, ses seins orgueilleux déchirés par les balles françaises.

De l'autre côté du patio, Mary Bartlett pénétrait dans l'appartement et refermait la porte derrière elle. Emma tira les fins rideaux de dentelle et s'éloigna de la fenêtre. Elle laisserait à Mary Bartlett le temps de faire sa toilette et de se reposer, puis d'ici deux heures elle irait frapper à sa porte pour se présenter. L'aboutissement de leur mission, lui avait-on dit, pouvait déterminer l'issue de la guerre dans cette partie du monde. Mais elle ne se souciait guère du sultan et de son empire moribond. Les Turcs pouvaient bien aller au diable, ainsi que ce Von Rauff ou Von Traub à cause de qui elle se retrouvait dans cette ville torride et crasseuse.

Elle se dirigea vers le salon pour prendre une cigarette. Au passage elle fit une halte devant le haut miroir adossé au mur dans son cadre doré. L'œil impitoyable, elle y vit une femme de plus de quarante ans, grande et raide comme la justice, avec la poitrine plate, les épaules carrées et les hanches étroites ; un corps sans taille, que la gaine fort serrée ne parvenait même pas à rendre plus harmonieux. Un corps d'homme, jugea-t-elle. Elle tira le devant de sa robe bleu foncé et rajusta la large ceinture de cuir. Ses manches s'arrêtant aux coudes découvraient ses longs bras musclés et la lourde chaîne en or qui pendait à son poignet. Elle redressa avec soin le chignon sévère couronnant le sommet de son crâne. Penchée vers le miroir, elle examina attentivement les racines de ses cheveux ; pas trace de cheveux blancs, mais elle se referait une teinture la semaine suivante.

Elle tourna son visage d'un côté puis de l'autre pour l'exposer à la lumière qui filtrait à travers les volets clos. Elle acquiesça d'un air satisfait : son maquillage épais recouvrait bien les fines rides sillonnant sa peau blanche. Sa bouche, peinte en rouge sombre et en forme d'arc de cupidon, ne nécessitait pas de retouche non plus. Son visage n'était pas joli, elle le savait, mais il avait du caractère : des traits austères, avec les pommettes saillantes, un nez fort et le menton volontaire.

Elle fouilla dans son sac de toilette et se remit du mascara ; ses rides sous les yeux étaient toutes noircies. La transpiration à cause de la chaleur du Caire, se dit-elle en nettoyant les traînées avec son mouchoir de dentelle. Ou alors c'était le souvenir de Mata.

Emma sortit de son porte-cigarettes en ébène une Sobranie à bout or et craqua une allumette. Elle avait horreur des briquets dont usaient toutes les Européennes depuis dix ans. Les yeux dans le vague, elle s'assit, le dos raide, dans un siège à haut dossier. Impossible de s'arracher au souvenir de Mata. Elle avait les nerfs à fleur de peau et la cigarette n'y changeait rien. Elle éprouva soudain le besoin impérieux d'être dehors. Comment passer deux heures de plus dans cette maison obscure, enfermée avec l'image de Mata ? Cet appartement lui faisait horreur avec son silence caverneux, ces odeurs moisies et confinées accrochées au mobilier décrépi, ces ombres tapies dans les recoins. Il lui fallait un peu d'air frais, d'autres visages. Elle avait aussi envie de voir à quoi ressemblait Mary Bartlett en public, habillée, fardée et parfumée. Elle la rencontrerait hors de sa maison et verrait si cette fille avait en elle de quoi faire une autre Mata.

Elle griffonna quelques mots sur une feuille de papier et prit son chapeau noir à larges bords, jeta ses cigarettes et ses allumettes dans son grand sac en bandoulière, puis alla traverser le patio sur la pointe des pieds. Retenant son souffle, elle colla l'oreille à la porte de Mary Bartlett. Elle entendit un bruit étouffé d'eau qui coule. Un petit sourire aux lèvres, elle glissa la feuille pliée en quatre sous la porte, puis elle sortit dans la rue et héla une voiture.

— A Gizeh, dit-elle en s'installant sur le siège de cuir usé derrière le cocher nubien.

Comme l'Arabe fouettait son cheval, deux officiers anglais la saluèrent poliment depuis le trottoir opposé. Elle répondit d'un signe de tête avec un sourire contraint sur les lèvres. Mata aurait adoré, pensa-t-elle. Ce n'était pas les officiers qui manquaient au Caire.

En sortant de la baignoire, Ruth s'étira longuement et s'enveloppa dans le peignoir de bain. Pour la première fois depuis un mois, elle se sentait bien. Le cauchemar dans les cachots d'Acre et la traversée du Sinaï lui avaient fait oublier jusqu'à l'existence de plaisirs tels que l'eau, le savon, les sels de bain et les parfums. Malgré la tragédie qu'elle vivait elle éprouvait un véritable bien-être physique. Elle prit une autre serviette pour sécher ses cheveux qu'elle avait finalement réussi à débarrasser de toute la crasse et la poussière accumulées dans le Sinaï. Elle avait aussi refait le pansement de sa blessure ; la pharmacie de la salle de bains contenait tout le nécessaire : de la teinture d'iode, de l'alcool, des pansements, ainsi que des comprimés contre la migraine et de la quinine pour le paludisme. La douleur avait diminué, mais la plaie était toujours ouverte, un vilain sillon rouge traversant son bras en diagonale.

La salle de bains carrelée de blanc, lui rappela soudain le commencement du cauchemar dans la salle de bains du mont Carmel. Elle prit une profonde inspiration, subitement irritée : elle ne pouvait pas continuer à s'apitoyer sur elle-même de la sorte ! Il lui fallait chasser les souvenirs accrochés à elle comme des ombres maléfiques. Elle avait une mission à remplir, dont dépendaient des vies humaines, et elle ne devait pas perdre son temps à se lamenter sur la cruauté du destin. Elle sortit de la salle de bains en claquant la porte derrière elle.

Le contact du tapis moelleux était plaisant sous ses pieds nus. Le lit était large, avec un couvre-lit de velours damassé orné de figures d'oiseaux, de fleurs et de palmiers. Un baldaquin avec un voile diaphane, servant de moustiquaire, le surmontait. Une table de toilette de citronnier avec un haut miroir ovale et un tabouret assorti était adossée au mur le plus proche. Des pots de crème, deux boîtes rondes de poudre de riz et des flacons de parfums étaient alignés devant le miroir. Il y avait également, près des parfums, un coffret plat, de bois laqué, qui contenait des billets de banque égyptiens tout neufs.

Elle entassa dans un coin ses vêtements noirs éparpillés au sol. Elle ouvrit les deux battants de la grande armoire de chêne et laissa échapper une exclamation de surprise. C'était la caverne d'Ali Baba ! L'armoire était remplie de vêtements féminins flambant neufs. Tailleurs, robes et jupes, chemisiers, corsages, pantalons amples, culottes de cheval, tenues de soirée de soie et de dentelle, manteaux légers, la plupart avec encore l'étiquette indiquant le prix, rien ne manquait. Sur l'étagère du dessus étaient alignées plusieurs boîtes à chapeaux. En bas, un casier contenait de nombreuses paires de chaussures et de bottines ; deux paires de bottes de cheval noir et brun étaient couchées sur le côté. Enfin, plusieurs casiers superposés sur la droite offraient toute une variété de sous-vêtements en soie.

Machinalement, Ruth prit plusieurs robes et les mit devant elle face au miroir d'une des portes de l'armoire. Tout, tailles et couleurs, lui allait à la perfection. C'est alors qu'un étrange malaise l'envahit. Elle ne s'était jamais beaucoup intéressée aux vêtements et n'aurait jamais imaginé disposer un jour d'une garde-robe de ce prix. Qu'attendait-on d'elle exactement en faisant de telles dépenses en toilettes à son intention ?

Tenant encore devant elle une robe moulante verte, en soie sauvage, elle entra dans le salon. Ce n'étaient que divans et causeuses de peluche grenat ou vert sombre, abat-jour jaunes et orangés, miroirs vénitiens... un chariot offrait toute une variété d'alcools français. Les papiers au mur étaient de brocart à motifs de roses, les tapis, persans. Il y avait une reproduction de Delacroix avec une femme algérienne exposant une nudité généreuse et des cuisses charnues. Manifestement, la personne chargée de meubler cet appartement avait fait son possible pour en faire un nid d'amour.

Elle laissa son regard vagabonder dans la pièce puis dans le vestibule donnant sur la porte d'entrée. Sur le sol, près de la porte, il y avait quelque chose de blanc. Elle s'approcha. C'était une feuille de papier pliée en quatre ; elle était sûre qu'elle ne s'y trouvait pas à son arrivée dans l'appartement.

Elle jeta la robe verte sur un sofa, puis étala devant elle la feuille de papier où l'on avait hâtivement griffonné quelques lignes, en anglais, d'une écriture masculine et arrogante, penchée vers la droite. « Rendez-vous au temple de Khephren à Gizeh, près du

Sphinx. Venez bien habillée. Je vous reconnaîtrai. »
Il n'y avait pas de signature.

En sortant de la maison, une heure plus tard, elle portait un ensemble de coupe ajustée — une veste de forme redingote et une longue jupe étroite — taillé dans une étoffe kaki apprêtée, et un casque colonial agrémenté d'un foulard blanc qui pendait dans son dos ; sous la veste elle avait mis un chemisier de soie blanche et elle avait chaussé des bottines marron.

Elle s'immobilisa un instant sur le trottoir. L'après-midi était plaisant, avec un petit vent rafraîchissant qui lui caressait la peau. Accroupi près d'une maison au toit plat de l'autre côté de la rue, un mendiant en burnous bleu marocain marmonna quelque chose en agitant vers elle sa boîte de métal rouillé ; brusquement il se tut à l'approche de deux gros Egyptiens en costume européen et fèz rouge. Le plus jeune des deux la considéra d'un œil gourmand en passant le doigt sur sa moustache. Elle fit quelques pas, à la recherche d'une voiture ; puis, mue par une impulsion soudaine, elle se dirigea vers le jardin de l'Ezbekeya qui occupait l'espace d'un pâté en face de sa maison.

Le parc était aussi luxuriant et frais qu'elle se le rappelait ; les hauts bosquets étaient environnés d'ombre, de lourdes grappes de dattes pendaient sous les couronnes des palmiers, une multitude d'oiseaux pépiaient dans les frondaisons. Elle aurait aimé y faire une promenade, mais elle se sentait trop tendue pour cela. Un fiacre élégant de style français attendait devant l'entrée des jardins. Elle fit signe au cocher.

— Gizeh, dit-elle, et instinctivement elle ajouta : passez par Mena House.

Le fiacre traversa le pont de Gizeh et les pyramides apparurent, dressées, sous un soleil rouge sang. Alors des souvenirs extraordinairement vivaces lui revinrent à l'esprit.

A onze ans, elle avait accompagné son père en

Egypte, où l'université de Boston l'envoyait fouiller la pyramide de Meïdoum. Sa mère et Gédéon devaient venir aussi, mais sa mère était tombée malade à Londres et était rentrée aux Etats-Unis avec le petit garçon. Ruth se revit sur le quai à Southampton faisant ses adieux à sa mère et à Gédéon sur le pont du paquebot en partance pour New York. L'orchestre du bateau jouait des valses anglaises et Gédéon, coiffé d'une drôle de casquette à visière de collégien anglais, lui jetait des poignées de confettis. Malgré sa maladie, sa mère semblait assez contente. Elle était soulagée de n'avoir pas à retourner en Egypte. Elle avait en horreur les pays d'Orient, qu'elle jugeait crasseux, arriérés et dangereux. C'était elle qui avait empêché son père de s'installer plus tôt en Palestine. Le professeur Mendelson avait toujours rêvé de vivre et de poursuivre ses recherches archéologiques en Palestine, mais sa femme refusait d'habiter ailleurs qu'en Amérique.

C'est ainsi que Ruth et son père s'étaient embarqués pour l'Egypte. Lui avait hâte d'arriver à Meïdoum, où l'on avait découvert un temple funéraire à la base d'une pyramide d'architecture inhabituelle. Pour son travail, il était obligé de camper dans l'oasis voisine d'El Fayoum. Jugeant que ces conditions de vie ne convenaient pas à sa fillette, il l'avait laissée au Caire, dans une belle maison arabe, aux soins d'une vieille Egyptienne, grosse et débordante d'affection. Ruth n'avait jamais pu découvrir son véritable nom, car selon la coutume tout le monde l'appelait Oum Ali, du nom de son fils aîné.

Ruth avait passé des mois délicieux au Caire en compagnie d'Oum Ali. Le matin, comme la plupart des enfants européens, elle poursuivait ses études à l'école de l'Alliance française. L'après-midi, elle découvrait Le Caire avec sa gouvernante égyptienne, qui l'emmenait en visite dans sa famille dans des villages voisins. Elle jouait dans le jardin de l'Ezbekeya et apprenait l'arabe avec les petit-enfants d'Oum Ali.

L'écrasante beauté des pyramides avait profondément impressionné Ruth. Les deux femmes s'y rendaient très souvent et, sur le chemin du retour, faisaient une halte au grand hôtel Mena House, où Oum Ali lui offrait un gâteau nommé konafa avec une boisson à la menthe. Vêtu d'une veste brodée et de l'ample pantalon traditionnel, le serveur débouchait cérémonieusement une bouteille de forme élancée et versait au fond de son verre un peu de sirop ; il remplissait ensuite le verre d'eau fraîche et remuait avec une longue cuillère d'argent. Ruth se disait qu'un jour peut-être il oublierait sa bouteille de menthe sur la table. Son père lui avait même promis de lui acheter une bouteille du nectar vert avant leur départ d'Egypte ; mais ensuite il avait reçu le télégramme consécutif au malaise de sa mère ; ils étaient rentrés précipitamment et elle n'avait plus jamais eu l'occasion de déguster la délicieuse boisson.

Plongée dans ses pensées, elle eut vaguement conscience de la masse imposante du Mena House à leur droite. Plusieurs voitures automobiles étaient garées près de l'entrée de l'hôtel ; leurs chauffeurs portant l'uniforme de l'armée britannique riaient entre eux.

Le fiacre passa au trot devant l'hôtel ; une multitude de marchands ambulants accroupis au bord de la route non pavée s'arrachèrent alors à leur somnolence pour courir derrière le fiacre en brandissant objets souvenirs, statuettes, rouleaux de papyrus, perles vertes et tapis artisanaux. Indifférent à leurs cris, le cocher fit claquer les rênes sur le dos du cheval. Le fiacre s'engagea dans le dernier tournant et, devant eux, dans toute leur majesté au milieu du désert, apparurent les pyramides.

Le fiacre allait sortir du virage lorsque soudain un cavalier sur un cheval blanc surgit à gauche. Ayant sans doute mal évalué sa vitesse, il entra presque en collision avec l'alezan tirant le fiacre. L'alezan se cabra en hennissant ; il se dressa sur ses pattes postérieures en agitant furieusement les pattes de devant. Le cocher tira sur les rênes de toutes ses forces, mais sans résultat. Le fiacre oscilla violemment, puis lentement, presque en douceur, il bascula ; Ruth fut projetée à terre tandis que la capote noire se posait au-dessus d'elle.

Etourdie, elle secoua la tête et rampa vers la droite. La banquette était en morceaux et elle écarta la partie supérieure tombée sur sa hanche. Dehors, les gens criaient et des enfants tout excités s'époumonaient. Un nuage de poussière flottait autour d'elle et elle toussa. La lanière de son sac en bandoulière coincé sous elle lui appuyait douloureusement sur la gorge. Il lui fallait s'extraire de là immédiatement, avant que le cheval affolé ne partît au galop en traînant la voiture retournée derrière lui. Une roue tournait furieusement au-dessus de sa tête. Elle essayait de se glisser entre la roue et la capote lorsque deux mains robustes la saisirent et la tirèrent à l'extérieur.

— Grâce à Dieu ! dit un homme dans un anglais un peu traînant. Vous n'avez rien ?

Elle cligna des yeux plusieurs fois. Cheveux blonds, œil gris, nez solide, la bouche grande et, pour l'heure, fort soucieuse. L'homme avait un visage plaisant ; pas à proprement parler beau, mais ouvert, énergique, un visage qui inspirait confiance. Grand, vêtu d'une chemise à col ouvert et d'une culotte de cheval, il avait la peau fortement tannée par le soleil. Derrière elle, la foule poussait des cris tandis que des hommes remettaient le fiacre sur ses roues. Apparemment rassuré, l'alezan ne hennissait plus.

— Vous n'avez rien ? répéta l'homme.

— Je ne sais pas... Je... je ne crois pas...

Tout son côté gauche, qui avait subi le choc, était douloureux, mais cela n'avait rien d'insupportable.

— Je ne pense pas avoir quelque chose de cassé, dit-elle enfin en frottant ses vêtements couverts de poussière et en lissant sa jupe toute froissée.

— Tenez, prenez ça, dit l'homme en ôtant son

foulard. Je suis absolument désolé. C'est entièrement de ma faute.

— Oh ! c'était vous sur le cheval blanc ?

Il fit oui de la tête en désignant avec sa cravache l'animal qui attendait tranquillement au bord de la route, tenu par un grand Egyptien vêtu de guenilles noires. Une belle jument, jeune et robuste, nota Ruth.

— Je devais regarder de l'autre côté, vers les pyramides, et je n'ai pas vu votre voiture. Je vous demande de m'excuser.

Elle avait peine à identifier son accent.

— Bien..., commença-t-elle, mais elle s'interrompit en voyant s'approcher le cocher du fiacre.

Il était pâle, avec une moitié du visage couverte de poussière. Du sang s'écoulait lentement d'une blessure sous son œil. Il lui tendit son casque.

— Oh ! merci.

La foule se pressait autour d'eux. On la regardait bouche bée.

— Voulez-vous vous asseoir ? demanda l'étranger. Vous avez dû être plutôt secouée.

Puis rapidement il ajouta :

— Je peux aller chercher quelque chose à boire. De l'eau, ou du thé, peut-être. Il y a un restaurant...

Elle jeta un coup d'œil autour d'elle.

— Non, non, je me sens parfaitement bien.

Le cocher attendait près du fiacre, tout raide, tenant son fouet contre lui, comme un fusil lors d'une revue.

— En fait, il faut que j'y aille.

Une voiture à cheval venant du Mena House essaya de passer derrière eux ; elle aperçut vaguement une silhouette féminine sur la banquette arrière. La foule en dégageant la route se rapprochait encore de Ruth et du cavalier blond. Celui-ci se retourna vers les gens.

— Eloignez-vous ! dit-il d'une voix forte. Imshi !

Le cocher du fiacre semblait n'attendre que ce signal. Il fit claquer son fouet en l'air ; aidé par deux adolescents, il repoussa les gens en vociférant. A contrecœur, les marchands reculèrent de quelques mètres sans rompre le cercle autour d'eux. Les pieds solidement plantés sur le sol, l'œil féroce, le cocher prit une allure martiale.

L'homme sourit à Ruth pour la première fois. Il avait un sourire franc et juvénile, qui donnait à son visage un air espiègle.

— J'espère que vous me permettrez de vous dédommager pour cet accident. Je suis le lieutenant-colonel Jeffrey Saunders, de la division montée Anzac, trente-septième régiment.

Voilà pourquoi elle ne reconnaissait pas l'accent ! pensa-t-elle. C'était la première fois qu'elle rencontrait un Australien.

— Lieutenant-colonel ? dit-elle sans dissimuler son étonnement. Vous semblez si jeune pour un lieutenant-colonel.

Il paraissait à peine plus de trente ans.

Il se pencha vers elle.

— Je suis un surdoué, chuchota-t-il sur le ton de la confidence.

Elle sourit.

— Je suis Mary Bartlett, dit-elle. Je viens d'arriver du Canada.

A son tour il sembla surpris.

— Du Canada ? En pleine guerre ?

Elle fit un geste évasif.

— Qui sait quand tout ça va s'arrêter, et j'avais trop envie de venir.

Voyant son air perplexe, elle précisa :

— Je suis étudiante en égyptologie. Je suis venue faire des recherches pour ma thèse sur l'histoire du sphinx.

Elle connaissait par cœur la couverture que Von Traub lui avait fait maintes fois répéter. Etudiante en égyptologie, de Montréal, père industriel du coton, mère décédée ; un voyage précédent en Egypte pendant sa prime adolescence, au cours duquel elle avait acquis des rudiments d'arabe et dont elle gardait de vagues souvenirs de la ville du Caire.

— Avez-vous des amis ou de la famille au Caire ?

Elle se sentit en terrain glissant.

— Quelques-uns, dit-elle, évasive.

C'était comme si une sonnette d'alarme s'était mise à tinter dans son esprit. Cette rencontre était-elle aussi fortuite qu'elle en avait l'air ? L'accident n'avait-il pas été provoqué ? Après un rapide examen de la situation, elle jugea cela impossible. Comment mettre au point un accident avec une telle précision ? Elle aurait pu être tuée ou grièvement blessée ; et d'ailleurs une opération de cette sorte semblait vraiment superflue. Les Britanniques avaient des moyens beaucoup plus sophistiqués d'entrer en contact avec elle s'ils le désiraient réellement. Non, manifestement, le lieutenant-colonel Jeffrey Saunders était sans arrière-pensée.

Elle fit diversion en s'intéressant soudain à son cheval.

— Quel animal magnifique ! dit-elle en s'approchant de la jument blanche. Mais ce n'est pas un cheval arabe ?

— Non. Australien. Je l'ai ramené de notre propriété dans le Victoria. Vous aimez les chevaux ?

— J'adore les chevaux.

— Alors peut-être aurons-nous un de ces jours l'occasion de monter ensemble. On vous trouvera bien un cheval.

— Ma foi, pourquoi pas ? Ça me plairait énormément.

— Je serais ravi de vous rendre visite.

Elle ignora la question sous-entendue.

— Comment puis-je vous joindre, colonel ?

— Nous avons notre quartier à Héliopolis, s'empressa-t-il de dire. Vous pouvez me joindre par téléphone. Si je ne suis pas là, laissez un message pour moi au bureau de liaison Anzac du quartier général. C'est au palais du Nil. Et vous, où habitez-vous ?

Elle eut soudain envie de se confier à cet homme, de lui dire la vérité, qu'elle n'était pas canadienne et que son nom n'était pas Mary Bartlett, qu'elle était une espionne et qu'elle travaillait contre lui et ses camarades, venus des quatre coins du monde pour libérer son pays... et qu'elle était dans une situation désespérée, qu'elle avait besoin d'aide. Peut-être pourrait-il l'emmener et trouver Saul Donsky avant qu'il ne soit trop tard. Mais au lieu de cela elle feignit de ne pas entendre sa question. Elle lui décocha un sourire éblouissant et remonta dans son fiacre ; elle le salua d'un geste de la main tandis que le cocher faisait claquer les rênes.

— Au temple de Khephren, dit-elle.

Le fiacre était déjà à mi-pente sur la route des pyramides lorsqu'elle s'aperçut qu'elle tenait toujours le foulard de soie du colonel Saunders.

Le soleil descendait derrière la pyramide de Khephren ; peu à peu, l'ombre vacillante du sphinx s'étirait sur le sable en direction de la vallée du temple à ses pieds. Le sanctuaire de la vallée de Khephren était une construction basse, rectangulaire, faite de gros blocs de pierre et de colonnes. Il n'y avait plus de toit depuis longtemps ; les poutres maîtresses reposant sur le sommet anguleux des colonnes ressemblaient aux côtes dénudées d'un squelette préhistorique. La lueur déclinante du crépuscule du désert brouillait le rose des piliers carrés et des architraves, taillés dans le granit d'Assouan.

Comme Emma l'avait espéré, l'endroit était vide. Il régnait une atmosphère vaguement inquiétante dans le temple bas et obscur. Elle jeta un coup d'œil vers les pyramides ; il n'y avait aucun touriste là-bas non plus. La nuit tombant rapidement sur Gizeh, les derniers visiteurs, sans doute la proie de peurs superstitieuses, quittaient les temples en toute hâte. Ils avaient trop lu d'histoires sur la malédiction des pharaons, songea Emma. Deux voitures à cheval et une voiture automobile beige et blanc filaient sur la route en direction du Mena House laissant derrière elles une longue traînée de poussière. Des Bédouins avec leurs vieux dromadaires passèrent aux pieds du sphinx, et le plus jeune lui rappela celui qui avait accompagné Mary Bartlett jusqu'à la maison.

Le fiacre de Mary s'immobilisa devant le temple. Emma regarda la jeune femme en descendre et se diriger vers l'entrée du temple. Sa toilette l'agaça. Quel manque d'audace ! Mata serait venue dans une robe insolemment moulante. En plus, pensa Emma, Mata n'aurait pas laissé échapper aussi facilement le cavalier aux culottes de cheval brunes. Emma avait assisté à l'accident depuis la terrasse du Mena House ; elle y avait attendu le passage du fiacre de Mary pour s'assurer qu'elle n'était pas suivie. Si Mata — et non Mary Bartlett— s'était trouvée dans le fiacre, elle serait déjà en train de dîner avec son nouveau prétendant dans le night-club le plus fermé du Caire.

Les pas de Mary résonnèrent entre les colonnes de pierre et Emma fit retraite dans un coin d'ombre. Mais la fille n'était pas suivie ; elles étaient seules dans le temple de Khephren. Emma frissonna. Mary s'était immobilisée près d'un pilier. Emma s'avança et nota la taille mince et l'insolente jeunesse de son vis-à-vis.

— Vous devez être Mary Bartlett, dit-elle.

Sa voix était enrouée et elle s'éclaircit la gorge.

La fille s'approcha et la regarda gravement. Elle avait des yeux singulièrement lumineux, de la teinte du vieil or.

— Qui êtes-vous ? demanda-t-elle, incertaine.

— Ils ont dû vous donner un message pour moi.

— Je pensais voir un homme, dit Mary, méfiante.

— Ce n'est pas le message.

— Ah oui, c'est vrai. Il fallait que je dise un truc complètement idiot, et vous deviez répondre. Attendez.

Emma contint une subite bouffée de colère. Il n'y avait rien d'idiot dans le mot de passe.

— Bon, dit Mary Bartlett. Etes-vous allée à l'opéra du Caire récemment ? On m'a dit que c'est remarquable.

Emma acquiesça et compléta :

— Il n'y a rien de remarquable, à part la façade.

Puis elle fit un pas et lui tendit la main.

— Je suis Sabine de Ponthieu, dit-elle.

La fille lui serra la main brièvement avec froideur.

Un silence pesant s'installa. Emma finit par dire :

— Ainsi vous pensiez voir un homme. Désolée de vous décevoir. Vos hommes, il vous faudra les chercher ailleurs.

— Ce n'est pas ça que je voulais dire.

Emma sentait monter l'hostilité dans la voix glacée de Mary.

— Mais moi, si, répondit-elle avec un éclat de rire forcé.

Il y eut un autre silence tendu. Emma reprit :

— Nous avons des tas de choses à nous dire. A partir de maintenant, nous travaillons ensemble. Vous recevrez vos instructions et ferez vos rapports par mon intermédiaire.

— Non, dit la fille.

Elle avait un accent anglais condescendant légèrement teinté d'américain.

— Von Traub a été très clair sur ce point, poursuivait-elle. Vous devez me fournir des moyens de communication. Je suppose qu'il s'agit d'un carnet de déchiffrement et d'une adresse postale en Europe.

— En Suisse. Je m'occuperai de tout ça.

Mais la jeune femme secoua la tête.

— Désolée. Je ferai mes rapports toute seule.

— Vraiment ? lâcha Emma, les dents serrées. Vous voulez le code et l'adresse et vous ferez vous-même vos rapports. Pourquoi croyez-vous que je suis ici ? Pour vous servir ?

Les yeux d'ambre l'observaient avec une indifférence exaspérante.

— J'ai reçu certaines instructions de Von Traub. Et je m'y tiendrai.

— Pour qui vous prenez-vous ? lança Emma en rage. Qui vous a permis de me donner des ordres ?

La fille haussa les épaules.

— Je ne voulais pas vous froisser..., commença-t-elle.

— Savez-vous qui je suis ? poursuivit Emma. Avez-vous entendu parler de Mata-Hari ? Eh bien, tous ses rapports...

Brusquement, elle s'interrompit. Elle n'aurait pas dû mentionner Mata. C'était une erreur grave. Elle ne devait plus jamais prononcer ce nom. Elle fouilla fébrilement dans son sac, sortit son étui, prit une cigarette à bout doré et craqua son allumette ; elle faisait des gestes rapides et nerveux. En portant l'allumette à sa cigarette, elle vit la flamme trembler. Elle aspira avidement. Mary Bartlett l'observait en silence.

— Et peut-on vous demander la raison de votre retard ? dit Emma en exhalant la fumée salutaire.

— Mon fiacre s'est renversé en chemin, répondit Mary. Devant le Mena House.

— Ah bon ? Comment cela est-il arrivé ?

Manifestement Mary ignorait qu'elle avait assisté à toute la scène. Elle était trop à sa conversation avec le grand blond pour remarquer la voiture d'Emma quittant le Mena House pour le temple.

— Le cheval a dû glisser, dit Mary d'un ton évasif. Ou il a eu peur de quelque chose.

— Vous avez été blessée ?

— Non, rien de grave.

— Vous avez eu de la chance que cela ait eu lieu devant le Mena House. Il y a toujours des Européens dans le coin.

Mary ne répondit rien.

Alors Emma mit en place son piège.

— Ils vous ont aidée, j'espère ?

Et Mary donna droit dedans.

— Non, dit-elle. Ce sont les Egyptiens qui m'ont aidée. Ils ont été très efficaces.

Sale petite pimbêche, pensa Emma, submergée par la rage.

— Vous mentez ! cracha-t-elle en giflant violemment Mary. Garce !

CHAPITRE 7

— Allah ! Allah ! Allah !

Les derviches tournoyaient de plus en plus vite, en frappant le sol de leurs pieds nus ; ils balançaient leurs corps d'avant en arrière et leurs longs cheveux emmêlés, un moment dressés sur les crânes, balayaient le sol l'instant d'après. Au centre de leur cercle tournait le vieillard décharné et à barbe blanche qui menait la danse. Emportés par les battements des tambours de plus en plus rapides, le visage empourpré, les yeux roulant dans leurs orbites, les oreilles emplies de leurs propres cris, les derviches hurleurs du Caire célébraient leur rituel ancestral.

Les flammes mouvantes des torches fichées dans les fissures de la paroi de pierre éclaboussaient d'orange et de rouge le centre de la grotte. Un voile tremblant de fumée et de feu séparait Saul des derviches. Il avait l'impression d'assister à une cérémonie sacrificielle païenne ou à une scène surgie tout droit des entrailles de l'enfer. Leurs robes blanches flottaient comme des linceuls, leurs longs cheveux tournoyaient comme d'obscurs halos, leurs hurlements distordaient leurs bouches, leurs bras et leurs jambes s'agitaient sauvagement. Saul se rappela les descriptions dantesques des âmes damnées, vouées aux éternels tourbillons de la danse de la mort.

De temps en temps, un derviche bondissait en l'air et sa robe se gonflait. Un géant nubien lacérait à grands coups d'ongles son torse d'ébène. Soudain il passa devant Saul, il gagna le mur et s'affaissa lentement sur les genoux en secouant la tête ; le sang souillait ses vêtements et coulait sur le sol. Deux jeunes garçons, dont le blanc des yeux luisait étrangement dans la lueur des torches, étaient tombés sur le dos, leurs corps rigides au milieu des battements de pieds de leurs frères.

— Ils ont été frappés par Mahomet, annonça solennellement un grand Egyptien aux côtés de Saul Donsky.

Il portait une gallabeya brodée et le tarbouch vert prouvant qu'il était hadj, après avoir accompli le pèlerinage de La Mecque.

— Allah ! Allah ! Allah ! tonnèrent les derviches tandis que les tambours redoublaient de vitesse.

— Etonnant, vous ne trouvez pas ? murmura Montague en désignant d'un geste l'ouverture étroite de la grotte.

Saul approuva d'un signe de tête et lui emboîta le pas. Montague salua de la main deux officiers anglais, un commandant et un capitaine, qui se tenaient sous une torche avec quelques Egyptiens. Ils semblaient hypnotisés par le spectacle. Livide, le capitaine portait sans cesse sa main gantée de blanc à l'étui de son pistolet, d'un mouvement convulsif.

— Je pensais qu'il n'y avait plus de derviches en Egypte, dit Saul.

En Russie, il n'avait jamais vu de derviches, sinon en gravures dans des livres et dans une brochure clandestine qui les assimilait aux adeptes fanatisés du moine Raspoutine.

— C'est le seul endroit du Caire où l'on peut encore les voir, dit Montague. Mais combien dansent ici ce soir ? Une centaine ? Il y en avait des milliers autrefois, dans tout le pays. Ils sont tous partis au Soudan rejoindre le mahdi.

— Qui ?

Saul essuya son front moite du dos de la main et ôta sa veste toute fripée. L'air était vicié, empli d'une odeur âcre de transpiration et de bois brûlé.

— Le mahdi. Une sorte de messie musulman qui s'est révolté contre les Anglais et qui a soulevé une armée de derviches. Ils ont eu un bref moment de gloire en prenant Khartoum et en tuant le général Gordon. Mais l'empire des derviches s'est effrité après la mort du mahdi, et finalement ils se sont fait massacrer par Kitchener à Omdourman.

— Quand cela s'est-il passé ?

— Il y a vingt ans. Je n'oublierai jamais cette vision.

— Vous y étiez ?

Perdu dans ses souvenirs, Montague poursuivit :

— L'immense plaine d'Omdourman était devenue un gigantesque abattoir. Il y avait un soleil de plomb et des milliers de vautours tournoyaient au-dessus de nos têtes. Les malheureux derviches ! Ils n'avaient aucune chance. Ils n'arrêtaient pas de nous charger avec leurs fusils à mèche, leurs lances et leurs bannières vertes, et nous, on les fauchait, vague après vague...

Il marqua une pause,puis :

— Je ne comprenais pas le sens de cette boucherie. Ou peut-être étais-je trop jeune.

— Je ne savais pas que vous étiez déjà venu en Egypte, avança Saul prudemment.

En dépit de la sympathie qu'il lui manifestait, et de leurs longues conversations, le vieil homme ne divulguait guère de détails le concernant.

— Il y a beaucoup de choses que vous ne savez pas encore, mon garçon, dit Montague. Après l'Inde, l'Egypte a été, et reste, ma grande passion.

Ils contournèrent une foule de derviches accroupis au sol, hypnotisés par les tournoiements des danseurs. Ils ne portaient que leurs robes blanches en guenilles ;

leurs étranges chapeaux coniques et leurs capes noires étaient entassés près du mur de pierre.

— Les capes noires représentent le tombeau, dit Montague.

Un derviche efflanqué, ses cheveux blancs teintés de jaune, venait à leur rencontre. De vilaines cicatrices entaillaient la peau de son visage barbu. Il psalmodiait sans cesse la même phrase en arabe tout en agitant une boîte de fer-blanc contenant des pièces de monnaie. Il secoua la boîte en direction de Montague pour lui demander une contribution. A l'instant où il se penchait, la lueur d'une torche éclaira brièvement son visage. Saul vit ses yeux ; contrairement aux autres derviches, aucun feu ne les embrasait ; il avait le regard froid et insistant.

— Voilà, dit Montague.

Il plongea la main dans sa poche et jeta quelques pièces dans la boîte du vieillard. A ce moment précis, la main gauche du derviche glissa vers le bas en effleurant les doigts de Montague. Cela sembla parfaitement naturel ; ce n'était rien qu'un contact fugitif et fortuit. Mais Saul aperçut le minuscule morceau de papier qui passa de la main du derviche dans celle, experte, du colonel. Personne à part lui n'avait rien pu voir. Le derviche s'éloigna, rapidement avalé par l'obscurité, et Montague prit la direction de l'escalier étroit taillé dans la roche.

Saul n'était nullement surpris. Montague avait un tel goût du mystère et de l'exotisme que personne n'aurait songé à s'étonner de cette sortie nocturne pour assister à une cérémonie derviche. Néanmoins, en apprenant une heure auparavant par l'ordonnance de Montague que le colonel s'était rendu au monastère des derviches hurleurs, Saul avait eu l'intuition que son supérieur y recherchait quelque chose d'un peu plus tangible que la couleur locale.

L'escalier en spirale aboutissait à une ouverture basse voûtée. Montague et Saul Donsky débouchèrent dans la grande cour du monastère. Leurs chaussures se trouvaient au pied du mur où ils les avaient laissées avant de descendre dans la grotte sacrée ; nul n'était autorisé à pénétrer avec ses chaussures dans un lieu de culte musulman. Un petit groupe de derviches accroupis près du mur conversait à mi-voix. L'un tourna la tête vers Montague ; mais son visage était dans l'ombre et seuls ses yeux luirent dans l'obscurité. Saul regarda le ciel. La nuit égyptienne brillamment étoilée formait au-dessus d'eux un ample dôme de velours piqueté de gemmes. Un vent frais montant du Nil bruissait à la cime des palmiers et deux grands milans planaient silencieusement au-dessus de la cour.

Montague craqua une allumette. Il entreprit d'allumer sa pipe de bruyère. Il alimentait le fourneau tout en soufflant de grosses bouffées lorsque à un moment il fit prestement passer la flamme au-dessus du papier caché dans le creux de sa main. L'expression de son visage ne changea pas, et Saul ne posa pas de question. Si Montague souhaitait l'informer, pensa-t-il, il le ferait en temps voulu.

Le colonel avait éteint son allumette et il mordillait pensivement le tuyau de sa pipe.

— Avez-vous déjà vu les piliers de la vérité ? demanda-t-il en désignant deux colonnes identiques presque collées l'une à l'autre.

Saul secoua la tête négativement.

— On raconte, poursuivit Montague, que si un homme qui n'a jamais menti s'en approche, les piliers s'écartent pour lui laisser le passage, puis ils reprennent leur place initiale.

— Quelqu'un a déjà vu cela se produire ? s'enquit Saul, amusé.

— Pas à ma connaissance. Voulez-vous essayer ?

— Et vous, colonel ?

Le colonel le considéra un instant, avec l'air d'évaluer froidement le pour et le contre.

— Jamais de la vie, lança-t-il enfin en éclatant de rire.

Puis, après une courte pause, il leva discrètement son minuscule morceau de papier.

— On va avoir des ennuis, dit-il presque sans transition.

— Quel genre d'ennuis ?

Saul, pour l'heure, ne songeait qu'à pourchasser l'espionne turque, et rien d'autre ne le préoccupait. Il se tourna vers Montague ; il aperçut alors du coin de l'œil deux jeunes derviches, presque des adolescents, attachés à leurs pas comme des ombres ; ils les observaient avec une hostilité non déguisée. L'un avait une jambe ratatinée et une main déformée, qui pendait tordue et inerte.

— Emeutes, manifestations, agressions armées contre les étrangers.

Montague contemplait le bout tout mâchonné de sa pipe.

Saul se souvint d'une réunion nocturne en Russie, au cours de laquelle Tatiana avait suggéré d'organiser une émeute aux silos de Kiev ; elle pensait que le mouvement s'étendrait pour embraser l'Ukraine tout entière.

— Les troubles vont commencer à Fustât et à Alexandrie, disait Montague, avant de gagner tout le pays.

— Sur quelles bases ?

Montague fit un geste évasif.

— Nationalisme. Religion. Il y a des formules magiques qui marchent à tous les coups. Les prédicateurs insufflent la haine aux foules à la prière du vendredi matin, les hommes sortant des mosquées se répandent dans les rues en criant des slogans et en jetant des pierres, et quelques minutes plus tard le sang commence à couler. Ensuite rien ne peut les arrêter.

— Et qui tire les ficelles ?

Montague s'immobilisa et le regarda ; les deux derviches s'arrêtèrent aussi à une distance respectable.

— Ils ont un certain nombre de raisons valables de nous haïr, vous savez ? C'est leur pays ici et ils veulent qu'on s'en aille.

— Et ils envoient de vieux derviches au fond d'une grotte obscure pour nous avertir, lança Saul d'un ton railleur.

Montague laissa échapper un éclat de rire.

— Vous avez raison, mon garçon. Cette fois, c'est différent.

Il craqua une autre allumette mais ne réussit pas à rallumer sa pipe.

— Cette fois, ce sont les Turcs, reprit-il. La piste remonte en Palestine. Notre vieil ami Murat s'inquiète beaucoup de notre prochaine offensive, alors il veut nous mettre une rébellion sur les bras.

Aussitôt, les souvenirs reprirent leur ronde douloureuse dans l'esprit de Saul. Le visage de Ruth flottait à nouveau devant ses yeux. Depuis que la nouvelle atroce lui était parvenue de Palestine, une semaine auparavant, et malgré tous ses efforts pour s'en délivrer, les Mendelson le hantaient nuit et jour. Un visage entr'aperçu, une simple phrase entendue, l'événement le plus anodin, et la souffrance, un sentiment de culpabilité intolérable le vrillaient à nouveau. Impossible surtout de se défaire du visage de Ruth. Le nom de Murat réactivait à la fois la douleur et un besoin de vengeance dévorant.

Il prit une profonde inspiration et se détourna de peur que son visage ne trahît son émotion. Et sa haine pour le monstre.

— Une révolte religieuse ? s'empressa-t-il de dire, pour dire quelque chose. Vous pensez que ça va marcher ?

Montague ne semblait pas conscient de son trouble.

— Quand les émeutes ont éclaté au Caire, il y a deux ans, il nous a fallu plus d'un régiment pour mater ces diables d'Australiens. Vous vous souvenez ?

Saul hocha la tête affirmativement en faisant un effort désespéré pour s'arracher aux images qui le hantaient. Les émeutes du Caire étaient parties du quartier réservé de Ouassa, où des Australiens et des Néo-Zélandais s'étaient mis à pourchasser souteneurs grecs, prostituées arabes et promeneurs malchanceux, cela à la suite de chapardages et de quelques cas de blennoragies parmi les Anzacs, ainsi que d'une rumeur disant qu'une prostituée avait giflé un soldat maori en l'accusant de cannibalisme.

— On a été obligé d'amener les territoriaux du Lancashire, plusieurs régiments de Yeomen et toute la police militaire du delta, dit Montague. Les Anzacs ont été consignés dans leur caserne pour plusieurs semaines. Vous vous souvenez ? Toutes les opérations militaires avaient été renvoyées à une date ultérieure.

— Oui, mais..., commença Saul.

Montague le coupa en agitant sa pipe comme une baguette de chef d'orchestre.

— Et n'oublions pas que les émeutes de Ouassa étaient spontanées et limitées à une seule partie du Caire. Tandis qu'aujourd'hui, si l'on ne prend pas les mesures qui s'imposent, nous risquons de nous retrouver avec un soulèvement général sur le dos.

— Mais vous allez prendre les mesures qui s'imposent, n'est-ce pas ? dit Saul doucement.

En Russie, lorsque les ministres du tsar annonçaient « les mesures qui s'imposent », il s'agissait toujours de répression sanglante, d'arrestations, de torture et, bien sûr, de pogroms contre la population juive.

— N'est-ce pas ? répéta-t-il.

Sans répondre, Montague tapota le fourneau de sa pipe contre son talon. Ils avaient atteint la basse palissade du monastère, face aux lumières tremblotantes du Caire. L'éclairage au gaz des rues principales donnait à la ville une touche de magie lorsque les petites flammes dorées vacillaient à l'unisson sous l'haleine hésitante de la brise nocturne. C'était comme si un milliard de lucioles exécutaient à l'intention des étoiles une danse fabuleuse.

— Et votre espionne ? demanda tout à coup Montague, changeant abruptement de sujet comme à son habitude. Quelles nouvelles ?

— C'est avant tout pour ça que je voulais vous voir. Nous avons les noms de toutes les femmes entrées dans le pays depuis un mois.

— Vraiment ? grommela Montague. Et comment avez-vous fait ?

— Rien de plus facile, en fait. Seuls trois bateaux arrivés à Alexandrie et à Port-Saïd transportaient des passagers civils. Les gens ont peur des sous-marins allemands depuis le *Lusitania* ; ils préfèrent rester chez eux. A bord des paquebots, il n'y avait que dix-sept couples, des gens âgés pour la plupart, et huit femmes seules.

— Les noms ? demanda Montague.

Saul fouilla dans la poche intérieure de sa veste pliée sur son bras, et il en sortit une feuille de papier. Il n'en avait pas besoin, à dire vrai, puisqu'il connaissait les noms par cœur.

— A bord du *Champollion* venant de Marseille, il n'y avait qu'une femme, Mlle Germaine Ledoux. Elle est venue travailler comme professeur de français pour les enfants du vice-roi.

— Le sultan, vous voulez dire, lança Montague en s'esclaffant.

— Je ne comprends pas.

— Le vice-roi est sultan maintenant. On lui a donné ce titre pour apaiser les Egyptiens.

Saul eut l'air surpris. Les Anglais étaient-ils aussi naïfs ?

— Vous croyez que les Egyptiens cesseront de réclamer leur indépendance parce que vous avez changé le titre du fantoche que vous manipulez ?

Montague haussa les épaules.

— Moi, non, mais les experts gouvernementaux sont très contents d'eux.

Il marqua une pause, puis :

— Excusez-moi, que disions-nous ?

— La Française, Mlle Ledoux.

— Ah oui, le professeur des enfants du sultan. Quel âge a-t-elle ?

— Soixante ans. Célibataire... Sur le *Paloma,* en provenance de Barcelone, avec des escales à Gênes et Athènes, il y avait deux sœurs, des Suissesses, les Bauer, célibataires également. C'est leur troisième séjour en Egypte, et elles ont pris un bateau qui remonte le Nil jusqu'à Assouan.

— Leur avez-vous parlé ?

— Oui. Elles sont hors de cause. Il y avait aussi trois Grecques, la mère et les deux filles, Kanopoulos. Elles sont venues rejoindre le frère de la mère, un des drogmans les plus connus du Caire... Nous le connaissons. Rien à craindre.

Montague acquiesça.

— Continuez, dit-il.

— Enfin, il y avait deux femmes à bord du *Alicante,* qui venait de Naples. Une Française du nom de Sabine de Ponthieu. On a son adresse et on l'interrogera demain. L'autre est une journaliste anglaise, de Londres. Elle est descendue au Shepheard's. Mme Lavinia Roundtree.

— Oh ! non, pitié ! Lavinia Roundtree ! Elle va nous attirer beaucoup plus d'ennuis que tous les espions boches de la terre réunis.

En secouant la tête, il poursuivit :

— C'en est fait de l'Empire, mon garçon. Non seulement elles veulent le droit de vote, mais en plus maintenant elles écrivent dans les journaux. Les Egyptiens sont plus intelligents que nous avec leurs harems.

Saul grimaça un sourire. Montague était un misogyne notoire.

— En tout cas, nous verrons ces dames demain.

— Et si vous ne trouvez rien ?

Il regardait une silhouette qui s'approchait en boitant.

— Alors on interrogera les couples mariés. On a leurs adresses.

Il vit à son tour le boiteux qui se hâtait en se balançant comme un ours dans son lourd manteau. L'homme agitait les mains en brandissant une canne.

— Maimon ! s'exclama Saul.

Le visage de Maimon ruisselait de sueur. Une fois devant eux, il planta sa canne contre son pied droit et se tint ainsi tout raide, la respiration rauque, essayant de reprendre haleine. Une lueur spéciale brillait dans ses yeux sous ses sourcils en broussaille.

La peau chiffonnée de sa cicatrice semblait légèrement décolorée à la lumière de la lune.

— Colonel, pardon monsieur, Saul... euh... monsieur Donsky.

Maimon était dans un état d'agitation extrême ; il y avait même un tremblement dans sa voix cassée.

— Je suis allé à votre bureau et on m'a dit que vous étiez ici avec le colonel, monsieur, alors j'ai pensé...

— Du nouveau, Maimon ? s'enquit Saul d'un ton dégagé.

Montague lui avait communiqué un peu de son flegme, pensa-t-il avec amusement.

— Ma foi... oui, monsieur, lâcha Maimon en lançant des coups d'œil méfiants du côté de Montague. Il faut... il faut que je vous parle, monsieur.

— A quel sujet ? demanda Saul.

Mais Maimon le regardait fixement sans répondre.

Saul fit un sourire gêné à Montague, puis il se tourna vers Maimon.

— Enfin parle, Maimon, ne reste pas là comme un idiot.

— Si ça ne vous dérange pas, monsieur, c'est... c'est personnel.

Saul haussa les épaules.

— Vraiment, je suis désolé, colonel, dit-il à Montague. Nous excuserez-vous un instant ?

— Je vous en prie, mon garçon, dit Montague d'un ton affable en grattant une nouvelle allumette.

Saul s'éloigna suivi de Maimon.

— Alors, qu'est-ce que c'est tous ces mystères ? souffla Saul avec agacement.

Maimon lança un coup d'œil furtif vers Montague debout au milieu d'un nuage de fumée près de la palissade du monastère.

— Il y a une automobile avec un chauffeur qui nous attendent dehors, chuchota-t-il en hébreu. C'est un service qu'a bien voulu me rendre un ami au quartier général.

Il sourit et continua :

— On doit partir pour le canal de Suez sur-le-champ.

— Suez ? Pour quoi faire ?

— Pas si fort, s'il te plaît, grommela Maimon.

Et après une courte pause :

— C'est pour l'agent secret, Saul. La femme.

— On sait quelque chose ?

— On a trouvé le gars qui lui a fait passer le canal de Suez, Saulik, annonça triomphalement Maimon.

Maimon fit son rapport durant le long trajet en voiture depuis Le Caire, après qu'ils eurent quitté Montague en marmonnant une vague excuse. Le premier réflexe de Saul avait été de demander à Maimon de faire un rapide compte rendu de la situation à Montague, qui attendait toujours, le long de la palissade dans la cour du monastère. Mais Maimon avait catégoriquement refusé.

— Pas tout de suite, Saul, avait dit l'ancien muletier. Quand tu l'auras la bonne femme, tu lui apporteras sa tête sur un plateau à ton colonel. Et tout l'honneur te reviendra. Tandis que si je lui en parle maintenant, il en tirera la conclusion que je fais tout le boulot pendant que tu perds ton temps à regarder sauter les derviches tourneurs. C'est mauvais pour toi ça, tu comprends ?

— Tu es vraiment un ami, Maimon, avait dit Saul en lui tapotant l'épaule.

— Et très méfiant, avait lancé Maimon, et il n'avait plus ouvert la bouche jusqu'à ce que la voiture eût dépassé les faubourgs du Caire.

La route d'Ismaïlia, toute droite, transperçait le désert comme une longue épée d'argent. Lorsqu'ils eurent pris de la vitesse, Maimon consentit enfin à raconter son histoire en détail. Il parlait à mi-voix en jetant des coups d'œil suspicieux dans le dos du chauffeur de la voiture. Le chauffeur était un gros Gallois portant l'uniforme des territoriaux. Ils n'auraient sûrement jamais rien su au sujet de la femme, disait Maimon, s'il n'avait rencontré, par hasard, un sergent australien avec qui il s'était battu à Gallipoli. A présent, l'Australien appartenait à la section des services secrets de la division Anzac ; et toute la section travaillait d'arrache-pied depuis une semaine pour éclaircir le massacre de cinq méharistes australiens dans l'oasis de Bir Gafgafa.

Saul écoutait en silence sans lâcher du regard les vagues de sable grisâtre qui se déployaient des deux côtés de la route. Ils rencontraient de temps à autre une caravane de dromadaires, un équipage muletier ou un fellah tout seul sur son petit âne au bord de la route. A l'approche de la voiture dont les phares déchiraient la nuit, les Egyptiens s'écartaient docilement, avalés par les ombres des dunes de sable.

Les Anzacs avaient un certain nombre d'informateurs parmi les Bédouins du Sinaï, reprit Maimon. Et selon l'un d'eux, les cinq méharistes avaient été assassinés par un groupe de Bédouins de la tribu Ibn Rachid, qui avaient à leur tour été poursuivis et massacrés par des hommes de la tribu Ageyl. Mais des Ibn Rachid — deux ou trois au plus — avaient échappé au carnage en s'enfuyant en direction du canal. A partir de ce point les éclaireurs Anzacs avaient retrouvé la trace des fugitifs dans les dunes du Sinaï occidental.

— Ah bon, et comment ?

Les vents du désert effaçaient très rapidement les traces des sabots des dromadaires.

— Un des fugitifs a été blessé, semble-t-il, répondit Maimon. Les éclaireurs ont repéré des traces de sang coagulé, et le coin de broussailles où le gars a pansé sa blessure. En remontant la piste ils ont découvert des objets abandonnés en route par les Bédouins ; une selle, des couvertures, des vêtements, des gourdes de peau de chèvre vides. Apparemment il ne leur restait plus une goutte d'eau à leur arrivée au canal.

— Quelqu'un les a vus traverser le canal ?

Ils doublèrent un long convoi de camions de l'armée britannique se dirigeant vers l'est.

— Les Australiens ont envoyé leur police militaire, avec une compagnie de soldats égyptiens, à Kantara et à Sakhiet, deux villages sur la rive du canal. Les fugitifs étaient obligés de passer par là.

— Les Egyptiens savent comment il faut faire avec les leurs. Ils ont brusqué un petit peu les cheikhs des villages, cuisiné une dizaine d'hommes au hasard, et ça n'a pas loupé, les langues ont commencé à se délier.

Il s'interrompit, pour ménager son effet.

— Continue, grommela Saul.

Maimon se pencha vers lui.

— Deux personnes sur des dromadaires, un homme et une femme, sont arrivés à Sakhiet il y a une semaine environ et sont allés droit chez un Soudanais du nom d'Abou Amar. La femme était étrangère.

— Etrangère ? Il y a des preuves de cela ?

Maimon se cala confortablement dans son siège et sourit.

— Tu le demanderas toi-même, Saul.

— A qui ?

— A ce diable de Soudanais, évidemment ! Nous allons chez Abou Amar.

Ils traversèrent le canal de Suez à l'aube, à bord du radeau qui assurait plusieurs fois par jour, sans horaires réguliers, la courte liaison entre Deversoir et la rive asiatique du canal. Ils laissèrent la voiture à l'embarcadère. Maimon annonça à Saul que des chevaux devaient les attendre de l'autre côté du bras d'eau ; mais à leur arrivée ils ne trouvèrent pas l'ombre d'un cheval. Saul était trop excité par le récit de Maimon pour s'inquiéter de l'absence de deux chevaux.

Sur la rive orientale du canal, non loin du débarcadère de pierre, des vautours se disputaient sans conviction la carcasse boursouflée d'un dromadaire. Lorsque Saul et Maimon descendirent du radeau, quelques-uns déployèrent paresseusement leurs ailes et s'élevèrent en tournant au-dessus de la dépouille putréfiée. Toutefois, un des oiseaux resta accroché à sa proie et poursuivit son festin en fixant les intrus d'un œil mauvais.

Le vieil Egyptien chauve, à la fois capitaine, pilote et équipage du radeau, noua les pans de sa gallabeya grise autour de ses cuisses et entreprit d'attacher les amarres imbibées d'eau aux deux rondins fichés dans la boue ; puis il s'assit sur le sable en mâchonnant un morceau de pain de pita sec. Une odeur fétide prenait à la gorge. Maimon plissa le nez et s'installa sur un tronc de palmier abattu au bord de l'eau ; il planta sa canne entre ses jambes.

— Il vaut mieux attendre ici, dit-il. Ils ne seront pas longs. Ils ont dû nous voir arriver.

— D'accord, dit Saul.

De toute façon, avec Maimon, il était sûr d'arriver à destination tôt ou tard... et en Orient, où le temps ne comptait pas, tout venait un peu plus tard.

Maimon sortit de la poche de son trench-coat sa vieille boîte de fer-blanc ; il se roula une cigarette en un tour de main et inhala la fumée avec délice.

— Tabac brun..., c'est la meilleure protection contre cette pourriture, dit-il en désignant la carcasse environnée de vautours. On fumait de ça à Gallipoli, sauf que là-bas ce n'étaient pas des dromadaires qui puaient comme ça.

Saul étira ses bras, passa la main sur son visage pas rasé ; il avait un goût amer dans la bouche. Un bruit de pas traînant et régulier se fit entendre depuis le haut de la dune au-dessus d'eux ; il leva les yeux. Un soldat égyptien, coiffé d'un fez plat rouge et vêtu d'un uniforme de coton délavé, peinait les pieds dans le sable jusqu'aux chevilles ; il tirait derrière lui deux mulets brun-gris.

— Voici la cavalerie, dit Maimon en se levant à regret. Je t'avais dit qu'ils ne seraient pas longs.

Après avoir échangé quelques mots en arabe avec le soldat, il se tourna vers Saul :

— En selle. Il dit que c'est tout près. A moins d'une demi-heure d'ici à dos de mulet.

Sakhiet n'était qu'un groupe de masures faites de pierres sèches empilées, de briques et de nattes de paille perché là où le canal de Suez se jetait dans le lac Timsah. De l'autre côté du bras d'eau et vers le nord, Saul distinguait les minarets blancs et les jardins ombragés d'Ismaïlia. Deux felouques à fond plat et aux voiles rapiécées étaient couchées sur le flanc sur la plage. De la fumée montait des basses-cours, et une odeur de poisson séché et d'égout à ciel ouvert flottait dans l'air. Chiens, poules et chèvres, ainsi que deux buffles d'eau erraient parmi les maisons ; une troupe de colombes grises tachetées étaient posées sur un tas de paille à demi pourrie. Ce n'était qu'un village pauvre d'Egypte parmi tant d'autres. Pourtant, avant même d'avoir vu les soldats postés partout, Saul savait qu'il s'y passait quelque chose d'anormal ; car il n'y avait pas un seul enfant dehors, et l'on n'entendait nulle part le joyeux vacarme des gamins propre à tout village égyptien.

Une vingtaine d'hommes de la police militaire australienne et autant de soldats égyptiens tenaient les lieux. Manifestement, les Australiens commandaient. Un sergent blond et rougeaud vint à leur rencontre sur la route poussiéreuse. Il était solidement charpenté avec une grosse moustache. Il portait un short kaki, des jambières de cuir et le chapeau à larges bords australien. Il eut un instant d'hésitation en voyant les vêtements civils de Saul, puis il fit un bref salut militaire.

— Bonjour, sergent, dit Saul.

Maimon derrière rendit très solennellement son salut militaire à l'Australien, et tous deux éclatèrent de rire.

— Comment ça va, Hawkes ? dit-il en se laissant glisser de son mulet.

Il appliqua une grande claque dans le dos du sergent.

— Salut, dit le sergent et en désignant Saul : est-ce la personne que nous attendons ?

— Oui, M. Saul Donsky... Ex-révolutionnaire

russe, ex-agitateur palestinien, et maintenant le meilleur cerveau des services secrets du Caire.

Saul esquissa un sourire. Maimon ne manquait jamais une occasion de le taquiner au sujet de son passé révolutionnaire.

Hawkes leur montra une maison basse, à l'écart des autres, et entourée d'un groupe de soldats et de paysans.

— Il est là-bas, dit-il.

Et d'un ton gêné :

— Je crains que ça ne soit pas de votre goût, monsieur.

— C'est-à-dire ?

Mais le sergent pressa le pas sans répondre. En approchant, ils entendirent quelqu'un crier une phrase en arabe ; ses derniers mots furent couverts par des éclats de rire.

— Qu'est-ce qu'il y a ? Qu'a-t-il dit ? demanda Saul à Maimon.

Maimon traduisit :

— Tu as les oreilles plus longues que l'âne d'Abyssinie.

L'air perplexe, il ajouta :

— Je ne sais pas ce que ça signifie, Saulik.

Des têtes se tournèrent dans leur direction et les rires s'éteignirent. Les soldats s'écartèrent sur le passage de Saul et de Maimon. C'est alors que la scène leur apparut dans toute son horreur.

— Bon Dieu, souffla Saul en s'immobilisant.

Juste en face de lui, il y avait un grand Soudanais, debout, le dos plaqué contre une porte d'écurie ou de magasin, les mains liées posées sur son ventre. Le haut de sa gallabeya déchiquetée pendait à sa taille ; il avait le torse nu et sa peau noire était couverte de zébrures qui saignaient abondamment. L'homme avait été sauvagement fouetté et il ne restait pas une parcelle de peau intacte sur sa poitrine. Un essaim de mouches volaient tout autour et venaient se coller aux plaies sanguinolentes ; le malheureux n'essayait même pas de les chasser. Comment l'aurait-il pu ?

Il était debout et il ne bougeait pas, le corps anormalement en extension, tout son poids reposant sur la pointe des pieds, les orteils touchant à peine le sol. Mais ce n'est qu'en voyant son visage que Saul comprit la plaisanterie au sujet de l'âne d'Abyssinie. Le captif avait les oreilles clouées à la porte de l'écurie au moyen de deux grandes chevilles noires ; il était pendu par les oreilles ! Le sang s'écoulait lentement sur ses épaules. Ses jambes tremblaient sous l'effort ; chaque fois qu'il glissait ou qu'il voulait prendre appui plus solidement sur ses pieds, ses oreilles s'étiraient, les chevilles entaillant un peu plus la chair tendre, tandis qu'un flot de sang frais dégoulinait dans son cou. L'homme, grand et robuste, ne pouvait rien faire sinon gémir et regarder ses tortionnaires avec dans les yeux une expression de haine impuissante.

— Mon Dieu, répéta Saul révulsé.

— C'est Abou Amar, monsieur, dit Hawkes. Ils ont...

En proie à une fureur incontrôlable, Saul l'avait saisi par le bras.

— Mais c'est ignoble ! souffla-t-il entre ses dents serrées. Qui est le commandant ici ?

— C'est-à-dire, monsieur...

Hawkes dégagea son bras en le regardant bizarrement. Maimon s'approcha.

— Le commandant, plus vite que ça !

Il ne pouvait détacher son regard des yeux du Soudanais. Partout dans le monde, ils ont les mêmes yeux, ceux qu'on torture, pensait-il. Il avait vu cela si souvent dans les caves de l'Okhrana à Saint-Pétersbourg et dans les prisons sibériennes. Il avait lui-même éprouvé cette haine impuissante lorsque les bouchers du tsar le traînaient dans la cellule où étaient rangés leurs infâmes instruments ; ou en entendant les hurlements de Tatiana derrière la muraille de pierre. Les années passées dans les prisons du tsar lui avaient appris à surmonter la souffrance et la torture ; mais il n'avait jamais pu tolérer la destruction de la dignité d'un être humain. En quittant la Russie il avait espéré ardemment ne plus jamais entendre les hurlements d'un prisonnier sous la torture, ne plus jamais voir ce regard plein d'humiliation et de haine. Mais voici que tout recommençait, exactement comme dans son souvenir, sauf que cette fois il était du côté des bouchers.

— Où est cet officier de malheur ? cria-t-il, ignorant Maimon qui chuchotait quelque chose à son oreille.

Mais son ami le prit par le bras et l'entraîna à l'écart.

— Ecoute-moi, Saulik...

— Lâche-moi !

Les doigts de Maimon s'enfoncèrent dans sa chair.

— Pour l'amour de Dieu, vas-tu m'écouter ? Tu vas tout fiche en l'air !

— Ça m'est égal, je veux...

— Tu es un véritable imbécile, ma parole ! Quelle naïveté ! Je n'ai jamais vu ça, lança Maimon. Tu vas faire louper l'opération tout entière, parce que tu ne comprends pas comment ça marche.

— Je ne veux pas comprendre. Les Anglais n'opèrent pas de cette manière normalement !

— Ah oui, vraiment ? dit Maimon, railleur. Tu crois ça ?

Il s'interrompit, entraînant toujours Saul vers la plage. Derrière lui, Saul entendait monter les éclats de rire.

— En fait, tu as raison, reprit Maimon. Les Anglais n'opèrent pas de cette manière. Ni les Anzacs. Ils s'arrangent seulement pour que quelqu'un d'autre fasse le sale boulot à leur place.

— Trouve-moi l'officier, que je lui dise deux mots à cet infâme salaud.

— Alors tu n'as pas compris ? dit Maimon. Il n'y a pas d'officier anglais ou australien ici. C'est mon ami Hawkes qui commande.

— Amène-moi l'officier égyptien qui...

— L'officier égyptien n'est pas responsable non

plus. Ce sont les villageois qui s'occupent de lui, Saul. Tu ne comprends donc pas ? On est en Egypte ici, pas en Russie. C'est leur coutume.

— Quelle coutume ? Cette torture sauvage ? Clouer un malheureux par les oreilles ?

Maimon hocha la tête.

— Le malheureux, oui... Un malheureux qui a fait entrer au Caire l'espionne de Murat.

Une vieille femme postée derrière la clôture basse de la cour les observait. Elle ne portait pas de voile et sa mâchoire pendante révélait ses gencives édentées.

— Laisse-moi t'expliquer comment ça marche, disait Maimon. Les Australiens ou les Anglais s'amènent avec un peloton de soldats égyptiens. Ils leur disent : trouvez-nous le coupable, ou on brûle le village.

— Ce n'est pas vrai, dit Saul, obstiné.

Mais en était-il si sûr ?

— Oh ! que si, c'est vrai, rétorqua Maimon. Les soldats égyptiens vont voir les cheikhs de village ; ils balancent quelques baffes et quelques coups de pied au cul : « Trouvez-nous le salaud ou on brûle le village, on tue vos bêtes et on jette tous les hommes en prison. » Alors le cheikh du village est obligé de trouver le type. S'il ne le fait pas, tout est perdu pour lui et les siens. Il flaire un petit coup aux alentours et finit par tomber sur un certain Abou Amar, que les hommes du village vont fouetter et pendre par les oreilles.

— C'est parfaitement ignoble !

— Tu crois que ça leur plaît ? C'est un des leurs. Seulement, ils n'ont pas le choix, tu vois ?

Maimon s'interrompit pour reprendre haleine. Il avait le visage couvert de sueur.

— Et puis, reprit-il, voilà Saul, le sauveur, sur son mulet marron ! Il veut que ça cesse. C'est ça que tu veux, hein, Saul ? Alors disons qu'ils t'écoutent et relâchent Abou Amar. Mais une fois que tu seras retourné au Caire dans ta voiture automobile, les soldats brûleront le village... Et descendront le Soudanais ! C'est ça que tu veux ?

— Ce que je veux, dit Saul, c'est faire cesser la torture.

— Bon, dit Maimon. Ça je peux le faire. Mais tu me laisses procéder à ma manière, d'accord ? Tu vas t'asseoir au bord de l'eau. Tu regardes Ismaïlia. Pense à Montague et à ses derviches. Ne te retourne pas. N'écoute pas. Laisse-moi faire. Fais-moi confiance, je t'en supplie.

Il se releva péniblement et retourna en claudiquant vers l'étable d'Abou Amar.

Encore furieux, Saul le regarda s'éloigner, puis il haussa les épaules et se détourna. Dans un sens Maimon avait raison : il ne pouvait rien y faire.

Adossé à une des felouques, il laissa errer son regard sur les eaux immobiles du lac. Loin au sud, une lourde forme noire s'enfonçait lentement dans la brume du matin ; probablement un cargo faisant route pour la mer Rouge. Quelque chose bougea dans l'eau provoquant un faisceau de rides qui moururent à ses pieds. Deux filles, occupées à raccommoder des filets de pêche, parlaient à mi-voix en jetant des coups d'œil dans sa direction. L'une d'elles rencontra son regard et partit d'un rire strident en se cachant la bouche avec la main. Les manches de sa robe noire étaient brodées de fils bleus. Saul sentit soudain l'envahir une profonde lassitude. Naïf, lui avait dit Maimon. Peut-être... il ne deviendrait sans doute jamais aussi désabusé et cynique que Maimon ; mais seuls les candides au cœur empli d'idéaux pouvaient rêver, et parfois faire les révolutions capables de changer le monde.

Il ramassa une poignée de cailloux qu'il jeta un à un dans les eaux troublées du lac Timsah. Il entendit des cris derrière lui et serra instinctivement les poings. Abou Amar, bien sûr. Il se sentait vaincu ; il était pris au piège. Ils étaient obligés de faire parler le Soudanais, où ils ne trouveraient jamais l'espionne, qui finirait par faire échouer le plan de libération de la Palestine. Mais la torture était-elle le seul moyen d'extorquer son secret à Abou Amar ? Pouvait-il le permettre ? Ou devait-il, comme à présent, attendre tranquillement sur la plage en feignant de ne pas entendre et de croire que Maimon tiendrait sa promesse de mettre fin au jeu atroce à la porte de l'écurie ?

Il entendit son pas traînant derrière lui mais ne se retourna pas.

— Viens, dit Maimon en posant la main sur l'épaule de Saul. Il va parler maintenant.

Les fellahs étaient toujours accroupis dans la poussière devant la maison d'Abou Amar ; quelques-uns tiraient placidement sur leurs longues pipes noires. Seul manquait Abou Amar. La porte de l'écurie, à laquelle il était cloué par les oreilles une heure auparavant, était entrouverte et gardée par des soldats égyptiens. Ils s'écartèrent pour leur laisser le passage. Saul chercha des yeux les chevilles noires dans le bois fendillé.

— Il est dedans, dit Maimon.

Abou Amar était recroquevillé sur le sol du magasin obscur et malodorant. Ce n'était pas une écurie en fait, mais un magasin empli de ballots et de caisses ; probablement de la marchandise de contrebande convoyée par les amis bédouins du Soudanais. Saul prit la lampe à pétrole qui fumait dans les mains du sergent Hawkes, et il se pencha sur le prisonnier. Les oreilles d'Abou Amar n'étaient plus que deux lambeaux sanguinolents qui pendaient de chaque côté de sa tête. L'expression de son visage avait changé. Encore plein de haine, son regard n'était plus méprisant mais résigné. Il avait toujours les mains liées, et ses pieds, enflés, saignaient.

— Que s'est-il passé ? demanda Saul.

— Je l'ai menacé d'une bastonnade sur la plante des pieds, répondit Maimon, et il y a un type là...

Il désigna un grand Egyptien debout dans l'ombre, un gourdin à la main.

— ... qui lui en a donné un avant-goût. Il a craqué immédiatement.

— Pourquoi cela ?

Quelque chose bougea dans un coin, un rat, sans doute.

— Le fouet, ça fait très mal, mais on s'en remet, expliqua Maimon. Etre pendu par les oreilles est humiliant mais pas dangereux. Apparemment, en fait, c'est un châtiment habituel ici, réservé aux marchands qui estampent leurs clients sur le poids. On les pend par les oreilles jusqu'à ce qu'ils aient remboursé.

Il s'esclaffa, mais devant le visage impassible de Saul, il poursuivit :

— Rien à voir avec la bastonnade sur la plante des pieds. On en sort les os des pieds brisés, et on ne pourra plus jamais marcher. C'est un châtiment nubien qu'on redoute comme la peste ici. Abou Amar a craqué quand il a compris que j'étais sérieux.

Saul prit une profonde inspiration.

— Etais-tu sérieux ?

Maimon soutint son regard sans répondre à sa question.

— Que voulais-tu lui demander ? dit-il.

Une demi-heure plus tard, à nouveau sur leurs mulets, ils regagnaient l'embarcadère en toute hâte. Car Abou Amar avait parlé, et répondu à toutes les questions de Saul, que Maimon traduisait en arabe. La femme avait traversé le Sinaï à dos de dromadaire ; elle avait été amenée à Abou Amar par Abed Ibn Rachid, un Bédouin du Sinaï qui travaillait pour les Turcs. Elle était arrivée habillée en garçon et avait passé des vêtements de femme. Il était sûr qu'elle était étrangère ; elle parlait en anglais avec Abed. Elle avait les cheveux courts et une blessure à l'avant-bras droit. La femme était jeune, avait dit Abou Amar après quelque hésitation, mais un peu maigrelette pour son goût. Elle avait dormi chez lui, et le lendemain matin il lui avait fait traverser le canal, où le jeune frère d'Abou Amar les attendait. Abed et la femme avaient pris le train du Caire à Ismaïlia.

Mais Abou Amar n'avait lâché l'information la plus importante qu'à la fin, en réponse à une question lancée au hasard. Oui, Abed lui avait dit qu'il resterait au Caire quelques jours avant de rentrer. Abed était déjà allé au Caire, à l'époque où ceux de son clan faisaient commerce avec les Australiens. Il avait alors coutume de vivre dans une grotte proche de l'aqueduc du Pharaon.

Laissant Abou Amar à la garde de Hawkes, ils avaient décidé de regagner la ville sans tarder. Saul talonnait fébrilement son mulet. Ils avaient de la chance : le radeau était toujours amarré au même endroit. Le même soir, à peine étaient-ils arrivés à leur bureau de Zamalek, qu'ils repartaient avec une compagnie de soldats visiter les grottes dans le ravin peu profond proche de l'aqueduc du Pharaon. En suivant les indications d'Abou Amar, ils trouvèrent sans peine la grotte d'Abed, peu avant minuit.

Ils trouvèrent même Abed, au fond d'une grotte étroite et sinueuse taillée dans le grès. Il était allongé sur le dos dans une niche naturelle, et il serrait contre lui deux sacoches de selle élimées. La torche à la main, Saul se pencha sur lui. Abed avait la gorge tranchée d'une oreille à l'autre ; le sang sur le sol était noir et coagulé. Le jeune Bédouin avait rencontré son cruel destin longtemps avant le voyage nocturne de Saul et Maimon sur l'autre rive du canal.

Saul demeura un moment dehors près de l'ouverture de la grotte, face au silence de la nuit étoilée. La piste s'arrêtait là. Il fallait tout reprendre à zéro. Le meurtre d'Abed indiquait néanmoins que l'espionne de Murat ne se trouvait pas seule au Caire. L'assassin d'Abed avait sans doute aussi pour tâche de protéger la femme. Il avait tué le jeune Bédouin pour effacer sa trace. Mais la situation n'était pas tout à fait désespérée. Abed mort, ils n'avaient certes aucun moyen de découvrir la cachette de la femme, mais ils pouvaient encore apprendre à quoi elle ressemblait.

Saul se tourna vers Maimon qui fumait, adossé à la roche.

— Je voudrais que tu repartes à Sakhiet, dit-il. Il faut aller revoir Abou Amar. J'ai besoin d'une description détaillée de la femme.

CHAPITRE 8

— Nous y voilà, dit Ruth Mendelson gauchement.

La rue Alfi était sombre et paisible ; le vent de la nuit transportait les senteurs des plantes exotiques du jardin de l'Ezbekeya. Le fiacre s'immobilisa devant l'entrée voûtée de la maison. Ruth en descendit la première ; elle fouilla dans son sac à la recherche de la clef. Elle sentait sur son épaule l'haleine chaude du commandant juste derrière elle. Elle pressa le pas, ses talons hauts cliquetant sur le dallage de la cour. Tout était éteint chez les domestiques à droite de l'entrée, mais on distinguait une faible lumière dans la chambre à coucher de Sabine de l'autre côté de la cour. Cette femme occupée à l'épier jour et nuit ne dormait jamais.

Ils passèrent près de la fontaine, faisant s'envoler les colombes perchées sur le rebord du bassin. Elle se revit l'espace d'un instant enfant, à Boston, lorsque les colombes dormant sur l'appui de sa fenêtre la réveillaient à l'aube par leurs roucoulements.

Retenant un soupir, elle se pencha vers la porte. Le commandant craqua une allumette pour l'aider à trouver la serrure. Puis, en rempochant sa boîte, il laissa ses doigts courir le long de son épaule et de son cou. Ruth frissonna.

— J'en ai pour une seconde, dit-elle en rentrant dans le vestibule.

Elle prit la grosse chandelle qui répandait un halo de lumière jaune depuis la tablette près de la porte. Elle fit rapidement le tour du salon pour allumer les lampes à pétrole et le chandelier orné suspendu au plafond. La maison était reliée au central électrique, mais ne pouvait en bénéficier que quatre heures par jour, deux le matin et deux en début de soirée.

— Alors c'est ici que vous habitez, dit le commandant Flaherty en jetant un coup d'œil autour de lui. Votre humble demeure...

Elle répondit par un sourire crispé. C'était un homme d'une quarantaine d'années, de taille moyenne, avec le torse étroit mais les bras et les jambes vigoureux. Quelques maigres touffes de cheveux bruns couronnaient son crâne chauve ; le commandant compensait sa calvitie en arborant des favoris épais et grisonnants ainsi qu'une moustache fournie et bien taillée, laquelle surmontait une bouche étroite mais avide. Ses yeux marron sous les sourcils tombants étaient petits et humides. Il épaississait de la taille, se dit Ruth en notant sa bedaine comprimée dans la ceinture. Il avait toutefois l'allure très digne dans la tunique rouge de sa tenue de cérémonie tout ornée de médailles et de rubans dorés.

— Puis-je vous offrir quelque chose à boire, commandant ? demanda Ruth.

Elle abandonna sur un fauteuil son étole de lamé et ses hauts gants blancs, et s'approcha du chariot à boissons. Il y avait là, sur un plateau de cuivre, quelques flacons et des verres en cristal. Le visage en feu, elle éprouvait un mélange de honte et de dégoût. Le commandant travaillait pour le général Snowden, collaborateur direct d'Allenby, et il avait à ce titre accès à tous les dossiers de la campagne de Palestine. Mais pour l'inciter à parler, Ruth devait d'abord faire en sorte qu'il fût détendu, satisfait et, surtout, désireux de l'impressionner. Or la seule idée de ses mains sur son corps la faisait frissonner d'horreur. Peut-être, pensa-t-elle, soudain prise de panique, qu'il la laisserait tranquille, si elle le faisait boire.

— Voulez-vous un cognac, ou peut-être un sherry ?

— Un sherry, ce sera parfait. J'espère que vous en prendrez un avec moi, Mary.

Il parcourut la pièce du regard et jeta son dévolu sur une causeuse verte.

— Venez donc vous asseoir près de moi, dit-il en tapotant le coussin de velours.

Ruth s'approcha avec deux verres à la main et lui en tendit un. Comme elle se penchait, il plongea le regard dans son décolleté. Elle portait une longue robe blanche d'une étoffe légère qui moulait étroitement son corps. Elle avait le dos et les épaules nus avec pour seul bijou un diamant en pendentif sur une simple chaîne en or.

— Vous êtes éblouissante, Mary, dit Flaherty en se poussant sur le petit sofa. Pourquoi ne vous asseyez-vous pas ?

Ruth s'assit sur le bord du sofa. Elle laissa courir ses doigts autour de son verre en s'efforçant de contrôler sa nervosité.

— L'opéra vous a plu, commandant ? J'ai trouvé le ténor, Cavaradossi, superbe.

— Superbe, c'est vrai, dit Flaherty distraitement. Mais le clou de la soirée, ma chère, c'était vous. Avez-vous remarqué que tout le monde vous regardait ? Je suis sûr que ça fait des années qu'une femme aussi belle n'a pas mis les pieds à l'Opéra du Caire.

— Merci, dit-elle, en avalant une gorgée pour cacher sa gêne. Mais...

— Et au Turf Club, alors... ils étaient absolument épatés. Le général que je vous ai présenté...

— Snowden ?

— Oui, le général Snowden. C'est mon supérieur direct, vous savez. Il n'arrivait pas à détacher ses yeux de vous. Même le maître d'hôtel, l'Indien, il a failli s'étouffer dans sa barbe.

Et avec un petit rire :

— Ah, j'étais fier de vous, ma chère, très très fier.

— Pouvez-vous me présenter au général ? demanda-t-elle, enjouée. Il est si distingué.

— Comment ? Ma foi, oui... Il serait ravi de faire votre connaissance. Nous sommes très amis, voyez-vous.

Il lui tapota le bras.

— Quelle vilaine blessure ! s'exclama-t-il.

La cicatrice sur l'avant-bras droit de Ruth était jusqu'alors cachée par ses longs gants.

— Oh ! ce n'est rien, dit-elle en dégageant son bras. J'ai glissé et je suis tombée en repassant une robe. Le fer a atterri sur mon bras.

— Ça a dû être très douloureux, dit-il avec l'air de compatir.

Sa main était à nouveau sur l'épaule de Ruth et, cette fois, y demeura.

— Allons, dit-elle en la retirant. Seriez-vous le chaînon manquant entre l'homme et le poulpe, commandant ?

Mais son rire sonnait faux.

— Mea culpa, dit Flaherty. C'est que vous êtes très attirante. Irrésistible. Elles sont toutes comme vous au Canada ?

Ruth se leva.

— Voulez-vous un autre sherry ? Je vais m'en servir un autre.

C'était perdu d'avance, se disait-elle en gagnant d'un pas d'automate le chariot à boissons. Cet homme ne lâcherait rien si elle ne devenait pas sa maîtresse. Et cette seule idée la répugnait. Elle ne pouvait pas. Ni avec lui ni avec aucun autre.

Les Turcs l'avaient envoyée au Caire dans l'espoir qu'elle y remporterait les mêmes succès qu'en Palestine sur leurs propres officiers. Mais tout était très différent au Caire. Aux réceptions qu'elle donnait dans la maison du mont Carmel, il lui suffisait de se montrer enjouée, de flirter un peu, et les officiers turcs, qui étaient des hommes simples, fondaient comme neige au soleil. Ils n'avaient jamais rencontré d'Européenne, ni vu une cheville ou un bras nu en public ; la plupart n'avaient sans doute jamais aperçu un visage de jeune fille non voilé. Sa seule présence leur tournait la tête et ils divulguaient promptement leurs secrets les plus précieux dans l'espoir de l'impressionner. Certains étaient timides, d'autres plus audacieux, mais aucun ne s'était jamais permis de poser ne fût-ce qu'un doigt sur elle.

Les règles du jeu n'étaient pas les mêmes au Caire. La fréquentation de femmes jolies et séduisantes n'avait rien d'extraordinaire pour les officiers supérieurs anglais et australiens. Il leur arrivait de se vanter, bien sûr ; mais pour leur extorquer leurs véritables secrets — comme les plans de la campagne de Jérusalem —, il lui faudrait offrir un peu plus qu'un sourire charmeur, une épaule nue ou une voix légèrement voilée. Elle devrait créer des liens très intimes avec eux. Et pour arriver à cela il n'y avait qu'une méthode : la méthode Mata-Hari. Faire de son corps son outil de travail et laisser les Flaherty et autres Snowden du Caire en user selon leur bon plaisir... Le déshabiller, le toucher, le caresser, l'embrasser et y répandre leur semence... en faire l'instrument de leur jouissance. Mais elle ne pouvait pas... Avec la meilleure volonté du monde, elle en était incapable.

Pourtant un vieil homme malade allait connaître la pire des morts si elle se refusait... un vieil homme qui lui avait tout donné et qui à présent pourrissait dans la forteresse d'Acre uniquement parce qu'elle s'était jetée dans une aventure insensée. Grand Dieu, quelle était la solution ? Elle regarda le commandant Flaherty. Elle aurait déjà dû être au lit avec lui, à se tortiller sous son corps grassouillet en feignant l'extase absolue. C'était le seul moyen de rapporter des résultats à Von Traub. Et à son dragon noir, cette infâme créature qui lui rebattait les oreilles des mérites de la divine Mata. Sabine de Ponthieu.

Alors une idée lui vint :

— Il se peut que mon amie Sabine nous rejoigne, dit-elle avec un sourire angélique.

Elle était avec elle lors de sa première rencontre avec le commandant au restaurant du Shepheard's.

— Vous ai-je dit qu'elle habite de l'autre côté du patio ? poursuivait-elle. Elle ne dort jamais. Elle sera là en moins de deux si elle voit de la lumière aux fenêtres.

Le commandant sauta sur ses pieds avec une promptitude surprenante.

— Mais on ne va pas laisser faire cela, n'est-ce pas, Mary ?

Il allait d'une fenêtre à l'autre en tirant les lourds rideaux. L'araignée traque la mouche, pensa-t-elle sombrement.

— Pas question que Mlle de Ponthieu nous gâche notre petite soirée. A propos, comment va-t-elle ?

A cheval sur son balai dans quelque noir recoin, faillit-elle dire. Elles s'étaient détestées dès leur première rencontre, et depuis rien n'avait changé. Ruth se souvenait jusque dans les moindres détails de leur confrontation ce soir-là au pied des pyramides. Lorsque Sabine l'avait giflée dans le temple de Khephren, Ruth avait failli se saisir de la petite dague bédouine fixée dans son dos sous sa veste. Au dernier instant, toutefois, quelque chose l'avait retenue de la sortir. Elle avait agrippé la main de Sabine et chuchoté, la voix étranglée de rage :

— La prochaine fois que vous me touchez, je vous tue.

Elle avait tourné les talons et regagné son fiacre. Elle avait ordonné au cocher de la ramener au Caire et l'avait fait tourner dans la ville des heures durant. Les idées les plus insensées se bousculaient dans son esprit ; elle élaborait dans son imagination mille plans de vengeance rocambolesques. De quel droit cette harpie se permettait-elle de lui parler de la sorte ? Et de la gifler ? Von Traub avait fait une erreur en lui envoyant cette sorcière ; elle ne pourrait jamais travailler avec elle. Et si elle allait voir les Anglais, tout de suite, pour la livrer à leurs services de contre-espionnage ? Ils la prendraient peut-être sous leur protection, en remerciement, et trouveraient un moyen de secourir son père. Saul la soutiendrait sans aucun doute.

Elle avait même pensé gagner Tell el-Kébir, où était postée une compagnie de la toute jeune légion juive ; les exilés palestiniens servant là-bas l'aideraient peut-être à sortir de cette impasse. A moins de forcer les barrages du quartier général britannique et de demander à parler au commandant en chef ! Pouvait-il refuser de rencontrer une Européenne porteuse d'une information de la plus haute importance ?

Puis la nuit automnale avait pris possession de la ville et les vents du soir avaient rafraîchi son visage en feu ; elle avait peu à peu repris pied dans la réalité et était revenue à la seule conclusion possible. Car avait-elle le choix ? Inutile de s'enfuir ; elle était obligée de mener à bien sa mission. Elle ne laisserait pas la Française lever la main sur elle une seconde fois ; mais avec ou sans elle, elle ferait de son mieux pour obtenir les plans de la campagne palestinienne. Elle n'allait évidemment pas sacrifier la vie de son père à cause d'une gifle.

Alors elle s'était penchée vers le cocher du fiacre :

— Rue Alfi, s'il vous plaît, avait-elle dit.

Le lendemain matin, Sabine de Ponthieu avait frappé à sa porte, un sourire hypocrite sur son visage chevalin, comme s'il ne s'était rien passé au temple de Khephren. Ruth n'avait pas fait allusion à l'incident de la veille non plus ; elles avaient discuté un moment, avec froideur et réserve, de l'opération en cours. Sabine lui avait présenté les domestiques de la maison, un ancien batelier du Nil du nom de Ahmed et sa femme, toute menue, qui s'appelait Sana. Sana parlait quelques mots d'anglais ; son mari gardait le silence, tout en hochant gravement la tête. Ils avaient servi aux deux femmes plusieurs petites tasses de café turc aromatisé avec des graines de cardamome pilées. A l'heure du déjeuner, Ruth et la Française avaient déjà ébauché un plan d'action qu'elles avaient mis en application immédiatement.

Le jour même, elles avaient pris d'assaut tous les hauts lieux de la vie mondaine du Caire. Elles déjeunaient et dînaient au Shepheard's, au Continental et au Mena, prenaient le thé chez Groppi, assistaient à toutes les nouvelles représentations de l'Opéra et soupaient après le spectacle au Turf et au Sporting Club. Elles faisaient une apparition à toutes les parties de cricket et toutes les courses de chevaux, prenaient part aux diverses souscriptions pour l'aide sociale militaire, préparaient des pâtisseries pour le cercle militaire de Gézireh, et s'étaient même portées volontaires comme infirmières au centre hospitalier auxiliaire australien.

Ruth avait cru devenir folle. Sabine ne lui laissait pas une seconde de répit ; elle lui indiquait comment s'habiller et où aller, lui chuchotait des directives à l'oreille, lui commandait de parler, de sourire, de boire, d'aborder tel officier supérieur, et d'encourager les avances de tel autre... Et le reste du temps, elle l'occupait à chanter les louanges de Mata-Hari, l'idole défunte, une danseuse exotique à la sexualité débordante, qu'elle avait transformée en agent secret des Allemands et dirigée si brillamment que la pauvre fille avait abouti devant le peloton d'exécution. Trônant dans un cadre d'argent sur sa table de nuit, Sabine avait une grande photographie de Mata, à demi nue, en danseuse indienne. Une dédicace en français, d'une écriture claire et intrépide, traversait le bas du portrait : « Pour toi, avec tout mon amour, M.H. »

Un soir qu'elle avait beaucoup parlé de Mata, et bu plus encore, Sabine avait commencé à regarder Ruth d'un air chaviré. Elle lui avait pris la main et, attirant son visage vers elle, elle avait posé ses lèvres sur sa joue. Ruth s'était écartée brusquement comme si un serpent l'avait mordue. Leur haine réciproque, déjà intense, avait alors de nouveau culminé.

Par moments, l'arrogante sorcière, avec ses cheveux teints, sa figure peinte et sa voix méchante, lui portait tellement sur les nerfs qu'elle l'eût volontiers étranglée de ses mains. Ruth avait toutefois atteint son objectif initial en un temps record sous la conduite de l'opiniâtre Sabine. En moins de deux semaines, elles avaient tissé autour d'elles un ample réseau de connaissances. La jeunesse et la beauté de Ruth, le fait qu'elle fût célibataire, vivant seule au Caire, attiraient les hommes comme des mouches. Elle avait été submergée d'invitations à dîner, à l'Opéra ou à une soirée en ville.

Un général aux cheveux gris, qui passait ses dimanches à son club à siroter un whisky à l'eau en rêvant stoïquement à sa digne épouse restée en Angleterre, insistait pour l'emmener en expédition à la mystérieuse pyramide de Saqqarah. N'était-elle pas étudiante en égyptologie ? observait-il, l'air attendri. Elle avait assisté à un match de football avec un commandant d'artillerie, un géant blond affligé d'un bec-de-lièvre et d'un léger bégaiement ; malheureusement, il s'intéressait trop au sport pour lui parler de la puissance de feu de son régiment. Elle avait dîné en compagnie de commandants de la section des engins blindés, et ceux des lanciers d'East Lancashire. Quelques nuits auparavant, au bal annuel donné par l'ambassadeur de France, elle avait même enlevé, haut la main, un lieutenant-colonel, homme fort paillard mais membre de l'état-major !

De ces multiples aventures elle n'avait strictement rien tiré ; c'était l'échec absolu.

Elle était incapable de jouer le jeu de Mata-Hari. Le naturel l'emportait sur la volonté. Elle ne s'en était aperçue que progressivement. Car en esprit, elle s'était déjà résignée à son sort de courtisane de luxe, à vendre son corps contre des renseignements secrets, à se prostituer dans les hautes sphères de l'armée britannique pour sauver la vie de son père ; elle acceptait la honte inévitable de perdre dans de telles conditions sa virginité et tout respect d'elle-même. Cependant chaque fibre en elle aspirait à l'amour d'un seul homme. Et dès qu'elle se retrouvait en compagnie d'un officier, dès que leurs mains fébriles glissaient sur sa peau, alors son corps se révoltait, elle était prise de panique et elle le repoussait avec horreur.

Horreur et panique l'envahissaient à nouveau. Elle venait de remplir leurs deuxièmes verres et allait les porter jusqu'au sofa, lorsque le commandant Flaherty l'enlaça par-derrière, ses mains plongeant dans son décolleté. Elle sentit ses paumes moites sur ses seins, son sexe en érection contre sa cuisse, et sur son cou son haleine rapide, sa bouche impatiente.

Elle tenta de se dégager.

— Lâchez-moi, je vous prie.

Mais fou de désir, Flaherty resserrait son étreinte.

Collé contre elle, il marmonna quelque chose dans son oreille. Soudain, tirant d'un geste brusque sur le haut de sa robe, il lui dénuda la poitrine. Son être tout entier s'insurgea. Elle se débattit de toutes ses forces. Le verre qu'elle tenait à la main fut projeté contre le mur ; une tache sombre s'étala sur le brocart fleuri de la tapisserie.

Encore plus excité par la vue de ses seins nus, Flaherty haletait furieusement. Il l'entraîna au sol ; l'écrasant sous lui, il essayait de placer sa jambe entre les siennes. Ruth fut par la suite incapable de se souvenir si elle criait ou si elle pleurait. Ses forces diminuaient ; elle luttait de plus en plus faiblement. Il allait d'un instant à l'autre briser sa résistance et la clouer au sol comme un insecte épinglé. Comme ils roulaient sur le tapis, il heurta avec sa jambe un siège qui se renversa ; elle reçut l'accoudoir sur la tête et fut un moment étourdie. L'espace d'une seconde, il lâcha son bras droit pour relever brutalement sa robe qui se déchira. Elle réagit instantanément. Déjà sa main avait atteint le visage de Flaherty, ses ongles s'enfoncèrent dans sa chair et elle le griffa sauvagement.

Poussant un cri, Flaherty la lâcha et se releva sur les genoux. Il toucha sa joue et vit avec consternation ses doigts tachés de sang. Du sang s'écoulait de trois profondes écorchures sous son œil droit.

— Mais... Mais..., commença-t-il, tremblant de fureur.

Il tira un mouchoir de sa poche et l'appliqua sur son visage. Allongée sur le sol, cachant sa poitrine nue dans ses bras repliés, Ruth regarda le mouchoir tout taché de rouge.

Flaherty se remit sur ses pieds.

— J'aurais dû savoir, dit-il d'une voix âpre. On m'avait averti...

Il se dirigea vers la porte. D'une main il reboutonnait son uniforme et de l'autre il tenait toujours le mouchoir plein de sang sous son œil.

— Une allumeuse, voilà ce qu'ils disaient, une sale allumeuse ; elle fait marcher tout le monde et au dernier moment elle se transforme en bonne sœur intouchable.

Il avait la main sur la poignée de la porte.

— Vous vous êtes bien amusée, j'espère, Mary ? poursuivit-il. Ai-je bien répondu à votre attente ?

Puis, d'une voix vibrante de haine :

— Mais, permettez-moi de vous dire une chose, mademoiselle Bartlett. Vous ne remettrez plus jamais les pieds au Turf Club. J'avertirai immédiatement tous ceux qui poseront les yeux sur vous. A votre manière, vous n'êtes qu'une sale putain, et ça tout le monde le saura !

Elle le regardait sombrement, incapable de prononcer un mot. Ses paroles ne la mortifiaient nullement ; mais elle songeait avec terreur que, s'il mettait sa menace à exécution, tout le monde se détournerait d'elle au Caire, ce qui signifierait la fin de sa mission.

Flaherty partit, laissant la porte ouverte derrière lui. Ruth se redressa péniblement en position assise.

Elle avait le corps entier endolori. Elle avait des bleus sur les seins et les épaules et sa robe déchirée pendait autour de sa taille. Elle parcourut la pièce du regard, avec la chaise renversée, la tapisserie tachée, les morceaux de verre sur le tapis, et elle éclata en sanglots.

— Bravo ! lança une voix railleuse depuis la porte.

Quelqu'un tapait lentement dans ses mains.

— Vous vous êtes surpassée, ma chère !

Ruth releva la tête ; il y avait là Sabine de Ponthieu, le regard dur, la bouche mauvaise.

La Française entra dans la pièce. Elle regardait autour d'elle.

— Je ne m'attendais pas à autre chose, fit-elle, méprisante.

Elle portait une longue cape noire. Elle avait le chignon bien tiré, et son visage était un masque plâtreux que barrait la bouche écarlate. Elle avait dû s'embusquer dans le patio, déjà habillée et fardée, se dit Ruth, pour guetter le départ du commandant.

— Habillez-vous, nous devons partir, dit Sabine d'un ton sec.

Mais elle dévorait des yeux les seins nus de Ruth.

— Sortez d'ici immédiatement, dit Ruth qui se sentait défaillir. Je veux être seule.

— Je me fiche de ce que vous voulez. J'ai reçu des ordres à votre sujet, d'Acre directement. Il faut partir tout de suite.

La mention d'Acre réveilla l'ancienne peur.

— Tout de suite ? Mais où ?

Ruth essayait de dissimuler sa poitrine en tirant sur le haut de sa robe déchirée.

— Vous verrez bien, dit Sabine avec dans la voix une note de contentement malsain. Faites vite. On n'a pas de temps à perdre.

Ruth se leva. Ses jambes se dérobaient sous elle. Elle gagna tant bien que mal la salle de bains.

— Inutile de vous mettre sur votre trente et un,

cria Sabine du même ton vengeur. On ne va pas à une réception mondaine. Alors là pas du tout !

Perplexe, Ruth se retourna. Emergeant de l'ombre une silhouette s'immobilisa quelques pas derrière Sabine. C'était Ahmed, le serviteur ; vêtu d'une gallabeya noire, il tenait une grosse matraque à la main. Son visage tanné était dénué de toute expression.

— Ahmed vient avec nous ?

— Dépêchez-vous, dit Sabine. La voiture attend dehors.

Dans la salle de bains, Ruth remplit le lavabo d'eau froide et y plongea son visage en feu. Mille pensées se bousculaient dans son esprit. Son père était peut-être mort ; ou ils étaient mécontents de son travail et voulaient qu'elle regagne la Palestine. Dans ce cas, elle devait s'enfuir, immédiatement. Mais où l'emmenait-on à présent ? Cette nuit d'horreur ne finirait donc jamais ?

Derrière elle, on tambourinait à la porte.

— Plus vite que ça ! On doit partir, cria Sabine.

Quelques minutes plus tard, le cheval tirant la voiture galopait dans les rues vides et obscures du Caire. Assis près du cocher, Ahmed tenait sa matraque entre ses pieds. Sabine avait les yeux fixés droit devant elle. Ruth était assise dans son coin, pelotonnée dans un châle de laine de couleur rouille. Elle portait un ample burnous de coton brun léger avec une capuche ronde. Le seul vêtement qu'elle s'était acheté au Caire depuis son arrivée. Il lui rappelait un vêtement similaire que lui avait offert Oum Ali pour son anniversaire, douze ans auparavant.

— Je vous ai vue entrer avec le commandant, dit Sabine de Ponthieu après un long silence. Je savais que ça ne donnerait rien.

Ruth ne répondit pas. Elle était encore secouée par l'incident avec Flaherty ; et inquiète à cause de cette expédition nocturne. Où allaient-elles ? Et pourquoi Ahmed transportait-il une matraque ? Elle se pencha pour scruter l'obscurité. Ils quittaient la partie européenne de la ville. Il n'y avait plus ni réverbères, ni trottoirs, ni patrouilles de police. Les rues étaient plus pauvres avec des tas d'ordures à chaque coin. Droit devant, dans la nuit, elle distingua les hauts remparts de la citadelle du Caire.

— Je n'arriverai jamais à rien avec vous, dit Sabine. Vous avez eu des occasions en or, et vous les avez toutes laissées échapper. Vous pouviez tirer de tous ces officiers assez de confidences pour gagner dix guerres. Si ce n'était pas vous, mais quelqu'un d'autre...

— Mata.

— Oui, Mata ! Mata serait déjà de retour à Berlin, en train de fêter son triomphe, tous les secrets militaires anglais dans son sac à main. Alors que vous... Maudit soit le jour où j'ai accepté de venir dans cette ville pourrie travailler avec vous.

— Pourquoi ne me giflez-vous pas à nouveau ? lui lança Ruth d'un air de défi.

Sabine lui jeta un regard venimeux et se tut.

La voiture continuait de s'enfoncer dans la ville musulmane, bringuebalant dans les rues non pavées des faubourgs de l'est. Ils passèrent dans des rues où les balcons de bois treillissé des maisons toutes resserrées formaient une sorte de toiture au-dessus. Des bandes de chiens efflanqués se dispersaient à l'approche de la voiture puis couraient derrière elle en aboyant dans l'obscurité.

Ils émergèrent sur un espace ouvert ; la vieille enceinte de Saladin se dressait au loin sur la gauche. La voiture monta une route en pente douce bordée à droite par un mur de briques, le long duquel Ruth aperçut quelques hommes en haillons. L'un portait un lourd ballot sur son dos voûté ; il s'immobilisa devant un grand trou dans le mur, y jeta son chargement et disparut à son tour dans la sombre ouverture.

Une soudaine rafale de vent apporta un bourdonnement de voix. Ruth distingua dans l'obscurité un petit groupe de gens rassemblés près d'un portail, que couronnait une voûte de pierre usée par les intempéries. A leur approche les gens se turent. La faible clarté de la lune répandait des teintes blafardes. La voiture s'immobilisa devant l'entrée. Ruth leva les yeux vers la voûte. Une inscription était gravée dans la pierre. Un vague souvenir prit forme dans l'esprit de Ruth, et elle se sentit frissonner. Elle était déjà venue là, elle aurait pu le jurer, et elle avait eu atrocement peur.

Elle sursauta en recevant en plein visage un faisceau de lumière, qui balaya ensuite la voiture découverte. Quelqu'un inspectait la voiture et ses occupants avec une torche électrique.

— Pardon pour le dérangement, mesdames, dit une voix grave avec un fort accent irlandais. Contrôle de routine.

— Qui êtez-vous ? demanda Ruth, soulagée.

Le faisceau de lumière blanche éclaira brièvement un groupe de soldats anglais. Ruth aperçut des casquettes à visière, des chemises kaki, des ceintures blanches, des shorts et des brassards. Derrière eux se tenaient quelques soldats égyptiens dans leurs uniformes blanc cassé et leurs fez plats.

— Police militaire, madame, dit l'Irlandais.

Il s'avança en éteignant sa torche. Ruth put voir alors qu'il était de petite taille, maigre et nerveux, avec les galons de sergent sur son uniforme.

Sabine descendit de voiture, suivie par Ahmed.

— Venez, dit-elle aimablement à Ruth.

Après une brève hésitation, Ruth s'exécuta.

— Où allez-vous ? demanda le sergent.

La boucle de cuivre de sa ceinture luisait dans la clarté lunaire. Il portait au côté un lourd pistolet dans son étui de toile.

— A l'intérieur, dit Sabine. Pourquoi ?

Elle semblait tendue.

— Je ne vous conseille pas d'entrer là, madame. Surtout pas à cette heure de la nuit. C'est un endroit dangereux.

Les soldats regroupés derrière le gradé observaient curieusement les deux femmes.

Sabine émit un éclat de rire qui sonnait faux.

— Dans ce cas, pourquoi ne nous accompagnez-vous pas ? lança-t-elle, son accent français déformant un peu les mots anglais. Nous serions très reconnaissantes à l'armée britannique de nous protéger.

— Je suis réellement désolé, madame, répondit le sergent, l'air sincèrement gêné. Les ordres sont stricts : nous ne devons pas pénétrer dans cette enceinte après le coucher du soleil. C'est considéré comme un risque injustifié.

Il marqua une pause avant d'ajouter :

— La police égyptienne n'y patrouille pas non plus.

— Eh bien, tant pis, nous irons quand même, dit Sabine.

— Je n'ai pas autorité pour vous en empêcher. Mais je dois vous avertir que vous pénétrez dans cette zone à vos risques et périls. Vous pouvez vous faire dévaliser et même agresser physiquement par des gens à l'intérieur.

— Pourquoi ? demanda Ruth spontanément. Quel est cet endroit ?

Le sergent se tourna vers elle, une expression de surprise sur son visage osseux.

— Vous ne savez donc pas, madame ? dit-il en la scrutant. C'est la Cité des Morts.

Elle tressaillit. La Cité des Morts. Le cimetière du Caire. D'un coup, la mémoire lui revint, tandis que d'un pas d'automate elle se dirigeait vers l'entrée entre Sabine et Ahmed. Elle était venue là, étant enfant. C'était avec sa gouvernante, Oum Ali, qui voulait visiter la tombe de son mari. Une terreur indescriptible l'avait envahie lorsqu'elle avait vu des centaines de gens sortir en rampant de sortes de terriers creusés entre les pierres tombales. Un grand nombre étaient infirmes, difformes, vêtus de guenilles, couverts de poussière, affligés de maladies ignobles de la peau et des yeux. Ils s'étaient agglutinés autour d'Oum Ali et de la fillette qu'elle était alors ; ils tiraient sur leurs vêtements, criaient, mendiaient de l'argent et de la nourriture. Ruth avait été épouvantée ; elle croyait voir des morts rampant hors de leurs tombes. Elle avait éclaté en sanglots et, prise de panique, elle s'était enfuie du cimetière en courant droit devant elle.

Oum Ali avait mis plusieurs heures à la calmer. Elle lui avait expliqué que des milliers de malheureux vivaient dans l'enceinte de l'immense cimetière. Des familles entières d'ouvriers et de mendiants habitaient là, au milieu des morts, depuis plusieurs générations. Les plus chanceux avaient élu domicile dans les mausolées de la noblesse et dans les tombeaux des familles riches ; les plus déshérités vivaient dans des trous creusés dans la terre. Ils cuisinaient sur les tombes, mendiaient et à l'occasion attaquaient les gens venant visiter leurs défunts. En plus des miséreux, avait dit Oum Ali en soupirant, la Cité des Morts accueillait une foule de voleurs, de malfaiteurs et de « mauvaises femmes » ; mais ceux-ci n'apparaissaient jamais avant la tombée de la nuit. Ruth avait fini par sécher ses larmes devant un verre de sirop de menthe au Mena House Hôtel. Mais les images de la Cité des Morts étaient demeurées au fond de sa mémoire associées à un sentiment d'horreur.

En franchissant le portail, elle jeta un dernier coup d'œil en arrière. Immobiles, le sergent irlandais et ses hommes les regardaient s'éloigner. Puis ses yeux s'attardèrent sur l'inscription en arabe gravée dans la pierre de la voûte. Soudain, elle se rappela l'inscription ornant les portes de l'enfer dans *la Divine Comédie* de Dante Alighieri : « Vous qui entrez, abandonnez toute espérance. » En voyant Sabine dans sa longue cape noire et elle-même dans sa robe à capuche brune, elle pensa à la gravure de Gustave Doré représentant Dante et son compagnon pénétrant au royaume de la mort avec leurs habits flottant comme de noirs linceuls.

Elle frissonna. Dans le cimetière, à présent, ils se dirigeaient vers les alignements infinis de pierres tombales. Les mausolées à dômes des califes mamelouks se profilaient au loin, étrangement illuminés par les feux vacillants brûlant au pied de leurs murs. D'un bout à l'autre du cimetière tremblotaient une multitude de flammes similaires teintant les tombes aux couleurs de l'enfer. Comme ils approchaient de la première rangée de pierres, des ombres sorties de la nuit commencèrent à les encercler. Elle comprenait à présent qu'Ahmed se fût muni d'une matraque. Alors resurgit l'indescriptible horreur enfouie au fond de sa mémoire.

Quatre femmes, outrancièrement fardées, ornées de broches de pacotille et de colliers de verroterie, s'avançaient en se dandinant, leurs guenilles flottant autour d'elles, et lançaient des cris et des rires stridents. Leur attitude provocante ne laissait aucun doute sur leur profession. Ruth pensa avec consternation aux malheureux Egyptiens qui venaient assouvir leurs appétits sexuels au milieu des tombes. Pendant le dîner, ce même soir, le commandant Flaherty lui avait raconté comment on avait chassé les Egyptiens du quartier de Ouassa, dont les maisons closes étaient désormais exclusivement réservées aux soldats britanniques et australiens. Flaherty était rouge et hilare, et elle songeait aux Egyptiens, dont les Anglais avaient fait des étrangers et des parias dans leur propre pays.

Les prostituées s'approchèrent encore des trois nouveaux arrivants, puis elles s'immobilisèrent, muettes de stupeur. Elles ne s'attendaient certes pas à voir des Européennes sur leur misérable territoire. Elles demeurèrent un court instant ainsi, face aux intruses ; mais l'effet de surprise passé, elles se mirent à crier et à les insulter en brandissant les poings. L'une cracha aux pieds de Sabine ; une autre se retourna et se pencha en avant en leur montrant ses grosses fesses.

Après un moment d'hésitation, Sabine fit un signe en direction d'Ahmed et s'engagea dans une allée étroite coupant entre les tombes. Ahmed prit la tête ; il tenait sa matraque comme un fusil. Où l'emmenaient-ils ? Ruth avait l'estomac noué. Pourtant elle suivait Sabine ; elle n'avait pas le choix, nulle part où se réfugier, personne pour l'aider. Elle fermait la marche et voyait avec terreur avancer sur eux une foule de plus en plus nombreuse. Des hommes et des femmes aux corps mutilés et difformes, certains recouverts de haillons, d'autres à demi nus, approchaient en rampant, les mains tendues. « Bakchich... bakchich... bakchich... », cela se répétait à l'infini, marmonné par des centaines de voix. Ahmed leva sa matraque, et les mendiants se replièrent entre les tombes.

Alors Ruth regarda les miséreux aux visages couverts de crasse séchée ; elle vit l'air égaré des mères tenant leurs bébés affamés au-dessus de leurs têtes, les enfants au ventre gonflé, aux yeux suppurants environnés de mouches. Bouleversée, elle oublia sa propre frayeur et regretta de n'avoir pas son sac à main, qu'elle aurait vidé là, dans cette allée du cimetière. Elle aperçut un petit garçon l'observant depuis une tombe ; infirme, les deux jambes amputées aux cuisses, il était incapable de bouger. Le désarroi inscrit sur son visage à la peau sombre était incommensurable... Des années durant elle serait hantée par ce regard d'enfant.

— Vous venez !

La voix sèche de Sabine l'arracha à ses pensées, et elle la suivit. Elles s'enfoncèrent de plus en plus loin entre les tombes. De part et d'autre de l'allée, des groupes de gens étaient assis autour de petits feux de camp. A leur approche, certains se levaient et s'avançaient vers l'allée à pas furtifs. Ruth remarqua avec inquiétude qu'ils ne ressemblaient nullement aux mendiants. Ils semblaient robustes et en bonne santé, sans aucun doute mieux nourris que la foule de miséreux rencontrés jusqu'alors. La plupart étaient armés de matraques, de haches et de poignards. Ahmed, pourtant très fort et déterminé, ne serait pas de taille face à eux. Un des bandits, un géant vêtu d'un pantalon européen et d'un vieux pardessus de l'armée turque, tenait ostensiblement un fusil anglais flambant neuf. Il entra dans l'allée juste derrière elle, et à son signal un groupe d'hommes formèrent un cercle, qui se referma lentement autour des deux femmes et d'Ahmed.

Le borgne et ses hommes étaient les véritables maîtres de la Cité des Morts, se dit Ruth. Ils avaient le contrôle absolu de la nécropole, et après le crépuscule personne, pas plus l'armée britannique que la police égyptienne, ne remettait en question leur loi. Cela signifiait que Sabine et elle se trouvaient désormais à leur merci. Si les bandits les attaquaient, elles étaient perdues.

Elle fut alors surprise de constater que, loin de les assaillir, les bandits déployés autour d'elles faisaient barrage de leurs corps. Ainsi, ils les escortèrent silencieusement le long de l'allée ; et leur seule présence suffisait à décourager les autres groupes armés qui émergeaient de l'ombre, lorgnant avec convoitise les deux étrangères. L'attitude singulière des bandits fit naître mille questions dans l'esprit de Ruth. Soudain, celui qui ouvrait la marche quitta l'allée et se dirigea vers un feu isolé au milieu des tombes. Sabine et Ahmed le suivirent sans hésitation, et Ruth comprit : ces hommes attendaient leur arrivée et avaient pour mission de les amener saines et sauves au bout de cette funèbre excursion. Pour la première fois cette nuit-là, un sentiment de soulagement, fugace, la traversa.

Un groupe de Bédouins assis autour du feu de camp fumaient l'habituel mélange de tabac et de haschisch, tandis qu'infusait leur thé fort et sucré. Armés jusqu'aux dents, ils portaient tous fusils et poignards. Ahmed et Sabine s'immobilisèrent près de l'un d'eux, le chef manifestement. Il était vêtu d'un vieux burnous à capuche en pointe ; un pistolet pendait au ceinturon qu'il portait en écharpe. Leur tournant le dos, il versait du thé dans un vieux gobelet de l'armée. Ahmed se pencha et lui chuchota à l'oreille en arabe. L'homme hocha la tête de haut en bas et se retourna lentement. Son visage fut un instant dans l'ombre, puis les flammes dansantes du feu illuminèrent son visage émacié, ses cheveux blonds, ses yeux bleus. Il offrit à Ruth le gobelet de thé fumant.

— Thé, Fraulein ? dit avec une note moqueuse la voix familière du comte Von Traub.

CHAPITRE 9

— Votre père sera décapité dans une semaine à compter de demain, dit Von Traub.

Ruth le regardait, épouvantée, et le visage aux traits fins et durs se mit à vaciller devant ses yeux. Elle se sentit près de perdre connaissance. Elle fit un effort surhumain pour se contrôler ; elle n'allait pas donner à cet infâme personnage la satisfaction de la voir s'évanouir à ses pieds. Elle serra les dents. La gorge nouée, elle déglutit avec difficulté, mais elle ne fléchit pas, ne fondit pas en larmes, n'implora pas.

Von Traub l'observait de son regard fixe.

— C'est Murat Pacha qui m'a chargé de vous dire cela, poursuivit-il d'un ton impersonnel. Il tient aussi à ce que vous sachiez qu'il a pris cent otages parmi les chefs juifs de Palestine et qu'il les a fait emprisonner dans la forteresse d'Acre. Cinq ont déjà été condamnés à mort et envoyés à Damas, où ils seront pendus la semaine prochaine.

Il ne la lâchait pas des yeux, guettant ses réactions.

— Vous ne me croyez peut-être pas, dit-il. Connaissez-vous Joseph Lishansky ? Et Na'aman Belkind ? Ils ont été pendus place Tahrir à Damas, il y a dix jours.

Elle le regardait, hébétée, incapable de prononcer un mot. Elle sentit son estomac se tordre. Lishansky un ami de Saul. Ainsi l'ignoble Murat avait commencé le massacre.

Von Traub se taisait à présent. Comme à Beersheba, la veille de son départ, elle eut l'impression que tout cela — le rendez-vous nocturne en ce lieu sinistre, l'apparition saisissante de Von Traub — était une mise en scène minutieusement préparée à son intention. Ils n'économisaient pas les moyens pour broyer toute volonté en elle, pensa Ruth. Et ils continueraient jusqu'à faire d'elle un être servile obéissant au doigt et à l'œil.

Von Traub fit un signe à Sabine de Ponthieu qui se pencha vers lui. Elle avait le visage maussade. Ils chuchotèrent un instant sur un ton vif. Puis, sur un geste de l'Allemand, deux Bédouins se saisirent sans ménagement de Sabine et d'Ahmed et les forcèrent à s'asseoir un peu plus loin, sur une pierre tombale cassée. Emergeant de leur léthargie trompeuse, les autres Bédouins sautèrent sur leurs pieds à leur tour. Ils s'accroupirent par petits groupes dispersés autour de leur feu ; fusils en joue, ils surveillaient les ombres qui se déplaçaient dans le cimetière. Von Traub ne prenait aucun risque inutile. Il observait Ruth avec la même froideur terrifiante. Ils étaient seuls à présent, face à face au-dessus du feu crépitant.

— Votre père et les autres... tous mourront, répéta-t-il. A moins, bien sûr...

Soutenant son regard, elle essayait de deviner la suite.

— A moins que d'ici la semaine prochaine, acheva calmement Von Traub, vous ne soyez de retour en Palestine avec les renseignements dont nous avons besoin.

De retour en Palestine. Elle avait oublié qu'elle jouissait au Caire d'une liberté entre parenthèses.

— Je ne pourrai pas avoir les renseignements pour la semaine prochaine, dit-elle d'une voix à peine audible.

Un demi-sourire se forma sur le visage de Von Traub.

— Vous ne pouvez pas ?

Il but une gorgée de thé, puis :

— Ce n'est pas mon avis, Fraulein.

Sa voix se fit dure :

— Moi, je pense que vous obtiendriez tous les renseignements que vous voulez si vous cessiez de jouer les saintes nitouches. Vous n'aviez qu'à coucher avec Flaherty, avec le colonel de la nuit dernière, avec les commandants de la semaine précédente, et avec tous vos prétendants. Écartez les cuisses et vous verrez tous les secrets que ça fera sortir.

— Comment osez-vous..., commença-t-elle, le visage en feu.

On ne lui avait jamais parlé de la sorte.

— Pourquoi vous a-t-on envoyée ici, d'après vous ? Pour votre intelligence ? Vos bonnes manières ? Non, ma chère, c'était pour le plaisir que peut procurer votre corps.

Il marqua une pause, puis :

— En tout cas, laissez-moi vous dire une chose. Vous pensez devoir vous garder pour votre cher Saul Donsky, n'est-ce pas ?

Elle ne dit rien. Les dents serrées, il poursuivit :

— Alors mettez-vous bien dans la tête que si nous n'avons pas d'ici une semaine les plans de campagne de l'armée britannique... (il articulait distinctement chaque mot) j'irai en personne à la pension Bel-Air, à Masr el-Qadimah...

Sa main tenant une fine dague jaillit brièvement des plis de son vêtement avant de rentrer dans sa manche.

— Vous m'entendez ? J'irai en personne trancher la gorge de votre cher Herr Donsky.

Retenant son souffle, elle le regardait. Pour la première fois, il avait perdu son sang-froid, et il crachait ses menaces à la manière d'un serpent venimeux.

— Et cela n'est pas un message de la part de

Murat, Fraulein. Non. C'est une promesse que je vous fais personnellement. Parole d'honneur. Demandez donc à vos amis anglais ce qui est arrivé à Abed, si vous ne me croyez pas. Abed, le jeune Bédouin qui vous a amenée ici.

Il émit un bruit de gorge évocateur.

— Vous avez...

Elle secouait la tête d'un air incrédule. Le jeune Bédouin lui avait sauvé la vie. Elle revoyait son visage, ses yeux clairs, la plaisanterie des doigts volés. Dans ce terrible cauchemar, Abed avait été son seul ami.

— Vous avez tué Abed ? Abed est mort ?

Von Traub resserra son vêtement autour de lui et tira la capuche sur sa tête, signifiant ainsi la fin de l'entrevue. Il fit un signe à Sabine et Ahmed qui se levèrent précipitamment ; puis se tournant vers Ruth, une dernière fois :

— N'oubliez pas, Fraulein Mendelson.

Il avait retrouvé sa voix indifférente et glacée.

— ... dans une semaine ou ils seront tous mort.

•L'artiste qu'employaient les services de renseignements du Caire, un Grec, continuait de porter le costume traditionnel de son pays ; sa tunique blanche amidonnée était si raide qu'elle le faisait ressembler à un essuie-plume ; dessous, la tunique laissait voir ses jambes maigres moulées dans des pantalons collants blancs, et il avait aux pieds des pantoufles de velours rouge foncé. Le vêtement empesé et méticuleusement repassé gênait ses mouvements, ce qui n'empêcha pas le Grec de dérouler avec cérémonie la grande feuille de papier épais où il avait exécuté son esquisse. Il leva le dessin devant Saul. Puis, aidé de Maimon qui l'observait avec un sourire amusé, il entreprit de le fixer avec des punaises au mur faisant face à la fenêtre. L'air dégagé mais une lueur de fierté dans les yeux, le Grec inclina sa tête léonine ;

mâchonnant les bouts tombants de sa moustache poivre et sel, il guettait la réaction de Saul.

Saul se leva et s'approcha. C'était un dessin étrange, l'esquisse inachevée d'une jeune femme. Elle semblait grande, son corps de statue drapé dans la robe des Egyptiennes. Le bras en travers de la poitrine, elle tenait son épaule gauche de sa main droite. La manche large avait glissé au coude, révélant une blessure longue et profonde sur son avant-bras.

Mais c'était surtout la tête de la jeune femme qui attirait le regard. Elle avait les cheveux coupés court au-dessus d'un front large. Et du visage on ne voyait ni la bouche ni le nez, mais deux yeux immenses et clairs, lumineux. Totalement immobile, Saul y plongea le regard. Ruth avait les yeux comme ceux-là, brillants, clairs, avec un reflet doré. Mais Ruth avait les cheveux longs, lourds et soyeux, une masse couleur de miel cascadant sur ses épaules.

— On ne voit pas son visage, dit-il.

La voix rauque, il s'éclaircit la gorge.

— Abou Amar n'a pas vu son visage, dit Maimon. A son arrivée à Sakhiet, elle portait la coiffure des Bédouins et on ne voyait que ses yeux ; après elle a mis la robe et le voile. Abou Amar, le Soudanais, lui a donné la robe, mais il ne l'a pas vue se changer.

Il indiqua une liasse de feuilles posée sur un petit bureau près du gros coffre-fort.

— J'ai noté très exactement tout ce que le Soudanais m'a dit de la femme. Et notre ami Panayotis...

Il sourit au Grec, qui s'inclina poliment.

— ... a fait son portrait selon la description.

Saul hocha la tête distraitement. Il s'efforçait de chasser les souvenirs qui l'assaillaient à nouveau.

— Donc, dit-il, on a une femme jeune et grande, avec les cheveux courts, les yeux clairs, et une cicatrice à l'avant-bras.

— Ce n'est pas beaucoup, Saulik, mais c'est un début.

Maimon roula entre ses doigts agiles deux cigarettes. Il en offrit une au dessinateur, qui la renifla, apprécia, et la coinça derrière son oreille, pour la fumer plus tard.

— Très bien, dit Saul en serrant la main du Grec. Merci beaucoup, monsieur Panayotis. *Ephcaristo*.

Le Grec sourit de toutes ses dents jaunies en entendant le salut dans sa langue maternelle, puis il quitta la pièce, tout raide dans sa tunique rigide comme une armure blanche.

Saul se tourna vers Maimon, qui inhalait avec délectation de profondes bouffées de fumée.

— Il me faut cette esquisse et la description de la femme en quatre-vingts... non, disons une centaine d'exemplaires.

Les yeux fixés sur le portrait, Maimon hochait la tête affirmativement. Saul poursuivit :

— Je veux le faire distribuer aux portiers, placeurs, maîtres d'hôtel de tous les clubs, restaurants et cabarets du Caire. Et à l'opéra, bien sûr.

— Les clubs et les restaurants ? dit Maimon. Pourquoi ça, Saul ? Tu crois qu'elle est venue piquer les recettes de la célèbre cuisine cairote ?

— Regarde-moi ces yeux, répondit Saul, rêveur. Et cette silhouette. C'est une femme... et une femme très séduisante. Ils l'ont envoyée pour cela. Elle ne va pas chercher à s'infiltrer au quartier général ni à s'introduire à Héliopolis par un trou dans la palissade. Elle a sûrement une couverture européenne. Elle va s'intégrer à la haute société du Caire, ce qui lui permettra de rencontrer un maximum d'officiers et d'hommes politiques. Et il n'y a pas de meilleurs terrains de chasse pour cela que les lieux où les officiers vont boire, se détendre et s'amuser.

Les yeux dans le vague semblaient réfléchir. Soudain un large sourire fendit son visage ; il se tourna vers Saul.

— Oui, ça se tient comme raisonnement, Saulik. Tu as quand même réussi à apprendre un certain nombre de choses chez les bolcheviks en fin de compte.

— Ce qu'elle va faire, poursuivit Saul, ce qu'elle

est peut-être déjà en train de faire, c'est charmer les officiers, leur tourner la tête pour leur soutirer des renseignements. Des hommes seuls, en pleine guerre, loin de chez eux depuis de longs mois, résistent rarement aux arguments d'une femme séduisante.

A ces mots, soudain, Maimon détourna le regard.

— Tu crois que je ne sais pas ce que tu penses ? dit Donsky entre ses dents serrées. Tu penses que Ruth opérait comme ça. Et que c'est moi qui l'y ai poussée. Et qu'elle est morte à cause de ça. Allez, vas-y, Maimon, dis-le ! Dis-le que c'est de ma faute.

A peine avait-il prononcé ces paroles qu'il les regrettait déjà. Il se laissa tomber dans un siège.

Feignant d'ignorer l'accès de rage de Saul, Maimon continua :

— On devrait peut-être aussi faire circuler le portrait parmi les officiers supérieurs du Caire. C'est eux qui sont visés principalement, non ?

Saul eut une bouffée d'affection pour son ami ; il lui était reconnaissant pour son tact. Toute autre attitude, une tape sur l'épaule ou quelque formule de consolation convenue, n'aurait réussi qu'à intensifier son désespoir et sa fureur. Il saisit la perche tendue par Maimon.

— Oui, mais on risque, grâce à je ne sais quel imbécile, que la femme tombe sur son portrait longtemps avant d'avoir été identifiée, si on le distribue au millier d'officiers présents au Caire.

Il se leva et revint au portrait du Grec.

— Elle se mettrait au vert ou quitterait le pays, et ils enverraient quelqu'un d'autre. Ce qui nous compliquerait encore la tâche.

— Hum, hum, grommela Maimon. Ça se défend ce que tu dis là. Bon, alors cent exemplaires.

Il tira de sa poche une montre de gousset toute bosselée.

— Cinq heures et quart... Ils sont déjà partis. J'apporterai ça au bureau de l'imprimeur demain matin.

— Très bien, dit Saul.

Maimon empoigna sa canne et se dirigea vers la porte.

— Il y a autre chose..., dit alors Saul.

— Quoi encore ? grommela Maimon.

Saul scrutait pensivement le portrait de la femme.

— Ce n'est pas Murat, ça, Maimon.

— Certes non ! Ça, c'est la mystérieuse femme, Saulik.

— Arrête de faire l'imbécile, Maimon. Cette opération, elle ne vient pas de Murat. C'est beaucoup trop intelligent pour lui.

— Il est rusé comme un renard, le salaud, tu sais.

— Je sais. Mais la ruse ne suffit pas... Il fallait trouver une Européenne, l'amener en Palestine, la faire passer en Egypte, lui préparer une planque au Caire... Elle a une planque, c'est évident ; elle n'a sûrement pas pris une suite au Shepheard's... J'imagine qu'elle a un contact local et un moyen pour transmettre ses rapports. Rien de tout ça n'a pu être fait par Murat. Les Turcs n'ont jamais rien imaginé de pareil jusqu'à présent.

— Sur l'espionnage turc, c'est toi l'expert. Tu connais à fond leurs manières d'opérer, non ? Ou alors, mon garçon, fit Maimon en imitant Montague, je ne vois pas pourquoi les services secrets britanniques emploieraient un cinglé de bolchevik dans ton genre.

— Arrête un peu ! Expert ou pas, ça n'a rien à voir. Et pour une fois, laisse tranquille les bolcheviks et Montague. C'est très important, Maimon. As-tu déjà vu les Turcs opérer de cette manière auparavant ?

Maimon reprit son sérieux.

— En y réfléchissant, Saulik, tu as raison. Des Bédouins et un peu de menu fretin, on n'a jamais eu affaire à autre chose.

— Alors que cette fois, dit Saul lentement, il s'agit d'une professionnelle.

Il se tourna vers la fenêtre. Une foule d'enfants poussant des cris joyeux jouaient avec un cerf-volant multicolore, qui se balança un instant porté par le vent léger avant de disparaître de l'encadrement de la fenêtre.

— C'est quelqu'un de très intelligent qui a mis sur pied cette opération. Et je veux savoir qui.

Maimon haussa les épaules.

— Il y a ce rapport au sujet de l'Allemand.

— C'est juste une rumeur, dit Saul, sceptique. Comme la rumeur sur le renégat arménien. En fin de compte, ce n'était qu'une diversion. On ne sait même pas s'il existe vraiment, cet Allemand. Et s'il existe, on n'a pas la moindre idée de son nom, de ses relations, de sa manière d'opérer. On devrait peut-être envoyer quelqu'un en Palestine.

Maimon émit un bref éclat de rire.

— Peut-être ? Je commence à te connaître, Saulik. Quand tu parles comme ça, c'est que tu as déjà pris ta décision...

Il revint sur ses pas.

— D'accord. Tu as décidé d'envoyer quelqu'un en Palestine. Mais cette fois, je veux que ce soit moi.

Saul considéra un instant son ami. Maimon était l'homme idéal pour ce genre d'opération. Personne ne pouvait le démasquer s'il voulait se faire passer pour un Arabe. Toutefois, il était son bras droit au Caire.

— J'ai besoin de toi ici, Maimon.

Maimon porta le poids de son corps sur sa canne.

— Tu as envie de le voir revenir quand tu envoies un agent quelque part, non ? Je suis le seul qui reviendra, Saulik. Ils ne m'auront jamais, tu le sais bien.

Maimon avait raison, pensa Saul, il était indestructible.

— Et puis..., disait Maimon, ça fait une éternité que je n'ai pas mangé de l'agneau farci au riz et aux pignons... et je connais un endroit à Jérusalem...

— Je vais y réfléchir, coupa Saul. On en reparlera demain.

— Très bien, dit Maimon. Va pour demain. Je

fais circuler le portrait de la femme, et je passe ici après. D'accord ?

— Oui. Au revoir.

Saul était incapable de détacher les yeux du dessin. Ce visage de femme exerçait un étrange pouvoir sur lui.

Maimon parti, il ôta le portrait du mur où il se trouvait, et il se dirigea vers celui faisant face à son bureau. Tous les autres murs sauf celui-ci étaient recouverts d'une multitude de photographies, gravures, coupures de journaux, affiches de guerre... Il y avait aussi une grande carte de la Palestine et une photo de Herzl, le père du sionisme. Mais la pièce de choix était un grand portrait de son ancien chef en Russie, un révolutionnaire du nom de Vladimir Ilitch Oulianov, connu dans la clandestinité sous le nom de Lénine. C'était une peinture aux teintes vives dans un cadre de bois brut. Saul appréciait particulièrement ce portrait, non pour ce qu'il symbolisait — il ne croyait plus au communisme —, mais à cause du choc que sa présence causait invariablement aux officiers supérieurs britanniques qui venaient dans son bureau. Cela ne manquait jamais. On lui demandait qui était ce monsieur chauve avec un front d'intellectuel, une barbiche de professeur d'université et cette lueur amusée au fond de ses yeux si intelligents. Etait-ce le père de monsieur Donsky ? Ou un auteur russe, peut-être ? Tolstoï ? Tous reculaient d'horreur quand il répondait :

— C'est un terroriste bolchevik russe. Le plus dangereux de tous. On a beaucoup travaillé ensemble.

Il adorait voir l'air ahuri de ses collègues, battant en retraite comme s'ils venaient de rencontrer le diable en personne.

Par contraste avec les autres murs surchargés, il n'y avait sur celui faisant face à son bureau qu'une seule et unique illustration. Il s'agissait d'un agrandissement d'une photographie découpée dans un journal turc. Un visage d'homme au teint blême, avec une courte barbe noire, la bouche mince et le regard mauvais fixé sur l'appareil photo avec une expression de dureté impitoyable. Il était coiffé d'un fez d'astrakan. Ce visage était celui de l'ennemi numéro un, l'infâme dirigeant de la Palestine, le bourreau de Ruth. Ce portrait qui lui faisait face le jour durant, Saul aimait à le scruter, en particulier lorsqu'il mettait au point une opération décisive ou lorsqu'il essayait de deviner ses intentions. C'était Murat Pacha, celui qu'il avait fait serment de vaincre.

Saul fixa soigneusement avec des punaises le portrait de la femme à côté du visage de Murat Pacha. Puis il recula pour mieux les voir. Le loup et le furet. Ses pires ennemis. L'assassin de Ruth et l'espionne sans visage.

Je t'aurai, pensa-t-il sans quitter du regard les yeux lumineux. Où que tu te caches, je t'aurai.

Debout près de la fenêtre, Montague tournait le dos à la porte. Saul était un des rares visiteurs, le seul peut-être, qui pouvait se permettre d'entrer sans frapper dans le bureau de Montague. En entendant ses pas, le colonel se redressa brusquement et se tourna face à lui, le menton levé ; mais Saul avait remarqué l'instant d'avant sa silhouette accablée, les épaules voûtées, la tête baissée. Il considéra le colonel avec stupeur ; il ne l'avait jamais vu ainsi. En dépit des efforts surhumains de Montague pour se dominer, Saul lisait sur son visage défait et ses lèvres légèrement tremblantes une profonde souffrance. Il montrait des yeux indifférents et absents. Dans ses mains, le vieil homme tenait une photographie dans une reliure de cuir.

— Oh ! c'est vous, mon garçon, dit-il, la voix enrouée.

Il posa la photographie sur le bureau, face vers le bas. Mais un instant plus tard, il la reprit, y jeta un coup d'œil, et avec un soupir résigné il la tendit à Saul.

— Il s'appelait Charles, dit-il, et ses lèvres tremblèrent à nouveau.

C'était la photographie d'un jeune homme en uniforme d'officier. Il avait les yeux foncés, espacés, le menton volontaire, un sourire joyeux. Une mèche de cheveux bouclés retombait sur son front, touchant presque les sourcils fournis. Saul contempla la photographie un long moment avant de remarquer la ressemblance étonnante entre le jeune homme et lui-même, même si Saul avait la peau, les cheveux et les yeux plus sombres.

— Il a été tué à Loos, dit Montague doucement, sans regarder Saul. Il y a deux ans exactement.

— Votre fils.

— Mon seul fils.

Il reprit la photographie des mains de Saul. Ses yeux s'attardèrent une seconde de trop sur le visage de Saul, où il semblait chercher quelque chose, et Saul comprit alors pourquoi le colonel lui montrait tant de sympathie. Il retrouve en moi son fils perdu, pensa-t-il.

— C'est affreux, je comprends, murmura Saul.

Il se sentait mal à l'aise, soudain, presque coupable.

— Je ne savais pas... J'ignorais que vous aviez perdu un fils à la guerre.

Montague rangea soigneusement la photo, face vers le haut, dans le premier tiroir de son bureau. Puis, d'un geste résolu, il ferma le tiroir, tourna le clef dans la serrure et glissa la petite clef dans sa poche de poitrine.

— Oui, dit-il en appliquant, un peu trop fortement, les mains à plat sur son bureau. Asseyez-vous, mon garçon. Alors, où en êtes-vous de vos recherches ?

Saul lui fit un rapport concis des derniers développements de l'affaire : le voyage à Sakhiet, les révélations du Soudanais, la découverte du corps du Bédouin et, enfin, le portrait de la femme.

— L'esquisse sera distribuée dans tout Le Caire dès demain, termina-t-il.

Montague approuvait en hochant la tête, le front plissé, le visage à nouveau serein.

— Bien, dit-il. Très bien.

Il marqua une pause, puis :

— Mais il y a une chose qui ne doit plus se reproduire, mon garçon. Bonne ou mauvaise, je ne veux plus de surprise... Ni virée de l'autre côté du canal ou ailleurs ni interrogatoire de Soudanais, d'Egyptiens ou autres ni chasse aux Bédouins morts ou vivants sans que je sois premièrement informé et deuxièmement d'accord. Me suis-je bien fait comprendre ?

— Alors là, colonel...

Montague l'interrompit d'un geste.

— Il se peut, cas fort improbable, que je désapprouve certaines de vos initiatives, et il se peut, le plus vraisemblable, que je puisse vous aider dans certaines autres. Mais plus jamais d'opération à titre individuel, d'accord ?

— Mon intention n'était pas de...

— D'accord ? répéta Montague.

— Oui, d'accord, dit Saul en cachant son agacement.

— Bon, voilà un problème réglé.

Montague se leva et se dirigea vers la fenêtre. Il demeura là un moment, immobile. Le crépuscule approchait. Le vent du soir apportait une douce odeur de jasmin. Le fin minaret de la mosquée de Sinan Pacha se découpait avec netteté contre un ciel d'azur limpide dont les franges viraient doucement au violet. Une à une, d'un bout à l'autre du Caire, les plaintes des muezzins se déroulèrent au-dessus de la ville, en un chœur de plusieurs centaines de voix, appelant les fidèles à la prière du soir.

— On travaille ensemble à cette opération, mon garçon.

Il jeta un regard distrait sur l'immense carte du Moyen-Orient recouvrant la totalité du mur de son bureau.

— Et il nous faut aboutir aussi vite que possible.

Saul acquiesça. Mais quelque chose semblait préoccuper Montague.

— Nous avons affaire à un homme impitoyable et très habile, dit soudain le colonel.

Il considéra Saul avec gravité.

— Je parle de Murat Pacha. Ça fait longtemps que j'étudie le personnage. Comme vous le savez, il s'est fait à la force du poignet. C'est un soldat courageux ; il n'a que mépris pour ses collaborateurs politiques et militaires. Il est très ambitieux. C'est un joueur infatigable. Il passait des nuits entières aux tables de jeux du Cercle d'Orient d'Istanbul. Il est très vaniteux. Et débauché. Il apprécie le luxe, la bonne chère, l'alcool, les beaux vêtements. Il a un appétit sexuel phénoménal, pour les deux sexes.

Saul écoutait, captivé, cette description de Murat Pacha.

— Ses ambitions, son absence de scrupules, son sens du jeu, son goût du pouvoir et ses mœurs dissolues, tout cela ensemble indique sans erreur possible le but que vise cet homme. Il veut devenir le prochain sultan de l'Empire ottoman et fonder une nouvelle dynastie. Mais il est seul. Il n'a pas d'amis et n'a confiance en personne. Il est très méfiant. Je n'ai jamais eu d'adversaire plus malin et plus fourbe que cet homme.

Il s'interrompit un instant, puis :

— Je vous dis tout ça, mon garçon, parce que nous sommes engagés dans un duel sans merci contre lui au travers de son espionne, ici au Caire. Ne l'oubliez surtout pas : cet homme ne reculera devant rien pour atteindre son objectif. Et autre chose : de nature méfiante, il nous surveille sûrement de très près. Si jamais il a le moindre doute que nous sommes aux trousses de son espionne, il la rappellera sur-le-champ pour envoyer quelqu'un d'autre. Et nous nous retrouverons à chercher une aiguille dans une botte de foin.

L'exposé de Montague était certes brillant, songeait Saul, mais il connaissait Murat aussi bien que lui. En fait, c'était lui qui dans le passé lui avait fourni un rapport détaillé sur le Turc. Alors, où voulait-il en venir aujourd'hui en le mettant ainsi en garde au sujet de Murat ?

Sans détour, il demanda :

— Pourquoi me dites-vous tout cela, colonel ?

— Parce que le temps presse.

Montague arpentait la pièce. Il fit une pause pour redresser la photographie officielle du roi George V accrochée derrière le bureau.

— En d'autres circonstances, poursuivit-il, nous aurions procédé discrètement, en n'avançant nos pions qu'à coup sûr ; et nous aurions pris toutes les précautions nécessaires pour ne pas éveiller les soupçons de Murat. Malheureusement, le temps presse.

— Pourquoi ? A cause de la campagne de Palestine ?

Montague secoua la tête négativement.

— Lawrence veut votre peau, mon garçon. Il veut vous faire virer de mon service.

C'était donc cela, se dit Saul. Lawrence cherchait à se débarrasser de lui ; il lui fallait donc parvenir à des résultats promptement, avant que Lawrence eût obtenu gain de cause.

Montague vint lui tapoter l'épaule, geste qui l'aurait surpris dans tout autre contexte.

— Depuis votre prise de position à la réunion de l'état-major impérial, il vous considère comme un ennemi de la cause arabe. Qu'il représente officiellement, comme vous le savez.

Saul crut percevoir une note ironique dans la voix de Montague. Cependant, il disait vrai : Lawrence s'identifiait à la révolte arabe, qu'il avait lui-même fomentée. Et il se faisait ouvertement l'avocat de la cause arabe, ainsi qu'il l'avait montré lors de la réunion du palais du Nil. Lawrence n'était-il pas venu avec son keffieh et ses vêtements de Bédouin revendiquer le droit des Arabes à libérer Jérusalem ?

— Il veut vous faire virer de ces lieux, poursuivait Montague, et aussi des services de renseignements. Il a déjà entrepris la tournée des bureaux des généraux du palais du Nil en vous taxant d'incompétence.

Saul haussa les épaules.

— Il peut faire ce qu'il veut, j'ai dit ce que je pensais.

— Ne le sous-estimez pas, dit Montague gravement. C'est un héros ; il a les relations qu'il faut au quartier général. Il dispose d'un groupe de pression très fort dans l'état-major impérial ; ils seront avec lui quoi qu'il arrive.

— Il est au Caire en ce moment ?

Montague sélectionna une pipe de bruyère parmi la dizaine que contenait son râtelier à pipes.

— J'ai appris qu'il avait de nouveau disparu la semaine dernière. Il s'évanouit toujours comme ça dans la nature et réapparaît sans s'annoncer, vous savez. Le bruit court qu'il prépare un nouveau coup contre les Turcs.

— On a le temps alors...

Mais Montague secoua encore la tête.

— Il ne restera pas absent du Caire très longtemps, puisque la campagne de Jérusalem est de nouveau à l'ordre du jour de l'état-major. Il va revenir et repassera tout de suite à l'attaque contre vous. Et il gagnera si vous ne rapportez pas des résultats tangibles. Vous comprenez ?

Et en saisissant Saul par le bras :

— Vous allez devoir prendre des risques, y compris celui d'éveiller les soupçons de Murat. Ou vous coincez l'espionne dans un avenir très proche, ou ils vous vireront. Après la vôtre, c'est ma tête qui tombera, vous savez. Je me suis porté garant de vous.

— Je vais faire de mon mieux, dit Saul en se levant pour partir.

Mais au fond de lui il tremblait à la pensée de ce qui surviendrait si l'on réussissait à les écarter Montague et lui. Lawrence trouverait la voie largement ouverte pour le commandement suprême de la campagne de Jérusalem. Et Jérusalem ne serait plus jamais juive.

Après un instant d'hésitation sur le seuil de la porte, il se retourna vers Montague ; mais le vieil homme se tenait devant la fenêtre de nouveau, immobile, les mains jointes dans le dos.

— Charles a été nommé capitaine une semaine avant sa mort, dit-il d'une voix à peine audible. J'étais tellement fier.

Voilée et drapée de noir, l'Egyptienne attendait, accroupie, à la sortie d'un bain turc aux murs décrépis. De là, elle avait vue sur l'alignement de maisons basses et sur le porche de la pension Bel-Air. Un mendiant était endormi près de l'entrée et deux enfants poussaient un fin cerceau de bois sur le sol non pavé ; à part cela, la rue était presque déserte. Personne ne prêtait attention à elle, et elle en venait à s'identifier à son personnage de musulmane attendant docilement son mari à la sortie du hammam.

De temps à autre, elle jetait un coup d'œil de l'autre côté de la rue ; il y avait là un magasin d'alimentation au-dessus duquel pendait une publicité aux teintes fanées pour les cigarettes Matossian. L'affiche montrait une blonde aux yeux bleus voluptueusement étendue sur un canapé, avec entre ses lèvres écarlates une cigarette d'où montait une mince volute de fumée. Son bras dodu reposait sur une balustrade avec au-delà un Nil bleu vif et un bouquet de palmiers.

L'air fraîchissait. Des lampes à huiles tremblotaient derrière quelques fenêtres, et une odeur piquante de friture monta d'une cour voisine. Elle était assise là depuis plus de deux heures. Cette décision, elle l'avait prise à l'aube, au retour de sa rencontre nocturne avec Von Traub ; mais elle n'avait réussi à sortir de la maison inaperçue qu'en fin d'après-midi, tandis que Sabine prenait son bain et que les domestiques faisaient des emplettes. Peut-être, avait-elle tardé ainsi par peur des conséquences terribles qui découleraient de son initiative. Finalement, elle avait enfilé son déguisement d'Egyptienne. Elle aurait trop attiré l'attention habillée en Européenne dans le Vieux-Caire, alors qu'ainsi vêtue elle arriverait peut-être à se glisser sans se faire repérer jusque dans la chambre de Saul.

Advienne que pourra, elle avait décidé de voir Saul, pour l'avertir de la menace proférée par Von Traub lors de leur entrevue cauchemardesque. L'adresse mentionnée par l'Allemand s'était gravée dans sa mémoire : pension Bel-Air, quartier de Masr el-Qadimah. Elle n'ignorait pas en venant là qu'elle risquait sa vie, celle de son père et celle de nombreux Juifs de Palestine. Mais Von Traub ne lui avait pas laissé le choix. En voyant étinceler la dague dans sa main, elle s'était rendu compte que de toutes ces vies, celle de Saul était pour elle la plus précieuse ; elle y attachait plus de valeur qu'à la sienne propre.

Un tumulte déchira soudain le silence des rues avoisinantes. Venant du nord, précédé par un nuage de poussière et par une troupe de chiens affolés, un cortège approchait au milieu d'un vacarme assourdissant : roulements de tambours, you-you stridents des femmes, hennissements des chevaux, braiments des ânes, cris et rires des hommes, ondulations aiguës des instruments à cordes orientaux... Tout autour du porche où Ruth était assise, des fenêtres s'ouvrirent et des têtes se penchèrent. Une multitude d'enfants aux pieds nus jaillirent dans la rue en poussant des acclamations.

Hommes et véhicules émergèrent de la poussière et Ruth s'aperçut qu'il s'agissait d'un mariage. En tête, montés sur de petits ânes et vêtus de vestes brodées : cinq joueurs de derbouka ; venaient ensuite plusieurs voitures à cheval emplies de femmes en noir qui poussaient les you-you sans lesquels il n'est pas de fêtes musulmanes. Un dromadaire blanc chargé de fausses pièces d'or et d'argent portait la mariée en robe blanche et châle rose et or, de véritables pièces d'or cousues à son voile. Le dromadaire était escorté par une calèche flambant neuve, où avaient pris place quelques femmes plus jeunes. Suivaient des enfants en habit de soie, à cheval, des hommes en gallabeyas blanches chantant et tapant dans leurs mains, quatre lutteurs à demi nus, au torse huilé ; et un danseur, habillé en femme, le visage outrageusement fardé, ondulant au milieu de la rue au son des instruments des trois musiciens dans la charrette à âne gaiement colorée qui fermait la marche.

Ruth ne bougea pas tandis que le cortège passait devant elle pour tourner le coin de la rue. Quelques minutes plus tard, la foule joyeuse avait disparu. La poussière retombait, le vacarme s'éteignait, l'on referma les fenêtres et les enfants furent avalés par les portes ouvertes le long de la rue, à nouveau silencieuse et déserte. C'est alors que, de l'autre côté du chemin de terre, Saul Donsky passa sous l'affiche des cigarettes Matossian.

Elle le regardait, pétrifiée, incapable de bouger, incapable d'émettre un son. Son cœur se mit à tambouriner dans sa poitrine et elle éprouvait une étrange défaillance dans les bras et les jambes. Il était là, celui qui occupait ses rêves depuis trois ans, son amour, sa seule raison de vivre, il marchait dans une rue poussiéreuse du Caire, à quelques pas d'elle à peine. Il était là, en chair et en os, presque à portée de la main, en costume d'été décoloré et avec une de ses vieilles roubachkas. Il avait les cheveux plus longs, ce qui le rendait encore plus romantique. Il avait l'air d'un poète révolutionnaire. Un peu plus de maturité dans le visage, peut-être, mais c'était le visage tant aimé, les yeux noirs au pouvoir magnétique, les lèvres charnues dont elle languissait, le menton volontaire et la mèche bouclée au-dessus du front large. Elle aurait dû l'apercevoir bien avant, mais elle ne l'avait pas vu arriver à cause du cortège.

Il tourna la tête, lui jeta un coup d'œil distrait, puis se détourna. Il avait sous le bras un vieux porte-document de cuir marron et un rouleau de pain de pita, son dîner sans doute. Elle aurait voulu l'appeler mais aucun son ne franchit ses lèvres. Mais c'était peut-être mieux ainsi ! Car comment aurait-il réagi en entendant une Egyptienne l'appeler par son prénom en pleine rue ? Et ils avaient tant à se dire, ils seraient mieux pour cela dans sa chambre, à l'abri des regards indiscrets.

Elle se leva lentement et lui emboîta le pas en laissant entre eux une distance raisonnable. Elle le suivrait à l'intérieur de la pension et seulement là elle ôterait son voile. Elle se mordit les lèvres en pensant à ce qui arriverait ensuite ; son sang battait contre ses tempes. Elle était prête pour lui, elle le voulait, elle désirait être dans ses bras, dans son lit. Les fantasmes les plus torrides qui avaient hanté ses rêves resurgissaient soudain ; encore une demi-heure, quelques minutes peut-être, et ils deviendraient réalité. Elle se sentait encore les jambes défaillantes, elle était comme étourdie, mais elle continuait d'avancer, en plein songe. Désormais plus rien n'importait comparé à la perspective délicieuse de ses retrouvailles avec Saul.

Elle le vit entrer dans la pension. Quelques mètres et elle serait dans ses bras. Elle accéléra le pas. Le mendiant endormi près de l'escalier extérieur bougea ; il secoua la tête et se leva lentement ; il étira ses bras et chassa la poussière accrochée à ses haillons. Elle passa devant lui, et alors, soudainement, il fit volte-face, la saisit par le poignet et l'attira sous un porche. Elle laissa échapper un cri de surprise, mais il avait plaqué son autre main sur sa bouche, l'étouffant presque. Le visage du mendiant, surmonté d'un tarbouch crasseux, était presque collé au sien ; d'une voix de fiel, dans un anglais haché, il dit :

— Silence, ou je vous tue.

Elle le regarda avec stupéfaction. Puis elle comprit qu'elle ne serait pas dans les bras de Saul ce soir-là, ni peut-être aucun autre soir. Tous ses rêves et ses espoirs étaient réduits à néant. Car elle avait reconnu, sous le déguisement du mendiant, l'œil glacial du comte Von Traub.

— Vous m'avez reconnu ?

Suffoquant sous son étreinte, elle hocha la tête affirmativement.

— Parfait, dit-il en la lâchant brusquement. Vous pouvez partir.

Elle le regardait, pétrifiée.

— Vous pouvez y aller, répéta-t-il avec un petit sourire. Vous pouvez vous jeter dans les bras de Saul Donsky. Je suis convaincu qu'il sera enchanté de vous voir. Seulement n'oubliez pas de l'avertir que je vais le tuer.

Elle fit un pas en arrière, et il ne tenta pas de la retenir.

— Je vous attends ici depuis le début de l'après-midi. Vous n'aviez pas encore quitté votre maison de la rue Alfi, poursuivit-il. Je savais que vous viendriez. Pourquoi croyez-vous que je vous ai donné l'adresse de Donsky la nuit dernière ? C'était pour que vous veniez essayer de le prévenir. Je tenais à vous montrer combien vos efforts seraient vains. Vous ne pouvez pas m'échapper. Vous êtes entièrement en mon pouvoir.

— Vous êtes l'être le plus malfaisant qui ait jamais existé, murmura-t-elle, les larmes au bord des yeux.

Une expression étrange passa dans le regard de Von Traub. Un bref instant, elle eut l'impression fugace d'y lire une compassion profonde et intense. Mais de nouveau ses traits se distordaient ; railleur, il lui souffla à l'oreille :

— Vous vous trompiez si vous pensiez pouvoir n'en faire qu'à votre tête en Egypte. J'ai été derrière vous à chaque instant depuis votre arrivée au Caire. Vous ne vous rappelez pas le mendiant dans votre rue ? Le chamelier au temple de Khephren ? Le propriétaire de l'atelier de cuivre du bazar de Khan el Khalili ?

Elle frémit en se souvenant de la silhouette vaguement familière aperçue dans l'arrière-boutique où Abed avait reçu la clef de sa maison. C'était Von Traub qui la lui avait remise. Voilà pourquoi sans doute il avait supprimé le jeune Bédouin ; il ne devait pas révéler où il avait pris la clef ni où se trouvait la maison. Von Traub avait tout minutieusement pensé à l'avance ; le meurtre du jeune homme était sans doute prévu depuis longtemps, alors qu'elle croupissait encore dans un cachot de la forteresse d'Acre.

Elle n'avait pas le choix, elle s'en rendait compte à présent ; elle était obligée de suivre la voie tracée pour elle. Ce n'était pas Sabine de Ponthieu mais Von Traub qui la contrôlait. Jamais, pas un seul instant, il ne l'avait quittée des yeux. Mendiant, chamelier, boutiquier... combien d'autres déguisements avait-il adoptés pour mieux l'épier, toujours prêt à l'anéantir si elle transgressait les ordres ? Elle n'était rien qu'une marionnette dont il actionnait les ficelles en permanence, même lorsqu'elle s'imaginait, comme ce jour-là, agir contre ses ordres.

— Allez-y donc, répéta-t-il. Mais à votre place j'éviterais Herr Donsky. Ça pourrait être mauvais pour sa santé. Très mauvais.

Il ricanait. Un sentiment de détresse absolue la submergea.

— Et n'oubliez pas, reprit-il. Une semaine, pas plus.

*

Le lieutenant-colonel Jeffrey Saunders venait d'arriver à son bureau du quartier général de la division montée Anzac d'Héliopolis, quand son ami le commandant John (Chook) Maclean fit irruption dans la pièce.

— Dis donc, Jeff, tu connais la nouvelle ?

— Quelle nouvelle ? s'enquit Saunders distraitement. Une autre émeute à Ezbekeya ?

Ses Australiens étaient les meilleurs soldats du monde, et les plus turbulents. Trois nuits de suite ils s'étaient affrontés à la police militaire dans le quartier de l'Ezbekeya. Cela avait commencé par le passage à tabac de quatre Egyptiens qui s'étaient aventurés aux abords des jardins, que les Anzacs considéraient comme leur domaine réservé. Une demi-heure plus tard, la police militaire arrivait sur les lieux et était accueillie par une volée de bouteilles de bière vides. Depuis cette échauffourée, que les Anzacs avaient fièrement baptisée la « Bataille de la bouteille », des incidents similaires se reproduisaient chaque nuit à Ezbekeya. Et tous les matins Chook infligeait à Saunders le récit mouvementé des derniers développements de la Bataille de la bouteille.

— Non, s'esclaffa le commandant, tout est calme sur le front de la bouteille.

— Parfait.

Il souhaitait vraiment que le front de la bouteille finît par s'apaiser pour pouvoir reprendre ses activités sportives. Il n'avait plus fait de voile ni joué au polo depuis des semaines ; et il n'était plus monté depuis l'accident qu'il avait eu près du Mena House avec Mary Bartlett. La jeune Canadienne avait disparu après, et il ne l'avait jamais revue. Il s'était renseigné auprès de ses amis mais apparemment personne ne la connaissait. Elle était si jolie, pensa-t-il avec regret.

— Je veux parler d'une vraie nouvelle, disait Chook Maclean. C'est à propos de Lawrence.

— Que lui est-il arrivé à Lawrence ? demanda Saunders tout en jetant un coup d'œil à son courrier.

Il était fait pour la bataille et le sport ; les paperasseries l'exaspéraient.

— Il a pris Akaba.

— Quoi ? Qu'as-tu dit ?

— Tu as bien entendu, Jeff. Lawrence a pris Akaba avec ses trois cents hommes de la tribu Haouweitat. Il a anéanti toutes les garnisons turques sur son passage, tué des centaines de soldats ennemis et capturé près de cinq cents prisonniers.

— Tu es sûr ? Quand cela s'est-il passé ?

— Un câble vient juste d'arriver par Jidda. C'est confirmé officiellement.

— Ça c'est trop fort, marmonna Saunders.

Il s'assit derrière son bureau. Il était furieux.

— On croupit ici, fit-il, on fait de la paperasserie et des batailles de la bouteille, pendant que ce salaud enfile sa chemise de nuit arabe, monte sur son dromadaire et s'en va conquérir Akaba.

Akaba était une position stratégique importante. Ce petit port sur la mer Rouge était le poste turc le plus au sud en Palestine. Contrôlé par Lawrence, il pouvait devenir une tête de pont pour la pénétration des tribus arabes au sud de la Palestine, ainsi qu'un tremplin pour la conquête du Sinaï. Si les Arabes y entraient les premiers, les Anzacs ne participeraient peut-être même pas à la libération de la Palestine.

— C'est trop fort, répéta Saunders.

— Ma foi, il a dit qu'il le ferait et il l'a fait. Il est entré en Palestine avant nous, et je suis prêt à parier qu'il nous battra aussi dans la course pour la prise de Jérusalem.

— Allenby ne permettra jamais ça, s'écria Saunders.

Allenby était leur seul espoir.

— Vraiment ? En tout cas, pour l'instant, Allenby, il parle, pendant que Lawrence se bat. Et sacrément bien, il faut dire.

Le téléphone sur le bureau de Saunders sonna. Il prit le récepteur.

— Oui. Qu'est-ce que c'est ?

— Un appel pour vous, mon colonel, dit une voix d'homme.

— Lieutenant-colonel Saunders à l'appareil, dit-il sèchement.

— Colonel Saunders ? Je m'appelle Mary Bartlett. Nous nous sommes rencontrés devant le Mena House. Vous vous souvenez de moi ?

TROISIEME PARTIE

CHAPITRE 10

Ils attaquaient toujours la nuit, tandis qu'il cherchait en vain le repos dans les abysses veloutés du sommeil. Ils marchaient, silencieuse et funèbre armée d'ombres aux visages blêmes... leurs bouches ouvertes hurlaient sans un bruit, leurs yeux l'accusaient. Ils avaient le teint d'ivoire lisse de leur race, le nez légèrement busqué, les lèvres pleines, les sourcils gracieusement arqués et de longs cils soyeux, les yeux grands, noirs, transparents.

Et ces yeux, ceux de la nation arménienne massacrée, il ne pouvait leur échapper, les yeux des vierges innocentes de Bitlis et d'Erzurum, des vieux et des vieilles vénérables de Van et des rudes montagnards de Mussa Dagh ; mais surtout les yeux limpides et confiants des enfants, qui ne s'étaient même pas défendus, qui ne s'étaient pas enfuis.

Lorsqu'il était jeune et qu'il commandait les légions qui brûlaient les villages et massacraient les habitants sans défense de l'Arménie turque, il expliquait volontiers pourquoi ces expéditions punitives étaient nécessaires, et en quoi les Arméniens menaçaient la stabilité de l'Empire ottoman avec leurs velléités d'indépendance. Aujourd'hui encore, face aux étrangers, il réfutait avec éloquence les accusations de génocide insolemment répandues par les propagandistes anglais et français. Il énumérait les attentats terroristes des séparatistes arméniens, qui avaient obligé le sultan à lancer ses armées sur les vallées d'Arménie.

Mais la nuit, la multitude muette aux yeux emplis de reproches revenait assaillir ses rêves, et alors une indicible terreur s'emparait de lui. Il se voyait brandissant son épée damasquinée ; il frappait et frappait, taillait à grands coups de lame dans la foule en marche... Mais le fer n'entamait pas leur chair, leurs yeux ne se fermaient pas, et ils avançaient, avançaient, jusqu'au moment où il s'éveillait en sueur ; son cœur tambourinait dans sa poitrine, il suffoquait, un hurlement dans sa gorge.

— Excellence ! Pacha ! Réveillez-vous, s'il vous plaît ! Votre Excellence !

Il fit un bond dans son lit ; le souffle court, il tremblait car la couverture de peau de mouton avait glissé de ses épaules.

— Quoi ? Qu'y a-t-il ?

La chemise trempée de sueur, il était assis dans l'étroit lit de camp. Son bras gauche blessé l'élançait violemment ; la douleur était presque insoutenable, tandis que sa blessure à l'épaule ne le faisait plus souffrir. Une allumette craqua dans l'obscurité et la flamme d'une chandelle oscilla devant ses yeux. Il cligna plusieurs fois et tira la couverture sur sa poitrine. Il reconnut les traits d'Abdül. Son adjudant-major était habillé, son écharpe noir et vert déjà nouée autour du cou.

— Comment vous sentez-vous, pacha ? demanda Abdül penché au-dessus de lui.

La chandelle répandait une lueur tremblante sur les traces de petite vérole grêlant son visage.

— Avez-vous mal ?

Murat prit une profonde inspiration.

— Ça va, Abdül... Que se passe-t-il ?

Il s'efforçait de contrôler sa voix. Il se sentait la bouche pâteuse et l'haleine fétide.

— Le verdict est prononcé, pacha.

— Très bien. Mes vêtements.

Il se leva. Il avait les jambes encore flageolantes. Sa tête touchait presque les cintres irréguliers de la grande tente de Bédouin. Il ne demanda pas à Abdül quel était le verdict. Ses officiers le connaissaient trop bien pour prononcer un verdict pouvant lui déplaire.

Il jeta un coup d'œil à sa montre posée près de son pistolet sur la table de chevet pliante, où Abdül avait mis la chandelle. Il était deux heures quarante du matin. Abdül s'affairait, allumant les lampes disposées aux coins de la tente. Les tapis épais recouvrant le sol de terre battue étouffaient ses pas. Puis le Tatar s'agenouilla devant le feu éteint au centre de la tente, et un instant plus tard les flammes jaillissaient au-dessus du tas de bois et de pierres noircies. Il plaça le pot à café en cuivre sur une pierre plate couverte de suie.

— Ça sera prêt dans un instant, dit-il.

Murat grogna en touchant son bras enveloppé d'un bandage. Abdül l'aida à enfiler son uniforme et à passer son bras dans une écharpe. Il écarta les pans de la tente. Un vent piquant soufflait du désert. S'il l'avait voulu, il aurait pu atteindre dès la veille Beersheba, seulement à cinquante-cinq kilomètres au nord-est. En fait, il y avait envoyé le gros de ses forces, y compris les artilleurs allemands, et était resté en arrière avec les blessés graves et sa garde personnelle. Il avait choisi pour campement ce lieu en bordure du Sinaï où il liquiderait le sale boulot tout en attendant l'envoyé du Caire. Il tenait à rencontrer l'homme dès qu'il aurait franchi les premières positions turques sur le front du Sinaï. Il pouvait arriver d'une minute à l'autre, à présent. Il prit des mains d'Abdül la petite tasse de café brûlant. Le liquide épais et bien sucré lui réchauffa la poitrine. Abdül rentra dans la tente et en ressortit avec sa cape doublée de mouton, qu'il lui jeta sur les épaules.

Un commandant au visage basané se tenait très

raide devant la tente. Le vent secouait sa tenue de campagne. Il salua.

— Le verdict est prononcé, votre Excellence.

Il acquiesça, suivant la procédure d'usage.

— La sentence ?

La réponse était conforme à son attente.

— La mort. Pour tous.

— Bien, dit-il. Annoncez-leur que l'appel a été rejeté. Qu'Allah veille sur leurs âmes.

Le commandant salua et pivota sur ses talons. Murat jeta un coup d'œil pensif autour de lui. Les autres tentes se profilaient en ombres noires contre le ciel couvert. L'une servait d'hôpital de campagne, et il entendait les gémissements exaspérants des blessés.

Quant aux Bédouins, chassés de leur tente sans ménagement, ils dormaient avec leurs chèvres et leurs dromadaires au fond d'un oued à sec, à quelques centaines de mètres de là. Même à cette distance on pouvait entendre blatérer deux dromadaires, auxquels firent écho les hennissements de ses chevaux enfermés derrière une clôture improvisée à l'aide de cactus. Ses hommes, qui avaient perdu leurs tentes et leur matériel lors de la retraite d'Akaba, bivouaquaient près de cet enclos.

Il se tourna vers Abdül.

— Réveille les officiers. Tout le monde sur le terrain de manœuvres dans cinq minutes, en tenue de combat.

— Bien, pacha.

Abdül partit en courant. Murat prit une profonde inspiration. Il n'avait pas connu un instant de répit depuis sa défaite contre Lawrence quatre jours auparavant. Le tortueux Anglais s'était montré plus malin que lui. Ses Bédouins avaient traversé le désert à dos de dromadaire sans se faire repérer et ils avaient réussi à atteindre les sommets des montagnes dominant la mer Rouge. Puis, après avoir taillé en pièces les défenseurs des bastions turcs disséminés aux alentours, ils avaient lancé une attaque fulgurante contre le port d'Akaba.

Le renard perfide avait choisi une nuit d'éclipse lunaire pour assaillir le fort de Kéthira. Peu après minuit, la lune pleine avait soudainement disparu du ciel ; superstitieux, les soldats turcs s'étaient mis à tirer des coups de feu et à taper sur des casseroles pour effrayer les démons qui avaient avalé la lune. Pendant ce temps, les coupeurs de gorge Haouweitat s'étaient glissés dans les tranchées et, au signal de Lawrence, ils avaient massacré les imbéciles. Le lendemain matin, prise de panique, la garnison d'Akaba s'était rendue sans coup férir.

A l'annonce du désastre, Murat avait hâtivement rassemblé une colonne de sauvetage avec laquelle il s'était mis en route pour Akaba. Il n'y avait que des cavaliers avec quelques mitrailleuses tirées par des chevaux. Impossible d'emporter des canons pour des expéditions de cette sorte. Après avoir passé le Jourdain, il avait pris près d'Amman un train spécial qui les avait transportés par le chemin de fer du Hedjaz jusqu'à la ville de Ma'an, à quelque quatre-vingts kilomètres d'Akaba. Malheureusement, non loin de Ma'an, Lawrence les attendait.

Ses Haouweitat avaient monté une embuscade dans les montagnes rocheuses d'Edom ; les Bédouins avaient lancé un assaut meurtrier au moment où le détachement spécial de Murat était engagé dans la dernière gorge sinueuse conduisant à la côte. Coincé dans le canyon, Murat ne pouvait même pas déployer ses forces. Pris sous un feu croisé, les mitrailleurs allemands avaient dû se réfugier dans des crevasses et sous des affleurements de grès.

Le combat s'était poursuivi au corps à corps, dans lequel Murat avait été blessé d'un coup d'épée à l'épaule gauche et d'une balle de pistolet au bras. Une centaine de ses hommes s'étaient alors courageusement rassemblés autour de lui pour le défendre, mais il avait dû s'enfuir à la faveur de la nuit. Leur retraite en direction de Ma'an avait été un véritable cauchemar avec les Haouweitat qui ne cessaient d'assaillir ses arrières. En inspectant ses unités à leur arrivée dans la ville fortifiée, il s'était rendu compte qu'il avait perdu près de la moitié de ses hommes.

Il s'était précipité dans le bureau du gouverneur militaire de Ma'an et avait télégraphié à Istanbul pour demander des troupes de renfort. Pour la première fois depuis le début de la guerre, il devait s'humilier en sollicitant l'aide de la bande des trois. Leur réponse avait été encore plus dégradante : « Envoyons division d'élite de Mustafa Kemal. » Murat avait failli s'étrangler de rage. L'infect roublard avait dû bien rire en recevant son télégramme au fond des douillettes alcôves du palais Domabahce. Enver Pacha, le nain mégalomane, ne le craignait plus depuis qu'il avait épousé la fille du sultan. Murat l'imaginait derrière son bureau importé de France, ses maigres fesses perchées dans un fauteuil importé de France, le torse scintillant de médailles et de rubans, son visage efféminé tout rouge de plaisir derrière la moustache allemande, en train de concocter contre lui d'humiliantes machinations avec l'aide, probablement, de ses comparses Talât et Izzat... « Et si on lui envoyait Mustafa Kemal ? » avait dû susurrer Enver le serpent, « il le déteste plus encore qu'il ne nous déteste. On pourrait lui flanquer un petit peu la trouille, non ? » Murat voyait les deux autres opiner vigoureusement. Et ils avaient envoyé le télégramme.

Ils avaient certes trouvé le meilleur moyen de l'atteindre, en lui envoyant son pire ennemi pour le seul plaisir de l'humilier. Ils avaient peut-être déjà choisi Kemal pour lui succéder. Istanbul allait applaudir sa désignation au poste de commandant de la Quatrième armée turque, dépêchée de toute urgence pour sauver Jérusalem des infidèles. Et dès que Mustafa Kemal aurait franchi les portes de la forteresse d'Acre, lui, Murat, deviendrait un seigneur de la guerre déchu, un traître à l'Empire, bon pour la Fontaine du Bourreau.

Il lui fallait agir, et, une fois de plus prendre l'initiative. Le cavalier solitaire qui avait franchi furtivement les lignes ennemies et poussé son cheval au grand galop au-delà des dernières hauteurs sablonneuses du Sinaï lui apportait peut-être une solution. La situation avait peut-être évolué au Caire.

Mais il avait d'abord à remplir son devoir de commandant suprême et à dispenser la justice ottomane. Il voyait du coin de l'œil soldats et officiers se hâter en direction de l'étendue de terrain plat transformé en champ de manœuvres. Le drapeau de l'Empire ottoman, rouge sang marqué de l'Étoile et du Croissant de Mahomet, se balançait en haut d'un mât improvisé. Des soldats étaient à présent alignés le long de trois des côtés du rectangle que délimitaient une vingtaine de torches fichées dans le sable. L'agitation se calma et Abdül parut auprès de lui.

— Ils sont prêts, pacha.

Il acquiesça, redressa le torse et s'avança solennellement dans l'enclos illuminé. Le vent secouait les flammes des torches qui vomissaient des essaims d'étincelles rouges vers le quatrième côté du rectangle, celui où se tenaient les officiers condamnés. Ils étaient immobiles, la tête baissée, les mains liées dans le dos. Le gros sur la gauche était le gouverneur militaire d'Akaba. Venaient ensuite son adjoint, un grand chauve, et les deux commandants de la garnison, un capitaine et un lieutenant. Lawrence avait fait un geste de générosité en envoyant les quatre hommes à Ma'an avec le drapeau blanc ; mais Murat était persuadé que l'Anglais cherchait surtout à démoraliser ses troupes en relâchant des témoins qui répandraient la vérité sur la reddition honteuse de la forteresse turque. Le commandant qui avait annoncé la sentence à Murat s'approcha et l'escorta cérémonieusement vers les prisonniers. Un des officiers condamnés, le jeune lieutenant aux cheveux très courts, éclata soudain en sanglots. Son voisin le réprimanda violemment, mais le jeune homme continuait de pleurer, la poitrine secouée de spasmes.

Murat s'immobilisa face aux quatre hommes.

— Vous avez été jugés par vos pairs selon la loi

ottomane, dit-il froidement. Vous avez été déclarés coupables et condamnés à mort. Votre recours en grâce a été rejeté. Vous n'êtes que des traîtres à votre peuple, votre sultan et votre Dieu. La mort est un châtiment trop doux pour le crime que vous avez commis.

Il fit un pas vers l'officier qui pleurait et il lui arracha ses insignes de grade. Le jeune homme leva vers lui un visage inondé de larmes, sa bouche tremblant violemment. Murat passa au deuxième et au troisième officier ; il leur arracha de même leurs insignes et les piétina sous ses bottes. Et il cracha à la figure du dernier homme, le gouverneur d'Akaba. L'officier ne bougea pas ; il avait les yeux fixes, le regard vague et indifférent.

Un court instant, Murat se vit à la place de cet homme, Enver lui arrachant de même ses pattes d'épaules. Cela risquait d'arriver, s'il perdait Jérusalem. Comme pour chasser ce noir pressentiment, il secoua la tête avec exaspération. Il s'écarta et fit un signe au commandant attaché à ses pas comme une ombre. L'officier leva la main et le peloton d'exécution marcha jusqu'au centre du terrain, fit un demi-tour et s'immobilisa face aux quatre traîtres. Murat observait les soldats, onze hommes, une expression de stupeur sur leurs faces livides. La bouche entrouverte, le Mongol le plus près de lui avait l'air totalement incrédule.

Le commandant lançait ses ordres calmement. Les soldats levèrent leurs fusils et mirent en joue les quatre prisonniers. L'un d'eux, le jeune lieutenant qui avait éclaté en sanglots, tomba soudain sur ses genoux ; la tête baissée, il marmonnait des sons incompréhensibles. Son voisin lui assena un coup de pied dans les côtes, mais le jeune homme continuait de gémir. Murat remarqua que le Mongol baissait légèrement son fusil ; pitié ou malignité ? Il n'aurait su le dire.

— Feu !

La décharge claqua d'un bout à l'autre du terrain

balayé par les vents. Les quatre hommes s'écroulèrent. Au milieu du tas de corps, l'un bougeait faiblement. Le commandant se pencha pour les examiner, puis il sortit son pistolet et, d'un geste théâtral, l'offrit à Murat. Murat prit le morceau de métal froid dans sa main ; il se pencha sur les mourants et tira le coup de grâce.

Devant sa tente, un grand Bédouin descendait d'un cheval harassé, les flancs luisants de sueur.

— Il est arrivé, Excellence, dit Abdül en prenant les rênes des mains du Bédouin.

L'homme s'avança vers Murat en défaisant le chèche protégeant son visage. Il avait l'air fatigué et il était couvert de poussière, mais Murat reconnut instantanément les traits de Von Traub.

— Bienvenue, comte, dit Murat courtoisement. Je me doutais que vous viendriez en personne.

Au moment de la perte d'Akaba, il avait envoyé un câble au commandant Kondrake en Suisse, pour lui demander d'avertir immédiatement Von Traub ; il avait besoin de savoir comment évoluait la situation au Caire.

D'un geste poli mais réservé Murat invita Von Traub à entrer dans sa tente. On lui avait amené le jeune Bédouin au corps de félin qu'il avait remarqué la veille, et le garçon vêtu d'une gallabeya immaculée les attendait. Il leur servit le thé à la menthe très sucré ; Murat sentit un chaud frémissement au creux de ses reins en observant les mouvements sinueux du jeune corps et le reflet des flammes sur le bronze lustré de sa peau. Il s'adossa aux coussins empilés sur les tapis profonds près du feu et ses yeux revinrent à Von Traub. La question lui brûlait les lèvres depuis l'instant où il l'avait vu descendre de cheval :

— Avez-vous des nouvelles pour moi ? Vous avez les plans ?

— Pas encore, répondit Von Traub.

— Merde ! lâcha Murat.

Puis, passant au turc, il débita tout un chapelet d'insultes. Cette sale Juive n'était arrivée à rien, alors. C'était la deuxième fois en l'espace de deux mois qu'il risquait sa tête à cause de cette sorcière.

— Je pense que vous avez intérêt à attendre encore un peu, pacha, dit Von Traub. Juste avant mon départ...

— Vous m'aviez promis des résultats rapidement, coupa-t-il rageusement.

— Elle a eu des difficultés à établir certains contacts, reconnut Von Traub.

— C'est vous qui avez eu l'idée de l'envoyer au Caire ! Je ne peux plus attendre. La situation est très grave. J'ai été battu par Lawrence, vous comprenez ? Moi, le gouverneur général de Palestine, le commandant en chef de la Quatrième armée turque, battu par une bande de va-nu-pieds conduits par un vague officier britannique. Ils sont à Akaba, à l'intérieur de mon territoire, et vous me conseillez d'attendre !

Il se tourna vers Abdül et dit :

— Appelle Nashashibi !

Il guetta la réaction sur le visage de Von Traub. Mais s'il était surpris de la présence de Nashashibi à quelque cent soixante kilomètres de son repaire de Naplouse, l'Allemand n'en montra rien. Nashashibi était un chef puissant dans la région des monts de Samarie et le principal agent de Murat dans la communauté arabe de Palestine. Murat l'avait fait venir du Nord en prévision de la rencontre de ce soir.

Abdül le fit entrer dans la tente. Nashashibi était petit et maigre. Il portait une gallabeya de soie et un keffieh de voile tenu par une torsade dorée. Il avait un visage de rapace avec les yeux noirs et étroits enfoncés dans leurs orbites, les joues creuses, le nez busqué. Avant de s'asseoir, il les salua selon la coutume en touchant son cœur et sa bouche. Ensuite il s'accroupit sur les coussins. Il jetait des coups d'œil méfiants vers Von Traub. Le jeune Bédouin lui versa du café ; après avoir échangé quelques phrases à mi-voix, celui-ci sortit hâtivement de la tente et revint avec un narghilé, que le Palestinien alluma avec des gestes habiles et précis.

— Si vous permettez, comte, dit Murat en anglais.

Puis il se tourna vers Nashashibi, qui tirait déjà sur la pipe à eau en émettant un lourd gargouillement. Une longue conversation en turc et en arabe s'engagea ; Murat traduisait parfois à l'intention de Von Traub les points les plus importants ; même s'il avait, une fois de plus, la nette impression que l'Allemand ne perdait pas un mot de tout se qui se disait en arabe.

— Il dit que tous les Arabes, d'un bout à l'autre de la Palestine, ont appris avec allégresse la victoire de Lawrence. Il a parlé aux Husseinis à Jérusalem, à ceux du clan Masri à Ramallah, aux familles Solh et Salameh à Jaffa, aux Bastounis à Haïfa. Tous lèvent déjà secrètement hommes et argent, et ils sortent les armes des caches. Ils rêvent d'indépendance et croient que si Lawrence conquiert la Palestine, il en fera un royaume arabe.

— Ils ont la volonté de se soulever contre les Turcs ? demanda Von Traub, les yeux mi-clos.

Murat traduisit la question.

— Ils complotent une rébellion dès que Lawrence aura atteint Beersheba ou le Jourdain, selon qu'il attaquera par le sud ou par l'est, bien sûr.

— Et si au lieu de Lawrence ce sont les Britanniques qui envahissent la Palestine ?

— Les Arabes se fient à Lawrence et aux guerriers hedjazis. Ils ne font pas confiance aux Anglais, traduisit Murat.

Von Traub hocha la tête de haut en bas et s'abandonna contre les coussins, les yeux fermés. D'un signe de la tête, Murat congédia Nashashibi. Le Palestinien se leva et sortit majestueusement de la tente. Murat garda le silence un moment. Puis :

— Je regrette d'avoir accepté pour la fille Mendelson, dit-il, la colère montant à nouveau.

Von Traub ne bougea pas, mais Murat savait qu'il écoutait.

— Ça fait plus d'un mois qu'elle est en Egypte, maintenant, poursuivit-il. Elle n'est arrivée à rien du tout. Ça ne va pas ça. Je vais envoyer quelqu'un d'autre au Caire.

— Et la femme ? demanda Von Traub.

Murat fit un geste évasif. La Juive ne lui avait procuré que des ennuis. Il avait pourtant de la peine à chasser de son esprit le souvenir de son corps souple, de ses seins fiers. Il prit une profonde inspiration.

— Il faut la tuer, dit-il.

Von Traub ouvrit les yeux à regret.

— Pas tout de suite, dit-il. C'est un agent secret de talent. La semaine dernière je l'ai menacée et le lendemain elle a réussi à séduire un colonel australien qui a accès à tous les secrets de la campagne. J'ai vérifié avant de venir. Il peut nous être très utile.

— Son nom ?

— Saunders, Jeffrey Saunders.

— Saunders, répéta Murat. Elle est sa maîtresse ?

Von Traub haussa les épaules.

— J'imagine. Sinon, je me charge de la harceler jusqu'à ce qu'elle se traîne dans son lit. Il ne lui confiera ses secrets que si elle se donne à lui entièrement. En tout cas, ils sont inséparables en ce moment.

Il avala la dernière gorgée de son thé, puis il se leva en époussetant sa gallabeya.

— Je suis sûr que les plans de la campagne de Jérusalem n'ont pas encore été établis. Quand ils le seront, elle le saura. Et vous aussi.

Abdül aida Murat à se relever. Murat jura à cause de son bras blessé inutilisable. Puis, se radoucissant, il demanda :

— D'après vous, que doit-on faire maintenant, comte ?

— Je lui ai dit que nous tuerions son père si elle ne nous procurait pas les plans d'ici une semaine. Mais donnons-lui encore quinze jours. Dans deux semaines, qu'elle ait obtenu des résultats ou non, nous la tuerons... Je la tuerai.

Puis, sans laisser à Murat le temps de répondre :

— Pouvez-vous me fournir un cheval frais ? J'ai des choses à faire.

— Apporte-lui un cheval, dit Murat à Abdül qui sortit en courant de la tente. Vous retournez au Caire ? demanda-t-il, effaré. Tout de suite ?

— Non, répondit Von Traub en se dirigeant vers l'ouverture de la tente. Je vais passer quelques jours en Palestine, ensuite je partirai.

Il ne précisa pas le lieu de sa destination.

Murat échangea un regard rapide avec le jeune Bédouin, et le garçon s'accroupit près du feu, ce qui voulait dire qu'il l'attendrait. Murat éprouva au creux de son ventre une délicieuse crispation en songeant à la peau de satin du jeune homme. Dehors, Abdül fixait la selle de Von Traub sur un alezan arabe. L'aube était imminente, et une faible incandescence rose teintait le ciel à l'est. Venant du campement des Bédouins, montaient des bêlements de moutons et des éclats de voix gutturales. Deux vautours tournaient déjà au-dessus du troupeau.

Murat attendit que Von Traub fût sur son cheval, puis il saisit les rênes avec sa main valide. Il avait une petite surprise en réserve pour l'Allemand.

— Ça n'a pas grande importance, dit-il avec une indifférence étudiée, mais il vaut peut-être mieux que vous le sachiez. Le vieux Juif, Mendelson, est mort dans sa cellule la semaine dernière.

— Quoi ? s'exclama Von Traub, soudain livide. Il est mort ? Comment ?

— La prison d'Acre ne lui convenait pas trop, je crois, dit Murat en riant. Mais vous ne le direz pas à la fille, surtout ?

Le comte Von Traub le considérait d'un air stupéfait. Enchanté d'avoir eu le dernier mot, Murat se remit à ricaner. Ce n'était qu'une toute petite revanche pour le chantage de Von Traub une certaine nuit à Acre. Murat gifla la croupe du cheval, qui s'ébroua.

La vieille locomotive de fabrication allemande poussa un sifflement éraillé, ses pistons grincèrent furieusement, et enveloppée de fumée grise, elle entra en haletant dans la gare de Jérusalem. Les six wagons s'immobilisèrent avec un long cri strident. Bousculade, brouhaha, débauche de couleurs des foules orientales, plusieurs centaines de voyageurs jaillirent des voitures et se déversèrent sur le quai, puis dans la gare au toit plat, construite avec la pierre jaune pâle de Jérusalem. Des porteurs arabes aux pieds nus assaillirent les passagers de première classe : officiers turcs, fonctionnaires, dignitaires ecclésiastiques et quelques Européens. Un des porteurs, toutefois, demeura à l'écart du tumulte. En gallabeya marron crasseuse et keffieh à carreaux rouges, il était assis jambes croisées, à la manière arabe, à même la pierre du quai. Il observait d'un air indolent la foule de fermiers juifs, de fellahs palestiniens et de Bédouins à la peau sombre, qui se répandaient des wagons de deuxième et de troisième classe.

Il ne cilla même pas lorsqu'un grand Arabe portant la gallabeya brodée des Syriens descendit les marches en boitant et s'immobilisa près de lui pour allumer une cigarette roulée à la main. Le voyageur traversa la gare étroite et sortit dans la rue inondée de soleil, tandis que le porteur lui emboîtait discrètement le pas. Fumant sa cigarette, le Syrien regarda tranquillement la foule se disperser puis, lorsque le dernier fiacre se fut éloigné, alors seulement il se retourna.

— Ça fait du bien de te voir, frère, dit Maimon en hébreu.

Le jeune homme tourna la tête à gauche et à droite, puis il se jeta sur Maimon pour le serrer dans ses bras.

— C'est bien toi ! Je n'arrive pas à y croire, chuchota-t-il d'une voix enrouée.

Ses yeux étaient remplis de larmes.

— Eh bien alors, marmonna Maimon gauchement.

Regardez-moi ça ! J'ai quitté un enfant et je retrouve un géant. Les nouvelles sont bonnes ?

— Excellentes, répondit son jeune frère. Mère ne se sent pas très bien ces temps-ci, mais ça va s'arranger. Elle t'embrasse très fort. Elle sait que tu ne pourras pas venir à la maison.

Maimon soupira.

— Même le quartier, il faut que je l'évite.

— La police est chez nous une fois par semaine, reprit son jeune frère. Ils demandent après toi. Ils crient et menacent, cassent un peu de vaisselle. Une ou deux fois, ils ont tapé l'un de nous... alors on paie le bakchich et ils s'en vont. Jusqu'à la prochaine fois, bien sûr. Et toi alors ? C'est bien Le Caire ?

— Superbe, grommela Maimon.

Puis, n'y tenant plus, il demanda :

— Vous l'avez trouvé, Abner ? Pour de vrai ?

Son frère hocha la tête de bas en haut.

— Herr Von Traub ne fait plus un pas à Jérusalem sans un des frères Maimon collé à ses trousses.

— Et pour l'instant, où il est ?

— Au palais du gouverneur, sous la surveillance de Samuel.

— Très bien, dit Maimon.

Abner était encore un enfant, mais on pouvait compter sur le sérieux de Samuel, leur frère aîné. Il avait travaillé plusieurs années comme éclaireur clandestin pour l'organisation juive de défense ; et personne n'avait jamais réussi à le semer. Par ailleurs, il connaissait Jérusalem comme sa poche.

— Parle-moi du Caire, dit Abner, une étincelle dans ses doux yeux bruns. C'est vrai qu'un zeppelin allemand a lâché une bombe sur le palais du sultan ? Tu l'as vu ?

— Non, je ne l'ai pas vu. Allons-y, maintenant.

Il prit la rue en pente montant vers le moulin Montefiore face aux remparts de la vieille ville. Sa famille lui manquait et il aurait volontiers passé l'après-midi entier à discuter avec son frère. Mais il n'avait pas de temps à consacrer aux bavardages.

Déguisé en marin syrien, il avait accosté sur une rive déserte au sud de Jaffa dix jours auparavant ; puis il avait gagné l'intérieur sans encombre en évitant les patrouilles turques. Depuis, il parcourait le pays pour vérifier les informations fragmentaires qui avaient atteint le service de Saul au Caire.

La situation était pire qu'il ne l'avait imaginée. Murat semblait résolu à réduire à néant la communauté juive avant la fin de la guerre. Les prisons étaient remplies d'otages, dont un certain nombre attendaient déjà à Damas l'exécution capitale. Deux jeunes qui avaient tenté d'entrer en contact avec les Anglais pourrissaient sur les potences de la grande place de Damas. Murat avait imposé un lourd tribut et des restrictions draconiennes aux villages juifs ; des enfants de paysans mouraient de faim. Il fallait libérer la Palestine avant la fin de la guerre, se disait sombrement Maimon, ou il ne resterait rien de la communauté juive.

Il avait cependant passé le plus clair de son temps à la recherche d'une trace du mystérieux espion allemand dont parlait la rumeur et qui avait peut-être envoyé la femme au Caire. Maimon était allé à Jaffa, Haïfa, Acre et Nazareth, et il avait mis en action à travers tout le pays un ample réseau d'amis, de parents et de connaissances. Deux de ses frères vivaient à Jérusalem, un autre à Jaffa ; il avait des cousins à Haïfa et à Tibériade, des amis un peu partout. La plupart travaillaient dans divers services du gouvernement, d'autres fournissaient l'armée ; dans les grandes villes il avait posté des gens — des Bédouins pour la plupart, des Arabes ou des Juifs habillés en Arabe — devant les sièges gouvernementaux ; ils avaient pour instruction de repérer et de surveiller les allées et venues de tous les civils et officiers allemands.

La première bribe de renseignement était venue d'Acre ; une ancienne femme de ménage arabe dans les quartiers privés de Murat Pacha disait qu'un Allemand, un bel homme, grand et blond, rendait visite à Murat aux heures les plus indues et toujours habillé différemment — en Bédouin, en fellah, en Européen. Il n'était venu qu'une fois dans l'uniforme de l'armée allemande. Un autre indice était venu de Jaffa, où un employé de bureau du quartier général de district avait entendu quelqu'un parler du conseiller allemand de Murat, un certain Von Taub ou Von Taur.

Le troisième morceau du puzzle avait été fourni par un Arabe chrétien qui avait purgé une peine de prison dans la forteresse d'Acre. Une nuit, il avait vu Murat marcher dans la cour intérieure en compagnie d'un homme, grand et blond, habillé en Arabe. Ils parlaient une langue étrangère, qui n'était ni le turc ni l'arabe.

Et c'était tout ; après cela aucun autre indice ne lui était parvenu. Mais Maimon avait désormais la certitude que Murat avait un conseiller allemand, lequel tirait peut-être les ficelles de l'opération du Caire. Mais qui était-ce ? Mystère. On ne savait ni où il vivait ni où il travaillait. Aucun de ses guetteurs postés devant les palais du gouverneur des diverses villes ne l'avait encore aperçu. Maimon commençait à perdre espoir ; puis, la veille, il avait reçu à Jaffa, de son frère Samuel, un mot hâtivement griffonné : « Ton ami blond te salue bien. Prends le train de demain pour Jérusalem. »

— Comment l'avez-vous déniché ? demanda-t-il à son petit frère.

Il fit une halte au sommet de la colline pour reprendre son souffle. Deux soldats turcs passèrent près d'eux. L'un parlait avec animation, l'autre dévorait à belles dents un concombre trop mûr avec un morceau de fromage blanc et sec. Des miettes de fromage s'accrochaient à sa moustache.

— On a eu de la veine, dit Abner lorsque les Turcs se furent éloignés. Tu connais le Saraya, c'est le palais du gouverneur.

Maimon hocha la tête. Le palais du gouverneur turc était un ancien caravansérail. La cour extérieure était ouverte au public et perpétuellement envahie d'une foule de requérants, de gens attendant les commis turcs, de marchands ambulants et, même, de diseurs de bonne aventure. Autrefois, dans son enfance, il y avait dans la cour extérieure du Saraya un conteur aveugle, un Arabe de Hébron, qui racontait les histoires les plus captivantes du monde.

— On s'est relayé Samuel et moi devant l'entrée du Saraya. Et après trois jours... on a vu arriver un Bédouin sur un cheval magnifique. Il est allé tout droit au portail de la cour intérieure. Vraiment pas ordinaire, tu ne trouves pas ?

— Hum, hum, grommela Maimon.

Ils approchaient de la muraille de la vieille ville. Les rues non pavées étaient de plus en plus animées. Une patrouille turque passa près d'eux et un des officiers regarda Maimon avec un froncement de sourcils.

— Parle pas trop fort, dit Maimon à Abner.

— Les gardes ont arrêté le Bédouin à l'entrée, poursuivit Abner. Les civils n'ont pas le droit d'entrer dans la cour intérieure... encore moins les Bédouins à cheval. Pourtant celui-là s'est penché vers les gardes et il a enlevé son chèche. Il était blond !

Abner avait dans les yeux une lueur triomphale.

— Tu te rends compte ? Un Bédouin blond ! Et les gardes l'ont tout de suite laissé entrer. Ça ne pouvait être que notre homme.

— Pas si sûr, dit Maimon.

— Samuel a demandé à un de ses amis du Saraya de faire une petite enquête. C'est un Circassien, employé aux écuries. Il est venu nous dire que le type est allemand et qu'il s'appelle Von Traub.

Rassuré, Maimon hocha la tête. Un autre groupe de soldats turcs parut au coin de la rue. Jérusalem était plus étroitement surveillée qu'il ne l'avait pensé.

— C'est pas tout, dit le jeune homme. Après t'avoir expédié le message, il y a deux nuits, on a vu l'Allemand sortir du Saraya. A pied. Et toujours habillé en Bédouin. Il essayait vraiment de ne pas se faire remarquer, et il n'arrêtait pas de vérifier s'il n'était pas suivi.

— Tu es sûr ? demanda Maimon.

Sa jambe le faisait souffrir et il fit une halte.

— C'est à cause de ta blessure de guerre ? Tu l'as tué le Turc qui t'a fait ça ?

— Je t'ai demandé si tu es sûr que Von Traub..., coupa Maimon.

Puis il se tut : Abner n'était encore qu'un gamin, après tout. Le jeune homme releva le menton, l'air un peu vexé.

— Evidemment que j'en suis sûr. On n'est pas tombés de la dernière pluie Samuel et moi.

Maimon sourit.

— D'accord. Et alors ?

— On a suivi l'Allemand. Il est entré dans la vieille ville et il en est ressorti, il a fait plein de tours et de détours, tout ça en regardant derrière lui sans arrêt. Et tu sais où il a atterri ? Je te le donne en mille.

— Où ça ?

— Dans une grande maison de la colonie des Templiers, annonça Abner. Et depuis il y retourne tous les soirs.

Maimon s'assit sur une grosse pierre près d'un chantier abandonné. L'Allemand pouvait-il être un Templier ? Les Templiers étaient une secte allemande qui croyait à la fois à l'Ancien et au Nouveau Testament. Ils avaient émigré en Palestine quelque cinquante ans auparavant et avaient construit à la périphérie des grandes villes des quartiers rustiques. Ils formaient une communauté profondément religieuse et industrieuse qui avait prospéré sur la Terre sainte comme tenanciers d'hôtels, fermiers ou commerçants. Certains étaient devenus furieusement nationalistes après la visite en Palestine de l'empereur allemand ; à la déclaration de la guerre, ils avaient rejoint les armées allemandes et turques. Mais une autre fraction de la communauté avait adopté une position différente. Ils croyaient dans le lien entre le peuple juif et la terre d'Israël ; convaincus que la domination islamique était le principal obstacle au retour des Juifs dans leur patrie, ils avaient refusé de collaborer avec les Turcs. Cette fraction des Templiers était hautement suspecte aux yeux des Turcs et soumise à de sévères restrictions.

Von Traub appartenait donc à la fraction nationaliste, se dit Maimon. Il avait entendu parler d'un certain nombre de Templiers connaissant l'arabe, qui sillonnaient le Moyen-Orient depuis le début de la guerre ; ils s'efforçaient d'amener clans arabes et tribus bédouines à s'allier avec Murat Pacha. Von Traub pouvait être un Lawrence allemand, qui avait coiffé le chèche et revêtu la gallabeya pour défendre les intérêts de son empereur.

Abner le considérait d'un air soucieux.

— Comment te sens-tu ? demanda-t-il. On peut y aller maintenant ?

— Où donc ? Au Saraya ?

— Non, il est trop tard pour ça. A cette heure du jour, Herr Von Traub doit être en route pour la colonie des Templiers.

Maimon leva les yeux. Les derniers rayons du soleil quittaient les ors de la Coupole du Rocher, la somptueuse mosquée dominant la vieille ville. Les ombres du soir s'étiraient sur la pente descendant vers le jardin de Gethsémani ; elles déposaient des teintes sourdes sur les dômes de l'église de Toutes-les-Nations, construite dans le style d'un temple romain. Les carillons des églises de Jérusalem faisaient retentir leur musique dans les vallées et les gorges entourant la ville.

— Eh bien, dit Maimon, allons-y.

Pourquoi ne pas tenter de découvrir immédiatement où Von Traub passait ses nuits ? Voilà qui jetterait peut-être quelque lumière sur l'insaisissable Allemand. Le crépuscule enveloppait déjà Jérusalem lorsqu'ils arrivèrent à la colonie des Templiers. Le quartier ressemblait à une petite ville européenne. Les rues, droites et pavées, étaient bordées de maisons construites dans le style du sud de l'Allemagne, avec des toits de tuiles rouges, des volets verts, des buissons de roses et des bouquets d'arbres dans les jardins bien soignés. Des enfants appelés Hans, Rudi, Gretel et Inge jouaient dans les cours et bavardaient gaiement en allemand. Maimon fut soudain transporté de nombreuses années en arrière, à l'époque où sa famille vivait dans une maison isolée en haut de la colline et où il venait jouer avec les enfants des Templiers.

Ils trouvèrent Samuel habillé en fellah palestinien, assis sous un olivier sur un bout de terrain vide. L'endroit avait été transformé en marché découvert, et des groupes d'Arabes, des femmes pour la plupart, proposaient des produits frais aux ménagères habillées à l'européenne. Grâce aux fellahs, Samuel pouvait passer inaperçu. Maimon serra la main de son frère aîné. Aussi grand que ses frères, Samuel avait le visage émacié avec un menton solide et des yeux vert sombre. Obligé de faire passer dans un simple regard toute l'affection et toute la peine accumulées en trois ans de séparation, les deux hommes se scrutèrent intensément. Toute effusion aurait immanquablement attiré l'attention de la foule des commères autour d'eux.

— On parlera plus tard, dit Maimon, un léger tremblement dans la voix. Montre-moi juste où il est.

Samuel indiqua une maison à un étage plus bas dans la rue.

— D'ici on est sûr de le voir, même s'il sort dans le noir.

— Très bien, dit Maimon. Allez-y maintenant. Je vais rester. Je vous verrai demain au Saraya.

— Mais..., commença Samuel.

— S'il te plaît. On est trop près de lui pour prendre des risques. Trois personnes traînant par ici seraient trop visibles. Je vais rester seul, ça vaut mieux.

Samuel acquiesça et partit avec Abner. Maimon les regarda s'éloigner, le cœur soudain empli de tendresse. Ses deux frères risquaient spontanément leurs vies pour lui uniquement parce qu'il le leur avait demandé. Ah ! c'est quelque chose les Maimon, pensa-t-il avec fierté. On est un peu frustes et guère instruits, mais on se tient les coudes.

Ses frères hors de vue, il s'assit, adossé au tronc fendu de l'arbre. Les paysans arabes empaquetaient leurs marchandises et s'en allaient, certains jetant des regards étonnés sur Maimon. Il ne bougeait pas, et bientôt sa silhouette immobile se fondit dans l'ombre noire de l'arbre. Il mourait d'envie de fumer une cigarette mais préféra s'abstenir. Les heures s'écoulèrent avec lenteur ; harassé, il résistait avec peine au désir de s'allonger pour dormir un moment. Le quartier tout entier sombra progressivement dans un silence entrecoupé par les aboiements des chiens.

Il était plus de minuit lorsque la porte de la grande maison s'ouvrit ; une haute silhouette parut sur le seuil. Un peu vacillant, Maimon se leva. En dépit de sa jambe blessée, il traversa la rue sans un bruit et, protégé par la haie touffue, il put s'approcher de la demeure. Un parfum plaisant émanait des arbustes à petites feuilles. Prudemment, il s'avança de quelques mètres encore. Alors il vit Von Traub.

Sur le seuil de la maison, l'homme, grand et blond, en costume bédouin, parlait à mi-voix avec une personne hors du champ de vision de Maimon. Mais de l'endroit où il se trouvait, Maimon voyait nettement le profil émacié de Von Traub, sa bouche mince, ses cheveux blonds et courts. Après quelques chuchotements, Von Traub éleva la voix. Il prononça une dernière phrase, puis il s'en fut et la porte se referma derrière lui.

Enfoncé dans la haie, retenant son souffle, Maimon regardait avec stupeur la haute silhouette s'éloigner d'un pas rapide dans la rue. Il ne parlait pas l'allemand mais en avait suffisamment appris lors de ses jeux d'enfants pour comprendre la dernière phrase prononcée par Von Traub.

— Au revoir, mère, avait dit le conseiller de Murat.

Von Traub parti, Maimon gratta une allumette pour lire le nom inscrit sur la plaque près de la porte. Il secoua la tête d'un air effaré.

— Ça, c'est trop fort, murmura-t-il.

CHAPITRE 11

Ruth coucha avec Jeffrey Saunders le sixième soir après leur première sortie. Elle le fit consciemment et délibérément, la rencontre avec Von Traub à Masr el-Qadimah ayant balayé toutes ses hésitations. Elle le fit comme si ce n'était pas elle mais quelqu'un d'autre... un témoin, une spectatrice regardant avec détachement une étrangère exécuter une scène d'amour face à un partenaire sans visage.

Ce n'était pas elle qui répondait aux baisers passionnés de l'Australien dans sa chambre à coucher blanche, dont les rideaux de dentelle et les couvertures de satin brillaient dans la clarté de la lune. Ce n'était pas elle qui le laissait la déshabiller fiévreusement, caresser ses seins de ses doigts tremblants et glisser sa main entre ses cuisses offertes. Ce n'était pas elle qui nouait ses jambes autour de lui, l'attirait, lui ouvrait son corps et, grimaçant de douleur, le sentait s'enfoncer en elle et la déchirer... C'était une autre femme, se répétait-elle, pas Ruth Mendelson, la petite fille de Boston, la romanesque jeune fille du mont Carmel, la fille du professeur, la grande sœur de Gédéon... la femme amoureuse de Saul Donsky.

Quand elle avait senti la dernière secousse au fond d'elle, et le sang chaud de sa virginité perdue s'écoula sur sa peau, elle n'avait pu feindre plus longtemps. Les larmes contenues entre ses paupières serrées avaient jailli et repoussant Saunders, elle avait enfoui son visage dans les oreillers. Jamais elle n'avait ressenti un tel désarroi, un tel dégoût d'elle-même, ni ce désir de mourir pour que cesse l'ignoble mascarade.

— Que se passe-t-il, chérie ? demanda Saunders en se redressant sur le coude.

Alors seulement il remarqua la tache sombre qui s'élargissait sur le drap.

— Mon Dieu ! s'exclama-t-il. Est-ce possible, Mary ? Je ne savais pas !

Il la prit tendrement dans ses bras, embrassa son cou et son visage inondé de larmes.

— Alors j'étais le premier. Je ne savais pas, dit-il l'air désemparé. As-tu très mal ? Tu veux que j'aille chercher une serviette ?

Le visage dans l'oreiller, elle pleurait toujours ; alors il se laissa glisser au sol à côté d'elle et appuya la tête dans le creux de son épaule.

— Mon Dieu, Mary, tu as fait ça pour moi. Tu ne le regretteras pas, mon amour, je te le jure.

Il garda le silence un moment, puis il murmura :

— Tu sais... je pensais que tu avais eu d'autres amants avant moi, et que je n'étais rien qu'un flirt pour toi.

Cela avait commencé comme un simple flirt, en effet, lorsqu'elle lui avait téléphoné à son bureau la semaine précédente. Elle lui avait rappelé son invitation à une promenade à cheval, et il s'était empressé de la renouveler. Ils s'étaient retrouvés le lendemain matin sur la terrasse du Mena House. Sa jument blanche et un jeune cheval arabe attendaient à l'ombre d'un arbre plus bas sur la route, surveillés par son aide de camp.

— Quelle amazone ! avait-il dit galamment en la voyant paraître sur la terrasse.

Elle portait une casquette de velours, un chemisier

de soie blanche, des culottes de cheval beiges et de hautes bottes noires. Lui était habillé comme le jour de leur première rencontre, avec une simple chemise de coton et des culottes de cheval brunes ; ses cheveux blonds balayaient son front large au-dessus des yeux gris et sereins.

Elle lui avait souri.

— C'est à vous, colonel, vous vous souvenez ?

Elle lui avait tendu le foulard qu'il lui avait donné après leur collision sur la route. L'air d'abord étonné, il s'était mis à rire.

— Je n'oublierai jamais cette première vision que j'ai eue de vous, à quatre pattes sous la capote noire.

Puis, levant les yeux vers le ciel d'un bleu limpide :

— Très belle journée pour monter. Où avez-vous envie d'aller ? Aux pyramides, puis vers le sud, peut-être ? On pourra déjeuner légèrement sur la route un peu plus tard.

— Oui, mais avant je veux réaliser un très vieux rêve, avait-elle dit en se tournant vers le serveur. Avez-vous encore de cette boisson parfumée à la menthe ?

— Une menthe à l'eau ? avait dit le serveur en français sans l'ombre d'un accent. Mais, bien sûr, mademoiselle.

— Menthe à l'eau ? avait demandé Saunders. Qu'est-ce que c'est que ça ?

Elle lui avait raconté cet épisode de son séjour au Caire en changeant seulement quelques noms, des dates et certains événements. Aussi près de la réalité que possible, avait conseillé Von Traub. Saunders l'écoutait avec un sourire amusé. Le serveur apporta la bouteille verte et deux hauts verres presque remplis d'eau glacée. Les yeux fermés, elle but une gorgée. Soudain émue, elle rouvrit les yeux ; elle ne voulait pas se souvenir. Saunders porta le verre à ses lèvres avec circonspection, puis il sourit.

— Votre potion est tout simplement magique, avait-il dit. Voilà, vous m'avez ensorcelé.

Un moment plus tard, ils étaient en grande conversation tandis que s'établissait entre eux une joyeuse camaraderie. Il n'y avait aucune tension, parce que peut-être, même s'il ne le savait pas, tout était joué d'avance ; elle était déterminée à lui donner ce qu'il n'osait pas encore espérer.

Ils avaient pique-niqué près des pyramides, puis s'étaient retrouvés pour le dîner et avaient fini la soirée au Schéhérazade. Le lendemain après-midi, ils étaient allés au musée ensemble et avaient pris le thé au Shepheard's. Le jour suivant, un dimanche, il l'avait emmenée au bord du Nil, où une grande felouque les attendait déjà chargée en ravitaillement et en boissons pour une excursion le long du fleuve. Ce soir-là, au retour, à l'heure où le crépuscule teintait la ville en violet, ils s'étaient embrassés pour la première fois. Le visage de Saunders s'était fait grave et son regard songeur. Et elle avait compris, selon l'expression vulgaire de Sabine de Ponthieu, qu'il était « mûr ». Il la désirait ardemment. C'était le moment d'attaquer.

Jusque-là, en dehors des bavardages sur les menus événements mondains du Caire, leur principal sujet de conversation avait été Jeffrey Saunders lui-même. Elle l'avait incité sans aucune difficulté à parler de lui-même, ce qui ne lui déplaisait manifestement pas. Il lui avait dépeint son enfance dans la grande propriété familiale du Victoria, ses années d'études à Sydney, puis l'école militaire en Angleterre, à Sandhurst, et son retour au pays. Il lui avait parlé de son ascension dans la hiérarchie militaire et des exploits grâce auxquels il était devenu, à trente-sept ans, un des plus jeunes lieutenants-colonels de l'armée britannique. Mais il avait aussi longuement évoqué son pays auquel il semblait très attaché... Les étendues infinies de l'Australie, les coutumes séculaires des aborigènes, les plaines luxuriantes et les forêts de la Nouvelle-Galles du Sud, les plages vierges du Queensland, la féerie de la Grande Barrière de Corail, les animaux étranges et les oiseaux peuplant le continent gigantesque et inexploré.

Elle l'écoutait avec un réel plaisir. Il y avait en lui un enthousiasme contenu, une flamme, qui en faisaient, si on savait les réveiller, un conteur fascinant. Cependant, le sujet préféré de Saunders était la guerre, sa guerre ; et sa détermination à accéder au sommet de la hiérarchie militaire. Il était intarissable sur le général Chauvel, commandant des corps montés du désert, et sur le général Donald Cameron, son supérieur direct. L'avenir de sa carrière militaire dépendait de son succès dans l'imminente campagne palestinienne et dans la bataille décisive pour la prise de Jérusalem.

Sentant la passion naissante chez Saunders et son désir de l'impressionner, Ruth avait jugé le moment propice de le lancer à nouveau sur la question de Jérusalem.

— Mon oncle est pasteur, à Calgary, vous savez, improvisa-t-elle. Je n'ai jamais vu de croyant plus fervent. Il m'écrit qu'il prie tous les matins pour la libération de Jérusalem au cours de cette guerre.

Et avec un sourire :

— Dois-je lui annoncer que ses prières seront bientôt exaucées ?

Elle avait vu juste. Saunders, qui avait jusqu'alors montré quelques réticences à approfondir ce sujet, lui avait fait le récit détaillé de la grande controverse opposant Lawrence et Allenby. C'est ainsi qu'elle avait eu connaissance du débat qui avait commencé lors de la réunion de l'état-major impérial, et qui agitait à présent les quartiers généraux de division et de régiment de tout le corps expéditionnaire d'Egypte : qui prendra Jérusalem ? Allenby et ses Anzacs ? Ou Lawrence et ses Bédouins ?

Elle n'eut pas à demander quelle était la position de Jeffrey Saunders. Si on reléguait Allenby au second plan et confiait à Lawrence la libération de la Palestine, les chances de Saunders de se distinguer dans la dernière grande campagne du Moyen-Orient se réduisaient à néant. Elle comprenait donc ce qui faisait de lui un partisan acharné d'Allenby dans sa controverse avec le charismatique, et très gênant, commandant Lawrence.

— Mais au fait, je viens juste de penser à quelque chose, avait-il dit soudain comme la felouque abordait le long du quai de pierre de l'île de Gézireh.

Le soir tombait et les eaux avaient la teinte sourde du plomb. Une multitude de libellules voletaient au ras des vagues.

— Vous pouvez rencontrer Lawrence et Allenby ensemble, si vous le souhaitez.

— Ah bon ? avait-elle dit, l'air sincèrement intéressée. Comment ?

— Le haut-commissaire donne un dîner de gala dans quelques jours à l'hôtel Impérial. Je serai à la table du Taureau...

— Le Taureau ?

Il avait souri.

— C'est le surnom d'Allenby. Vous comprendrez en le voyant. D'ailleurs, Lawrence aussi sera à la table d'Allenby. Il vient juste de rentrer d'Akaba.

— Et je pourrai lui parler ? avait-elle dit dans un souffle.

En riant il l'avait aidée à sauter sur le quai.

— On sera vingt-quatre ou vingt-cinq à la table. Mais qui sait, avec de la chance...

— J'ai déjà de la chance, avait-elle murmuré en glissant la main dans la sienne.

La somptueuse salle de bal de l'Impérial était illuminée. Les lourds candélabres de cristal munis de centaines d'ampoules électriques scintillaient au-dessus des tables ; l'argenterie, les coupes à champagne et les diamants des femmes étincelaient. Hommes en tenues de cérémonie et smokings blancs, femmes en robes de soirée, les bras nus et le cou orné de joyaux... une foule rutilante se pressait pour l'événement de la saison : le dîner du haut-commissaire. Les maîtres d'hôtel indiens couraient entre les tables, secondés par des Egyptiens en sarouals et vestes gansés. Les convives qui convergeaient lentement vers les tables comprenaient essentiellement des officiers supérieurs du corps expéditionnaire, les ambassadeurs et leurs épouses, des hommes d'affaires établis au Caire et quelques fonctionnaires égyptiens du palais du vice-roi. Un grand portrait du roi George V, une expression martiale sur le visage, ornait le mur du fond entre deux Union Jacks artistiquement drapés. Un orchestre militaire, tuniques rouges et pantalons blancs, était perché sur une estrade et jouait des valses anglaises et des grands airs d'opéras français et italiens.

— Ils ont supprimé les valses viennoises du programme, lui souffla Jeffrey Saunders avec un sourire amusé. Ils disent qu'il serait mal venu de jouer de la musique autrichienne en pleine guerre.

Il l'escorta jusqu'à leur table. En dépit de la situation dramatique dans laquelle elle se débattait, Ruth était très impressionnée par tant d'apparat, et par le fait d'être admise. Elle était toutefois gênée par les regards qui convergeaient vers elle depuis les différentes tables. Elle portait une nouvelle robe de soirée blanche, ressemblant à celle qui avait été déchirée le soir où le commandant Flaherty avait failli la violer. Sabine de Ponthieu la lui avait presque enfilée de force en proclamant que le blanc lui seyait à ravir. La Française lui montrait plus d'égards depuis qu'elle sortait avec Jeffrey Saunders. En prêtant l'oreille aux visqueuses flatteries qui suintaient entre ses lèvres rouges, Ruth avait cru comprendre que Von Traub était lui aussi content d'elle et disposé à lui accorder un délai supplémentaire de quelques jours.

Ce soir-là, Sabine s'était attardée dans son appartement en prétendant vouloir l'aider à s'habiller. Elle avait échangé quelques formules de politesse avec Saunders, qu'elle avait déjà rencontré une première fois ; et elle n'avait pas cessé une seconde d'observer le jeune lieutenant-colonel empressé auprès de Ruth et la dévorant du regard. En lui attachant son collier de diamants, Sabine avait chuchoté dans l'oreille de Ruth : « Il est prêt. » Si elle avait su...

Longs regards, sourire tendu, baiser volé derrière le cocher du fiacre, il lui avait tenu la main tout le long du trajet pour l'Impérial ; il ne la lui avait même pas lâchée en descendant du fiacre, en sorte qu'elle n'avait pas pu mettre ses gants blancs montants. La passion de Saunders devait être trop visible, s'était-elle dit, en remarquant les yeux écarquillés et l'expression curieuse sur le visage noir du portier, un grand Nubien, qui les avait salués à l'entrée de l'hôtel.

Le général Allenby s'inclina galamment lorsque Saunders la présenta. Ruth se souvint alors du surnom « le Taureau » utilisé par Jeffrey. Cette expression ne lui rendait pas justice, se dit-elle. Une grande force émanait de sa silhouette massive et de son visage ouvert et déterminé. Les yeux pénétrants, le nez large, le menton solide, tout cela dégageait une grande assurance et beaucoup d'autorité. Ruth prit sa place entre un exportateur de coton d'une politesse exagérée et un officier de l'armée de l'air taciturne. Elle jeta un coup d'œil alentour. La chaise juste en face d'elle était vide.

Une cuillère tinta sur une coupe en cristal à la table du haut-commissaire et l'on fit le silence dans la grande salle de bal. Le haut-commissaire se leva en épongeant avec un mouchoir blanc son front luisant de sueur.

— Mesdames et messieurs...

Il sortit une liasse de notes de sa poche et chaussa ses lunettes. Il s'éclaircit bruyamment la gorge, s'apprêtant à commencer son discours. Et c'est en cet instant d'immobilité et de silence absolus, les regards de plusieurs centaines d'invités étant tournés vers leur hôte, que les portes de la salle de bal s'ouvrirent sur Thomas Edward Lawrence.

Un frémissement parcourut l'assistance. Après une brève hésitation, le haut-commissaire commença son discours. Mais personne ne le regardait ni n'écoutait ses phrases fleuries. Tous les yeux étaient braqués sur l'homme à la mince silhouette qui s'avançait entre les tables, avec sur le visage une expression légèrement confuse, la traîne de sa gallabeya hedjazie balayant le sol derrière lui. Ruth était comme les autres captivée par son allure princière. Il avait revêtu pour ce soir-là une robe flottante de brocart cramoisi. Son keffieh de soie rouge était maintenu par la double torsade d'usage à La Mecque, ses tiges flexibles enroulées de fils de soie et fixées par des pommeaux en cuir de veau. De gros glands ornaient sa ceinture de cuir dans laquelle était glissé, comme à l'accoutumée, le poignard du chérif Hussein, le bien le plus précieux de Lawrence.

Un homme aux cheveux argentés et en habit noir parut à ses côtés comme par enchantement et le conduisit à la table d'Allenby. Lawrence avait le teint cireux, les traits tirés, la bouche crispée, mais Ruth fut profondément troublée par le magnétisme de ses yeux. Il souleva d'un geste élégant la traîne de sa gallabeya et s'assit à la place vacante en face d'elle. Lawrence la salua d'un hochement de tête, puis il se tourna vers Allenby, qui lui sourit, parfaitement à l'aise. De sa place, Ruth pouvait observer les deux hommes, et elle surprit des regards qui lui permirent de mesurer le choc formidable qu'entraînerait une confrontation entre ces deux personnalités.

Elle aurait été bien en peine plus tard de dire le contenu du discours du haut-commissaire, et tout le monde devait être dans son cas. On ne prêtait attention qu'au personnage insolite de Lawrence, lequel finit par baisser la tête, et demeura ainsi, immobile, jusqu'à la fin du discours. Il prit son repas en silence, interrompu une fois seulement par sa voisine de table, qui lui demanda ce qu'il avait mangé durant son expédition dans le désert.

— De la farine, madame, répondit-il poliment. Nous transportions de la farine et la faisions cuire avec de l'eau.

— Ah bon ? Pas de viande ?

— La seule viande dont nous disposions était celle de nos dromadaires, dit-il doucement. Nous ne pouvions pas manger nos montures en pleine guerre, tout de même.

— De la viande de dromadaire, dit la femme horrifiée.

Ruth retint un sourire. La femme ne leva plus le nez de son rosbif. Mais lorsque le plum-pudding fut servi, Ruth remarqua qu'elle se tortillait sur son siège en jetant des coups d'œil de biais à son illustre voisin.

— Commandant, parlez-nous de la conquête d'Akaba, lâcha-t-elle finalement.

Lawrence leva les yeux. A leur table, tout le monde se tut, y compris Allenby. Apparemment abîmé dans ses pensées, il garda le silence un moment. Puis ses yeux fixèrent un point imaginaire au-dessus de la foule et il parla :

— En route pour Akaba, nous avons attaqué à dos de dromadaires et pris la passe d'Aba el-Lissan. Nous avons tué trois cents Turcs et en avons capturé cent soixante. Nous avons perdu deux hommes seulement, un de la tribu Roualla et un Serahin.

Ruth s'aperçût qu'il ne répondait pas à la question de la femme ; il faisait le récit d'un événement qui n'intéressait que lui ; il avait manifestement oublié son auditoire.

— C'était une nuit de pleine lune, poursuivit Lawrence, et nous avons décidé de marcher sur Akaba. Nos dromadaires étaient fatigués ou blessés ; nous avons dû laisser derrière nous vingt prisonniers turcs incapables de marcher. Ils allaient mourir. Ils avaient froid. Je suis redescendu dans la vallée où la bataille avait eu lieu, à la recherche de vêtements ou de couvertures pour les blessés. La vallée était très paisible dans la lumière de la lune...

Il avait le regard vague, la voix douce, presque un murmure.

— Les cadavres étaient éparpillés partout, en tas. Ils étaient complètement nus. J'avais oublié que les

Bédouins se font un point d'honneur de déshabiller leurs ennemis morts pour porter leurs vêtements. Je me suis approché pour mieux voir les corps nus. Ils étaient admirablement beaux.

— Beaux, vous avez dit ? s'exclama un homme de l'autre côté de la table, et Lawrence fit oui d'un signe de tête, comme dans un rêve.

— Oui, dit-il. Les Turcs ont la peau très blanche, et dans la clarté de la lune, leurs corps avaient le lustre de l'ivoire neuf. Mais ils avaient l'air mal en point, les uns sur les autres en piles, leurs bras et leurs jambes emmêlés et tordus. Alors j'ai décidé de les mettre en ordre ; je suis allé de l'un à l'autre, dans toute la vallée, et je les ai allongés côte à côte, pour qu'ils reposent en paix dans la douce clarté de la lune. Ils étaient très jeunes, disait Lawrence, presque des enfants. Et j'ai soudain pensé qu'en fait j'aurais aimé être l'un d'eux, étendu à leur côté dans la vallée paisible, au lieu de retrouver mes hommes bruyants et querelleurs, qui allaient jour après jour charger et tuer, et se battre entre eux, pour le butin d'abord, et après pour le pouvoir et l'autorité. Je désirais être un de ces corps morts, car la mort attend de toute façon, et c'est elle la véritable gagnante, la seule certitude de notre vie.

Il se tut, et baissa la tête à nouveau. Un long silence gêné suivit. Un vieux général, de l'autre côté de la table, s'éclaircit la gorge.

— Ma foi, marmonna-t-il. C'est très extraordinaire.

Un mouvement parcourut la table et le silence se disloqua à mesure que reprenaient les conversations. Ruth regardait Lawrence. Elle imaginait l'Anglais à la fine silhouette, dans ses vêtements flottants, glissant comme un fantôme dans le paysage lunaire d'une vallée du désert, bougeant les corps avec précaution pour les allonger côte à côte, ses mains touchant doucement leur peau froide. Elle frissonna.

— Excusez-moi, mademoiselle.

Un serveur au teint basané se pencha au-dessus

d'elle pour ramasser son dessert laissé intact. Tout en prenant la coupe, il fit tomber d'un geste précis un morceau de papier sur ses genoux. Après un rapide coup d'œil autour d'elle, Ruth déplia le papier. Un message y était inscrit en une écriture vigoureuse et carrée. « Un danger vous menace. Allez aux toilettes pour dames immédiatement. Chaque seconde compte. »

Elle sentit le sang battre ses tempes et elle leva les yeux. Elle s'attendait à reconnaître le visage de Von Traub dans la foule. Il pouvait être un des serveurs ou même un convive. Rien ne pouvait plus la surprendre après les rebondissements de la semaine précédente.

Mais Von Traub ne semblait pas être là, et le message disait qu'il n'y avait pas de temps à perdre. Elle se leva.

— Excusez-moi, dit-elle à ses voisins de table avant de se diriger vers une porte latérale.

L'orchestre s'était remis à jouer et les gens bougeaient déjà entre les tables pour se dégourdir les jambes avant le café et le gâteau. Son départ passa inaperçu. Seul Jeffrey la suivait du regard d'un air étonné.

Sur la porte, on avait fixé un morceau de carton indiquant « Hors Service. Veuillez utiliser les toilettes du restaurant des Pyramides. » Elle tourna la poignée et la porte s'ouvrit. Elle entra. La pièce était plongée dans l'obscurité.

— Vite, mademoiselle Bartlett, chuchota une voix grêle.

Elle entendit la porte se refermer derrière elle et la clef tourner dans la serrure. Puis la lumière s'alluma. Elle regarda autour d'elle. Il n'y avait personne dans la pièce luxueusement meublée, à part un homme très grand et très gros, dont elle voyait le reflet dans les immenses miroirs couvrant les murs. Elle se retourna vers lui et le reconnut immédiatement.

C'était M. Amer, un vieil eunuque au teint olivâtre, qui avait servi dans sa jeunesse dans le harem du sultan à Istanbul et plus tard, au Caire, dans le harem du vice-roi. A présent il était employé à l'Impérial à des fonctions obscures et passait ses journées dans le hall de l'hôtel en habit et nœud papillon noirs à saluer courtoisement les visiteurs.

— J'ai un message urgent pour vous, dit M. Amer d'une voix flûtée. Le Deuxième Bureau vous poursuit.

— Qui ?

— On vous a repérée à cause de votre cicatrice au bras, et il faut partir d'ici immédiatement. Je vais vous faire sortir et vous appeler un fiacre. Rentrez chez vous directement, et ne sortez plus jamais sans vos gants.

— Mais, il y a mon ami...

Elle fut interrompue par le grincement de la poignée de la porte, puis quelqu'un se mit à tambouriner.

— Ouvrez ! cria-t-on d'une voix de stentor. Ouvrez immédiatement !

— Vite, chuchota M. Amer en la saisissant par le poignet.

Ils coururent le long des cabines de toilettes vides et atteignirent un étroit couloir de service à l'autre bout de la pièce. En soufflant, l'eunuque se précipita vers la porte au fond du couloir. Comme il se penchait pour tourner la clef dans la serrure, l'autre porte s'ouvrit avec fracas. Ruth jeta un coup d'œil en arrière. La chaîne de reflets dans les miroirs muraux lui permit de voir un homme de haute taille, un officier britannique, entrer dans la pièce revolver au poing.

— Sortez ! cria-t-il d'une voix sonore en regardant du côté opposé. On sait que vous êtes là !

Il s'avança vers les toilettes et disparut du miroir, dans lequel parut alors le profil d'un autre homme scrutant intensément la pièce. Le cœur de Ruth bondit dans sa poitrine. L'autre homme était Saul Donsky.

L'eunuque avait ouvert la porte. « Venez », murmura-t-il, en la tirant à l'extérieur. Il referma et verrouilla la porte derrière eux. Hébétée, elle se laissa entraîner, le visage de Saul flottant encore devant les yeux. Les autres couraient derrière eux, mais la porte verrouillée les avait retardés. M. Amer dirigea habilement Ruth au travers d'un dédale de couloirs et ils finirent par déboucher dans une rue latérale. Une ampoule électrique poussiéreuse pendait au-dessus de leurs têtes.

— Je vais chercher une voiture, dit l'eunuque en disparaissant.

Ruth ferma les yeux ; elle essayait de garder son sang-froid. Dans un instant Saul — mais que faisait là Saul ? — et ses hommes feraient irruption dans la salle de bal pour interroger les gens sur la femme en blanc sortie quelques minutes auparavant. Dieu merci, il y avait des dizaines de femmes en robe de soirée blanche ce soir-là. Elle savait que son nom n'était pas sur la liste des convives. Leurs hôtes n'avaient jugé utile d'y inscrire que les invités masculins. Mais elle devait trouver un moyen de faire sortir Saunders de cette salle de bal, avant qu'il ne se doutât de quelque chose et que Saul pût l'interroger.

La voiture tourna le coin de la rue. Elle s'efforça d'écarter de son esprit la pensée absurde qu'elle était pourchassée par l'homme qu'elle aimait. Saul savait-il qui il poursuivait ? Savait-il qu'elle était avec Jeffrey Saunders ? Se mordant les lèvres, elle prit son petit carnet et y inscrivit hâtivement quelques mots. « C'est trop assommant la foule. Pourquoi pas rien que nous deux ? Rendez-vous chez moi. M. »

Comme le fiacre s'immobilisait devant elle, elle déchira la page du carnet et la donna à M. Amer qui s'extrayait à grand-peine du siège des passagers.

— Allez directement à la table du général Allenby pour donner ça au colonel Saunders.

L'eunuque acquiesça avec solennité, son triple menton débordant de son col dur.

— Et merci, souffla-t-elle. Merci beaucoup.

Elle se pencha et planta un baiser sur la joue du vieil homme. Puis elle grimpa dans la voiture.

A bout de souffle et trempé de sueur, Saul fit irruption dans les toilettes pour dames de l'hôtel Impérial. Il avait été averti par un appel téléphonique dans son bureau de Zamalek à peine une demi-heure auparavant. C'était le portier de l'Impérial. Il avait bafouillé plusieurs interminables secondes avant de réussir à dire qu'il avait vu la femme qu'ils recherchaient, celle avec la cicatrice au bras. Saul demanda aussitôt Montague qui mit à sa disposition un détachement de soldats, et quelques minutes plus tard ils étaient en route pour le centre de la ville. Leurs trois Rolls-Royce durent se faufiler tant bien que mal entre la multitude de fiacres, de calèches, de piétons et d'automobiles attendant les convives du haut-commissaire. Enfin parvenus dans le hall de l'hôtel, ils avaient trouvé le portier nubien au bord de la crise nerveuse. Il avait traversé le hall comme une flèche et s'était arrêté devant les toilettes pour dames.

— Elle est là, avait-il bredouillé.

A présent, je te tiens, pensa Saul, en proie à une joie sauvage. Le lieutenant qui commandait le détachement spécial s'était immobilisé, indécis, devant la porte verrouillée. Saul s'était jeté contre elle de toutes ses forces et l'avait enfoncée. A l'intérieur, il sentit immédiatement le parfum de l'espionne : une senteur fraîche et poivrée, qui se dissipait lentement dans l'air mais s'imprima dans sa mémoire. La femme devait être très proche si son parfum était si présent. L'arme au poing, l'officier ouvrit toutes les portes des cabines à coups de pied. Saul leva la tête et se figea.

Dans le miroir devant lui, qui faisait face à un miroir de coin pris dans un angle aigu, il voyait l'étroit couloir dans toute sa longueur. Et au fond, dans la pénombre, une silhouette de femme lui tournait le dos. Une femme grande avec de jolies épaules, les cheveux de la teinte du miel et une robe de soirée blanche. Il se rua dans le couloir, mais la femme avait déjà disparu par la porte du fond. Il atteignit la porte ; le lieutenant maugréait et soufflait derrière lui. La porte était aussi verrouillée mais il l'enfonça facilement. Ils émergèrent dans les locaux de service de l'hôtel, mais il n'y avait plus personne. L'espionne s'était volatilisée.

Fou de rage, Saul refusait de renoncer. La femme était encore dans l'hôtel, elle n'avait pu partir aussi vite. C'était une question de secondes.

— Vite, lança-t-il à l'officier. Amenez tous vos hommes, fermez toutes les issues de l'hôtel, interrogez tous les gens susceptibles d'avoir vu une femme en blanc quitter les lieux.

— Je ne sais pas si je peux faire ça, commença l'officier. Je n'ai pas pouvoir de...

Ça y est, pensa Saul, elle va s'échapper à cause de cet imbécile. Qu'est-ce que tu fabriques en Palestine, Maimon, quand j'ai tellement besoin de toi ici ?

— Je vous donne tout pouvoir, dit Saul entre ses dents serrées, et je prends toute la responsabilité. Au nom du colonel Montague.

Comme le lieutenant le considérait toujours d'un air incertain, il hurla :

— Plus vite que ça, lieutenant !

Sans attendre, il pivota sur ses talons, retraversa les toilettes et le hall de l'hôtel en direction de la salle de bal. Il était furieux contre tout le monde. Contre Maimon qui courait après un Allemand en Palestine, contre cet imbécile de lieutenant, contre le portier qui avait attendu au moins une heure avant de l'appeler et contre cette femme de malheur qui lui avait échappé d'un cheveu.

Mais tout n'était pas perdu, pensait-il en repoussant l'homme en habit noir et cheveux argentés qui essayait de lui barrer le passage. Il ne devait certes pas faire bonne impression avec ses cheveux en bataille, son costume fripé, sa cravate en tire-bouchon et ses chaussures fatiguées. Mais l'important était d'arriver avant le départ des invités de la salle de réception. S'il pouvait en interroger quelques-uns, il aurait peut-être le nom de la femme en blanc qui était sortie avant la fin...

C'est alors que les deux battants de la grande porte s'ouvrirent, laissant le passage à une foule animée d'officiers et de dignitaires avec leurs femmes couvertes de bijoux. Le dîner était terminé. Les convives envahirent le hall et se dirigèrent, riant et bavardant, vers la sortie devant laquelle s'avançaient les fiacres et les automobiles. Jurant à mi-voix, Saul luttait désespérément contre la marée humaine qui s'écartait devant lui. Il aperçut de loin le général Allenby qui discutait gravement avec Lawrence. Lorsqu'il se fut enfin frayé un passage dans la salle de réception, celle-ci était presque vide ; les derniers groupes gagnaient les sorties latérales, les musiciens de l'orchestre rangeaient leurs instruments.

Ne restait plus dans la salle immense qu'un jeune lieutenant-colonel aux cheveux blonds assis au coin d'une des tables centrales, les yeux rivés sur un petit morceau de papier. Près de lui, se tenait, haletant, un vieil homme adipeux. Le vieil homme leva les yeux et regarda Saul bizarrement. Saul commençait à trouver lassants ces regards curieux sur lui. Il s'approcha du lieutenant-colonel et sortit sa carte des services de renseignements.

— Excusez-moi, colonel. Puis-je vous poser quelques questions ?

— A moi ? A quel sujet ?

— Nous enquêtons sur une personne invitée à ce dîner.

Les yeux fixes, le jeune officier semblait ne pas le voir, et manifestement il ne l'écoutait pas. Subitement il se leva.

— Merci, monsieur Amer, dit-il au vieil homme qui s'en fut précipitamment.

Puis il se tourna vers Saul :

— Je suis désolé, mais il faut que je parte.

Ses yeux gris brillants, il semblait très content.

— Mais, colonel, ça ne prendra qu'une seconde. Votre concours serait vraiment bienvenu.

— Ecoutez, je suis réellement navré.

Il avait une voix profonde et agréable.

— Je serais ravi de vous aider mais il faut que je parte. Vous n'avez pas à me parler en particulier ? Alors, s'il vous plaît, demandez à quelqu'un d'autre, d'accord ?

Saul le regarda se faufiler, alerte, entre les tables, avec l'air impatient d'arriver quelque part. Et, avec lui, s'évanouissait son dernier espoir de découvrir qui était l'espionne aux cheveux de la teinte du miel et au parfum délicieusement poivré.

Il était beaucoup plus de minuit lorsqu'un vacarme provenant de la rue sortit Saul d'un sommeil agité. Il s'était retourné en tous sens dans son lit des heures durant après le raid à l'Impérial. Il enrageait, en proie à un sentiment d'échec cuisant. S'il avait été un quart de seconde plus rapide dans la salle des toilettes, s'il avait pu arriver à l'hôtel quelques minutes avant, si le dîner de gala ne s'était pas terminé aussi tôt, l'espionne turque aurait passé cette nuit-là derrière les barreaux à Zamalek, et il aurait pu savourer le goût suave de sa vengeance contre Murat.

Mais l'espionne avait filé entre les mailles, et il se retrouvait à son point de départ.

Des occasions comme celle-ci ne se représentent pas tous les jours. En outre, à présent, la femme se savait recherchée. Elle serait beaucoup plus prudente à l'avenir ou disparaîtrait purement et simplement. Il s'était torturé l'esprit de la sorte très longtemps avant de sombrer dans un sommeil harassé. C'est alors que l'avaient réveillé en sursaut des cris et des acclamations poussés sous ses fenêtres. Les jambes flageolantes, il se dirigea vers la fenêtre ouverte.

A sa grande stupeur, la rue était envahie par une foule brandissant des torches et des drapeaux sionistes. Scrutant la foule, il reconnut un grand nombre de ses amis — exilés palestiniens au Caire, activistes sionistes, soldats et gradés de la légion juive. Ils agitaient leurs banderoles bleu et blanc tout en poussant des cris sauvages. Un homme, frêle et osseux, avec une barbe fleurie, tenait une grande photographie de Herzl, le fondateur du sionisme, sur laquelle il déposait de gros baisers joyeux. Un homme en roubashka russe était accroupi et jouait du concertina. Quelques soldats dansaient au milieu de la rue en braillant des chants de pionniers. Quelques Egyptiens effarés les observaient depuis les fenêtres. Donia, une grosse fille brune et mate, fondatrice du premier kibboutz palestinien, sautait de joie en agitant ses poings serrés.

Quelqu'un l'aperçut à sa fenêtre.

— Le voilà ! cria une voix en hébreu. Saul, descends ! Viens avec nous, Saulik !

— Quoi, marmonna-t-il, stupéfait. Qu'est-ce qui se passe ?

— Viens, Saulik ! On a la Palestine ! Les Anglais nous donnent la Palestine !

— Descends, Saulik ! hurla Donia toujours sautant. On a notre Etat juif !

Il enfila son pantalon, saisit une chemise et courut dans l'escalier. Dans la rue, tout le monde se rua sur lui ; on l'embrassait, on l'étreignait, on essayait de lui faire boire à la bouteille du mauvais cognac.

— *Mazel tov !* cria quelqu'un en lui tapant sur l'épaule et en ajoutant quelque chose en yiddish, qu'il ne comprit pas.

— Doucement, se récriait-il en riant malgré lui. Expliquez-moi ce qui se passe.

Donia le tirait par la manche.

— Viens, Saulik, on va réveiller Milman.

Milman était un des dirigeants de la communauté des Juifs palestiniens exilés.

— Tout de suite ? A une heure pareille ?

Les soldats entonnaient un nouveau chant.

— On t'a bien réveillé, non ? dit-elle et levant les bras, elle cria : En avant !

La petite foule s'ébranla joyeusement dans la rue. Saul retint Donia par le bras.

— Une minute. Explique-moi d'abord ce qui s'est passé. Je n'y comprends rien du tout.

Des gens s'agglutinèrent autour d'eux ; quelqu'un hurlait en buvant de longues goulées à la bouteille.

— Balfour a dit, répondit Donia haletante, qu'ils allaient nous donner la Palestine et...

— Qui est Balfour ?

— Qui est Balfour ? répéta-t-elle une expression de reproche dans les yeux, puis d'un air piteux, elle jeta un coup d'œil alentour, et elle s'enquit à son tour : Qui est Balfour ?

— C'est un ministre du gouvernement anglais, répondit quelqu'un que Saul ne connaissait pas.

C'était un homme en casquette et chemise de coton délavé. Il avait les cheveux frisés et noirs et une moustache noire.

— Il a écrit à lord Rothschild une lettre qui a été publiée ce soir à Londres, précisa-t-il.

— C'est le Premier ministre, ajouta le barbu sans cesser d'embrasser sa photographie de Herzl.

— Il était Premier ministre, rectifia plaisamment l'inconnu à casquette. Maintenant il est ministre des Affaires étrangères.

A côté de lui, le joueur de concertina approuva gravement tout en s'essuyant le front du dos de la main.

— Montre-lui la lettre, Berl, cria quelqu'un.

— Oui, montre-lui la lettre, répéta un chœur de voix.

Berl fouilla dans la poche arrière de son pantalon informe. Saul était incrédule.

— Comment, tu as la lettre ?

Sa question déclencha un tonnerre de rires. D'une fenêtre non loin de là, une Egyptienne cria quelque chose, et des chiens se mirent à aboyer.

— Mais non, idiot, dit Donia. Berl a reçu un

télégramme du bureau sioniste de Londres, avec le texte de la lettre. Elle va paraître dans les journaux de demain.

Berl déplia précautionneusement une feuille de papier. Plusieurs mains grattèrent des allumettes pour lui permettre de lire.

— Voilà le passage important, dit Berl, les yeux plissés.

Puis il releva les épaules, l'air de s'excuser, et il sortit une paire de lunettes à monture métallique. Il les chaussa sur son nez et lut :

— « Le gouvernement de Sa Majesté envisage favorablement l'établissement en Palestine d'un Foyer national pour le peuple juif...

— Hourra ! cria quelqu'un en hébreu.

— Qu'est-ce qu'un Foyer national ? demanda Saul. Ce n'est pas un Etat juif.

Berl reprit sa lecture tout en jetant des coups d'œil graves à Saul :

— ... et s'efforcera de son mieux de faciliter l'accomplissement de ce projet, étant clairement entendu que rien ne sera fait qui pourrait porter préjudice aux droits civils et religieux des communautés non juives en Palestine... »

— Hourra ! cria la même voix toutefois avec moins de conviction.

— La lettre est adressée à lord Rothschild, dit Berl en repliant soigneusement sa feuille de papier, et lui demande de porter la déclaration à la connaissance des organisations sionistes.

Il rangea le papier dans sa poche.

— Oui, mais un Foyer national n'est pas un Etat juif, répéta Saul.

Berl haussa les épaules.

— C'est mieux que rien en tout cas.

— Et il y a la phrase sur les communautés non juives..., commença Saul, l'air préoccupé. Et si ce sont les Arabes qui libèrent Jérusalem ? Est-ce qu'on l'inclura quand même dans le Foyer national ?

Le visage large de Donia se rembrunit.

— Sois pas si rabat-joie, Saul.

Mais Berl le considérait attentivement. Il acquiesça :

— Je crois que tu as raison, dit-il doucement. Si les Arabes libèrent la Palestine, il n'y aura pas de Foyer national. Et s'ils libèrent Jérusalem, ils la garderont.

Le joueur de concertina qui les écoutait avec inquiétude, haussa les épaules, puis il fit courir ses doigts sur les touches de son instrument et entama un air joyeux. La foule qui chantait et agitait ses drapeaux se remit en marche. Saul suivit, très ému, et un peu soucieux. La déclaration de Balfour était un pas gigantesque sur la voie d'un Etat juif ; mais elle rendait la libération de Jérusalem plus cruciale encore pour les Juifs.

Il regardait ses amis s'éloigner en dansant dans la fraîche nuit d'automne, et ses pensées revinrent à cet après-midi lointain sur le mont Carmel, où il avait goûté la douceur de ses lèvres. Je ne l'oublierai jamais, songeait-il. Ruth, si seulement tu étais avec moi maintenant pour les entendre chanter.

CHAPITRE 12

Un noir ciel d'orage pesait sur le mont Muqqatam et les remparts crénelés du Caire. Bientôt des torrents de pluie apportèrent le vent salé du nord, qui charriait avec lui l'haleine de l'hiver méditerranéen. Et le vent apporta avec lui Maimon, enveloppé dans son trench-coat informe, une cigarette malodorante aux lèvres, et un air de languide indifférence qui ne parvenait pourtant pas à dissimuler l'excitation de sa voix.

— Crois-moi ou non, Saulik, notre Allemand est un Templier ! Un Templier de Jérusalem ! Seuls les Turcs l'ignorent, tu comprends ?

— Non, je ne comprends pas, grogna Donsky qui s'efforçait de desserrer l'étreinte de son ami.

— Et ce qu'ils ne savent pas non plus, poursuivit Maimon, qui ménageait ses effets, c'est qu'il ne s'appelle pas du tout Von Traub...

— Attends une minute...

Saul avait du mal à accueillir en même temps le torrent de révélations de Maimon.

— ... Si je comprends bien, d'abord, tu as trouvé notre Allemand.

— Oui, oui, dit Maimon avec impatience. Il est Templier de Jérusalem et il s'appelle Von Traub.

— Mais tu viens de dire...

— J'ai dit que son vrai nom n'était pas Von Traub mais Falkenhayn. Et cela, Murat Pacha l'ignore.

— Falkenhayn ? répéta Saul, stupéfait. Comme le ministre de la Guerre allemand ?

— Exactement.

Saul considérait son ami avec étonnement ; était-il tombé sur un secret particulièrement bien gardé ? L'espion allemand était un Templier de Jérusalem et il portait un nom illustre. Quel rapport cela avait-il avec le jeu qu'il jouait ? Saul avait rencontré quelques Templiers en Palestine, et il connaissait les opinions conflictuelles au sein de leur communauté concernant le retour des Juifs sur leur terre sacrée.

— Etonnant, n'est-ce pas ? lança Maimon, ravi de la surprise qu'il lisait sur le visage de Saul.

— Et la mère de notre ami allemand vit à Jérusalem, seule dans une grande maison vide, sans la moindre protection.

Il ôta la cigarette de ses lèvres, un léger sourire sur son visage.

— Je ne comprends pas, dit Saul en se dirigeant vers la fenêtre.

De larges gouttes de pluie venaient s'écraser sur les vitres sales, diluant l'épaisse couche de poussière qui s'était accumulée pendant l'été.

— Les Turcs ne savent pas qu'il est Templier et ne connaissent pas son vrai nom... Mais pourquoi ? Pourquoi cacher aux Turcs sa véritable identité ?

— Peut-être est-il réellement parent du ministre de la Guerre, avança prudemment Maimon, et ne veut-il pas que Murat connaisse ses liens véritables avec Berlin.

Saul le considéra d'un air pensif.

— Oui, c'est possible. Si c'est un parent de Falkenhayn, il est possible que Berlin, ou le ministre lui-même, lui ait ordonné d'agir sous un faux nom. Ils ne doivent avoir aucune envie que nous découvrions que le neveu ou le cousin de Falkenhayn joue les espions masqués au Proche-Orient. Ce serait trop risqué pour lui.

Saul réfléchit. Tout cela n'était pas absurde. La capture ou la mort d'un cousin de Falkenhayn pourrait avoir un mauvais effet sur le moral des Allemands, et on l'avait donc affublé d'un nom de guerre. Ou peut-être Berlin ne tenait-il pas à ce que les Turcs sachent à qui ils avaient affaire. Murat aurait été capable d'éloigner Von Traub de son entourage s'il l'avait soupçonné de faire tous les jours son rapport au ministère de la Guerre allemand.

— D'un autre côté, poursuivit Saul à haute voix, il est possible qu'il s'agisse là simplement de procédures habituelles. Tout membre des services secrets allemands se voit attribuer un pseudonyme au moment de son engagement.

Maimon hochait la tête en tordant entre ses doigts l'extrémité de sa moustache.

— De toute façon, reprit Saul, il a dû rester longtemps en Allemagne avant la guerre, sinon les Turcs l'auraient connu. Il n'y a pas tellement de Templiers à Jérusalem.

— Six cents, peut-être sept cents, répondit Maimon. Mais le problème n'est pas là. Comme je te l'ai dit, sa vieille mère vit seule, sans protection.

Saul se mit à rire. Maimon était décidément incorrigible.

— Et toi, avec ta mentalité de pirate, tu songes à l'enlever.

— Comment as-tu deviné, répondit Maimon avec ironie. Ce n'est quand même pas en Russie qu'on t'a appris ça.

Saul haussa les épaules et prit sa cravate accrochée à un clou près du verrou.

Le visage de Maimon redevint sérieux.

— Ecoute, Saul, je ne plaisante pas. Cet homme risque sa carrière en se rendant secrètement à Jérusalem pour rendre visite à sa mère. Si elle est aussi importante que ça pour lui, il sera prêt à beaucoup de choses pour qu'on la relâche. Et pour qu'on ne trahisse pas son secret. On peut le forcer à nous donner le nom et l'adresse d'une certaine dame, ici, au Caire.

— L'espionne ? dit Saul d'un air sceptique. Il ne fera jamais une chose pareille.

— On peut essayer, dit Maimon. Qu'est-ce que tu en penses ?

Saul acquiesça d'un air absent, en nouant sa cravate. Il lui fallait encore raconter à Maimon comment il avait manqué l'espionne de Von Traub d'une fraction de seconde.

— Peut-être cela vaut-il la peine que j'en parle à Montague, ajouta-t-il presque à regret.

— Quand ? demanda Maimon. Aujourd'hui ?

— Je dois faire le trajet en voiture avec lui jusqu'à Héliopolis, dit Saul. L'état-major impérial doit se réunir dans la salle des opérations.

— Et tu es invité ? demanda fièrement Maimon.

Saul sourit au terme « invité ».

— Disons que j'ai reçu l'ordre de m'y rendre.

Il se mit alors à remuer des cartes et des papiers dans sa serviette.

— Je te verrai ce soir, après la réunion. Je veux savoir ce que tu as vu en Palestine. Comment va ta famille ?

— Ça va, ça va, dit Maimon.

— Es-tu allé...

D'un air misérable, il se mit à considérer ses papiers, puis, après une profonde inspiration :

— As-tu entendu parler des Mendelson ? Enfin... comment ça s'est passé, qui les a trahis, etc. ?

— Non, dit Maimon en suçant le bout de sa cigarette d'un air gêné. Rien de nouveau. Sauf que les Juifs les auraient lynchés s'ils étaient encore vivants.

Saul le considérait, bouleversé. Pendant un moment, le silence se fit dans la pièce, interrompu seulement par le martèlement de la pluie sur les vitres.

— Je regrette, Saulik, mais c'est comme ça qu'ils réagissent.

Maimon se pencha au-dessus du bureau et lui étreignit l'épaule.

— Ils rendent les Mendelson responsables de toutes les atrocités de Murat Pacha. Et... ils n'ont pas complètement tort, tu sais. Murat a fait chèrement payer aux Juifs les activités du réseau Mendelson. Mais n'en parlons plus. A quoi bon, Saulik ? Ils sont morts et rien ne peut les rendre à la vie.

Maimon avait raison, et Saul saisit sa serviette d'un air gauche, puis, tout aussi maladroitement, changea de sujet.

— Autre chose. Ont-ils entendu parler de la déclaration Balfour, en Palestine ?

— Oui, dit Maimon. Mais ils disent que si les Anglais n'arrivent pas rapidement, il y aura peut-être un Foyer national juif en Palestine, mais plus de Juifs pour y vivre.

Saul acquiesça d'un air triste.

— Quoi d'autre ?

— Mon frère, lui, dit qu'il ne croit ni à la déclaration Balfour ni à aucune promesse des hommes politiques. Il pense que, comme le dit Ben Gourion, seuls les Juifs peuvent bâtir leur Foyer national.

— Qui est Ben Gourion ? demanda Saul.

— Un jeune pionnier de Galilée, répondit Maimon en haussant les épaules. Je croyais que tu le connaissais, parce qu'il a été expulsé de Palestine en même temps que toi.

Ils s'apprêtaient à sortir lorsque Teddy Ritchie fit irruption dans la pièce. Teddy avait le bureau voisin du sien, et Saul tolérait son comportement excentrique bien qu'il ne tînt pas le personnage en très haute estime. Grand, les yeux clairs, le visage semé de taches de rousseur, Teddy était le fils d'un conseiller du Palais, à la fois puissant et secret. Aux yeux des autres officiers de Zamalek, ce n'était qu'un imbécile arrogant qui devait son grade de capitaine dans les services de renseignements à ses relations, et l'avait en outre obtenu après que tout le monde eut été envoyé dans les unités combattantes. De cette manière, il avait pu rester au Caire et continuer à jouer au polo au club de Gézireh, ce qui était visiblement la passion de sa vie.

— Eh bien, mon cher Donsky, toutes mes félicitations, lança-t-il avec son habituel air désinvolte.

Il jeta un coup d'œil au portrait de Lénine accroché au mur, et lui adressa une sorte de salut militaire ironique.

— Votre ami a fini par réussir.

— A réussir quoi ? demanda Saul, intrigué.

— Mais enfin, vous n'avez pas appris la nouvelle ? demanda Teddy en se frottant les mains d'un air ravi. Eh bien, laissez-moi être le héraut de l'Histoire. Il y a eu une révolution communiste en Russie, et votre ami est à présent Premier ministre. N'est-ce pas extraordinaire ?

La photographie de Lénine s'étalait en première page des gazettes égyptiennes qui avaient sorti une édition spéciale sur les événements de Russie. Pendant le trajet jusqu'à Héliopolis, Saul découvrit avec avidité les dépêches d'agence venues de Moscou et de Saint-Pétersbourg. D'après l'agence Reuter, la révolution s'était déroulée presque sans effusion de sang ; seuls six gardes rouges avaient été tués lors de la prise du Palais d'hiver, siège du gouvernement provisoire. L'ancien Premier ministre, Kerenski, s'était enfui à bord d'une voiture battant fanion américain.

Saul était stupéfait : il n'aurait jamais cru que cela se passerait de cette façon-là. Il avait imaginé des événements plus dramatiques, comme la Révolution française, avec des barricades dans les rues, des charges meurtrières contre les cosaques du tsar, l'apparition de héros légendaires qui seraient révérés et glorifiés par les générations futures.

Il s'enfonça dans le siège, les yeux fermés. Au cours des cinq derniers jours, les deux idéaux pour lesquels il s'était battu étaient devenus réalité. Les Britanniques avaient reconnu le droit des Juifs de retourner sur leur terre et d'y bâtir leur Foyer national ; et le peuple russe avait fini par abattre un gouvernement sanguinaire et fonder un Etat socialiste. Il aurait dû se sentir transporté de joie, mais au lieu de cela, il n'éprouvait qu'un sentiment de vide étrange mêlé d'une vague et désagréable prémonition.

Cela faisait longtemps qu'il ne se sentait plus concerné par la lutte communiste en Russie. Certes il y avait un certain nombre de Juifs au sein du petit groupe de dirigeants révolutionnaires qui dirigeait à présent la nouvelle Russie : Trotski, Zinoviev, Litvinov, Kamenev, Kaganovitch... On retrouvait même certains de ces noms parmi ceux des nouveaux ministres (appelés commissaires du peuple) du gouvernement de Lénine. Et pourtant, Saul sentait qu'ils étaient un peu étrangers à ces événements. Les Russes étaient profondément antisémites ; jamais ils ne considéreraient les Juifs comme leurs égaux. Il se rappela alors l'une de ses discussions avec Tatiana, sa chère Tatiana. Ils étaient encore dans la clandestinité, et discutant un jour des réformes agraires qu'ils mettraient en œuvre, il avait déclaré : « C'est la volonté du peuple. »

— Comment le sais-tu ? avait innocemment répliqué Tatiana. Tu es juif.

En y songeant à présent, il se disait que c'était de ce jour, avant leur arrestation et la mort de Tatiana, qu'il avait compris qu'il n'existait qu'un seul pays où sa qualité de Juif ne ferait plus de lui un étranger. Mais ce pays, en dépit de la déclaration Balfour, était encore fermé aux Juifs et le serait peut-être pour une génération de plus après la réunion de ce jour.

Ses pensées le ramenèrent dans sa Russie natale. Révolutionnaire fervent lorsqu'il avait quitté la maison de ses parents à Kiev pour rejoindre la clandestinité, il croyait que le communisme était la seule solution à la misère des classes laborieuses du monde entier. Et il était profondément amoureux de Tatiana, l'unique fille du professeur d'histoire qui l'avait initié à la théorie marxiste, la religion nouvelle et secrète. Cinq ou dix ans plus tôt, il aurait été parmi les assaillants du Palais d'hiver. Aujourd'hui il en était beaucoup moins sûr.

Et pourtant... il ne pouvait s'empêcher d'imaginer ses amis de Saint-Pétersbourg, debout dans la neige, le poing levé, chantant *l'Internationale*, une immense banderole rouge flottant au-dessus de leurs têtes, face au Palais d'hiver conquis... et il éprouva un pincement de nostalgie. Sauraient-ils faire de ce rêve une réalité ? Feraient-ils de la Russie le paradis des travailleurs ? Le paradis pour lequel était morte Tatiana ?

Saul prit une profonde inspiration et jeta un coup d'œil par la vitre de la voiture ; les longues écuries de la cavalerie légère australienne s'étiraient à l'extérieur des champs de course d'Héliopolis. La pluie avait cessé et des Australiens en chapeau à larges bords se hâtaient autour des constructions de bois. Une forte odeur de crottin flottait dans l'air. Des Egyptiens ingénieux avaient installé le long de la clôture du camp des éventaires de souvenirs, des tentes de diseuses de bonne aventure et des comptoirs en plein air chargés de fourneaux tout fumants et surmontés de pancartes annonçant « Australian System Afternoon Tea ».

Saul reprit sa lecture. Lors de son premier discours devant le congrès des soviets, Lénine avait lu son décret sur la paix, demandant l'armistice immédiate sur tous les fronts et des négociations de paix entre les puissances opposées.

— Ça veut dire que la Russie envisage peut-être une paix séparée avec l'Allemagne, grommela Montague en passant le doigt sur sa moustache clairsemée.

A ses côtés dans la voiture, le colonel avait jusqu'alors gardé le silence ; les yeux dans le vague, il mordillait sa pipe.

— Et une paix séparée, ce serait mauvais pour nous, poursuivit-il. Très, très mauvais.

Saul ne fit aucun commentaire ; il ne souhaitait

pas discuter de la révolution. Après un moment, il dit :

— Maimon est revenu de Palestine aujourd'hui.

— Maimon ? dit Montague, manifestement encore à Saint-Pétersbourg. Oh ! oui, votre second. De Palestine... Alors ?

Saul lui raconta les découvertes de Maimon concernant Von Traub, récit que Montague ponctuait de grommellements appréciateurs.

— Très extraordinaire, dit-il à la fin. Vous devriez approfondir cette affaire, mon garçon.

Saul lui fit part de la suggestion de Maimon au sujet de la mère de Von Traub.

Montague pouffa.

— Votre ami n'a pas seulement la tournure mais encore le cerveau d'un condottiere vénitien, fit-il. La réponse est non, bien sûr. Le service a mieux à faire qu'à kidnapper les vieilles dames solitaires.

Une lueur amusée au fond des yeux, il poursuivit :

— Ça pourrait presque lui plaire, d'ailleurs. Un enlèvement à son âge, c'est plutôt flatteur, vous ne trouvez pas ?

Saul sourit brièvement. Il avait prévu le refus de Montague concernant le rapt de la mystérieuse Mme Falkenhayn.

Le regard du colonel tomba sur la serviette bourrée de dossiers de Saul.

— Fin prêt pour un nouvel affrontement avec votre ami Lawrence, à ce que je vois, dit-il. Ce soir, de toute façon, on saura qui, de Lawrence ou d'Allenby, prendra Jérusalem.

— Il n'y aura pas d'autre délai ? demanda Saul soudain sur le qui-vive.

— Non. Chetwode devra prendre une décision ce soir. Les pluies ont déjà commencé et d'ici un mois tout le terrain plat entourant Beersheba sera inondé. Si Chetwode ne lance pas l'opération dans les deux semaines à venir, il sera obligé d'attendre après l'hiver, et ça il ne peut pas se le permettre.

Ils passèrent le premier contrôle et Montague

retourna distraitement son salut au sergent, qui scrutait l'intérieur de leur voiture.

— Au fait, reprit-il, avez-vous fait le nécessaire pour protéger les plans contre ce... Von Taub...

— Von Traub.

— Oui, Von Traub. Contre la femme, plutôt, son espionne.

— Nous avons la liste de tous les officiers participant à la réunion de ce soir, dit Saul avec force.

Il lui fallait convaincre Montague de la valeur de son plan.

— Ils seront, tous sans exception, pris en filature par des gens à nous, qui essaieront de repérer toute rencontre inhabituelle.

Montague lui lança un coup d'œil narquois.

— Ah bon ? Vous n'avez aucune preuve de fuite provenant de l'état-major.

— Non, c'est vrai. Mais je suis persuadé que la femme tentera de mettre la main sur les plans en liant connaissance avec quelqu'un dans le secret.

Montague se raidit et ôta sa pipe de la bouche.

— Je sais que vous désapprouvez ce genre de méthodes, reprit Saul. Je vous ai plusieurs fois proposé des plans similaires par le passé, et vous les avez toujours écartés. Des gentlemen...

— ... ne s'espionnent pas entre eux, termina Montague sèchement.

— Oui, c'est ce que vous dites. Vous pouvez encore annuler mes ordres, si vous le souhaitez. Mais franchement, je n'ai pas de meilleur plan.

Montague le considéra en silence quelques instants.

— Très bien, dit-il finalement. Votre plan n'est pas très orthodoxe, je trouve. Ni très subtil... Je doute qu'il en sorte quoi que ce soit d'intéressant.

Et avec une grimace sceptique :

— Mais vous n'avez pas tellement le choix. En tout cas...

Il appuya ses paroles d'un geste du doigt :

— ... vos hommes devront être d'une discrétion

totale et absolue. Imaginez le scandale si l'on venait à savoir que nous espionnons nos propres officiers.

— Les hommes ont reçu des instructions très strictes, dit Saul en dissimulant de son mieux son soulagement.

La voiture franchit le dernier contrôle et s'immobilisa. Montague rangea sa pipe et lissa sa moustache, tandis que le chauffeur faisait le tour du véhicule en courant pour ouvrir la porte. Ses yeux s'attardèrent sur la photographie de Lénine dans la *Gazette*.

— Les Russes ne m'ont jamais inspiré confiance, lança-t-il d'un ton sarcastique. Elle évoluait très joliment, notre guerre ! Ils vont tout gâcher avec leur saleté de révolution.

La révolution russe et le risque d'une paix séparée étaient au centre de toutes les conversations dans la vaste tente sous laquelle étaient servis les rafraîchissements avant le début de la séance de travail de l'état-major.

— Je suis sûr que Lénine et les Allemands préparent un sale coup, disait Allenby.

Saul entendait de loin le général au milieu d'un groupe d'officiers, sa tasse de thé pleine à la main.

— N'oublions pas, poursuivit-il, que le Kaiser a autorisé Lénine à traverser l'Allemagne dans un wagon plombé pour lui permettre d'entrer en Russie.

— Venant de Suisse, précisa quelqu'un.

— Oui, où il était en exil. Le Kaiser n'aurait jamais laissé passer Lénine sans l'engagement préalable qu'il signerait la paix avec l'Allemagne. J'en suis absolument persuadé.

— Mais ce serait pire qu'une capitulation, s'indigna un jeune général.

Allenby eut un geste évasif.

— L'armée russe est en pleine déroute. De toute façon, ils ne peuvent pas continuer à se battre.

Il pontifiait au milieu des murmures approbateurs. Saul se fraya un passage jusqu'au buffet ; il se rendait compte des regards méfiants convergeant sur lui. Les gens s'écartaient à son approche et interrompaient leurs conversations jusqu'à ce qu'il se fût éloigné. Cette fois encore, on l'excluait. Il y avait un autre civil dans l'assistance à part lui, mais c'était un envoyé du ministère des Affaires étrangères en costume noir, col empesé et cravate d'Eton ; contrairement à Saul, il était des leurs et en tant que tel admis.

Saul prit la tasse de thé mais refusa poliment l'assiette de sandwiches aux concombres que lui offrit le maître d'hôtel indien en tunique immaculée et turban violet. Il observait la foule tournant en rond sous la vaste tente. Il reconnut plusieurs généraux vus à la précédente réunion de l'état-major impérial. Il nota en revanche la présence de quelques officiers qui ne se trouvaient pas à la conférence du palais du Nil. Il s'agissait d'hommes plus jeunes, colonels pour la plupart, qui arboraient cette assurance un peu rude caractéristique des hommes de terrain, plus à l'aise sur leur selle et dans les tranchées qu'une tasse de thé à la main.

Certains, portant des épaulettes australiennes, se tenaient dans un coin autour du lieutenant-général Chauvel, commandant en chef de l'Anzac. L'un d'eux, un grand lieutenant-colonel blond, lui parut vaguement familier. Saul l'observait avec perplexité. Il était sûr de ne pas l'avoir vu au palais du Nil, le jour de l'échange fort vif entre Chetwode et Chauvel ; il n'aurait pas manqué de remarquer la présence d'un second Australien ce jour-là. Alors, où avait-il pu le rencontrer ? Ailleurs probablement, et vêtu différemment...

Puis il se souvint. Bien sûr. Il l'avait rencontré une semaine auparavant, en tenue de cérémonie, à l'hôtel Impérial. C'était le colonel qu'il avait vainement tenté d'interroger au sujet de la femme en blanc. L'Australien était vraiment très pressé de partir. Il semblait beaucoup plus détendu aujourd'hui ; il bavardait et plaisantait avec ses camarades officiers.

— Dis-donc, Saunders ! appela un officier qui se tenait près de Saul.

L'Australien se retourna. Il salua son ami, puis il vit Saul et fronça les sourcils, semblant le reconnaître. Il lui adressa finalement un vague sourire en même temps qu'un salut de la main. Il avait le visage ouvert et énergique, avec des traits réguliers et des yeux gris clair.

Saul vida sa tasse et la laissa sur une table ; puis il se mêla à la foule ; il scrutait les visages tout autour de lui à la recherche de l'homme qu'il aurait à affronter ce soir-là. Mais Lawrence n'était manifestement pas là. Voilà qui semblait étrange.

— Messieurs ! dit l'aide de camp de Chetwode depuis l'entrée de la tente. Voulez-vous gagner la salle des opérations, messieurs, s'il vous plaît.

Durant la première année du conflit, la salle des opérations était une vaste tente de toile, similaire à celles abritant les hôpitaux de campagne. Mais après le bombardement du Caire par les zeppelins du Kaiser, on avait hâtivement érigé un bâtiment massif, tout en béton, à Héliopolis, où tout le quartier général, y compris la salle des opérations, avait été transféré.

Saul attendit patiemment dans un couloir mal éclairé la contre-vérification de son nom et de ses pièces d'identité. Il était déjà venu là, mais ne reconnaissait plus les lieux. On avait retiré tout le mobilier. Il n'y avait même plus ni chaises ni bancs. Toute la partie centrale de la salle oblongue était délimitée par d'épaisses cordes blanches maintenues par des supports métalliques. Sur le sol, au milieu de cet enclos, avait été construit un modèle réduit de la Palestine en argile, plâtre et papier mâché.

Saul s'approcha en admirant la gigantesque carte en relief, où l'on avait soigneusement reproduit jusqu'aux détails les plus infimes. On voyait non seulement la Palestine mais encore le nord du Sinaï, le golfe d'Akaba et les vastes étendues à l'est du Jourdain. Les emplacements des diverses unités armées étaient représentés par de petits rectangles de bois, rouges pour les forces anglaises, bleus pour les Turcs.

On fit le silence dès que le général Philip Chetwode entra, suivi par quelques officiers munis de porte-documents et de cartes. A côté de lui, se tenait un commandant, un homme petit et frêle, dans un uniforme trop grand pour lui, sans insignes ni décorations. Ses cheveux blond pâle, coiffés sur le côté, révélaient un large front d'intellectuel et un visage sensible avec la mâchoire inférieure légèrement proéminente. Saul l'observait avec perplexité. Il lui fallut un moment avant de reconnaître, sous l'uniforme de commandant, la silhouette familière de Thomas Edward Lawrence.

— Je n'aime pas ça du tout, murmura Montague à son oreille. Je me demande ce que Lawrence nous mijote.

De l'autre côté de la pièce, Lawrence leur lança un regard noir, puis il chuchota quelque chose dans l'oreille de Chetwode, qui acquiesça gravement.

— Il arrive avec Chetwode, comme un invité de marque, continuait Montague. Il porte l'uniforme, pour nous rassurer...

— Nous rassurer ?

— Parfaitement mon garçon. C'est une manière de dire : « Voyez, je me balade peut-être en chemise de nuit de soie et coiffure de marchand de tapis, mais tout au fond de moi je suis des vôtres, un Anglais pur sang, et le roi et mon pays m'intéressent plus que les chameliers aux pieds nus avec qui je fraye. »

Saul jeta un coup d'œil vers Allenby, qui remplissait sa pipe avec une expression morose. A sa gauche, le général Chauvel, également soucieux, considérait Lawrence avec perplexité.

— Il va falloir vous surpasser aujourd'hui, mon garçon, marmonna Montague.

Oui, pensa Saul, je ferai mon possible. S'ils m'en donnent l'occasion...

Mais ils ne lui en donnèrent pas l'occasion. Chetwode prit la parole, et Saul s'aperçut immédiatement que cette réunion-là serait en tout point différente de celle du palais du Nil.

— Bonjour, dit Chetwode. Depuis notre dernière conférence, il y a quelques semaines, trois événements importants se sont produits, qui à mon sens modifient complètement la situation dans notre secteur. L'événement le plus important, bien sûr, est la révolution russe. Nous pensons que la Russie va maintenant rechercher et obtenir une paix séparée. Une fois le front russe stabilisé, l'Allemagne pourra déplacer une grande partie de son armée à l'ouest et au Moyen-Orient. Cela signifie...

Il s'éclaircit la gorge et parcourut l'assistance du regard.

— ... que nous devons opérer très rapidement, et vaincre la Turquie avant que l'Allemagne vole à son secours.

Il leva le menton et sa voix se fit plus forte.

— En d'autres mots, nous devons lancer l'opération palestinienne immédiatement.

Plusieurs officiers approuvèrent en hochant la tête.

— Le deuxième événement, poursuivit Chetwode en désignant Lawrence, est l'extraordinaire succès remporté par le commandant Lawrence dans le sud de la Palestine. Ses victoires, culminant avec la prise d'Akaba, lui ont forgé une solide réputation, je dois dire. Les Turcs le craignent énormément, lui et ses guerriers hedjazis. Nous savons qu'ils ont abandonné un grand nombre de leurs avant-postes uniquement parce que le bruit courait qu'il approchait.

— Est-ce vrai ? murmura Montague à l'oreille de Saul, qui hocha la tête affirmativement.

— Nous avons donc toutes les raisons de penser, poursuivait Chetwode, que l'approche des forces du commandant Lawrence ébranlera fortement le moral des troupes turques, tandis que la population arabe de Palestine prendra les armes pour soutenir son offensive contre les Turcs.

Saul se raidit. Lawrence avait donc réussi à convaincre Chetwode. Manifestement, Allenby s'en rendait compte aussi ; il toussa pour attirer l'attention de Chetwode.

— Oui, mais, si vous permettez, mon général...

— Plus tard, Allenby, coupa Chetwode. Le troisième événement, messieurs, est la déclaration Balfour publiée cette semaine. Cette déclaration, qui promet... euh... un Foyer national pour les Juifs en Palestine, a soulevé une grande vague antibritannique dans toutes les nations islamiques. Il nous appartient de les rassurer sur les intentions de la Grande-Bretagne après la fin de la guerre. Nous devons agir dans ce sens d'une manière claire et spectaculaire.

— Nous y voilà, marmonna Montague.

— Nous devons par conséquent encourager et aider nos alliés arabes à libérer Jérusalem, termina Chetwode en se tournant vers Lawrence. A vous, commandant.

— Merci, mon général, dit Lawrence en prenant des mains de l'aide de camp une longue baguette blanche qu'il pointa vers le modèle réduit à ses pieds. Voici ce que nous comptons faire, commença-t-il.

Les officiers, décontenancés par cette méthode inhabituelle, hésitèrent un instant puis se groupèrent autour de la carte en relief.

Saul bouillait intérieurement. On ne les avait pas réunis pour confronter les divers plans de libération de Jérusalem. Il n'y aurait pas de discussion. Chetwode avait convoqué l'état-major impérial uniquement pour lui notifier une décision arrêtée d'avance. Tout était déjà réglé, et ni les objections de Saul ni les protestations d'Allenby n'y feraient rien. Saul jeta un coup d'œil en direction d'Allenby. Le général était debout, complètement immobile, le dos très droit, les bras croisés sur la poitrine.

— Mon succès dépend d'une rencontre secrète qui doit avoir lieu dans une semaine exactement, dans la carrière de pierres de Gaza, disait Lawrence. Je vais partir ce soir pour le Sinaï et je traverserai dans quelques jours les lignes ennemies au nord de Beersheba. Je porterai un déguisement, bien sûr. Je serai habillé en Bédouin.

Il parcourut d'un regard serein son auditoire.

— A Gaza, je rencontrerai les chefs palestiniens qui sont déjà résolus à se rebeller contre les Turcs.

— Etes-vous sûr qu'ils se battront ? demanda Saunders.

— Oui. Nous allons coordonner l'entrée en action des clans et des tribus qui se rassemblent déjà dans les montagnes et sur la plaine côtière. L'opération sera déclenchée quarante-huit heures après. Dès notre départ de Gaza, des milliers d'Arabes se mettront en route également, et nous lancerons une offensive surprise sur Jérusalem depuis l'ouest.

Penché sur la carte en relief, il fit courir le bout de sa baguette le long des gorges sinueuses convergeant vers Jérusalem depuis l'ouest.

— Comme vous le savez sans doute, poursuivit-il, les voies d'accès à l'ouest de Jérusalem ne sont pas fortifiées. Il n'est jamais venu à l'esprit des Turcs que l'attaque pourrait venir par l'arrière.

— Alors là, mon vieux, attention ! coupa Saunders d'une voix forte.

Saul tourna la tête vers lui. Le colonel australien, contenant à grand-peine sa fureur, poursuivit :

— Une fois l'effet de surprise passé, il suffira de quelques heures aux Turcs pour écrabouiller votre armée de gueux.

Lawrence approuva d'un hochement de tête.

— Oui. Vous avez raison, dit-il posément. C'est pourquoi l'attaque principale viendra de l'est.

Il fit un pas de côté et dirigea sa baguette sur un point dans le désert, à l'est du Jourdain.

— La plus forte concentration de la cavalerie du chérif Hussein sera là, autour des puits de Kissir et Salt. Trois mille combattants, les meilleurs d'Arabie.

Il lança un coup d'œil entendu à Saul, pour lui

signifier qu'il se souvenait de leur désaccord sur ce sujet lors de la réunion du palais du Nil.

— Les Bédouins s'avancent déjà à couvert, par petits groupes, vers ces points de ralliement. Pour l'instant, les Turcs ne les ont pas repérés. Avant même que nous ayons déclenché notre avance sur Jérusalem depuis l'ouest, Hussein traversera le Jourdain à Jéricho pour attaquer Jérusalem par l'est. Les Turcs tenteront de l'arrêter, bien sûr. Mais ils seront pris entre ses forces et les miennes. Nous convergerons vers Jérusalem simultanément et prendrons la ville par une charge de cavalerie.

— Vous semblez oublier l'artillerie de Murat concentrée autour de Jérusalem.

C'était Saunders à nouveau. L'Australien était seul à avoir du cran dans cette pièce, se dit Saul. Chetwode fusilla Saunders du regard, le mécontentement déformant son visage saturnien.

Lawrence se tourna vers Saunders.

— Non, mon colonel, nous ne l'oublions pas. M. Donsky, ici présent...

Il désigna Saul d'un geste.

— ... nous a dit la dernière fois que les Turcs disposent de cent vingt canons dans les monts de Judée. Mais les canons de Murat sont là pour arrêter une armée régulière marchant le long des routes. Ils ne lui seront d'aucune utilité contre une attaque de cavalerie coupant à travers champs et par les ravins.

Saul ne pouvait s'empêcher d'admirer le sang-froid de Lawrence.

— Et lorsque nous aurons pris Jérusalem, mon général, dit-il en se tournant vers Allenby, à votre tour, vous vous ébranlerez pour prendre le reste de la Palestine. Avec al-Quds dans nos mains...

Il utilisait délibérément le nom arabe de Jérusalem.

— Le reste sera assez facile, ne pensez-vous pas ?

Minuit était passé ; son bureau était plongé dans l'obscurité et il était assis à sa table, amer, frustré.

La pluie martelait les vitres, et loin, au-dessus du delta, on entendait le grondement du tonnerre. Son humeur était à l'image du ciel. Les dés étaient jetés et il ne pouvait plus rien y faire. Chetwode ne lui avait même pas demandé son avis sur le plan de Lawrence. Saul aurait certainement déclaré que ce plan était brillant (ce qui était vrai) mais voué à l'échec. Cinq ou six mille cavaliers arabes ne pouvaient défaire les divisions d'élite de Murat Pacha. Jérusalem n'était pas Akaba, et Murat n'était pas suffisamment idiot pour bayer aux corneilles et taper sur des casseroles à cause d'une éclipse de lune pendant que les Bédouins de Lawrence déferlaient, leurs épées déjà tirées.

Mais s'il avait dit cela, Lawrence l'aurait accusé de travestir la vérité pour des raisons politiques. Chetwode se serait rangé à l'avis de Lawrence et aurait tranché en sa faveur. Ainsi donc, Lawrence allait lancer son attaque suicide contre Jérusalem, il allait bien entendu échouer, et l'armée britannique serait à nouveau clouée aux portes de la Palestine un an ou deux. Pendant ce temps-là, tout pouvait arriver, y compris une victoire allemande. Comme Maimon le disait, lorsqu'on pourrait édifier le Foyer national juif, il n'y aurait plus personne pour y vivre.

Maimon était affalé dans un fauteuil de l'autre côté de la pièce, et ronflait. Après son voyage en bateau depuis la Palestine et le trajet en train depuis Alexandrie, il était épuisé. Pourtant, il avait refusé d'aller se coucher dans le logement réquisitionné pour lui dans une ancienne école derrière la mosquée el-Azhar, et avait tenu à aider Saul pour l'opération de ce soir-là. « Réveille-moi s'il se passe quelque chose d'intéressant », avait-il dit avant de plonger dans le sommeil. Saul avait éteint toutes les lampes, mais était resté éveillé, trop préoccupé pour suivre l'exemple de Maimon. Une heure auparavant, le téléphone avait sonné pour la première fois. Ensuite, ses agents n'avaient pas cessé de l'appeler pour lui transmettre leurs rapports sur les officiers ayant participé à la réunion d'Héliopolis.

La sonnerie du téléphone retentit à nouveau et il décrocha le combiné de la main gauche.

— Ici Donsky.

— Cooke à l'appareil. Equipe Cooke et Sirtawi.

Sirtawi était un lieutenant égyptien que Saul connaissait vaguement. Auprès de chaque agent britannique, il avait placé un Egyptien chargé de l'aider grâce à sa connaissance de la langue et du pays. Il aurait volontiers confié le commandement de l'équipe à certains Egyptiens, mais il était inconcevable qu'un Anglais obéît aux ordres d'un simple « indigène ».

— Je vous écoute, Cooke.

— Nous devions surveiller le général Cadogan. Il a dîné au Turf Club avec le général Pauls et M. Burroughs, des services du haut-commissaire. A onze heures moins vingt-cinq, le colonel Brendon les a rejoints, et ils ont joué au bridge dans la salle Cheops pendant plus d'une heure. A onze heures dix, son aide de camp lui a apporté quelques dépêches qu'il a lues puis signées. A minuit moins le quart, la partie s'est arrêtée et son chauffeur a ramené le général à ses appartements du Continental. Il est monté directement.

— Bien. Qui doit vous relever ?

— Henderson. Il sera là à deux heures et demie.

— Parfait. Je veux que l'on surveille le général jusqu'à ce qu'il retourne à son bureau demain. A ce moment-là, vous m'appellerez pour recevoir de nouvelles instructions.

Saul raccrocha et passa la main sur son menton râpeux. Mentalement, il raya Cadogan de la liste des suspects. La plupart des officiers semblaient au-dessus de tout soupçon, bien qu'il eût appris un certain nombre de détails embarrassants touchant à leur vie privée. Le général de brigade Boynton avait une aventure avec l'épouse d'un diplomate français, et il la rencontrait, sous un faux nom, au pavillon Ritz, sur l'avenue Kasr el Nil. On avait vu le lieutenant-colonel Bradley, un Australien costaud, entrer au bordel de Mme Léontine, derrière l'hôtel du Sphinx. Quant au général de brigade Pierce, on l'avait vu recevoir dans sa suite un lieutenant de l'aéronavale à l'allure particulièrement efféminée. Les hommes de Saul avaient découvert qu'on les avait déjà vus ensemble auparavant, et que leur rencontre de ce soir faisait partie de leurs habitudes. Saul décida d'en parler à Montague dès le lendemain matin : Pierce était marié, et son homosexualité pouvait le rendre sensible au chantage.

La sonnerie du téléphone retentit à nouveau.

— Peter Mortimer à l'appareil.

— Mortimer, oui. Qui est votre partenaire ?

— Le bougnoule, vous voulez dire ?

Saul serra les dents. Il ne supportait pas la façon insultante dont certains Anglais qualifiaient les Egyptiens : bougnoules, nègres, indigènes, etc.

— Votre partenaire égyptien, répéta sèchement Saul.

— Butrus.

D'après le nom, il s'agissait d'un Copte ; au nombre de deux millions en Egypte, ils appartenaient à la plus vieille Eglise chrétienne du monde, et on les disait descendants des pharaons. Et pour toi, ce n'est qu'un bougnoule, songea Saul.

— Je vous écoute, dit-il.

— Nous avons suivi le lieutenant-colonel Saunders, de la cavalerie Anzac.

L'espace d'un éclair, Saul eut devant lui le visage de l'officier blond.

— Il a dîné au Schéhérazade en compagnie d'une certaine Mlle Mary Bartlett, une Canadienne, puis ils se sont rendus tous les deux chez elle.

— A quelle heure ?

— Dix heures vingt-cinq. Il y est encore.

— Est-ce la première fois ?

— Nous avons interrogé le bouab de la maison d'en face.

Le « bouab » était le portier qui, comme les concierges de Paris, servait d'indicateur de police.

— Il nous a dit que le colonel Saunders passait toutes ses nuits chez Mlle Bartlett depuis la semaine précédente. Il semble bien qu'ils aient une aventure amoureuse.

— Qui est cette Mlle Bartlett ?

— Une étudiante en égyptologie qui vient d'arriver du Canada. Elle partage sa maison de la rue Alfi avec une Française nommée Bontou ou Pontou.

Les Arabes avaient des difficultés à prononcer le « p », qui n'existait pas dans leur langue.

— Rue Alfi, vous dites...

Quelque chose dans le nom et l'adresse éveillait un souvenir en lui. Quand avait-il lu un rapport ou quelque chose à propos de la rue Alfi ?

— Attendez une seconde, ne quittez pas, dit Saul.

Il ralluma les lumières et traversa la pièce. Maimon se tortillait déjà dans son fauteuil, tâchant de se protéger les yeux de la lumière jaune.

— Maimon, debout ! dit Saul en secouant son ami par les épaules. Allez, réveille-toi, j'ai besoin de toi.

— Va te faire voir ! murmura doucement Maimon en détournant la tête.

— Debout, Maimon, on a du travail.

— Ça peut sûrement attendre demain, grommela-t-il.

Mais déjà il étirait sa jambe blessée, et sa main était dans sa poche à la recherche de sa boîte à tabac. Saul continua de le secouer un moment.

— Rue Alfi. Une femme nommée Bontou, ou Pontou. Ça te dit quelque chose ?

Maimon cligna les paupières plusieurs fois et il ouvrit les yeux.

— Bontou ?

— Bontou ou Pontou, répéta Saul. Rue Alfi.

Maimon avait une mémoire d'éléphant ; il devait se souvenir ! Mais son ami secouait la tête.

— Je ne me souviens même pas de mon propre nom pour l'instant, grogna-t-il en se frottant le nez.

Va voir le répertoire et laisse-moi le temps de me réveiller.

Penché sur le vieux coffre-fort, Saul composa rapidement la combinaison. La boîte de carton noir se trouvait sur l'étagère du haut. Il la posa sur son bureau et commença à feuilleter les fiches. Derrière lui, il entendait le pas claudiquant de Maimon ; une odeur pénétrante de tabac brun envahissait la pièce.

— C'est pas Bontou, dit soudain son ami. C'est Pontou ou Pontiou, rue Alfi.

Saul se retourna.

— Quoi ?

— Pontou. Ça doit être une des femmes qu'on devait interroger au début de l'enquête, tu te souviens ? Elle est arrivée d'Europe par bateau, et tu m'avais demandé de la voir.

Saul fronça les sourcils tout en continuant de feuilleter les fiches.

— Mais après, poursuivit Maimon, on a découvert que l'espionne était venue par le Sinaï et on n'a jamais vérifié Mme Pontou.

Cela lui revenait à présent : le rapport qu'il avait préparé pour Montague et leur conversation interrompue au monastère des derviches hurleurs. La Française était une des huit femmes arrivées au port d'Alexandrie peu avant ou après l'annonce de la venue de l'espionne.

Encore deux cartes, et il y était :

— Sabine de Ponthieu, lut-il à voix haute. Passeport français, arrivée le 27 septembre, par *l'Alicante*, domicile, 11, rue Alfi.

Saul et Maimon échangèrent un regard.

— Bon Dieu ! marmonna Saul. Ce n'est pas l'espionne. C'est son correspondant !

Il reprit le téléphone et cria :

— Mortimer ! Mortimer, vous êtes toujours là ?

— Oui, monsieur.

— D'où appelez-vous ?

— Du Shepheard's, monsieur. C'est derrière

l'Opéra, juste de l'autre côté du jardin en partant de...

— Je sais où est le Shepheard's... Maintenant, retournez rue Alfi au pas de course et réveillez le portier pour lui demander quand Mlle Bartlett est arrivée au Caire. C'est compris ? Demandez si elle est arrivée avant ou après Sabine de Ponthieu.

— Qui ? dit Mortimer.

— Nom de Dieu ! La femme Bantou, d'accord ? Et rappelez-moi ensuite.

— Très bien, monsieur.

Saul sentait le sang monter à son visage. Il se remit à feuilleter ses fiches fiévreusement. Pas de Mary Bartlett dans son répertoire.

— Va téléphoner depuis le bureau de Ritchie, dit-il à Maimon. Appelle l'administration des étrangers.

Le bureau avait la liste de tous les étrangers visitant ou résidant en Egypte.

— Parle à l'employé du service de nuit, et s'il n'y en a pas, sors le directeur de son lit. Je veux savoir s'il y a une Mary Bartlett sur leurs listes.

Maimon s'en fut en claudiquant. Un instant plus tard, Saul l'entendit hurler dans le téléphone. Il s'approcha de la fenêtre. L'orage s'était éloigné ; quelques éclairs continuaient d'onduler dans le ciel loin à l'est. L'espionne accompagnait-elle Saunders le soir du gala à l'Impérial ? Donc il l'aurait eue ce soir-là s'il avait réussi à interroger l'Australien. Mais Saunders, sans doute pressé de rejoindre sa maîtresse, l'avait éconduit. « Mon Dieu, faites que ce soit elle », pria-t-il intérieurement. Mettre la main sur l'espionne de Murat avait été son principal objectif ; mais c'était peu à peu devenu une véritable obsession, surtout après la désastreuse conférence de ce jour-là, à Héliopolis. Il n'avait pas réussi à sauver Jérusalem. Alors, il lui fallait au moins venger la mort de Ruth.

Le téléphone sonna ; il s'en saisit d'une main tremblante.

— Raynes, à l'appareil, monsieur, l'équipe Raynes et Aref. On était affecté au...

— Pas maintenant, Raynes. Rappelez-moi dans dix minutes, d'accord ?

Il raccrocha sans attendre la réponse.

Le téléphone sonna de nouveau, immédiatement. C'était Mortimer.

— Le portier dit que Mlle Bartlett est arrivée rue Alfi une semaine après Mme Bontou, monsieur.

— Vous êtes sûr ?

Donc c'était elle. C'était bien elle !

— Butrus l'a interrogé et j'ai...

Maimon était de retour dans la pièce.

— Attendez, dit Saul, et il se tourna vers son ami. Alors ?

— Pas de Mary Bartlett sur les listes, monsieur Donsky, annonça solennellement Maimon.

Puis il se jeta sur lui pour le serrer dans ses bras pour la deuxième fois ce jour-là.

— C'est elle, Saulik ! s'écria-t-il. Elle n'est pas enregistrée, donc elle s'est introduite clandestinement dans le pays. C'est la fille.

La fille. La fille aux yeux d'or. Elle était là, à sa portée, et cette fois il ne la laisserait pas lui échapper.

— Mortimer, dit-il dans le téléphone. Retournez rue Alfi. Je vous envoie une voiture et quelques hommes en plus. Je veux que la maison soit surveillée, et aussi les arrière-cours et les immeubles autour. Je veux un rapport téléphonique toutes les demi-heures.

— Oui, monsieur, dit Mortimer manifestement gagné par l'excitation.

— Si mon téléphone est occupé, appelez le bureau de Ritchie. Si Saunders sort, laissez-le aller. Ne le suivez pas. Si l'autre femme, la plus vieille, Sabine de Ponthieu — Bontou pour votre portier —, sort, suivez-la discrètement. Si elle entre en contact avec quelqu'un, arrêtez-les tous les deux, sur-le-champ.

— Oui, monsieur.

— Si Mary Bartlett sort, je veux quelqu'un à ses trousses partout où elle ira. Et téléphonez-moi immédiatement.

— On ne l'arrête pas ? demanda Mortimer, surpris.

— Non. Personne n'approche cette femme, sauf moi. Est-ce clair ?

— Oui, monsieur.

— En avant, alors.

Il reposa le combiné sur son support.

Maintenant je te tiens, pensa-t-il avec une joie sauvage. Qui que tu sois, Mary Bartlett, je te tiens.

CHAPITRE 13

Ruth s'éloigna doucement du corps recroquevillé de Jeff, et, allongée sur le dos, garda les yeux ouverts dans l'obscurité. Elle entendait encore les gémissements de Jeff qui accompagnaient toujours l'instant où il jouissait en elle. Dans un instant, elle le savait, il se tournerait vers elle et l'embrasserait très doucement, amoureusement, avant de sombrer dans un sommeil profond et apaisé. Elle se lèverait alors et, sur la pointe des pieds, gagnerait la salle de bains ; elle ferait fondre dans la poire à lavage vaginal une pilule au cyanure de Sabine, pour annihiler la semence chaude répandue en elle. Ce serait ensuite le retour dans le lit trempé de sueur ; elle resterait longtemps éveillée à ses côtés, jusqu'à ce que la lueur grise de l'aube s'insinue entre les fins rideaux de mousseline.

Depuis une semaine, le scénario se déroulait chaque fois de la même façon. Au début de la soirée, Jeff passait prendre un verre chez elle, puis il l'emmenait à un dîner, à une réception ou à l'Opéra. Parfois ils se rendaient au Mena House, où des chevaux sellés les attendaient, et ils partaient pour une promenade nocturne autour des pyramides ; là, sous un siwan, une tente égyptienne multicolore, on leur servait un dîner arrosé de champagne. Mais toujours, ils terminaient la soirée chez elle, dans le grand lit ; Jeff faisait l'amour de façon passionnée, intense, il tremblait d'excitation, mais Ruth demeurait passive, soumise, les dents serrées, tentant d'étouffer les folles émotions qui tourbillonnaient dans son esprit.

Après la première nuit, elle ne pleura plus et fit des efforts terribles pour dissimuler son angoisse à son amant. Malgré tout, elle ne parvint pas à simuler le plaisir sexuel. Jeff tenta vainement de l'éveiller par des mots, des caresses, des baisers brûlants. Jamais, pourtant, il ne lui reprocha sa gaucherie, qu'il attribua à son manque d'expérience, et curieusement, cela ne fit même qu'attiser son désir pour elle. « Tu m'as donné ton bien le plus précieux », lui dit-il un jour, « et je t'en serai redevable pour toujours. » Ensuite, il avait éclaté de rire, se qualifiant lui-même d'indécrottable victorien ; le lendemain soir, il lui avait demandé de le suivre en Australie.

« Oh ! ce serait merveilleux ! » s'était-elle exclamé spontanément. Pendant un court instant, elle s'était abandonnée à un rêve : elle s'embarquait sur un paquebot en partance pour les mers du Sud, et laissait tout derrière elle, Murat, Von Traub, les tortures et les souvenirs déchirants ; elle tournait la page et commençait une nouvelle vie à l'autre bout du monde avec un homme qui l'aimait.

Mais elle n'était pas amoureuse de Jeff Saunders. Et même si elle n'avait pas été hantée par le souvenir de Saul, elle n'aurait pas pu l'aimer : la tromperie et les mensonges qui avaient entouré son aventure avec Jeff auraient à jamais empoisonné son amour. Pourtant, Jeff se montrait attentionné, il l'aimait avec sincérité, et dans le calvaire solitaire qu'elle vivait, il était le seul sur qui elle pouvait s'appuyer. Il aurait fait un mari dévoué, et lui aurait offert une existence paisible dans son immense et lointain pays.

Et puis elle s'était prise à songer à son père, et à Saul ; et au charme ensorcelant que lui avait jeté cette terre aride et gorgée de sang, Israël. Oui, un charme étrange qui lui faisait aimer ce pays tourmenté d'une passion dévorante. Si elle survivait à cette guerre atroce, elle savait qu'elle ne pourrait vivre nulle part ailleurs qu'au flanc de ces montagnes battues par les vents, qui surplombaient les rivages dorés de Canaan.

A côté d'elle, Jeff s'étira et s'appuya sur ses coudes.

— Ça t'ennuie si je me prépare un verre ? demanda-t-il.

— Un verre ? Maintenant ? demanda-t-elle d'un air surpris. Mais non, si tu en as envie.

— Je t'en sers un aussi ?

Elle secoua la tête.

Il se leva et ceignit autour de sa taille une longue serviette blanche. Ruth aperçut la lumière du salon et entendit le tintement des verres entrechoqués. C'était la première fois qu'il faisait cela, mais c'était aussi la première fois qu'il était aussi tendu. Au dîner, il s'était montré d'humeur maussade, ne répondant à ses questions que par monosyllabes. Ce soir-là, il y avait un spectacle au Schéhérazade. Il avait observé d'un œil morne les circonvolutions sensuelles de Samira, la meilleure danseuse du ventre de toute la ville du Caire, s'était totalement désintéressé du charmeur de serpents marocain et des quatre Nubiens sculpturaux qui exécutaient une danse du sabre. Finalement, à la demande de Jeff, ils étaient partis au beau milieu du numéro des cracheurs de feu. Elle avait cru qu'il avait hâte de se retrouver au lit avec elle, mais elle se rendait compte à présent que quelque chose d'autre le tourmentait.

Il retourna dans la chambre en tenant son verre dans une main et une lampe à huile dans l'autre. Rapidement, elle tira le drap sur sa poitrine : jamais elle ne s'était montrée nue en pleine lumière.

— Il y a quelque chose qui ne va pas, Jeff ?

Il hésita un moment, puis hocha la tête.

— Rien ne va, tu veux dire !

Il posa la lampe sur la table de chevet, ouvrit les

rideaux et regarda dans la rue. La pluie avait cessé et un profond silence pesait sur la maison. Deux fois il se tourna vers elle, comme s'il allait lui parler, puis se ravisa.

— Que se passe-t-il ? lui demanda-t-elle doucement.

Il s'assit à côté d'elle et but une longue gorgée de whisky.

— C'est cet imbécile de Lawrence ! lança-t-il d'un air furieux. Il nous prépare le plus grand désastre de la guerre, et à l'état-major impérial, personne n'ose s'opposer à lui.

Il secouait la tête avec colère, et une mèche de cheveux blonds venait lui balayer le front.

— Cette espèce de charlatan en robe de Bédouin vient jouer de sa flûte arabe, et tous nos grands généraux le suivent comme des rats aveugles.

— Je ne comprends pas ce que tu racontes, dit-elle.

Jusqu'alors, elle avait pris bien soin de ne jamais lui poser de questions directes, par peur d'éveiller ses soupçons et de le voir se taire pour de bon. Elle affectait même l'indifférence chaque fois qu'il abordait les questions militaires.

— Laisse-moi seulement t'expliquer, et tu comprendras, dit-il en s'installant au bord du lit. Inutile d'être général pour comprendre que Lawrence nous conduit tout droit à un suicide massif. Je veux dire en Palestine, ajouta-t-il en vidant son verre. Tu vois, le premier plan proposé par Allenby était excellent. Il comptait envahir la Palestine en attaquant sur deux fronts entre Gaza et Beersheba, avec le gros des forces...

— Où se trouve Gaza ? demanda-t-elle innocemment.

— Mon Dieu, tu ne sais même pas où est Gaza, dit-il en secouant la tête d'un air navré. Bon, si tu suis la côte nord du Sinaï, juste de l'autre côté de la frontière de la Palestine... (son regard s'éclaira soudain). Attends, tu n'as pas un crayon et un morceau de papier ?

D'un geste du menton, elle indiqua sa coiffeuse.

— Dans le premier tiroir sur la droite.

Un moment plus tard, agenouillé sur le tapis, il dessinait sur une feuille de papier à lettres rose le plan de Lawrence pour la conquête de Jérusalem.

Dès qu'il fut parti, à l'aube, elle sauta du lit et se précipita à la fenêtre du salon. Ecartant doucement les rideaux, elle regarda s'éloigner le bel officier, l'amant passionné, l'homme qu'elle voyait pour la dernière fois de sa vie. Elle éprouvait un certain remords pour la façon dont elle s'était servi de lui. Il ne méritait pas cela, il lui avait donné son affection, il avait eu confiance en elle. Elle se détourna avec brusquerie, s'efforçant de le chasser de ses pensées, et regagna la chambre. Elle avait les joues empourprées, et les pensées se bousculaient dans son esprit. Elle avait réussi ! Elle avait le plan ! Tout ce qu'elle voulait, c'était cette feuille de papier parfumé, avec des noms, des dates et des flèches. A présent, elle pouvait sauver son père, les prisonniers de Saint-Jean-d'Acre et les cinq otages qui devaient être pendus à Damas.

Il n'y avait plus une minute à perdre. Elle aurait pu télégraphier à Von Traub pour lui signaler les points principaux du plan de Lawrence : il suffisait pour cela d'utiliser le code que Sabine de Ponthieu lui avait apporté et l'adresse en Suisse. Mais alors, face à Murat et à Von Traub, elle n'aurait plus été en position de négocier. Elle ne donnerait le plan qu'en échange de la libération de son père et des autres otages. Elle se souvenait parfaitement des instructions que Von Traub lui avait données à Beersheba, la veille de son départ. « Si vous avez réussi à obtenir le plan et qu'il vous fallait quitter rapidement l'Egypte... »

Elle colla dans son dos son poignard et le papier de Jeff, puis se ravisa et fixa le poignard sous ses seins, dans un endroit plus facile à atteindre. Elle enfila ensuite son informe robe arabe ainsi que la grande écharpe noire. Elle étendit sur le lit une vieille serviette et posa dessus le carnet de code de Sabine, dont elle ne s'était jamais servi, tout l'argent liquide qu'elle avait dans la maison et quelques sous-vêtements. Par-dessus, elle posa le passeport canadien : elle pourrait encore en avoir besoin. Puis, à la façon des femmes égyptiennes, elle noua la serviette en baluchon. Elle ne toucha pas aux bijoux : ils ne lui appartenaient pas, elle n'en voulait pas ; en outre, songea-t-elle sombrement, ils ne lui seraient d'aucune utilité là où elle se rendait. Par la fenêtre du salon, elle regarda l'appartement de Sabine. Il faisait sombre et les volets étaient fermés. La sorcière était endormie, satisfaite de savoir que Mary Bartlett manœuvrait son colonel comme sa chère Mata.

Ruth se voila le visage et promena un dernier regard sur la maison où elle avait passé ces six dernières semaines. Puis elle sortit, referma doucement la porte derrière elle et traversa rapidement la cour intérieure. Les fenêtres des domestiques étaient sombres, leurs portes fermées. Les colombes perchées sur la fontaine s'envolèrent dans un battement d'ailes, obscurcissant le ciel pendant un bref instant. En quelques pas, elle franchit le seuil, se retrouva dans la rue et inspecta rapidement la place de l'Opéra.

Le tramway électrique s'apprêtait à partir et elle courut dans sa direction, un peu gênée par sa longue robe. Elle passa devant un Anglais anguleux, vêtu d'un complet beige froissé, qui allumait une cigarette et n'adressa pas le moindre regard à Ruth. Un vieil homme vêtu d'une robe brune et coiffé d'une casquette était appuyé contre une charrette pleine de mangues jaunes disposées sur un papier rouge. Le parfum des fruits mûrs flottait dans l'air vif du petit matin. Un chien des rues, couché à l'ombre d'un jacaranda, aboya vers elle sans conviction.

Le cœur battant, elle monta dans le tramway. Il était encore tôt, et la voiture était presque vide. Elle jeta un regard furtif autour d'elle pour s'assurer qu'elle n'était pas suivie. Sabine et Von Traub hantaient encore ses pensées. Elle remarqua quelques femmes portant des baluchons noirs et des paniers pleins de dattes et de nectarines ; un jeune garçon se tenait à l'extrémité de la voiture, avec deux grandes cages pleines de pigeons. Deux soldats britanniques, débraillés après une nuit passée à l'Ezbekeya, bâillaient à qui mieux mieux.

Au moment où le tramway s'ébranla, un Egyptien sauta sur le plat-bord et vint s'asseoir sur un siège de l'autre côté du couloir central. Une barbe de plusieurs jours, les yeux cernés de noir, il avait l'air épuisé. Il sortit un vieux journal de la poche intérieure de sa gallabeya rayée et se mit à lire, mais le journal ne tarda pas à glisser sur ses genoux : sa tête roula sur son épaule et il ferma les yeux. Ruth laissa échapper un long soupir. Apparemment, personne n'avait remarqué son départ de la maison de la rue Alfi.

Lorsqu'elle descendit du tram, la place Ramsès, face à la gare du Caire, s'éveillait. Un vent sec soufflait du désert apportant avec lui des nuages de sable qui obscurcissaient le ciel. Elle plaqua le voile noir sur sa bouche et sur son nez. Des étals des marchands s'élevaient des senteurs d'oignons grillés, de viande et de poivrons, mêlées au parfum délicat du santal. A l'approche de Ruth, des vendeurs de jus de fruit glacé, portant leurs jarres sur le dos, faisaient retentir leurs petites cymbales de cuivre pour attirer son attention ; une vieille femme accroupie au milieu de la place, qui mâchait des cacahuètes, agita dans sa direction une tranche de pastèque qu'elle venait de découper. Rapidement, la tête baissée, Ruth passa devant un Nubien à l'air féroce qui battait son dromadaire, et elle pénétra dans la gare. Moins d'une demi-heure plus tard, elle était installée dans un wagon de troisième classe du train Ismaïlia-Kantara.

Tandis que le train ahanait en direction de l'est, elle se recroquevilla dans un coin, en proie aux sentiments les plus contradictoires. En elle se mêlaient la peur et l'espoir. Atteindrait-elle vivante la Palestine ? Elle était hors d'atteinte de Sabine, à présent, mais au fur et à mesure qu'elle s'approchait du canal, la crainte grandissait en elle d'être capturée par les Anglais. La semaine précédente, à l'Impérial, elle s'en était tirée de justesse, mais elle savait depuis lors qu'elle courait le plus grand danger. Elle avait été démasquée, et les équipes de Saul passaient Le Caire au peigne fin pour retrouver une femme portant une cicatrice à l'avant-bras. Grâce au ciel, Saul ne savait pas qui était l'espionne qu'il traquait ainsi. Elle eut un frisson à l'idée que Saul pût la démasquer et la capturer.

Depuis ce jour-là, bien sûr, elle n'était plus jamais ressortie avec une robe sans manches. En fait, depuis sa fuite de l'Impérial, elle n'avait guère quitté sa maison, ne sortant qu'avec Jeff Saunders. Lorsqu'elle se trouvait avec lui, elle éprouvait un sentiment, peut-être illusoire, de relative sécurité.

Mais à présent, seule dans ce train bondé, elle était assaillie de peurs et de soupçons. Après chaque arrêt, trois membres de la police militaire, vêtus d'uniformes impeccables, parcouraient lentement le wagon en dévisageant les passagers, et chaque fois elle tremblait à leur approche. Même les Egyptiens qui voyageaient avec elle paraissaient suspects à ses yeux. L'un d'entre eux, vêtu d'une vieille chemise bleue de fellah et chaussé de sandales de corde, lui semblait vaguement familier et lui rappelait l'homme au journal qui était monté dans le tramway au même arrêt qu'elle. Mais le fellah descendit à Belbeis, laissant sa place à un jeune homme à l'air timide en uniforme de postier. Elle poussa un long soupir de soulagement.

Chaque kilomètre l'éloignant du Caire renforçait ses espoirs. Ses pensées volaient déjà vers la Palestine, Saint-Jean-d'Acre, la maison dans la montagne ; et la crainte d'être arrêtée s'amenuisait lentement.

Comment aurait-elle pu imaginer, auparavant, qu'elle serait soulagée de s'éloigner de Saul ? Mais depuis cette soirée à l'Impérial, Saul était devenu pour elle synonyme de danger ; pour elle, bien sûr, mais surtout pour son père et pour les prisonniers qui croupissaient dans les cachots de Damas.

De temps à autre, elle jetait un regard rapide au paysage du delta, et au fur et à mesure qu'ils s'éloignaient du Nil, elle voyait la région se transformer en désert. Le train se dirigeait à présent à grande vitesse vers le canal de Suez. Chaque étape franchie lui semblait une petite victoire. La gare d'Ismaïlia où, lors de son voyage vers Le Caire, elle avait pris le train avec Abed. Kantara Ouest, sur la rive africaine du canal. Puis le canal lui-même, familier, ruban d'eau étroit et rectiligne entre deux rives désolées. Le ferry qui l'emmena jusqu'à Kantara Est, sur l'autre rive. Les maisons misérables de la petite ville, et les nombreux soldats britanniques agglutinés autour de la gare militaire. Les dunes de sable du Sinaï, que l'on apercevait derrière les barrières de barbelés. Les écriteaux en anglais et en arabe : « Zone militaire. Entrée interdite à toute personne dépourvue d'autorisation. » Et enfin sa destination : une maison blanche éclatante au milieu d'un bouquet de palmiers poussiéreux, dans les faubourgs nord de Kantara.

Pendant un moment, elle erra dans la petite ville de Kantara, pour s'assurer qu'elle n'était pas suivie. Elle se joignit ensuite à un groupe de femmes qui suivaient un sentier parallèle au canal, vers le nord, puis bifurqua brusquement et se dirigea vers la maison blanche. Le soir tombait lorsqu'elle pénétra dans une grande pièce dont le sol de terre battue était recouvert de nattes en feuilles de palmier et d'étroits tapis de prière. Le long des murs, dans de petites niches ménagées à cet effet, on avait disposé des lampes à huile décorées de petits morceaux de verre coloré. Une faible odeur de tabac blond flottait dans la pièce. Dans un coin, sur une table basse en cuivre, un narghilé gargouillait doucement. Derrière, enfoncé dans des coussins rouges, jaunes et verts, se tenait un homme âgé, le visage creusé, la tête entourée d'un énorme turban taillé dans un tissu blanc et brillant. Il avait le teint clair, presque rose, et ses yeux étaient d'un bleu pâle des plus curieux.

— Je suis envoyée par les Allemands et les Turcs, dit-elle en arabe.

Les deux domestiques qui l'avaient fait entrer avaient quitté la pièce, et elle entendait dans la cour leurs voix aux accents gutturaux.

Le vieil homme l'examina avec gravité, en prenant son temps, avant de hocher la tête.

— Je vous attendais. On m'avait dit qu'un jour vous viendriez. Soyez la bienvenue.

Il parlait un dialecte étrange qu'elle ne parvenait pas à identifier.

— Il y a ici des vêtements pour vous. Et un cheval. Un bon cheval.

Il s'interrompit un instant pour tirer sur sa pipe, tapotant de sa main libre sa courte barbiche taillée en pointe.

— Vous partirez après la tombée de la nuit. Un de mes hommes vous accompagnera. Pour vous protéger. Vous pouvez avoir confiance en lui.

— Très bien, Effendi. Comment s'appelle-t-il ?

— Vous longerez le canal, poursuivit-il en ignorant sa question. Vous atteindrez ensuite un palmier royal, tout seul. Là, vous trouverez un passage à travers les lignes anglaises.

Il prononça le mot « anglais » — *inglisi* — avec mépris.

— Puis vous poursuivrez vers le nord-est, le long de la côte, en suivant la voie de chemin de fer. Vous dormirez dans le désert, non loin de Romani, et vous reprendrez votre voyage la nuit suivante. Il y aura les provisions nécessaires sur le cheval.

Il s'interrompit, suçant le tuyau de sa pipe, attendant visiblement qu'elle approuvât ces instructions. Elle hocha donc la tête.

— Le lendemain, vous atteindrez le camp de Bédouins de Bir el Mazar. Mon homme vous conduira à la tente du cheikh et vous laissera là. Le cheikh nous est acquis. Il vous donnera un cheval frais ou un dromadaire, et un guide qui vous fera passer la frontière et vous conduira en Palestine. Ou alors il vous enverra à Gaza sur un bateau de pêche. Parfois il est plus sûr de passer par la mer.

— Shoukran, dit-elle. Merci.

Il répondit par un hochement de tête et frappa dans ses mains. Un serviteur entra. Grand et sombre de peau, il portait un anneau de fer brut à l'index gauche. Une cicatrice en forme de croissant courait de son œil gauche jusqu'au creux de la joue en lui déformant le visage.

— Suivez-le, dit le vieil homme à Ruth en tirant sur les poils gris de sa barbiche. Il vous donnera à manger.

Une heure plus tard, à nouveau vêtue en Bédouine et montée sur une jument alezane avec trois balzanes, elle franchissait les lignes anglaises suivie par son accompagnateur silencieux ; elle était en route pour la Palestine.

Penché sur le cou de son cheval gris souris, Saul Donsky filait entre les ondulations sablonneuses du nord du Sinaï à la suite des deux cavaliers galopant le long de la voie de chemin de fer. L'un, grand et massif, coiffé d'un keffieh de teinte sombre, montait un bai au poil luisant, l'autre une jeune jument au pas nerveux et bondissant. La plus petite silhouette drapée dans une robe bédouine était évidemment la femme ; par précaution, Saul avait néanmoins déployé ses hommes sur toute la périphérie de Kantara pour surveiller toute personne quittant la maison blanche et le bosquet de palmiers autour d'elle.

La filature de l'espionne à partir de la maison de la rue Alfi avait été une véritable mécanique de précision ; Mortimer avait croisé la fille sortie de la maison habillée en Egyptienne sur la place de l'Opéra ; il avait bien regardé son visage et vu les grands yeux clairs. Certain, alors, qu'il s'agissait de Mary Bartlett et non de la domestique égyptienne, il avait fait un signe à Butrus, son second, qui était monté avec elle dans le tram. Butrus, à nouveau, mais avec une chemise de fellah, avait voyagé un moment avec l'espionne, avant de laisser la place à un autre agent égyptien, Fauwzi, habillé en postier.

Ils l'avaient suivie dans le ferry et dans Kantara Est, et ils l'avaient vue entrer dans la maison blanche. La maison appartenait à un vieux Circassien, ancien fonctionnaire de l'administration du Canal. Il avait perdu son poste peu après le début de la guerre parce qu'il soutenait ouvertement le régime ottoman.

Saul lui-même était arrivé dans l'après-midi avec quelques hommes supplémentaires. Dès le départ de la fille dans le train en direction de l'est, Saul avait réquisitionné deux grands tenders Rolls-Royce du groupe d'engins blindés de reconnaissance et avait filé à tombeau ouvert jusqu'à Kantara Ouest, où il avait sauté dans le dernier ferry traversant le canal. Arrivé dans la deuxième voiture, Maimon avait déployé ses talents spéciaux et promptement soulagé un sergent des dragons de Westminster de son fringant cheval âgé de deux ans qui était à présent la monture de Saul lancé sur les traces de sa proie.

Avant de quitter Kantara, il avait abandonné sa veste européenne et, pour se rendre moins voyant, jeté par-dessus sa chemise et son pantalon l'ample vêtement noir bordé d'une ganse argentée d'un de ses agents égyptiens. Il avait accroché autour de son cou une paire de jumelles, et glissé dans sa ceinture une torche et un browning. Puis il s'était mis en route en laissant aux deux cavaliers en vêtements de Bédouins une légère avance.

La poursuite dans le désert était assez facile. Il lui suffisait de suivre la trace des sabots dans la croûte de sable. Le vent du sud avait éparpillé les nuages et la lune était parue ; il n'avait presque pas besoin de sa torche électrique pour repérer les traces des chevaux. De temps en temps, il faisait halte pour écouter le bruissement dans le sable signifiant que les deux cavaliers galopaient toujours.

Il projetait de suivre l'espionne de Von Traub jusqu'au moment où elle entrerait en contact avec un autre agent ; elle avait sûrement rendez-vous avec quelqu'un, soit pour faire provision de nourriture et d'eau et prendre un cheval frais, soit pour remettre son rapport. Il était sûr que sa fuite précipitée du Caire juste après le départ de Saunders de chez elle, devait l'amener à une rencontre importante, peut-être même avec Von Traub. S'il ne la perdait pas de vue jusqu'au moment du contact, il réussirait peut-être à démanteler par cette seule opération le réseau tout entier.

Trop fatigué pour réfléchir clairement après la longue nuit de veille passée dans son bureau, il essayait de se concentrer sur la mission de ce soir-là. Et en dépit de ses efforts pour garder son calme, il savourait d'avance le goût délicieux de la vengeance. Il ne craignait nullement le garde du corps de la fille. N'était-il pas armé ? Et l'effet de surprise jouait en sa faveur. En Russie, il avait survécu à des circonstances beaucoup plus périlleuses. Bien sûr, il aurait pu prendre deux hommes armés avec lui. Mais il ne voulait partager avec personne le plaisir de capturer l'espionne de Murat. Parce que cette fois-ci, elle ne lui échapperait pas.

Plus tard le vent tourna. Lorsqu'il eut traversé la voie de chemin de fer construite par l'armée anglaise, le khamsin brûlant soufflant dans son dos tomba, et il sentit sur son visage une brise fraîche qui transportait l'odeur vive du grand large. Elle apportait également un chuchotement paisible et rythmé, comme une respiration languide. Saul reconnut le bruit des vagues roulant sur la plage de sable. Il approchait de la côte méditerranéenne.

Le ciel d'Orient, d'un pur indigo, resplendissait, les étoiles scintillant au-dessus du sable vierge du désert. Il s'immobilisa au pied d'une dune doucement arrondie et tendit l'oreille ; mais le bruit léger des sabots dans le sable s'était fondu dans le ronronnement des vagues. Il mit pied à terre et escalada la dune en ayant soin de ne pas se faire repérer.

La première chose qu'il vit en jetant un coup d'œil prudent au-delà du faîte de la dune fut la masse noire chatoyante de la Méditerranée avec le long du rivage un mince ourlet d'écume. Devant lui, une série de dunes ondulaient jusqu'à la plage de sable blanc. Les deux cavaliers traversèrent les quelques mètres les séparant des vagues. Puis ils virèrent vers le nord en faisant trotter leurs montures dans l'écume. Saul régla ses jumelles sur eux, puis il examina progressivement toute la plage qu'ils s'apprêtaient à longer. Une masse sombre s'étendait au nord touchant presque l'eau. Le clair de lune lui permit de distinguer une palmeraie touffue s'étirant à perte de vue.

Il risquait de les perdre ! Les deux fugitifs n'ignoraient pas qu'ils laissaient des empreintes facilement repérables dans le sable ; ils avaient donc poussé jusqu'à la côte au nord pour continuer dans l'eau sans laisser de traces. Très vite, ils atteindraient la palmeraie et disparaîtraient entre les arbres quand bon leur semblerait. Les palmeraies du Nord-Sinaï s'étalaient sur des kilomètres ; les deux cavaliers seraient à l'abri une fois sous les arbres. Il lui faudrait tout un régiment pour passer la région au peigne fin.

Ses pieds s'enfonçant dans le sable, il redescendit de la dune. Son plan initial devenait irréalisable. Il ne pouvait plus épingler la fille et son garde du corps au moment de leur prochain contact. Il devait les arrêter dès à présent, avant qu'ils eussent atteint la palmeraie.

Il sauta sur son cheval, lui gifla l'encolure et l'animal bondit en avant. Il galopa à l'abri des dunes et en diagonale sur quelques centaines de mètres de manière à intercepter les deux cavaliers avant la palmeraie ; puis il tourna entre deux dunes dans un couloir débouchant sur la plage. Son cheval gris tendit le cou et accéléra l'allure. Il avait dû voir les deux chevaux qui le précédaient, et poussé par l'instinct il galopait follement pour les dépasser.

La rumeur profonde des vagues couvrant le bruit des sabots, Saul était déjà très près derrière eux, lorsque la fille se retourna et le vit. Elle poussa un cri et vira en direction de la palmeraie à quelques centaines de mètres seulement. Son compagnon tira sur les rênes de sa monture, et le bai se dressa sur ses jambes arrière en hennissant et en secouant la tête.

Les mouvements violents du cheval bai sauvèrent la vie de Saul car son cavalier eut à le maîtriser avant d'atteindre son fusil dans l'étui de selle à sa droite. Il sortit son arme et le mit en joue, mais une fraction de seconde trop tard. La première balle du browning de Saul se perdit, mais la seconde toucha l'Arabe à l'épaule droite apparemment ou au bras ; car il lâcha son fusil et, plié en deux de douleur, il plaqua sa main gauche sur son épaule et éperonna son cheval en direction des dunes.

Saul tira sur lui une fois encore avant de s'élancer à la poursuite de la fille tout en tirant en l'air. Elle dut penser qu'il la visait car elle fit décrire de furieux zigzags à sa jument. Elle atteignit la palmeraie, mais il était trop près à présent ; il la voyait nettement malgré l'ombre épaisse des palmiers tout autour d'eux. Elle était obligée de ralentir l'allure entre les arbres. Cinquante mètres, vingt, dix... Leurs montures galopaient de front et se touchaient presque ; elle était couchée sur son cheval, la tête près de l'encolure, les rênes serrées dans ses mains.

Il essaya de saisir les rênes de la fille deux fois, et échoua. Après chaque tentative, les chevaux s'écartaient d'un bond ; la prochaine fois elle pourrait dévier brusquement et filer avant qu'il pût suivre. Aussi, lorsque leurs chevaux se rapprochèrent pour la troisième fois, il se jeta sur la femme et la saisit par la taille. Elle résista furieusement à coups de pied et à coups de coude. Il sentit le cheval céder sous lui et sous les secousses de la femme. Enfin ils tombèrent tous les deux et roulèrent sur le sable.

Sonné par la chute, il relâcha légèrement son

étreinte sur elle. Souple comme un chat, elle se lança de côté ; son bras disparut dans sa robe, puis d'un geste ample elle le leva au-dessus de sa tête. Et il devina, avant de l'avoir vue, la lame recourbée dans sa petite main. Il avait lâché son pistolet en tombant ; à la vue de la dague, il se retourna violemment dans le sable. La lune brillait entre les feuilles de palmier, et il secoua la tête en plissant les yeux face à la forme obscure de son adversaire. Mais soudain, la main s'immobilisa en l'air et la dague glissa d'entre ses doigts inertes. Elle tressaillit et porta les mains à son visage.

Il se releva lentement sur les genoux et sortit la torche de sa ceinture.

— Ne bougez pas, dit-il, la voix rauque.

Il alluma la torche et la dirigea sur le visage de la femme. Alors il vit les immenses yeux dorés ; d'une main tremblante, il arracha la bande d'étoffe rude, et il étouffa un cri.

Pétrifié, il contemplait le visage livide de sa bien-aimée.

QUATRIEME PARTIE

CHAPITRE 14

— Tu n'es pas morte, murmura-t-il. Tu n'es pas morte.

Toujours incrédule, il la scrutait intensément, chaque détail de son visage ; de ses doigts tremblants, il effleura son front, ses pommettes, l'ovale de son menton, ses lèvres charnues. Il la sentit frissonner à son contact. Il avait laissé tomber la torche électrique dans le sable, où elle brillait, les enveloppant tous les deux d'une lueur dorée. Il avait le souffle court et rapide, et son cœur tambourinait dans sa poitrine.

— Tu n'es pas morte, répéta-t-il encore.

Elle semblait étonnée.

— Non, non, commença-t-elle.

Sa voix musicale éveilla mille souvenirs interdits.

— Pourquoi...

— Ruth, Ruthie, haleta-t-il.

Il émergeait de son état de stupeur. Puis soudain elle fut dans ses bras, agrippée à lui, le visage levé vers lui.

— Jamais je ne..., commença-t-il, la voix étranglée. Je pensais ne jamais te revoir. C'est un rêve, Ruthie. Ils m'ont dit que tu étais morte.

Elle marmonna des paroles indistinctes, et sa bouche chaude but la sienne, ses bras le serraient contre elle, ses doigts s'enfonçaient dans ses épaules. Il sentit ses seins fermes contre son torse et le goût salé de ses joues. Et il respira son parfum léger et poivré.

Alors, abruptement, il bascula à nouveau dans la réalité... Il se rappela la poursuite à l'hôtel Impérial du Caire, le parfum exotique flottant dans les toilettes pour dames, la silhouette imprécise de la femme en blanc. Il s'écarta, lui releva sa manche et contempla la longue cicatrice écarlate. Il se détourna, ses genoux rassemblés contre lui. Les yeux perdus dans la nuit, il refusait de penser, pour ne pas aboutir à la conclusion inévitable.

Elle devina sans doute ses pensées, car elle vint s'asseoir dans le sable derrière lui, silencieuse et pelotonnée. Finalement, il se retourna face à elle et prit une profonde inspiration. Et la terrible question, qu'il tentait d'écarter depuis l'instant où son regard avait plongé dans ses yeux d'or, fit surface au milieu du bouillonnement de ses émotions.

— Alors c'est toi Mary Bartlett ?

Il la sentit se raidir dans ses bras ; comme elle ne répondait rien, il répéta :

— C'est toi ?

Elle avait baissé les yeux, évitant son regard, tirant nerveusement sur sa manche pour cacher la cicatrice, comme pour protéger son secret.

— Tu le sais bien, murmura-t-elle.

Oui, il le savait. Mais il s'écarta brusquement, car cette simple confirmation de ce qu'il savait déjà lui fit plus mal qu'un coup violent en pleine face. Il aurait voulu qu'elle nie à cor et à cri, qu'elle l'insulte et lui dise que tout cela n'était qu'une erreur abominable... qu'elle le persuade d'ignorer les faits simples et atroces. Un étau se referma sur sa gorge ; il suffoquait. Une multitude de sentiments contradictoires et de questions affolantes tournoyaient dans son esprit.

— C'est toi l'espionne de Murat ; tu es venue prendre les plans... C'est toi la maîtresse de Saunders.

Ses propres mots ainsi que le silence de Ruth pénétraient dans sa chair comme des coups de poignard.

— Ruth, est-ce toi ?

Et tandis qu'il reprenait lentement ses esprits, la rancœur jaillit.

— Faut-il t'appeler Ruth ou Mary ? fit-il avec l'impression de l'avoir retrouvée et perdue dans le même instant. Je n'arrive pas à y croire. Tu t'es introduite au Caire pour nous espionner... C'est monstrueux. Bon Dieu, Ruth, tu travaillais contre moi ! Je t'ai pourchassée à travers toute l'Egypte. Je pourchassais Mary Bartlett, une espionne, qui incarnait pour moi le mal absolu... Je la pourchassais pour venger ta mort. Parce que je croyais que tu m'avais aimé.

Elle déglutit avec peine, ses lèvres tremblèrent, puis elle enfouit son visage dans ses mains.

Ce n'est pas possible, pensa-t-il, elle n'essaie même pas de réfuter mes accusations ! Son silence fit exploser sa rage.

— Allez, dis-le ! Dis-le que c'est Murat qui t'a envoyée et que tu as couché avec Saunders ! Tu as couché avec lui, évidemment ? Toutes les nuits, depuis le début, non ? Et hier soir aussi !

Il la saisit par les épaules et la secoua.

— Allez dis-le ! Oui ou non ?

Elle leva son visage en pleurs.

— J'étais obligée. Je n'avais pas le choix.

Ça n'était pas possible ! Saul sauta sur ses pieds et il lui tourna le dos, les mouvements raides et saccadés. Il avait les genoux cotonneux.

— Peut-être qu'il vaudrait mieux que tu sois morte.

Il regardait l'obscurité. Derrière lui, il y avait, recroquevillée dans le sable, la femme qu'il avait adorée. Sa mort l'avait plongé dans un total désarroi, sa résurrection était un effroyable déchirement. Qu'était-elle à présent, amante, traîtresse, ennemie ? Au cours des longues nuits solitaires, il n'avait jamais cessé de pleurer la fille aux yeux dorés perdue pour toujours ; et elle était revenue... et c'était non pas la femme de ses rêves mais l'espionne du diable.

Ce n'était pas la réalité... Ce n'était qu'un cauchemar de plus. D'un instant à l'autre, il se réveillerait dans sa chambre miteuse du Caire. Ruth était morte, et l'espionne de Murat courait toujours.

— Saul, murmura-t-elle.

Sa voix frêle l'arracha à ses pensées. Il regardait les cimes des palmiers se balancer dans le vent.

— Je ne comprends pas, dit-il. Toi, Ruth Mendelson, travailler pour Murat.

— Il a dit qu'il tuerait mon père si je refusais, là-bas à Acre.

Il se tourna lentement.

— Ton père ? Ton père est vivant ?

Elle hocha la tête affirmativement et se leva. Derrière elle, leurs deux chevaux émergèrent de l'obscurité comme des ombres spectrales.

— Et Giddy ?

— Giddy est mort. Murat a brûlé la maison. Saul, cet homme est un monstre.

— Je croyais qu'il vous avait tous tués.

Elle fit un pas vers lui, les bras croisés sur la poitrine, comme si elle avait froid.

— Saul, écoute-moi, je t'en prie. Il faut m'écouter !

Sa voix était mal assurée.

— Il a dit que si je ne rapportais pas les plans, il ferait décapiter mon père et massacrer des milliers de Juifs, dans toute la Palestine. Il a pris une centaine de Juifs en otages à Acre. Deux jeunes hommes ont été pendus à Damas le mois dernier. Tu connais l'un d'eux : c'est Joseph Lishansky. Cinq autres ont déjà été condamnés à mort et envoyés à Damas en prison. Ils seront pendus la semaine prochaine si je ne rapporte pas les plans.

— Tu aurais pu venir me voir.

— Ils ont dit qu'ils te tueraient si j'approchais de toi.

Elle marqua une pause, soutenant son regard.

— Et papa aussi. Je n'avais pas le choix.

— On a toujours le choix, fit-il, obstiné.

— Non, répliqua-t-elle, pas toujours. Un jour j'ai cru avoir le choix, et je suis venue te voir. A la pension Bel-Air, à Masr el-Quadimah.

— Ah oui, vraiment ? lança-t-il, sarcastique.

Néanmoins la mention de son adresse le troublait.

— Oui, dit-elle avec force. Je t'ai même vu, avec ton porte-documents et ton pain de pita, dans ton vieux costume de coton. Et puis il m'a attrapée.

— Qui ?

— L'Allemand. Von Traub.

— Von Traub ? Il est au Caire ?

Maimon ne l'avait-il pas vu à Jérusalem quelques jours auparavant ?

— Je n'en sais rien. Il y était il y a deux semaines en tout cas.

Il garda le silence, face à elle debout à quelques mètres de lui sur le sable. Il se pencha et éteignit la torche. Il demeura un moment ainsi, sans rien dire, incapable d'ordonner ces informations fragmentaires en un tout cohérent. Finalement, submergé par un sentiment de tristesse, il laissa échapper un soupir.

— Pourquoi toi ? murmura-t-il en essayant d'imaginer l'enfer qu'elle avait enduré. Pourquoi toi ?

Il la prit par la main et la conduisit jusqu'à un tronc d'arbre abattu, face à la mer agitée.

— Raconte-moi, dit-il, comme elle s'asseyait docilement à côté de lui. Tout, depuis le début.

Ainsi, au milieu de la nuit noire, avec le vent qui chuchotait fiévreusement dans les palmiers au-dessus de leurs têtes, il écouta le récit de Ruth.

— Il t'aurait tué, dit-elle doucement, si j'avais juste essayé de t'avertir, il t'aurait tué, comme il a tué Abed, le garçon qui m'a accompagnée dans le Sinaï. Tu aurais dû voir ses yeux ce jour-là à Masr el-Qadimah quand il m'a entraînée sous le porche. Alors j'ai... j'ai... J'ai appelé Jeffrey Saunders et je suis devenue sa maîtresse.

— L'aimes-tu ?

Cette question le hantait depuis le premier instant.

— Tu es le seul homme que j'aie jamais aimé.

Penché vers elle, il essaya de parler, mais aucun son ne sortit de sa gorge. Il la sentait raide et tendue. Un sanglot sembla déchirer sa poitrine lorsqu'elle enfouit sa tête dans le creux de son épaule...

— Ce qu'ils m'ont fait est pire que la mort, murmura-t-elle. Saul, ils ont détruit toute dignité en moi, ma fierté d'être humain. Ils m'ont traitée en esclave ; ils m'ont forcée à faire ce qu'ils voulaient. Ils ont fait de moi une putain, Saul !

— Dis pas ça, réussit-il à prononcer, ses lèvres cherchant la bouche de Ruth. Dis pas ça.

Tout irait bien maintenant, pensa Ruth en se lovant dans ses bras. Il était avec elle, il l'aimait, il comprenait. Elle ne pouvait pas lui reprocher son accès de fureur. Elle avait trahi leur cause et la pensée de son corps nu offert à Jeffrey Saunders l'avait mis hors de lui. D'ailleurs, son désarroi ne donnait-il pas plus que les mots la mesure de son amour pour elle ? Elle savait à présent que leur brève réunion sur le mont Carmel avait eu la même signification pour tous les deux.

— Je ne t'ai embrassé qu'une fois avant, murmura-t-elle avec étonnement.

Sa bouche remonta le long du cou de Saul ; elle sentait sous ses lèvres le chaume rêche de sa barbe et le goût salé de la transpiration séchée. Il lui rendit son baiser et un courant étrange traversa son corps. Elle avait embrassé Jeff Saunders si souvent sans jamais rien éprouver. Elle se serra contre Saul plus fort encore et glissa la main dans sa chemise ; elle aimait le contact de sa peau ferme et fraîche sous ses doigts. Sa bouche était unie à la sienne à présent, totalement offerte, et un feu brûlant se répandit jusqu'au creux de ses reins.

Etait-ce possible ? Elle était si réservée, si passive avec Jeff ; elle n'osait jamais ou ne désirait pas le caresser, tandis que le corps de Saul lui inspirait toutes les audaces. Un sentiment de triomphe insolite l'envahit. Sa liaison avec Jeff avait laissé une trace profonde mais ne l'avait pas transformée en professionnelle de l'amour indifférente à l'homme qu'elle caressait. Tout ce qu'elle éprouvait à cet instant, ce frémissement au creux de son ventre, la moiteur entre ses jambes, ce goût enivrant dans sa bouche, tout cela c'était Saul qui l'éveillait.

Puis, soudain, elle eut peur. Peut-être Saul sentait-il qu'elle faisait à chaque pas la comparaison avec Jeff ? Il allait peut-être demander : lequel de nous deux est le meilleur ? Ou plus méchamment : c'est Jeff qui t'a appris ça ? C'est dans le lit de Jeff que tu as appris à courber les reins comme ça, à haleter et à exciter un homme ? C'est comme ça que tu lui faisais perdre la tête avant de l'aider à s'enfoncer en toi ?

Si Saul disait cela maintenant, pensa-t-elle prise de panique, ou s'il la repoussait, ensuite rien ne serait plus jamais possible avec lui. Si à cet instant il s'écartait et la refusait, quelque chose en elle serait cassé pour toujours. Car, en dépit de tout ce que Murat, Von Traub et Sabine de Ponthieu lui avaient fait subir, elle demeurait une femme fière, incapable de supporter d'être rejetée par le seul homme qu'elle aimait. Mais n'était-elle pas trop impatiente ? Elle se jetait peut-être trop vite à sa tête, avant qu'il fût prêt ? Et tandis que ses mains exploraient le corps de Saul, et qu'elle tremblait à son contact, son esprit enfiévré concevait mille autres hypothèses, doutes et peurs.

Mais Saul se penchait sur elle ; sa bouche la cherchait, ses mains bataillaient avec la robe de toile rude. Il l'attira sur le sable, et elle sentit son sexe dur contre son corps dénudé. Et avant même de s'ouvrir pour lui et de le sentir palpitant en elle, avant même qu'il eût chuchoté tous ces mots dans son oreille et pénétré de plus en plus profondément dans sa chair frémissante, avant de sombrer dans un tourbillon de sensations inconnues, avant tout cela, déjà, elle avait l'orgueilleuse certitude que Saul Donsky ne la laisserait pas. Et que maintenant tout irait bien.

Elle avait dû s'endormir presque immédiatement, car lorsqu'elle se réveilla ils étaient allongés sous une couverture que Saul était allé chercher sur son cheval. Elle ne l'avait pas vu se lever. Elle se tourna vers lui. Dressé sur le coude, il la regardait. Il y avait une lueur intense dans ses yeux. Il lui caressa doucement la joue.

— Comme tu es belle, dit-il.

— J'ai dormi longtemps ?

— Une demi-heure, pas plus.

Elle s'étira voluptueusement et se glissa dans ses bras.

— Je ne savais pas que ça pouvait être aussi bien, l'amour, dit-elle en évitant son regard. C'était comme si je m'enflammais et tombais ; j'ai pensé que j'allais mourir.

Elle frissonna dans la fraîcheur de la nuit et il tira sur ses épaules la couverture de coton rêche.

— Qu'est-ce que c'est que ça ? demanda-t-il en lui montrant la feuille de papier rose pliée, à laquelle s'accrochaient des morceaux de sparadrap couverts de sable. C'est tombé de ton dos quand... Avant...

Elle regardait fixement le bout de papier froissé, et alors tout revint... tout ce qu'elle avait oublié en ces instants de bonheur éphémère.

— C'est le plan de Lawrence, dit-elle en détournant les yeux. Le plan de libération de Jérusalem. Jeffrey Saunders m'a fait le croquis hier soir.

Il déplia la feuille et ralluma la torche. Il examinait le plan en pinçant légèrement les lèvres comme un petit garçon concentré ; elle avait souvent observé cette expression sur son visage lorsqu'il travaillait sur des documents chez eux autrefois.

— Ça semble tout à fait exact, commenta-t-il finalement d'une voix neutre.

Son visage était grave à présent, de profonds sillons barrant son front.

— Pourquoi n'avoir pas télégraphié tout ça à Von Traub ? Il ne t'a pas donné de code, ni d'adresse de couverture ?

— Si, dit-elle. Attends, je vais te montrer.

Elle se mit debout et peina dans le sable jusqu'à son cheval. Quelques petits lézards s'enfuirent devant elle. Sa jument l'accueillit d'un doux hennissement et Ruth lui flatta l'encolure. Elle détacha son ballot et l'apporta à Saul.

— Voici mon carnet de codage, dit-elle en défaisant le ballot. Et là, à l'intérieur, il y a la clef du code, avec l'adresse en Suisse.

Il lui prit le livre français des mains et le feuilleta ; puis il examina la page manuscrite avec le système de codification.

— Je ne voulais pas envoyer de télégramme, dit-elle. Je n'ai pas confiance dans Murat. La seule chose qui le retient d'assassiner mon père est le marché passé avec moi. Il l'aurait fait abattre comme un animal dès réception de mon télégramme... C'est pour ça que j'ai décidé d'y aller moi-même.

— Alors tu voulais lui apporter les plans toi-même... Et quelle garantie as-tu que Murat ne vous aurait pas tués tous les deux, toi et le professeur, après avoir pris connaissance du plan ?

Elle secoua la tête.

— Aucune, Saul. Juste le minuscule espoir qu'il épargnera un pauvre vieux savant, à qui il ne reste pas bien longtemps à vivre de toute façon.

— Tu rêves. Il vous tuerait tous les deux sans un cillement, dit Saul et il haussa les épaules. De toute façon, c'est de l'histoire ancienne tout ça maintenant.

Il regarda le ciel qui pâlissait et poursuivit :

— Il faut se mettre en route si on veut atteindre Kantara avant midi.

— Kantara ?

Elle se mordit la lèvre.
— Je ne vais pas à Kantara, Saul.
La saisissant par les épaules, il l'attira à lui.
— Que veux-tu dire ?
— Tu le sais très bien, dit-elle. Je suis obligée d'aller en Palestine.
— Non, fit-il incrédule. Pas après s'être retrouvés. Je ne peux pas te laisser aller en Palestine.
Elle glissa la main derrière la nuque qui refusait de plier et elle déposa un baiser sur son menton.
— Je suis obligée d'y aller, Saul.
— Tu n'y penses pas, dit-il les yeux emplis de colère. Tu comptes vraiment apporter les plans à Murat ? Tu veux qu'il gagne la guerre ?
— Je veux sauver papa, et les otages, et ces milliers de gens. Ils sont de ton peuple aussi.
— Je ne te laisserai pas.
Elle le regardait en silence. Elle ne voulait pas un nouvel affrontement avec lui. Furieux, il sauta sur ses pieds.
— Mais enfin, Ruth, ça t'est égal Jérusalem ?
Elle le suivit en direction de la plage.
— Bien sûr que non. Mais je me soucie aussi de ces gens. Que pourrais-je faire d'autre ?
— Venir avec moi au Caire, dit-il. On trouvera un moyen...
— On ne trouvera rien du tout, s'écria-t-elle. Von Traub saura que je reviens avant même qu'on ait atteint le Caire. Et Murat commencera le massacre, et après il lâchera ses hommes sur la communauté. Ce sera un bain de sang, Saul, est-ce que tu te rends compte de ça ? Et après, quand ils seront tous morts, qu'est-ce que tu feras ?
— On va alerter les autorités du Caire..., commença-t-il.
— Les autorités du Caire ? répéta-t-elle en jetant des petits galets dans les vagues. Tu crois vraiment que les autorités du Caire se soucient des Juifs de Palestine ? Leur but c'est de gagner la guerre. Ils ne lèveront pas le petit doigt pour nous. C'est évident.

Elle prit une profonde inspiration, puis :

— Et tu veux que je te dise ce que feront les autorités du Caire ? Ils m'arrêteront et m'exécuteront pour espionnage.

— Tu divagues. Je leur expliquerai...

— Leur expliquer quoi ?

Elle criait pour couvrir le rugissement des vagues qui se faisait plus fort, et aussi parce qu'elle était en colère devant tant de candeur.

— Que je me suis infiltrée en Egypte sous un faux nom ? Que j'ai volé les plans en feignant une histoire d'amour avec un colonel australien ? Que tu m'as prise la main dans le sac et le plan collé dans mon dos sur le chemin du retour en Palestine ? C'est ça que tu vas leur expliquer ?

— Mon supérieur est un homme compréhensif, dit-il. Il s'appelle Montague, colonel Montague. Je lui dirai que tu as été victime d'un chantage ignoble.

— Ah oui ? Et il va le croire ?

— Pourquoi pas ? Il sait qui tu es.

— Il sait que je suis morte. Et pour lui l'histoire du chantage peut très bien n'être qu'une fable de plus concoctée par Von Traub, exactement comme celle de ma mort.

Une pause, puis :

— N'importe quelle cour martiale me déclarera coupable. En France, les espions sont fusillés, mais en Angleterre on continue de les pendre. Et en Egypte ils sont pendus sur les grandes places du Caire.

Il fit un pas vers elle.

— Je ne peux pas te laisser aller.

— Mais veux-tu me voir pendue ?

— Ruth, dit-il désespéré, tu mourras si tu y retournes, tu ne vois pas ?

Un sentiment de fatalité la fit frissonner. Elle passa les bras autour de lui.

— Serre-moi contre toi, dit-elle, puis elle murmura : je vais mourir de toute façon, Saul, à Acre ou au Caire, par une corde turque ou une corde anglaise. Quelle différence ? Serre-moi, je t'en prie, faisons l'amour.

Il ne fut pas réveillé par ses pas furtifs dans le sable, ni par la lueur blême de l'aube qui répandait sur la mer une teinte plombée. Il ne se réveilla pas, car il n'avait pas dormi un seul instant, même s'il était demeuré immobile sur le sable, les yeux fermés, le souffle régulier, le corps pelotonné sous la couverture poussiéreuse. Ils avaient fait l'amour à nouveau, lui avec douceur, elle avec un abandon fougueux et désespéré. Mais dès qu'il avait feint de s'endormir, elle avait sauté sur ses pieds. Elle avait rassemblé ses effets, collé la petite carte rose et la dague sur sa peau, remis sa robe bédouine et enroulé le chèche autour de son visage.

Elle ne prit pas le carnet de codage dont elle n'avait plus besoin. Les paupières mi-closes, il la regardait se préparer au départ tout en sachant qu'il pouvait l'en empêcher et la forcer à revenir au Caire avec lui... pour la voir ensuite se balancer au bout d'une corde sur la place Ramsès devant la foule surexcitée.

Il ne tressaillit même pas lorsqu'elle s'agenouilla près de lui pour inscrire quelque chose — un mot d'amour sans doute, un adieu désespéré — sur le sable avec une brindille. Puis elle se dirigea vers son cheval, et il faillit bondir pour la serrer dans ses bras juste une dernière fois. Mais son attachement à sa cause lui interdisait de cautionner, fût-ce par un simple baiser d'adieu, le voyage de Ruth dans le territoire de Murat avec l'arrêt de mort des combattants de Lawrence collé sur sa peau avec du sparadrap.

Il la vit sauter prestement dans sa selle et il ne bougea pas, cloué sur place par le choix déchirant qu'il avait fait. Il savait qu'il agissait mal, qu'il aurait fallu se jeter sur la jument et se saisir des rênes pour l'arrêter... alors il aurait accompli son devoir de sioniste et d'agent des services secrets britanniques. Mais cette femme, il l'aimait, elle seule importait pour lui. Il ne pouvait pas la livrer à un bourreau égyptien.

Le sable crissa doucement sous les sabots du cheval, le bruit se fit de plus en plus ténu, et déjà elle était partie. Il se leva lentement. Il avait l'esprit engourdi, la bouche pâteuse. Il marcha jusqu'au bord de l'eau et s'aspergea le visage. Les vagues apportaient des touffes d'algues bouclées et visqueuses. Il écrasa entre ses doigts quelques petites poches rondes, qui éclatèrent, et des gouttes giclèrent sur son visage. Le sel lui brûlait les yeux et lui picotait la peau. Il regardait l'écume ourler autour de ses chevilles. Elle devait être loin déjà, lancée au grand galop le long de la côte, jeune fille solitaire, partie pour le royaume du mal, où elle aurait à affronter tant de périls, tant de hasards, et où l'attendait peut-être un sort fatal. Mais que pouvait-il faire ? Il n'y avait pas de solution à ce dilemme déchirant ; toutes les issues imaginables conduisaient à un dénouement funèbre.

Il la sentait encore sur sa peau... alors que déjà, mirage insaisissable, leur rencontre nocturne se dissolvait dans son esprit. La reverrait-il jamais ? Il l'avait crue morte, et s'y était résigné. Comment admettre aujourd'hui l'idée qu'elle était vivante, et aux mains du boucher turc ?

D'autres problèmes, imminents, envahirent ses pensées. Que dirait-il à ses hommes, à Kantara ? Et une fois de retour au Caire, que dirait-il à Montague ? Même sans lui révéler la véritable identité de Mary Bartlett, comment lui annoncer qu'elle s'était enfuie avec les plans ? Car alors Montague alerterait immédiatement Chetwode, qui modifierait les plans opérationnels. Murat s'apercevrait dès le début de l'offensive qu'on l'avait berné ; et Ruth le paierait de sa vie. Echec et mat, à nouveau.

Et s'il lançait une chasse à l'homme contre Sabine de Ponthieu et Von Traub ? Il pourrait ensuite essayer de les échanger contre Ruth. Mais un tel marché intéresserait-il Murat ? Et comment réaliser une opération aussi délicate à l'insu de Montague ?

Il regarda un moment les vagues mourir à ses pieds, puis subitement il fit volte-face et regagna l'ombre fraîche de la palmeraie. Il ne regarda pas l'inscription sur le sable. Il roula la couverture, ramassa le carnet de codage français en secouant machinalement le sable entre les pages, puis il rejoignit son cheval. Ses mouvements étaient lents, décousus, comme s'il portait sur les épaules un poids écrasant. Il se hissa dans la selle et repartit sur son cheval gris dans le désert aride du Sinaï.

Il atteignit Kantara à la fin du jour, son cheval titubant de soif sous lui. Un soleil implacable s'était accroché à chacun de leurs pas. Sa luminosité baissait à présent, et il n'était plus qu'un disque orange, dont la base se fondait déjà dans la masse imprécise des plateaux occidentaux. Les ombres s'étiraient entre les dunes et vacillaient au-dessus des eaux tranquilles du canal de Suez. En bas, le long du canal, Saul aperçut enfin les maisons d'El Kantara, quelques cubes d'ocre brun aux portes peintes en bleu pour chasser le mauvais œil.

Maimon l'attendait au premier poste de contrôle sur la route du nord ; il jouait aux cartes sous la tente des sentinelles avec deux fusiliers gallois à la mine fâchée car ils lui devaient déjà leur solde de l'année à venir. Les pans de la tente étaient roulés pour laisser passer un peu de vent frais. En voyant Saul, Maimon sauta du lit de camp transformé en table de poker et vint à sa rencontre en claudiquant.

— Il était bien, non, le cheval que je t'ai trouvé ? commença-t-il gaiement.

Puis son rire s'éteignit et il demanda :

— Qu'est-ce qui se passe, Saulik ?

— Je veux qu'on lève la surveillance sur la maison du Circassien immédiatement, dit Saul en buvant à la gourde que Maimon avait détachée de sa ceinture. Que tous nos hommes se rassemblent, discrètement, dans le bureau du gouverneur. Et plus vite que ça.

— Qu'est-ce qui s'est passé ? répéta Maimon en fronçant les sourcils.

— Plus tard, fit Saul d'un ton bref. Bon, où est-ce que je peux faire boire le cheval ?

Une demi-heure plus tard, tous ses hommes à Kantara — sept Anglais et cinq Egyptiens — étaient réunis dans le bureau du gouverneur militaire, qui leur avait abandonné les lieux. Certains étaient debout, d'autres assis sur le carrelage aux teintes vives. Saul avait pris place dans le fauteuil hors d'âge du gouverneur et arrachait distraitement les touffes de bourre apparaissant dans les déchirures du cuir.

— Quelqu'un, à un moment, a fait une erreur, commença-t-il.

Les agents abasourdis écoutèrent en silence le récit qu'il s'était répété maintes et maintes fois au long de son voyage solitaire. Il avait intercepté les deux cavaliers, expliqua-t-il, qui étaient deux Bédouins pur sang, deux hommes, qui s'en allaient au mariage d'un cousin à Romani. C'étaient des serviteurs du vieux Circassien. La femme qu'ils avaient vue franchir le portail était une des cuisinières. Aucune autre visiteuse n'était venue dans la maison la veille.

— Soit Mary Bartlett nous a semés pendant le trajet en train, soit elle n'est jamais montée dans ce train, dit-il en conclusion. Il n'y a rien qui ressemble plus à une femme égyptienne voilée qu'une autre femme égyptienne voilée. A mon avis, Mary Bartlett est toujours au Caire, terrée dans une planque, puisqu'elle sait maintenant que sa maison de la rue Alfi est repérée.

Personne ne posa de questions et la réunion se termina comme elle avait commencé au milieu d'un silence morne et pesant.

L'entretien qu'il redoutait le plus, toutefois, n'eut lieu qu'à son retour au Caire. Après une nuit sans sommeil, il entra dans le bureau de Montague. Le colonel discutait avec Teddy Ritchie des rapports sur une vague imminente d'émeutes antibritanniques ; en voyant Saul, il congédia le capitaine.

— Vous semblez harassé, mon garçon, fit-il en tirant sur sa pipe. Je vous ai cherché hier mais on m'a dit que vous étiez parti. Des nouvelles qui vaillent la peine qu'on en parle ?

Saul secoua la tête négativement.

— Une fausse piste, articula-t-il tant bien que mal.

Un sentiment de culpabilité atroce le rongeait. Il allait trahir la confiance de cet homme si estimable, qui le traitait comme son fils. Il aurait sa part de responsabilité dans l'échec de l'offensive sur Jérusalem. Il détruisait de ses propres mains tout ce qu'il avait accompli durant ces trois longues années de guerre.

Et puis... songeant à Ruth, au professeur Mendelson et aux otages sans défense dans les prisons d'Acre et de Damas, il fit avec concision et clarté le récit mensonger qu'il avait préparé.

L'opération lancée après la réunion de l'état-major impérial n'avait donné aucun résultat, expliqua-t-il.

— Nous avons suivi tous les officiers présents dans la salle des opérations. Aucun n'a eu de contact suspect depuis la fin de la séance.

— C'est bien ce que je pensais, dit Montague, ses yeux bleus fixés sur lui d'un air intéressé. Ça veut dire que les plans ne craignent rien.

Saul ne répondit rien.

— Les plans ne craignent rien, n'est-ce pas ? répéta Montague. Au moins pour deux ou trois jours de plus, et c'est tout ce dont nous avons besoin.

Saul fit un geste évasif.

— Et cette chasse à l'homme, à El Kantara ?

Le colonel avait ses propres sources d'informations.

— Une fausse piste, comme je vous l'ai déjà dit, fit-il en évitant le regard de Montague.

— Ah, je vous avais averti que vous ne trouveriez rien, vous vous souvenez ? Mais peu importe, vous avez fait ce qu'il y avait à faire. Continuez comme ça, mon garçon.

De retour dans son bureau, Saul eut une conversation fort tendue avec Maimon. Ce fut surtout un monologue, parce que Maimon ne prononça pratiquement pas une parole ; il se contenta de l'écouter en tirant sur sa cigarette et en l'observant d'un air bizarre. On ne le bernait pas si facilement, pensait Saul, et il avait manifestement deviné que quelque chose s'était passé cette nuit-là dans le désert.

— Je veux, commença Saul, que tu sélectionnes quelques-uns de tes amis du bataillon palestinien de la légion juive. Tu leur feras jurer le secret et tu les habilleras en civil. Ensuite, vous mènerez deux opérations. Vous ferez d'abord un raid de nuit sur la maison de la rue Alfi. Vous prendrez Sabine de Ponthieu et vous l'emmènerez dans un lieu sûr, où on pourra l'interroger. Tu as un endroit de ce genre en tête ?

Ses yeux noirs rivés sur le visage de Saul, Maimon hocha la tête affirmativement.

— La seconde opération se fera aussi de nuit, poursuivit Saul. Vous entrerez dans la Cité des Morts. Armés. Personne n'y a encore pénétré. Vous n'entrerez pas par le portail, qui est gardé par la police militaire. Toi et tes gars, vous passerez les lieux au peigne fin.

Comme Maimon s'apprêtait à faire une objection, il s'empressa d'ajouter :

— Je sais que ça n'a jamais été fait, et je sais que le cimetière est immense. Mais l'enjeu en vaut la chandelle, Maimon. Von Traub s'y cache peut-être avec une bande de gardes du corps.

— Von Traub ? Au Caire ? Qui t'a dit ça ?

Le visage de Maimon disparaissait derrière de grosses volutes de fumée. Saul ignora sa question.

— Si tu captures Von Traub, tu procéderas comme avec Sabine de Ponthieu. C'est-à-dire, tu l'enfermeras dans un lieu sûr où on pourra l'interroger.

Maimon acquiesça sombrement et se dirigea vers la porte.

— Maimon, appela Saul, et son ami se retourna. Je veux que tu saches que tu peux refuser. Je comprendrai. Tu n'es pas couvert pour ces opérations.

Si toi ou tes hommes vous faites arrêter par les autorités, vous serez obligés de vous en sortir par vos propres moyens.

— Merci de l'avoir dit, fit Maimon avant de sortir.

Deux jours plus tard, il était de retour. Les deux opérations avaient échoué.

Von Traub n'était pas dans la Cité des Morts.

Sabine de Ponthieu avait disparu de la maison de la rue Alfi le lendemain du départ de Mary Bartlett.

Maimon avait interrogé lui-même les domestiques de la maison de la rue Alfi. En partant, Sabine de Ponthieu avait laissé des instructions précises pour le cas où le lieutenant-colonel Saunders viendrait voir Mary Bartlett. Ils avaient pour ordre de dire que les deux dames étaient parties d'une manière imprévue faire un voyage en Haute-Egypte, et qu'elles ne rentreraient pas avant plusieurs semaines. Mais le colonel n'était pas venu, ce qui semblait fort étrange.

Son rapport terminé, Maimon se roula lentement une cigarette sans lâcher Saul du regard.

— Tu l'as eue, en fait, hein ? dit-il.

— Qui donc ? s'enquit innocemment Saul.

— La fille, évidemment. Mary Bartlett, ou je ne sais qui... Tu peux berner les Anglais, Saulik. Mais moi non.

CHAPITRE 15

Une foule d'enfants nus, qui riaient aux éclats et poussaient des cris perçants, entourèrent Ruth dès son entrée dans le campement bédouin de Bir el-Mazar. Deux cavaliers brandissant des fusils parurent à ses côtés, mais se désintéressèrent d'elle en s'apercevant qu'elle n'était pas armée. Des femmes de noir vêtues couraient pour rassembler leurs chèvres faméliques dans un enclos de bois. Deux fillettes au visage grave suivaient le troupeau en recueillant le crottin dans des paniers de paille plats.

Ruth sourit faiblement en voyant piailler autour d'elle les gamins qui la conduisaient fièrement jusqu'à la tente du cheikh. Elle éprouvait une vague satisfaction d'avoir parcouru cette étape de son voyage sans rencontrer de patrouille anglaise. Elle avait longé la côte tout en se tenant éloignée des axes de communication britanniques. Et son cheval n'avait pas faibli malgré la chaleur torride du désert.

Mais lorsqu'elle essaya de se rappeler les événements survenus durant sa longue chevauchée, ce fut comme si un écran opaque tombait sur sa mémoire. S'était-elle arrêtée pour se reposer ou faire boire sa monture ? Probablement. Pourquoi avait-elle choisi ce trajet plutôt qu'un autre ? Elle ne le savait pas non plus. Mille pensées contradictoires la torturaient depuis la nuit passée avec Saul ; ses paroles, ses accusations, ses yeux pleins de reproche la hantaient à chaque instant. Elle avait été incapable de réfléchir clairement depuis le moment où elle l'avait quitté. Elle avait fait tout le voyage le long de la côte du Sinaï plongée dans une étrange stupeur, guidée par l'instinct essentiellement. Elle avait eu de la chance d'atteindre Bir el-Mazar sans incident.

Le cheikh de Bir el-Mazar était un homme petit et gras, qui vivait humblement dans une tente sans tapis ni coussins ni ustensiles de cuivre. Il vint la saluer à l'entrée de sa tente et attendit immobile qu'elle eût ôté le chèche recouvrant son visage. Le fait qu'elle fût une femme semblait l'embarrasser ; ce qui ne l'empêcha pas de la recevoir dans les règles de l'hospitalité bédouine. Il lui offrit un peu de thé, puis il l'envoya manger du pain de pita sec et du fromage de chèvre avec ses femmes.

Lorsqu'elle se fut restaurée, un petit garçon envoyé par le cheikh vint chercher Ruth dans la tente des femmes. Le cheikh l'attendait assis en tailleur à la manière bédouine. Il ne l'invita pas à s'asseoir et Ruth demeura respectueusement debout. La tête baissée et les yeux fixés sur ses mains grassouillettes, il évita de la regarder du début à la fin de leur conversation. Mais Ruth pensait que cette attitude était plus de la timidité que le fait de la position inférieure des femmes dans la société bédouine.

Le cheikh lui chuchota que l'homme parti avec elle de Kantara était arrivé quelques heures avant elle. Blessé à l'épaule, il avait perdu beaucoup de sang. Les femmes l'avaient pansé, puis le cheikh l'avait aidé à embarquer sur un bateau de pêcheur en partance pour Jaffa. Ils avaient pensé qu'elle s'était fait prendre ou tuer par les Inglizi, lui dit le cheikh, les yeux toujours fixés sur ses mains potelées, mais Allah était grand et miséricordieux, et il l'avait protégée. « Hamdou'l Illah », marmonna-t-il, ce que Ruth s'empressa de répéter après lui.

Lorsque la nuit fut tombée sur le campement, il l'escorta jusqu'à la tente d'Abou Hassan, un vieux Bédouin aux yeux malades, et dont la peau tannée avait la couleur du noyer poli. Le vieil homme se leva avec difficulté pour serrer dans ses bras le petit cheikh. Abou Hassan se rendait à Gaza, dit le cheikh à Ruth, avec femmes et enfants, et elle allait partir avec eux. Elle accepta, soumise et silencieuse comme une véritable Bédouine.

Le cheikh dit quelque chose à Abou Hassan et subitement il s'en fut. Le vieil homme regagna sa place près du petit feu au centre de la tente. Ses femmes qui jacassaient avec animation aidèrent Ruth à ôter sa gallabeya et son chèche et à enfiler un vêtement de femme. La longue robe noire et flottante s'accompagnait d'un foulard d'étoffe noire transparente recouvrant toute la tête et les épaules.

Peu de temps après, ils se mirent en route sur une dizaine de dromadaires. Ils marchèrent toute la nuit, et lorsque le soleil se leva, ils avaient déjà dépassé les bosquets luxuriants et les terres fertiles d'El Arich.

La patrouille britannique fondit sur eux brusquement ; il y avait une vingtaine d'hommes en uniformes de couleur sable ; ils dévalaient des dunes de part et d'autre de la piste en tirant des coups de feu en l'air. « Inglizi ! » hurla le vieux Bédouin en faisant reculer son dromadaire, « Inglizi ! » Mais ils n'avaient pas la moindre chance de s'échapper, et le petit convoi s'immobilisa ; les bêtes apeurées se serrèrent, les femmes et les enfants couraient ici et là en poussant des cris.

Ruth ne cria pas. Elle montait le dernier dromadaire, une femelle dédaigneuse et fort vieille au cuir jaune tout balafré. Sa première idée fut que les Anglais la poursuivaient. Un avion de reconnaissance B.E. 12 les avait survolés deux fois depuis leur départ, ce qui ne l'avait pas inquiétée. Les plaines côtières du Nord-Sinaï fourmillaient de caravanes de

Bédouins, qui en dépit des restrictions imposées par les Anglais continuaient de sillonner le désert en tous sens comme ils le faisaient depuis plus de mille ans. D'avion personne ne pouvait distinguer une caravane bédouine d'une autre caravane bédouine ; et qui aurait pu la reconnaître sous son nouveau déguisement ?

Mais l'apparition soudaine de la patrouille réveilla ses craintes. Saul avait-il parlé, finalement ? Poussé par le remords, il avait peut-être tout avoué au colonel Montague. Ensuite les agents de Montague avaient pu suivre sa trace jusqu'à la tente du cheikh de Bir el-Mazar. Quoi qu'il en fût, elle ne devait pas risquer d'être prise avec la carte collée sur elle. Elle n'en avait pas besoin, à dire vrai, car chaque nom, chaque figure, chaque trait de plume était gravé dans sa mémoire.

Elle glissa la main sous son vêtement, tordit son coude et arracha le papier collé dans son dos. Tandis que le vieux Bédouin et ses femmes criaient et se lamentaient devant les soldats, elle déchira le papier en morceaux qu'elle avala, manquant de s'étrangler. Sa main effleura la dague fixée sous ses seins, pour contrôler qu'elle tenait bien. Puis elle s'affaissa dans sa selle en dodelinant, dans l'espoir que les Anglais mettraient sa somnolence sur le compte de la légendaire apathie orientale.

Abou Hassan et sa famille se retrouvèrent assis dans le sable au pied d'une dune sous la surveillance de quelques soldats armés. Pistolet au poing, deux sergents s'approchaient de Ruth en inspectant au passage les dromadaires et leur chargement. Ils s'immobilisèrent près de sa monture. Ils étaient jeunes, presque des gamins. Le plus grand, un roux dégingandé, avait des joues rondes parsemées de taches de rousseur. Son camarade, en revanche, était compact, avec les jambes arquées, le teint cireux, un grand nez et une moustache bien taillée. Ils la regardaient, le plus petit d'un air suspicieux.

— Pourquoi ne descend-elle pas ?

L'autre haussa les épaules.

— Elle fait peut-être son intéressante, dit-il d'une voix traînante, et en levant les yeux vers elle : Descends !

Elle feignit de ne pas comprendre. L'avaient-ils reconnue ? Comment auraient-ils pu discerner ses traits sous le voile noir qui lui descendait sur les épaules. Ils ignoraient, bien sûr, que la silhouette noire immobile dans sa selle du chameau était l'espionne Mary Bartlett. Ils l'ignoraient, à moins que...

Le rouquin agita son pistolet devant son visage.

— Descends ! cria-t-il à nouveau en lui montrant d'un geste ce qu'il attendait d'elle.

Soumise, elle se laissa glisser de sa selle et s'accroupit près de l'animal.

— Voyons à quoi ressemble la dame, fit le sergent en ricanant.

Il s'avança d'un pas. Voilà, c'est fini, pensa-t-elle. On avait sûrement transmis son signalement à toutes les patrouilles du Sinaï. Dès l'instant où le sergent soulèverait son voile, elle serait identifiée.

— La touche pas ! fit le rouquin. Ces espèces de toqués pourraient te tuer si tu touches à une de leurs femmes.

Un lieutenant s'approcha d'un pas rapide.

— Alors, Masters ?

— Rien du tout, mon lieutenant, dit le rouquin. Pas de biens britanniques ici, et les dromadaires ne sont pas à nous.

Ruth n'en croyait pas ses oreilles. Les soldats recherchaient des dromadaires volés !

— Ce sont des trafiquants de haschisch, continua le rouquin. Vous avez vu ça ?

Il montra à l'officier des plaques rasées sur la croupe du dromadaire, où le poil repoussait plus touffu.

— A ces endroits-là, expliqua-t-il, ils tondent bien le poil, ils collent des plaques de haschisch aplaties sur la peau, et après ils recollent le poil sur le haschisch.

— Très intéressant, marmonna l'officier distraitement.

Il décapsula sa gourde et avala une longue lampée.

— Et où est le haschisch ?

— C'est pour ça qu'ils vont dans le nord, dit le rouquin. Ils le prennent en Palestine. Mais ça vient de Syrie, en fait. Ils en apportent un chargement au retour. On va les rencontrer ici à nouveau dans deux ou trois jours.

Le lieutenant haussa les épaules.

— Eh bien, nous verrons ça... Bon, s'il n'y a rien pour nous ici, allons-y.

Il raccrocha sa gourde à sa ceinture et fit signe à ses hommes de remonter en selle. Cinq minutes plus tard, la caravane reprenait la route.

Ruth laissa échapper un soupir de soulagement. Elle avait eu de la chance. Elle aurait été sur le chemin du Caire à cet instant, et enchaînée, si le sergent avait soulevé son voile. Elle avait du moins la certitude que Saul ne l'avait pas trahie.

A présent qu'ils s'éloignaient sans dommage de la patrouille anglaise, Ruth sentait renaître l'espoir en elle ; rien ne pouvait plus l'arrêter après tous les dangers qu'elle avait surmontés. Ils atteignirent au début de l'après-midi le tombeau solitaire du cheikh Rachid, une construction blanche à toiture en forme de dôme juchée au sommet d'un mamelon. Elle croyait savoir qu'ils étaient très près de la frontière palestinienne. Ils passèrent le reste de la journée au pied du tombeau blanc à observer les positions britanniques des deux côtés. Des unités de cavalerie et des engins blindés se dirigeaient vers le front, au nord, à seulement quelques kilomètres de là. Elle vit même deux des machines de guerre les plus récentes, des monstres d'acier en forme trapézoïdale, roulant sur des chaînes avec un vacarme assourdissant. C'étaient les fameux tanks dont *La Gazette égyptienne* avait publié des photographies.

A la tombée de la nuit, Abou Hassan remonta sur son dromadaire et l'on repartit. Les femmes bâillonnèrent les petits enfants pour les empêcher de crier. Ils descendirent le flanc nord de la colline et s'avancèrent à couvert dans le lit d'un oued profond entre deux campements britanniques. La veille il avait plu et le sol était détrempé et glissant. Il faisait nuit noire, de gros nuages sombres venant de l'ouest. Comme ils progressaient au fond de la ravine sinueuse et boueuse, Ruth entendait des rires, des éclats de voix et des fragments de conversation, que la brise méditerranéenne leur apportait des positions anglaises à leur gauche.

Peu avant minuit, des ombres leur barrèrent la route, des canons de fusils luisant dans le clair de lune. Elle entendit des cris en turc et en allemand.

Ils étaient en Palestine.

Gaza était entourée par une multitude d'anneaux de feux qui vacillaient dans la nuit venteuse. Ruth s'aperçut en approchant qu'il s'agissait des feux de camp des soldats turcs cuisinant leurs misérables rations de farine, de pommes de terre et de légumes avariés. Une puissante odeur d'oignons frits flottait dans l'air. Les Turcs serrés autour des feux étaient sales et hirsutes, leurs toques de laine bien enfoncées sur la tête ; certains nettoyaient leurs armes ou mangeaient, d'autres chantaient les airs plaintifs et monotones de leur lointaine Anatolie. En voyant les feux scintillants, Ruth pensa à la légende de Samson qui avait attaché trois cents renards et mis le feu à leurs queues avant de les lâcher dans les champs des Philistins ; il avait de la sorte fait flamber la province entière.

Mais Gaza n'était pas en feu. La vieille ville était lugubre. Les rues semblaient désolées, certaines déjà inondées du fait des premières pluies, Cafés et boutiques étaient fermés, les volets tirés. Des chiens galeux fouillaient des tas d'ordures abandonnés.

Seules quelques lumières vacillantes brillaient faiblement à l'extérieur des bâtiments officiels, du quartier général militaire et de l'austère caravansérail.

Dès le premier poste de commandement franchi après les tranchées turques, un capitaine s'était empressé de téléphoner au quartier général ; de sorte qu'à Gaza on l'attendait déjà. Un commandant et quatre soldats étaient venus à la rencontre de la caravane. Ils avaient fait descendre Ruth de son dromadaire pour la conduire jusqu'à un lourd bâtiment d'un étage dont la peinture extérieure s'écaillait et les volets de bois pendaient, cassés, sur leurs gonds rouillés. A l'extérieur, deux sentinelles fumaient les malodorantes cigarettes des troupes.

Ruth, qui avait les pieds nus, marcha dans une flaque puante à l'entrée du bâtiment. Un pressentiment funèbre l'envahit soudain, à l'intérieur de la maison, lorsqu'elle vit les visages farouches des Turcs tout autour d'elle. Elle se retrouvait dans les mains de Murat, qui ferait d'elle ce que bon lui semblerait. Même la carte qu'elle transportait gravée dans sa mémoire n'était qu'un jouet d'enfant en regard de la puissance du pacha.

L'officier désigna du doigt un grand escalier de pierre, conduisant à l'étage, lequel était bordé sur toute sa longueur par un treillis de bois. Ce treillis dissimulait la traditionnelle galerie turque destinée aux femmes du harem confinées dans leurs quartiers à l'étage ; de là-haut, elles pouvaient observer les hommes en bas sans être vues d'eux. Cette maison avait dû être la résidence d'un bey fortuné ou d'un pacha avant d'être réquisitionnée par l'armée. Elle escalada l'escalier de pierre froide jusqu'à l'étage. L'officier et les soldats ne lui adressèrent pas la parole. On la fit entrer dans une vaste pièce meublée d'une table et de deux chaises avec un divan recouvert de velours élimé. Deux cartes postales passées, en noir et blanc, étaient fixées, fort incongrues en ce lieu, au mur le plus proche. L'une représentait l'île de Capri, l'autre montrait des femmes riant sur un pont de Paris avec la tour Eiffel à l'arrière-plan. Un des soldats posa une lampe à huile sur la table, un autre apporta un bol de riz froid et un pot à café en cuivre. Puis ils sortirent, la clef grinça dans la serrure, et leurs bottes à clous résonnèrent sur le carrelage du couloir.

Elle s'effondra sur le divan, le regard fixé au plafond. Elle était de retour en Palestine, et à nouveau prisonnière. Elle songea à son père, allongé comme elle dans une cellule immonde de la forteresse d'Acre. Arrivait-elle à temps pour le sauver ? Elle s'efforça de se remémorer les détails de la carte dessinée par Jeff. C'était très important, mais elle avait l'esprit embrumé, sa fatigue prit le dessus et elle sombra dans un sommeil sans fond.

Elle se réveilla. Un bruit de pas lourds et résolus approchait de la pièce. Elle ne savait pas combien de temps elle avait dormi, mais la lampe à huile s'était éteinte. Elle se leva et fit un pas dans l'obscurité. La clef tourna dans la serrure et la porte grinça dans ses gonds.

La silhouette qui avait hanté ses cauchemars se découpa contre la lumière de l'extérieur. Elle frissonna en entendant la voix rauque et légèrement railleuse de Murat qui lui disait :

— Bienvenue.

Une autre silhouette entra à son tour dans la pièce, et elle sentit son cœur bondir dans sa poitrine au son de l'autre voix froide et diabolique.

— Bienvenue, Fraulein, dit aussi Von Traub.

— Lumière ! dit Murat Pacha avec agacement.

Quelqu'un courut à l'extérieur, et un moment plus tard un lieutenant posait deux lampes à huile sur la table. Murat le congédia d'un mouvement de la tête et le lieutenant sortit à reculons en fermant la porte derrière lui. Von Traub s'adossa nonchalamment à la porte. Il portait un costume de laine gris d'excellente coupe avec un confortable pardessus bleu négligemment jeté sur les épaules. Ses cheveux blonds étaient coiffés avec soin, la raie sur le côté.

— Vous avez le plan, fit Murat comme un fait établi.

A la lumière, il était presque identique à son souvenir. Mais à présent des rides profondes creusaient son front, et il avait sous les yeux des cernes qu'elle ne se rappelait pas. Elle nota ses doigts légèrement tremblants lorsqu'il alluma sa cigarette et jeta l'allumette sur le sol. Il lissa la tunique bleu foncé de son uniforme, prit une chaise et s'assit. Tout cela avec ses yeux rivés à son visage ; c'était l'œil fixe de l'oiseau de proie s'apprêtant à frapper. Il l'avait regardée ainsi le jour du raid sur leur maison. Mais cette fois elle ne se laisserait pas hypnotiser comme une victime condamnée d'avance. Cet instant, elle s'y préparait depuis trop longtemps, et elle y ferait face non comme une femme brisée, mais comme une véritable adversaire.

Elle prit l'autre chaise et s'assit, en face de lui, les bras croisés. Il ne devait pas remarquer le tremblement de ses mains, pensa-t-elle.

— Comment va mon père ? dit-elle.

— Il va bien, dit Murat d'un ton irrité en ôtant son fez. Vous avez le plan.

— J'ai le plan, confirma-t-elle.

Von Traub ne broncha pas, mais Murat se pencha, une lueur avide dans les yeux.

— Où est-il ? Donnez-le-moi.

Elle secoua la tête.

— Vous êtes trop impatient, Excellence.

Le pli entre ses sourcils se creusa encore, et il jeta un coup d'œil rapide vers Von Traub, qui demeura impassible.

— C'est moi qui décide si je suis impatient ou non. Vous avez le plan et maintenant vous pensez pouvoir marchander avec moi, c'est ça ?

Il émit un grondement qui se voulait un rire, mais sa bouche ne souriait pas, et il reprit :

— Je vous ferai inspecter centimètre par centimètre, et je trouverai le plan, que vous vouliez me le donner ou non.

Elle haussa les épaules.

— Vous pouvez me fouiller autant que vous voudrez. Vous ne trouverez rien. Le plan, je l'ai mémorisé. Je vous le dessinerai après avoir vu mon père.

Il la considéra un moment en silence.

— N'essayez pas de m'avoir, fit-il ensuite. Je n'ai aucune confiance en vous.

— Moi non plus, dit-elle.

Elle avait les paumes moites et la bouche sèche.

— Un de mes hommes est arrivé hier du Sinaï, dit-il avec froideur. C'est celui qui vous accompagnait au départ de votre voyage. Il a dit qu'un agent anglais vous avait suivie dans le désert. Il a tiré sur mon homme et l'a blessé. Comment se fait-il qu'il ne vous ait pas capturée ou tuée ?

D'une voix posée, elle répondit :

— Il m'a capturée. C'était Saul Donsky, mon ancien amant...

Malgré tous ses efforts, sa voix n'était plus qu'un murmure :

— Il m'a laissée partir.

— Il vous a laissée partir, comme ça ?

— Il ne voulait pas que je sois pendue.

— Touchant, fit Murat, sarcastique. Très touchant. Il sait que vous avez le plan ?

— Oui.

— Et il ne va pas en parler à son chef ?

Elle secoua la tête négativement.

— S'il le fait, les Anglais modifieront leur plan, dit-elle avec calme. Alors c'est vous qui nous tuerez mon père et moi, et Saul ne me reverra jamais.

Murat fit une grimace sceptique et se tourna vers Von Traub. Mais Von Traub hochait la tête gravement.

— Elle est plus importante pour lui que le plan, dit-il avec froideur. Notre homme de Kantara et le cheikh de Bir el-Mazar n'ont pas été interrogés par les Anglais. Ça prouve — il fit un signe de tête en direction de Ruth — que Donsky n'a pas signalé sa fuite.

— Vous la croyez ? demanda Murat.

Von Traub hésita une seconde, puis il acquiesça.

Murat se leva.

— Sortons, dit-il à Von Traub.

Les deux hommes quittèrent la pièce en refermant la porte derrière eux. Elle entendit leurs pas, puis le son étouffé de leur conversation. La voix de Murat était plus forte, fâchée, celle de Von Traub calme et glacée. Elle savait que Murat reviendrait même s'il ne la croyait pas, parce qu'il voulait savoir ce qu'elle rapportait du Caire.

La porte s'ouvrit. Murat était rouge, Von Traub fronçait légèrement les sourcils. Murat jeta sa cigarette sur le sol et l'écrasa avec le talon de sa botte luisante, puis il se tourna vers Ruth.

— Le plan, dit-il.

— On a conclu un marché, vous et moi, dit-elle, fort, pour masquer le tremblement de sa voix. Je veux voir mon père d'abord.

Murat secoua la tête.

— Avant de vous laisser voir votre père, je veux être sûr que le plan que vous m'apportez est le bon. Je n'ai pas confiance en vous. Von Traub en sait beaucoup sur vous, mais moi tout ce que je sais, c'est que vous êtes une traîtresse et une femme perfide. Le plan d'abord, et après votre père.

Elle perdait du terrain.

— Envoyez une tierce personne à Acre, commença-t-elle, offrant la solution qu'elle avait imaginée en route. Envoyez le grand rabbin des Juifs de Palestine voir mon père. S'il confirme qu'il est sain et sauf, je vous dessinerai le plan.

— Vous êtes bien naïve, Fraulein, dit Von Traub. Vous n'êtes plus au Caire. Le pacha et moi ne nous préoccupons pas beaucoup de loyauté, contrairement aux Anglais. Pas plus que de la loi anglaise.

— Ici c'est moi qui fais la loi, dit Murat avec un regard mauvais.

— Nous pouvons faire confirmer n'importe quoi à n'importe qui, poursuivit Von Traub, si nous le souhaitons. Je vais vous expliquer comment. Nous prendrons d'assaut la maison du grand rabbin, et nous arrêterons sa femme et ses enfants. Puis nous l'enverrons confirmer que votre père est en vie. Mais avant nous lui dirons que s'il refuse, il ne reverra jamais sa famille.

Murat et Von Traub s'esclaffèrent avec mépris.

— Alors, dit Von Traub après une pause, vous voulez toujours voir le grand rabbin ?

Murat sauta sur ses pieds.

— Le plan tout de suite ! gronda-t-il en tapant du poing violemment sur la table.

Une lampe tomba au sol et se brisa ; l'huile brûlante se répandit sur le carrelage. Murat ne regarda même pas le feu, qui commençait à noircir le mur de brique.

— Continuez ces imbécillités et votre père, je vais lui écraser la tête, et vous irez vous faire voir !

L'huile qui brûlait dégageait une fumée âcre qui la faisait pleurer.

— Le plan tout de suite, dit Murat, votre père après.

Le regard de Ruth passa de Murat à Von Traub. Que devait-elle faire ?

— Je crains que vous n'ayez pas le choix, Fraulein, dit l'Allemand avec un sourire glacé.

Elle n'avait pas le choix, en effet. Murat était une brute. S'il perdait vraiment patience, il réglerait l'affaire en les assassinant tous les deux, elle et son père. Elle sentait d'après les échanges entre eux que sa mission au Caire était une idée de Von Traub et non de Murat ; le Turc l'aurait volontiers liquidée depuis longtemps plutôt que de passer un contrat incertain avec une étrangère, une Juive, une espionne ennemie.

Elle n'avait pas le choix.

— Donnez-moi du papier et un crayon.

Sous les yeux des deux hommes, fascinés, elle traça la carte de la Palestine, les flèches indiquant l'offensive palestinienne de l'intérieur, les points de ralliement des Bédouins du chérif Hussein de l'autre côté du Jourdain, et l'itinéraire qu'ils devaient emprunter pour gagner Jérusalem. Elle griffonna les dates, les noms, les horaires.

Elle n'avait même pas terminé que Murat lui arrachait déjà le papier des mains ; il l'examina, les sourcils froncés. Puis il se tourna vers elle.

— C'est le plan, ça ? demanda-t-il l'air soupçonneux.

— Oui.

— Comment l'avez-vous eu ?

— Par un colonel de la division montée Anzac.

Railleur, Murat pinça les lèvres.

— Et il vous a donné le plan, juste comme ça.

Il fit claquer ses doigts en jetant un coup d'œil à Von Traub.

— Non, pas juste comme ça, fit-elle d'un ton gêné.

— Qui est ce colonel ?

Elle le lui dit. Il lui fit raconter plusieurs fois leur première rencontre, puis l'assaillit de questions directes et habiles. Pourquoi avoir mis si longtemps à appeler Saunders après leur première rencontre ? Et comment savait-elle que ce n'était pas un agent du contre-espionnage anglais envoyé à sa rencontre ce jour-là devant le Mena House ? Comment savait-elle que le plan n'était pas faux ? Et comment lui, Murat, pouvait-il être sûr qu'elle disait la vérité ? Elle avait peut-être concocté un faux plan avec l'aide des Anglais, et de Donsky.

— Je n'ai pas rencontré Donsky au Caire, murmura-t-elle en jetant un coup d'œil, instinctivement, vers Von Traub.

Mais l'Allemand garda le silence. L'air absent, il la laissa se débattre seule face à la suspicion de Murat.

— Ce Saunders a été votre amant ?

— Oui, dit-elle, les lèvres tremblantes mais sans baisser les yeux.

Von Traub avait évidemment tout raconté à Murat, mais le pacha s'acharnait à l'humilier, à la briser totalement.

— Vous avez couché avec lui ?

— Oui.

— Toutes les nuits ?

Elle acquiesça.

— Je veux savoir quand exactement et comment il vous a dessiné le plan.

Elle lui dit tout, jusqu'aux plus infimes détails. Il voulut tout savoir ; était-ce avant ou après avoir couché ensemble, qui avait abordé le sujet de l'offensive, avait-il les plans dans son porte-documents ou l'avait-il dessiné de mémoire... Il l'écouta et posa d'autres questions encore, avec une lueur dans l'œil. Etaient-ils nus ? Où avait-elle eu le papier ? Et le crayon ? Et pourquoi Saunders était-il tellement contrarié ?

Lorsqu'elle eut répondu à toutes les questions possibles, décrit toutes les scènes plusieurs fois, il secoua la tête.

— Je ne vous crois pas, dit-il. Je n'ai même pas l'ombre d'une preuve que vous dites vrai.

Il se tourna vers Von Traub :

— Venez, j'ai à vous parler.

Alors prenant une profonde inspiration, elle sortit sa carte maîtresse, celle qu'elle avait sauvegardée jusqu'à la fin, la clef du plan tout entier.

— Demain soir, dit-elle lentement, terrifiée de se séparer de son dernier secret et de se livrer à eux pieds et poings liés, Lawrence rencontrera les chefs de la rébellion palestinienne dans la carrière de Gaza. Deux jours plus tard, ils lanceront l'attaque sur Jérusalem.

Murat la regardait, interloqué.

— Quoi ? souffla-t-il finalement, avec sur le visage

de l'incrédulité et une expression de jouissance hideuse. Lawrence ici ? A Gaza ?

— Il sera habillé en Bédouin, dit-elle pitoyablement.

Mais Murat ne l'écoutait plus ; il était transporté de joie.

— Lawrence à Gaza, fit-il, rêveur, puis triomphalement, il répéta : Lawrence à Gaza !

Reprenant son sang-froid, il se tourna vers Von Traub.

— Vous retournez à Jaffa sur-le-champ, dit-il d'une voix rapide. Tout de suite, avec ma voiture. Vous mettrez au point l'arrestation des chefs palestiniens. Mon homme, Nashashibi, vous donnera leurs noms. Quand ce sera fini, on les pendra tous, à Jérusalem.

Un sourire se répandit sur son visage.

— Ces fils de salopes danseront au bout de leurs cordes, en haut du mur, pour que tout Jérusalem se régale du spectacle.

Von Traub approuva d'un hochement de tête.

— Moi, je reste ici, poursuivit Murat. Je vais prendre Lawrence. Moi-même.

Il ferma les yeux :

— Allah est grand.

— Demain soir, dit Ruth emplie de mépris pour elle-même, vous aurez la preuve que je ne vous ai pas trompé.

Mon Dieu, pensa-t-elle, jusqu'où irai-je dans la trahison ?

— Alors vous libérerez mon père et les autres otages.

Mais Murat avait les yeux fixés sur ses mains qui se refermaient lentement.

— Lawrence dans mes mains, murmura-t-il en levant les poings. Je tiens Lawrence.

Le téléphone sonna dans la chambre de Murat, qui saisit le récepteur dans sa main moite. Minuit était passé depuis longtemps, mais il n'avait pas réussi à dormir.

— C'est Abdül, Excellence, dit son adjudant-major en haletant. On le tient.

Une enivrante chaleur envahit son corps. Il ferma les yeux.

— Tu es sûr ?

— Il est venu à la carrière avec cinq Bédouins. On s'est occupé d'eux.

— Mais es-tu sûr que c'est lui ?

— Oui. On a fait venir un prisonnier bédouin qui s'est battu sous ses ordres à Akaba. Il l'a vu et il a dit que c'était bien lui El Aurens.

— Mais Lawrence ne sait pas qu'on l'a identifié, dit Murat.

— Non, Excellence. Il parle bien l'arabe. Il dit qu'il est circassien.

— Parfait, fit Murat. Amène-le-moi, tout de suite.

Et après une pause :

— Tu connais la consigne.

Il raccrocha et se leva. Il ôta son uniforme et ses bottes et enfila un cafetan de soie. Il se lava le visage et les mains dans une cuvette d'émail emplie d'eau parfumée avec des pétales de rose. Puis il s'enduisit les mains et les tempes d'essence de rose importée de la vallée de Kazanlik en Bulgarie. Les bâtons d'encens qui se consumaient lentement dans les soucoupes de cuivre répandaient une senteur délicate. Il vérifia d'un coup d'œil le grand lit recouvert de satin immaculé, puis il peigna ses cheveux et sa barbe tout en souriant à son reflet dans le miroir. Cette nuit-là serait sa nuit, et demain l'empire tout entier saurait. Ils apprendraient, une fois de plus, qui était Murat.

Il avait trouvé la vengeance qui convenait à la défaite que lui avait infligée Lawrence à Akaba et à Ma'am. Il pouvait, bien sûr, le faire pendre pour espionnage ou lui trancher la tête lui-même avec le cimeterre du bourreau. Il l'avait fait une fois déjà, lors de la révolte d'Istanbul, douze ans auparavant. Il préférait toutefois une vengeance humiliante, après laquelle Lawrence serait la risée de tous les pays d'Orient. Enver et ses deux guignols à Istanbul avaient déjà envoyé Mustafa Kemal à Damas, où son rival attendait la prochaine erreur de Murat pour prendre le commandement suprême en Palestine. Mais après la bataille de demain — et le divertissement de cette nuit —, personne n'oserait plus jamais s'attaquer à lui. Car il allait redevenir le sauveur de l'Orient.

On frappa à la porte.

— Entrez, dit-il.

Il y eut des éclats de voix, celle d'Abdül, puis le bruit de quelque chose qu'on traînait, et un son mat, plusieurs fois — on frappait quelqu'un. Alors Lawrence entra en titubant dans la chambre de Murat. L'Anglais portait une robe de Bédouin crasseuse et une vieille ceinture de cuir. Quelqu'un lui avait ôté son keffieh découvrant ses cheveux blonds. Il avait les pieds nus et sales.

Murat l'observait d'un air surpris. Etait-ce cela le chef légendaire qui l'avait vaincu, le guerrier qui inspirait une telle terreur à l'armée turque ? Murat s'attendait à voir un homme grand et fort avec une allure princière et un visage d'une puissance irrésistible. Mais l'homme en face de lui était petit et mince, plutôt efféminé, avec des mains délicates. Il avait la bouche bien dessinée, les cheveux blonds et plats, la peau blanche. Murat lisait de la peur dans les yeux de Lawrence, et cela l'emplissait de joie. Oui, Lawrence avait peur de lui.

Murat sourit.

— On me dit que tu as déserté, dit-il en arabe.

— Non, Effendi, dit Lawrence, d'une voix rauque, hésitante. Je suis Circassien, et, comme vous le savez, les Circassiens ne sont pas mobilisés.

Il parlait un arabe excellent, avec un accent à peine perceptible.

— Tu me plais beaucoup, dit Murat.

Il s'avança d'un pas et caressa le visage de Lawrence du bout des doigts. Le prisonnier recula. Murat vit entrer silencieusement dans la pièce Abdül et deux officiers de sa garde personnelle.

— On est obligé de t'engager dans l'armée, dit Murat en effleurant à nouveau le visage de Lawrence.

Ses doigts glissèrent le long de son cou.

— Mais tu seras dispensé d'exercices et de corvées, et je ferai de toi mon ordonnance personnelle. Je peux même te payer des gages, si tu restes avec moi.

Lawrence recula d'un pas encore.

— Tu es blanc et jeune, tu as des mains et des pieds délicats. Je veux que tu m'aimes.

Lawrence tressaillit ; ses lèvres tremblèrent.

— Ne veux-tu pas m'aimer ? répéta Murat en prenant grand plaisir à ce jeu.

Le visage livide, Lawrence le regardait fixement.

— Retourne-toi ! ordonna brusquement Murat.

Le prisonnier se retourna et se trouva face à Abdül, qui l'observait avec un petit sourire. Murat s'avança, saisit Lawrence et commença à l'embrasser dans le cou, puis il l'entraîna vers le lit.

— Lâchez-moi ! cria le prisonnier en se débattant.

Une bouffée de rage envahit Murat, et la sueur perla à son front. Il fit un signe à Abdül. Le petit Tatar approcha et appliqua un coup de pied dans le bas-ventre du prisonnier. Lawrence se plia en deux de douleur. Abdül et les deux officiers entreprirent alors de lui arracher ses vêtements, lambeau après lambeau qu'ils éparpillèrent sur le sol. Lawrence fut bientôt nu, frissonnant, devant Murat.

— Il ne fallait pas me repousser ! dit Murat.

Il ôta sa pantoufle et se mit à frapper Lawrence au visage, sans discontinuer, tandis qu'Abdül le tenait par les cheveux. Bientôt du sang commença à ruisseler le long des joues du prisonnier.

— Sur le lit ! ordonna Murat.

Les trois hommes jetèrent le prisonnier à plat ventre sur les draps de satin. Il gisait, épinglé comme un papillon, les épaules écrasées par la poigne d'acier d'Abdül, les jambes maintenues écartées par les deux officiers. Penché au-dessus de Lawrence, Murat lui caressa les épaules et fit glisser ses mains vers le bas. Il avait la peau vraiment très douce et lisse, les fesses rondes et tendres. Murat éprouva un long frisson de désir. Il se débarrassa prestement de son cafetan et le jeta sur le sol. Les trois hommes qui tenaient Lawrence le regardaient avec des yeux écarquillés ; ils haletaient, excités par le corps nu de l'Anglais. Murat se laissa tomber sur le corps immobilisé et le pénétra brutalement, l'éperonnant sauvagement, sans répit, tout en grognant de plaisir, tandis que l'homme sous lui hurlait et tentait de se débattre. Puis il cessa de bouger.

Murat se remit debout et reprit son cafetan. Dans la pièce on n'entendait plus rien que la respiration haletante des autres hommes. Lawrence gisait sur le lit, immobile. Murat s'étira voluptueusement. Alors, très lentement, Lawrence tourna la tête vers lui, et il esquissa une ébauche de sourire qui effleura à peine son visage.

Murat le regarda un instant, puis il reprit ses esprits.

— Qu'on l'emmène en bas, dit-il à Abdül en turc. Amusez-vous un petit peu ; que les hommes en profitent aussi.

Puis, troublé par l'étrange sourire de Lawrence, il ajouta :

— Et donnez-lui une bonne correction. Au fouet. Mais ne le tuez pas. Je veux qu'il vive. Et demain matin, jetez-le dans la rue et laissez-le partir.

Abdül et les autres traînèrent Lawrence hors de la pièce.

Murat alluma une cigarette et s'approcha de la fenêtre. Il avait gagné, il avait brisé son pire ennemi. Lawrence ne serait plus jamais le même après cette nuit-là. Il porterait la honte dans sa chair jusqu'à son dernier souffle. Murat le voulait ainsi : vivant, libre, et hanté par ce souvenir dégradant. Il ne pouvait rêver de vengeance plus dévastatrice.

Sans compter que cela avait été fort agréable.

Toutefois, le souvenir du sourire de Lawrence le

déconcertait. On aurait presque pu penser que ce fils de putain y avait pris plaisir.

Elle fut réveillée par des cris aigus et répétés. Quelqu'un, tout près, hurlait tandis qu'à côté on riait grassement et qu'on échangeait des appels en turc. Il devait être plus de minuit ; la lampe à huile sur la table jetait des ombres dansantes sur le plafond. Elle quitta le divan et s'approcha de la porte pour écouter. Les hurlements semblaient venir du rez-de-chaussée. Elle manœuvra la poignée de la porte et, à sa grande surprise, la porte s'ouvrit en gémissant sur un couloir sombre. Elle aurait pourtant juré qu'ils l'avaient enfermée avant qu'elle s'endorme. La veille, elle avait été tenue prisonnière dans sa chambre et n'avait reçu que la seule visite d'une Arabe au visage fermé qui lui apportait de l'eau et de la nourriture. Elle n'avait pas vu Murat, mais elle avait le sentiment qu'il se trouvait dans la maison.

Elle s'avança dans la galerie du harem. Sur la gauche, deux soldats turcs étaient accroupis sur la dernière marche de l'escalier, leur fusil posé à côté d'eux. Indifférents à elle, ou trop absorbés par le spectacle qui s'offrait à eux, ils ne lui accordèrent même pas un regard. Elle s'approcha du treillis et eut un sursaut d'horreur.

Un homme nu était allongé sur le ventre, sur une table disposée au milieu de la pièce. Deux soldats lui maintenaient les chevilles, tandis que deux autres lui maintenaient les poignets contre le bois. Un jeune caporal de belle prestance, les cheveux noirs et la peau très blanche, se tenait près de la table, un sourire cruel sur les lèvres. Il tenait à la main une longue lanière de cuir souple et fouettait le prisonnier avec un plaisir sadique. Chaque fois qu'il levait le bras, la lanière sifflait dans l'air et s'abattait avec un bruit mat sur le dos du prisonnier. Le fouet laissait une longue ligne blanche, qui ne tardait pas à se transformer en un sillon cramoisi. Le dos de l'homme était déjà zébré de lignes rouges ; en de nombreux endroits, la peau avait éclaté et le sang coulait de la chair mise à vif.

Pétrifiée, Ruth ne pouvait détacher son regard de l'effroyable spectacle, lorqu'un Tatar de petite taille, les jambes arquées, qui se tenait près de la table, aboya un ordre : le caporal jeta son fouet sur le sol. Le Tatar s'avança en souriant et prononça quelques mots qui firent s'esclaffer les soldats rassemblés autour de la table. Il déboucla sa ceinture, laissant tomber son pantalon à ses chevilles. Le Tatar cracha dans ses mains, les frotta l'une contre l'autre puis se jeta sur le prisonnier. Le caporal se mit aussi à défaire son pantalon, tandis qu'un des soldats attrapait en riant le prisonnier par les cheveux et le forçait à tourner la tête pour qu'il vît qui le sodomisait.

Ruth se mit à hurler. Le visage du prisonnier était tuméfié, il saignait, on distinguait à peine ses traits sous les ecchymoses qui le recouvraient ; pourtant, elle reconnut immédiatement l'homme qui était assis en face d'elle cette nuit-là, à l'Impérial. Lawrence, ils torturaient Lawrence !

Elle revint en titubant dans sa chambre et s'effondra sur le canapé. Mon Dieu, qu'avait-elle fait ! A cause d'elle, et d'elle seule, cet homme doux et aimable, ce héros légendaire, se faisait violer par une bande de brutes. Quand ils en auraient fini avec lui, ils le tueraient probablement. C'était son désir obsessionnel de sauver son père qui avait entraîné cette tragédie. Rien ne pouvait justifier cette scène hallucinante, rien ne pouvait justifier une telle horreur, ni sa vie à elle ni celle de son père. Désespérée, elle se mit à sangloter.

— Est-ce que je vous dérange ? demanda une voix moqueuse.

Elle leva la tête. Dans l'encadrement de la porte, se tenait Murat Pacha, en grand uniforme.

— Je voulais vous dire adieu avant de partir, murmura-t-il du même ton sarcastique. Je viens de recevoir le rapport de mes éclaireurs. Votre information était exacte. Les Bédouins du chérif Hussein se rassemblent à Kissir et à Salt avant de lancer leur attaque sur Jérusalem. Mais j'ai une petite surprise pour eux, que je me propose de leur offrir en personne.

Il se mit à rire. Jamais elle ne l'avait vu aussi exubérant.

Elle voulut parler, mais aucun son ne sortit de sa gorge.

Murat s'apprêta à partir mais sur le seuil, il se ravisa et se tourna vers elle.

— Oh ! j'allais oublier, dit-il d'un air dégagé. J'ai une mauvaise nouvelle pour vous. Une nouvelle très triste. J'ai la douleur de vous informer que votre père est mort.

Elle le regarda égarée.

— Quoi ?

— C'était un homme fragile, dit Murat en secouant la tête avec une compassion exagérée, il n'a pas dû supporter les dures conditions de détention de notre prison.

— Mort ? murmura-t-elle en se levant lentement du canapé.

Ses genoux tremblaient et sa voix semblait lui déchirer la poitrine « Vous dites qu'il est mort ? » Des cercles noirs tournoyaient devant ses yeux et elle titubait comme si elle avait été saoule. « Non, non ce n'est pas vrai. Je ne peux pas y croire. Vous mentez. »

Murat leva les mains.

— Malheureusement...

— Non, dit-elle comme si ses mots pouvaient exorciser la réalité. Non !

— Allah est grand, dit Murat.

— Quand... Quand est-il mort ? dit-elle en s'appuyant à la table.

— Oh ! dit Murat en haussant les épaules, il y a quelques semaines de cela. Si je m'en souviens bien, c'était quelques jours avant votre départ pour Le Caire.

D'abord, elle ne sembla pas mesurer l'effroyable ironie de ces propos. Puis, lentement, la vérité se fit jour. Pour rien. Elle avait fait tout cela pour rien. Son père était mort depuis longtemps. Elle avait trahi pour sauver un homme déjà mort. Elle avait livré Jérusalem et trahi son peuple pour un homme déjà mort. Sa dévotion filiale avait été cyniquement utilisée par un homme sans scrupule.

Une vague de haine la submergea. Elle se jeta sur Murat, à coups de pied, à coups de poing, lui lacéra le visage avec ses ongles en hurlant des imprécations incohérentes. Mais Murat ne recula pas. Sans se départir de son sourire amusé, il lui saisit les poignets, les broyant de son étreinte de fer.

— Eh bien, dit-il en riant, notre chatte s'est faite tigresse. Voilà qui me plaît. Je m'occuperai de vous plus tard.

Il la poussa brutalement sur le canapé et demeura devant elle, ricanant, les mains sur les hanches.

Tuer, tuer le monstre. Cette seule pensée tourbillonnait en elle. Haletante, elle plongea la main sous sa robe, tira son poignard et bondit sur lui. Avant qu'il ait pu lever la main, elle l'avait frappé à la poitrine avec une violence inouïe. Mais la lame glissa sur le cuir épais du baudrier et s'enfonça dans la chair, bien au-dessous du cœur. C'est emportée par un sentiment d'extase qu'elle sentit la lame s'enfoncer entre les côtes de Murat. Celui-ci hurla. Elle retira le poignard et leva le bras, prête à frapper de nouveau. Au loin, elle entendit un bruit de pas précipités. L'espace d'un instant elle aperçut le sang qui rougissait la pointe du couteau, le visage de Murat tordu de douleur et son corps courbé en deux, puis quelque chose la heurta violemment au visage et elle perdit connaissance.

Au moment de s'évanouir, elle entendit une voix murmurer en elle que Saul ne lui pardonnerait jamais, jamais, d'avoir trahi Jérusalem.

CHAPITRE 16

Saul et Maimon avaient passé les deux derniers jours sur la base aérienne de Belbeis en compagnie des pilotes du 54e escadron du Royal Flying Corps. A présent que la piste d'El Arich était terminée, Montague avait décidé d'y faire stationner six B.E. 12 qui opéreraient des reconnaissances aériennes journalières au-dessus de la Palestine. Montague avait fait remarquer qu'El Arich ne se trouvait qu'à une cinquantaine de kilomètres à l'ouest du front et que les pilotes pouvaient ramener des renseignements importants en survolant les concentrations de la Quatrième armée turque. Il avait généreusement fournit à Saul une voiture et un chauffeur, et l'avait envoyé en compagnie de Maimon expliquer aux pilotes le déploiement ennemi en Palestine.

Leur mission terminée, ils rentraient au Caire lorsque la tempête de sable les avait surpris. Ils étaient tous les deux assis à l'arrière de la voiture et n'échangeaient pas une parole. Depuis sa rencontre avec Ruth, Saul n'avait pas connu un moment de paix. Il la savait à présent aux mains de Murat, et ne pouvait s'empêcher d'imaginer les choses les plus horribles ; par ailleurs, la gravité de la trahison de Ruth et sa propre complicité ne cessaient de le poursuivre. Il dormait à peine, se prenait de querelle avec ses collègues, négligeait son travail et restait absent de son bureau pendant des heures. Trois jours de suite, il était venu à Zamalek avec une barbe naissante, le regard brouillé, l'haleine empestant l'alcool. Plus rien ne comptait pour lui désormais, maintenant que Ruth était partie et qu'il avait menti pour la protéger. Il savait que dans les étages supérieurs du Centre Zamalek on commençait à évoquer sa déchéance et qu'il ne devait son impunité qu'à Maimon qui avait utilisé ses plus subtils stratagèmes pour le couvrir.

Pourtant, Saul Donsky s'en moquait. Montague pouvait bien le réprimander ou même le chasser ; de la même façon, peu lui importait que Maimon se sentît offensé par son silence. Au moins son camarade avait-il le tact de le laisser tranquille lorsqu'ils se retrouvaient seuls. Ce jour-là, recroquevillé dans un coin, fumant cette éternelle cigarette roulée, Maimon lui jetait des regards intrigués.

Les vents du sud s'abattirent en hurlant sur une ville du Caire enveloppée déjà par une lourde couverture de nuages noirs. Une muraille mouvante de sable fin arraché aux déserts torrides de l'Arabie vint recouvrir la ville. Semblable à un jet de vapeur, le rideau jaune parcourait l'étroite bande d'asphalte ; puis le nuage de poussière enveloppa la voiture, s'insinuant dans leurs vêtements, dans leurs cheveux. Le chauffeur, un caporal efflanqué au long visage de tapir, lança une bordée de jurons avec un fort accent cockney, remonta rapidement les vitres et alluma les phares. La voiture n'avançait plus qu'à une vitesse extrêmement réduite.

Pourtant, ils faillirent défoncer un barrage installé à la hâte en travers de la route. Heureusement, au dernier moment, le conducteur aperçut les lampes tempête que deux silhouettes indistinctes vêtues de longs manteaux militaires agitaient dans leur direction. Ils avaient installé au milieu de la route deux bidons d'essence, et placé de chaque côté une mitrailleuse Maxim pointée vers l'est.

Saul baissa sa vitre. Un sergent passa la tête accompagné d'une bourrasque de sable. A côté de Saul, Maimon fut pris d'une quinte de toux.

— Que se passe-t-il, sergent ? demanda Saul.

— Vous ne pouvez pas continuer par cette route, monsieur, dit le sergent.

Sa voix était râpeuse et ses yeux rougis.

— Pourquoi ? la tempête ?

— Non, monsieur. Il y a des émeutes. Ça a commencé ce matin dans les villages en contrebas de la route et dans la partie nord du Caire.

— Ne restez pas dehors comme ça, dit Saul. Installez-vous à côté du chauffeur.

— Je vous remercie.

Le sergent s'affala sur le siège et se retourna pour faire face à Saul. Ses cheveux et ses sourcils étaient gris de poussière ; ses lèvres et ses yeux qui se détachaient sur sa peau blanche comme la craie lui faisaient un visage de clown.

— Comment les émeutes ont-elles commencé ? demanda Saul d'une voix pressante.

— Il semble, expliqua le sergent, que les prêcheurs dans les mosquées...

Bien sûr. Aujourd'hui on était vendredi et Saul se rappelait l'avertissement de Montague au monastère des derviches hurleurs. Le colonel avait prédit que les troubles religieux débuteraient le vendredi suivant à l'occasion des prières dans les mosquées. Les émeutes s'étaient effectivement produites, mais cette soudaine tempête de sable venait compliquer les choses.

— Avons-nous suffisamment d'hommes là-bas ? demanda Saul.

— Oui, tout à fait, cela fait des semaines que nous nous y attendions. Le problème, c'est que la route est coupée. L'armée... heu... enfin, nous sommes en train de disperser la foule en ce moment. C'est plutôt dur. Vous feriez mieux d'attendre ici, monsieur.

— Ça peut prendre longtemps ?

L'homme haussa les épaules.

— Il y a eu des échanges de coups de feu. A mon avis, ça peut prendre un certain temps.

— On pourrait prendre la route d'Héliopolis, dit Maimon entre deux quintes de toux.

— D'accord, dit Saul. Continuons et on prendra sur la gauche au carrefour. On entrera dans Le Caire par la route d'Héliopolis.

— Impossible, monsieur. Toute circulation est interdite sur la route d'Héliopolis, y compris la circulation militaire.

— Depuis quand ? demanda Saul en fronçant les sourcils.

— Depuis lundi dernier.

Lundi, c'était le jour où il avait pris Ruth en chasse jusqu'à Kantara et Romani. Peut-être était-ce pour cela qu'il n'avait pas entendu parler de ces interdictions.

— J'ai l'autorisation de pénétrer dans toutes les zones interdites, dit Saul en exhibant son laissez-passer.

Le sergent l'examina avec attention en passant la langue sur ses lèvres sèches.

— Ça m'a l'air d'aller.

Il s'extirpa de la voiture et salua d'un air las.

— Conduisez prudemment, monsieur.

Saul lui fit un signe de remerciement et remonta sa vitre.

— Autant la laisser ouverte pour laisser partir le sable, croassa Maimon.

De fait, la poussière s'était insinuée partout, recouvrant leurs vêtements d'une pellicule semblable à de la farine. Une demi-heure plus tard, ils passaient devant l'immense étendue des baraquements militaires d'Héliopolis. Tandis qu'ils longeaient lentement le camp des Anzacs, Saul se souvenait de son précédent voyage sur cette même route, dans la voiture de Montague, et sa gorge se serra. Cela faisait seulement six jours, mais depuis lors, son univers s'était écroulé.

En regardant le camp des Australiens, il se demanda pour quelle raison la circulation avait été interdite dans la région. La tempête s'était déjà déplacée vers le nord, et la visibilité était bien meilleure. Les baraques de marchands le long des barbelés étaient fermées, bien sûr, et une étrange atmosphère de désolation flottait sur cet endroit. Pas un mouvement entre les baraques, les tentes et les longues rangées d'écuries. La tempête n'était pas complètement terminée, et il ne s'attendait pas à voir beaucoup de monde dehors ; pourtant, il aurait dû y avoir quelques hommes occupés aux tâches essentielles, comme les soins aux chevaux...

Les chevaux !

— Arrêtez la voiture ! lança-t-il.

Surpris, le chauffeur freina brusquement et la voiture s'immobilisa dans un crissement de pneus sur la route recouverte de sable. Maimon le regarda, étonné lui aussi.

— Coupez le moteur, dit Saul.

Le chauffeur obéit. Saul baissa la vitre. Un silence inquiétant régnait aux alentours.

— Tu entends ? demanda-t-il à Maimon.

— Entendre quoi ?

— Ecoute, dit lentement Saul, on n'entend pas les chevaux.

Nul hennissement, nul râclement de sabot contre le sol, nul bat-flanc fouetté par les queues des chevaux.

— Et alors ? dit Maimon en haussant les épaules.

Mais Saul se penchait déjà vers le chauffeur.

— L'entrée du camp est sur la droite à environ trois cents mètres d'ici. Allez-y.

— Que se passe-t-il ? demanda Maimon.

— Attends un moment.

Un soupçon se formait dans son esprit, mais il ne pouvait encore le définir clairement.

A la grille du camp, deux caporaux australiens leur barraient le passage.

— L'entrée du camp est interdite, dit l'un d'eux.

Lorsqu'il eut examiné le laissez-passer de Saul, il haussa les épaules et porta mécaniquement la main à la bordure de son élégant chapeau.

— Vous pouvez entrer, monsieur, mais vous ne trouverez personne.

— Hein ? demanda Saul d'une voix tendue.

— Toute la division Anzac est partie. Véhicules d'approvisionnements, chevaux, artillerie, tout.

— Quand ?

L'Australien lança un regard gêné à son camarade. Il avait un visage large, rougeaud et une fossette au menton.

— C'est top-secret, monsieur, c'est un secret militaire.

— Mais c'est moi qui protège ces secrets, espèce de...

Il s'apprêtait à dire « espèce d'abruti », mais il se contint. Il était dans un état d'extrême tension.

— Vous savez lire ?

A nouveau le caporal échangea un regard avec son camarade.

— Eh bien... Tout le monde est parti lundi, c'étaient les procédures d'alerte. Quelques autres unités des camps du long de la route sont parties aussi. (D'un geste vague il indiqua la direction de l'ouest.) Le 53e d'infanterie, la cavalerie Yeomen, et même la brigade des méharistes. Tout le corps d'armée du désert, on dirait. Le quartier général a quitté la région, et il ne reste plus que quelques...

— Où sont-ils allés ?

— Je n'en sais rien, personne ne le sait, personne n'a dit où ils partaient.

— Mais vous avez bien une petite idée n'est-ce pas ? dit Saul avec un sourire engageant.

Rien de plus fiable que les rumeurs de caserne.

— Ça c'est sûr, monsieur. Sûr que j'ai ma petite idée.

Un sourire rusé éclaira le visage rougeaud de l'Australien.

— A mon idée, monsieur, nos gars sont partis

flanquer la pâtée aux Turcs. Comme les Croisés, je dirais. Je veux dire qu'ils sont partis libérer la Palestine.

C'est impossible se disait Saul, c'est incroyable, j'étais présent dans la salle des opérations, j'ai vu Lawrence, j'ai entendu Chetwode prendre sa décision. Alors où étaient partis les Anzacs ? Des idées étranges se bousculaient dans son esprit, et un frisson parcourait son échine. En Palestine ? Impossible. Ce ne pouvait être qu'une supposition de cet imbécile de sentinelle. Il fallait faire quelque chose, se disait Saul, tout de suite. Mais quoi ? Son esprit embrumé se refusait à fonctionner. Il lui fallait plus d'informations.

— Je dois téléphoner, s'exclama-t-il, c'est une urgence.

— Eh bien, vous pouvez vous servir de notre téléphone de campagne, suggéra l'Australien en désignant la guérite d'un geste du menton.

— Non, il me faut une ligne directe. Où se trouve le bureau de votre colonel ?

On lui répondit qu'il était fermé, comme tous les autres bureaux, et qu'ils ne pouvaient laisser entrer personne. Ils pouvaient passer en cour martiale, ajouta le second caporal, c'était contraire au règlement ; en outre, il était civil, et on ne leur avait pas donné d'instructions au sujet des civils.

Mais Saul n'entendait pas en rester là. Il se mit à hurler qu'il y avait des émeutes sanglantes dans la région : la situation risquait de devenir catastrophique, on était en guerre, et il les ferait passer en cour martiale s'ils lui faisaient perdre encore une seule minute. Il utilisa tour à tour la persuasion et la menace, agita ses papiers, expliqua, cita des règlements imaginaires relatifs à l'assistance à apporter en cas d'urgence aux services de renseignements, et finit par effrayer tellement les deux sentinelles qu'ils le firent entrer dans le bureau. Maimon le suivit et s'installa dans un coin. Au mur était accrochée une grande affiche où lord Kitchener, exhibant sa célèbre moustache, l'index pointé, ordonnait au spectateur de s'engager dans l'armée de son pays et de sauver le roi. Saul demanda au central de lui passer le quartier général. La communication obtenue, il demanda à parler en personne au général Allenby.

— Le colonel Montague à l'appareil, dit-il, c'est urgent.

Maimon se redressa sur son siège.

— Saulik, qu'est-ce que tu fais ? Tu vas trop loin, tu n'as pas le droit de te servir de son nom.

— Je ne vais nulle part, murmura Saul. Si je ne me trompe pas, Allenby n'est pas au quartier général.

— Le général n'est pas là en ce moment, répondit l'opérateur. Y a-t-il un message pour lui, mon colonel ?

— Non, répondit Saul d'une drôle de voix, il n'y avait pas de message. Il appela ensuite la résidence privée d'Allenby, une villa réquisitionnée près du pont de Kasr el-Nil. Cette fois-ci, il se présenta comme le chef du protocole de l'ambassade de France, demandant, de façon encore officieuse, si le général pourrait dîner ou déjeuner cette semaine avec l'ambassadeur. Saul sentait bien que son accent français était détestable, mais le valet d'Allenby ne semblait pas le remarquer. Le valet lui apprit que malheureusement le général ne se trouvait pas en ville et qu'il y avait peu de chance qu'il revînt cette semaine.

Saul réfléchit : les Anzacs sont partis. Allenby est parti. Il n'y a qu'une seule destination possible. Mais on ne peut pas se fier aux conjectures d'un caporal australien. Il décida donc de donner un troisième coup de téléphone.

Saul demeura de longues minutes la tête penchée, les deux poings pressés contre ses tempes battantes, avant de soulever le combiné et de demander qu'on lui passe le quartier général opérationnel d'El Arich. L'opérateur l'avertit : la communication était difficile à obtenir et la ligne était mauvaise ; en outre, la plupart des appels avaient été retardés à cause du mauvais temps. Mais Saul insista, et demanda qu'on ne passe aucun autre appel : sa communication était d'une importance extrême.

— A qui voulez-vous parler ? demanda l'opérateur.

— Au commandant Prendergast, services de renseignements, répondit sèchement Saul. Je suis Saul Donsky, et j'appelle du Caire.

L'opérateur mit plus d'une demi-heure pour localiser Prendergast, qui se trouvait à près de trois cents kilomètres de là. Pendant tout ce temps, Saul et Maimon n'échangèrent pas un seul mot. Lorsque finalement Saul entendit la voix de Prendergast, très faible, très lointaine, simple murmure dans l'écouteur, il retint sa respiration comme un homme condamné prêt à écouter le verdict du juge.

Et le verdict tomba, brutal et sans équivoque. Saul déclara qu'il appelait de la part du colonel Montague ; il voulait savoir si tous les dossiers de renseignements dont Allenby avait besoin pour l'opération à venir étaient bien arrivés. Prendergast, un peu surpris, répondit qu'à sa connaissance Montague les avait donnés en personne à Allenby avant son départ, lundi dernier.

— Merci quand même, mon vieux, je crois que cette fois-ci on va leur en mettre plein la vue !

— Oui, répondit Saul, cela ne faisait aucun doute.

Après avoir raccroché, il s'enfonça dans sa chaise, regardant d'un air hébété la fenêtre fermée par laquelle des petits paquets de sable parvenaient néanmoins à s'infiltrer.

Ce fut Maimon qui rompit le silence.

— Alors c'est Allenby, dit-il, et pas Lawrence.

— Oui, c'est Allenby qui va prendre Jérusalem, dit sombrement Saul. Lawrence servira seulement à faire diversion.

— Ils t'ont roulé dans la farine, dit Maimon.

Saul haussa les épaules. Il se sentait très las.

— Ils ont roulé tout le monde dans la farine. Et Lawrence aussi probablement.

— Voilà pourquoi Saunders n'est pas allé voir Mary Bartlett de toute la semaine, dit Maimon. Dès qu'il l'a quittée, il a dû recevoir l'ordre de se rendre dans le Sinaï. Tout s'explique.

— Oui, dit Saul, bien sûr. Ça explique même un tas d'autres choses.

Mon Dieu, Maimon, se dit-il, si seulement tu savais ! La réunion dans la salle des opérations avait été une comédie. Lawrence n'était qu'un appât. Chetwode avait décidé d'envoyer Allenby libérer Jérusalem. Donc, les plans que Ruth avait amenés à Murat étaient faux. Montague lui avait donné l'ordre de reprendre un morceau de papier sans intérêt. Mais peut-être Montague lui-même ne savait-il pas que c'était Allenby et non Lawrence qui dirigerait l'attaque.

Non, Montague savait.

Il savait ; car le lundi, tandis que Saul pourchassait Mary Bartlett, Montague avait apporté lui-même à Allenby les dossiers de renseignements. Pourquoi ? Pourquoi Montague l'avait-il tenu en dehors de tout ceci ? Pourquoi lui avoir fait croire que c'était le plan de Lawrence qui avait été adopté ? Pourquoi lui avoir fait pourchasser Mary Bartlett à travers toute l'Egypte ? Réfléchis, bon sang, réfléchis ! Que signifiait tout cela ?

Et soudain le stratagème infernal lui apparut dans toute son horreur.

Il leur fallut plus de deux heures pour atteindre Zamalek ; harcelés par la tempête de sable, ralentis par les barrages routiers, les déviations, la foule en colère et les coups de feu qui claquaient de façon sporadique. Devant l'entrée, on avait disposé quelques véhicules blindés Whippet équipés de mitrailleuses, et des soldats casqués montaient la garde. Dans son bureau, il prit dans le coffre le manuel de codage de Ruth et les instructions manuscrites, et rédigea un télégramme codé à l'adresse en Suisse. Maimon, lui, avait approché une chaise de la fenêtre et fumait une cigarette en silence.

— Ne me pose pas de questions, dit Saul. Je t'en prie, fais ce que je te dis. Rentre chez toi et mets des vêtements civils. Puis va au bureau des télégraphes de la rue Ibrahim Pacha. Essaie de passer inaperçu. Ils prennent les télégrammes jusqu'à minuit. Si à minuit moins le quart tu ne me vois pas, envoie le télégramme qui se trouve dans cette enveloppe.

— Mais, la censure..., commença Maimon.

— La censure laissera passer, ne t'en fais pas. Ça a l'air parfaitement normal.

Maimon considéra l'enveloppe d'un air dubitatif.

— J'espère que tu sais ce que tu fais, Saulik, dit-il doucement.

Il hésita un moment, puis saisit l'enveloppe et se dirigea vers la porte.

— C'est la fille, n'est-ce pas ? dit-il en se retournant.

— Je t'en prie, pas de questions. Fais-moi confiance.

— Moi, je t'ai toujours fait confiance, dit Maimon. Mais je ne suis pas sûr, mon ami, que la réciproque ait toujours été vraie.

Il secoua la tête d'un air triste et sortit.

Il a raison, se dit Saul, qui commençait à éprouver du remords. Après tout, Maimon était son seul ami et il ne l'avait pas mis dans le secret. Mais dans cette affaire il ne pouvait faire confiance à personne. Il tenta de rassembler ses esprits. Il y avait encore une chose à faire avant de quitter ce bureau. Il déchira en petits morceaux la feuille où étaient portées les instructions de codage et les brûla dans le cendrier qui lui servait de presse-papiers. Pensivement, il regarda les flammes claires consumer les groupes de lettres et les diagrammes. Ensuite, il rangea le livre français au milieu des ouvrages alignés sur les étagères derrière son bureau, il s'approcha de la fenêtre.

Dehors, la tempête faisait rage à nouveau ; les tourbillons de sable formaient un halo irréel autour des lumières clignotantes de la ville. Le Caire avait un aspect étrange, fantastique ; mais la machination qu'il avait découverte semblait elle aussi irréelle, sortie tout droit de son imagination malade. Il étendit les mains devant lui : elles tremblaient un peu. Il devait partir. Il n'y avait plus de temps à perdre.

Il monta rapidement les marches, et ses jambes lui semblaient curieusement lourdes et rigides. Avant d'entrer, il prit une profonde inspiration. Un tic nerveux faisait battre sa paupière droite et il avait les lèvres sèches. Sous sa paume brûlante, le métal de la poignée de la porte lui sembla de glace.

— Oh ! c'est vous, dit Montague.

Il était assis derrière son bureau, ses lunettes cerclées d'acier perchées en haut du nez, et il inscrivait quelque chose sur un grand bloc-notes. Une lampe basse jetait un cercle de lumière sur le bureau, mais le visage de Montague demeurait dans l'ombre. Sur un tableau près de la fenêtre était disposée une carte de l'Egypte ; des épingles de couleurs étaient fichées sur Le Caire, le delta, Alexandrie et Louxor. Ce sont probablement les endroits où il y a les émeutes aujourd'hui, se dit Saul.

Montague leva la tête.

— Quel ennui, ces émeutes ! Et sans objet, en plus. Quand êtes-vous revenu, mon garçon ?

— Cet après-midi, dit Saul en s'éclaircissant la voix.

— Vous auriez pu m'être utile aujourd'hui. Ils ont presque pénétré dans l'ambassade britannique.

Et il se remit à écrire. Saul, droit comme un I, attendait.

— Vous vouliez me voir ? Si vous voulez bien attendre un petit peu, je dois terminer ce rapport.

— Non, dit Saul. Il faut que nous parlions maintenant.

Quelque chose dans la voix de Saul intrigua Montague, qui interrompit sa rédaction et leva les yeux.

— Parler de quoi ? dit-il d'un air détaché en ôtant ses lunettes.

— Commençons par Allenby, dit Saul. Savez-vous par hasard où il se trouve ?

Montague pencha la tête de côté et fronça les sourcils.

— Allenby, vous dites ? (Il haussa les épaules d'un air indifférent.) Eh bien, je suppose...

— Ne me dites rien, coupa Saul. C'est plutôt moi qui vais vous le dire. En ce moment, Allenby marche sur Jérusalem.

Il y eut un moment de silence.

— C'est absurde !

— Allenby a pris le commandement de toute la cavalerie du désert comme il le demandait depuis le début, dit Saul. Il a pris les Anzacs et les autres divisions montées. Ils ont quitté leur base lundi, et ont traversé le canal ; à présent, ils doivent avoir atteint la ligne de front et s'apprêter à attaquer.

— C'est complètement absurde ! répéta Montague en se penchant en avant, dans le halo de lumière.

Il avait le regard furieux et les joues enflammées.

— Je ne sais pas qui...

— Avant son départ, lundi, vous lui avez apporté les dossiers de renseignements sur la Palestine, dit doucement Saul.

Montague demeura silencieux. Il essuya sans nécessité ses lunettes contre sa manche, les chaussa, les enleva à nouveau.

Saul le considérait avec tristesse. Il ne parvenait pas à croire que le vieil homme s'était froidement joué de lui.

— La semaine dernière, dit Saul, nous étions ensemble dans la salle des opérations. Nous avons entendu Chetwode et Lawrence. Mais vous, vous saviez quelque chose que moi j'ignorais. Vous saviez que cette réunion était une comédie. Chetwode jouait un jeu. Comme vous, il savait que Lawrence ne s'approcherait même pas de Jérusalem avec ses Bédouins. Je me souviens d'avoir été surpris par l'immédiate reddition d'Allenby. Qu'était-il arrivé à cet homme d'habitude si opiniâtre ? J'étais persuadé qu'il allait tout faire pour se voir confier la libération de Jérusalem, mais il n'a même pas discuté avec Chetwode. Il devait savoir lui aussi.

— Donc, à votre avis, il s'agissait d'une machination ? dit Montague d'un ton sarcastique.

— Exactement.

— Et Lawrence ? persifla Montague. Faisait-il également parti des... conjurés ?

Saul le considéra d'un air pensif.

— Je crois que Lawrence ne savait pas que vous vous serviez de lui. Il croyait sincèrement que l'Angleterre allait donner Jérusalem aux Arabes. Il ne devait pas se rendre compte à quel point il est vital pour l'Angleterre de libérer seule Jérusalem.

Montague bourrait sa pipe, répandant des brins de tabac sur tout son bureau.

— Alors, poursuivit Saul, vous vous êtes servi de Lawrence comme écran de fumée. Et vous vous êtes servi de moi pour protéger de faux plans. Je comprends maintenant pourquoi vous m'avez fait assister aux réunions de l'état-major impérial, bien que je sois juif et étranger. Vous vous êtes servi à la fois de Lawrence et de moi. Lui et ses Arabes, moi et mes Juifs. Les Arabes et les Juifs ne comptent pas beaucoup n'est-ce pas, devant les intérêts éternels de l'Angleterre ?

— J'étais si fier, reprit Saul, tellement reconnaissant pour votre confiance. Mais vous, vous ne m'avez pas fait confiance. Vous aviez besoin de moi pour votre plan.

— Qu'est-ce que vous racontez ?

Saul défit nerveusement son nœud de cravate.

— Vous aviez besoin de l'amant de Ruth Mendelson pour protéger vos faux plans. Vous saviez évidemment que Ruth Mendelson et Mary Bartlett étaient une seule et même personne.

Au nom de Ruth, Montague tressaillit et craqua une allumette. La flamme trembla contre le rebord de sa pipe.

— Je n'en savais rien ! s'exclama-t-il. Ruth Mendelson et Mary Bartlett ne font qu'une ?

— Je crois que cette idée vient de vous. Vous vouliez que je pourchasse Mary Bartlett comme un chien courant.

— Mais vous avez échoué, mon garçon, n'est-ce pas ? dit doucement Montague. Un de vos hommes m'a appris que Mary Bartlett a dû s'enfuir en Palestine.

— Et c'est ce que vous vouliez depuis le début ! lança Saul. C'était le but de l'opération.

— Quelle opération ? grommela Montague, dont le visage disparaissait derrière un nuage de fumée.

— Celle que vous aviez organisée depuis longtemps, peut-être six mois, voire un an. Je me demande même si ce n'était pas la raison essentielle de votre affectation en Egypte. Les Mendelson et moi n'étions que des pions dans votre jeu. Nous n'étions que des marionnettes entre vos mains. Je ne sais pas comment les Mendelson ont été trahis, mais un jour, lorsqu'on ouvrira les archives turques, on s'apercevra certainement que la piste mène jusqu'à votre bureau.

— Je ne savais pas que vous étiez un aussi fin limier, dit le vieil homme d'un ton hautain.

Saul rassembla son courage et jeta la terrible accusation à la tête de son ancien mentor :

— C'est vous qui avez personnellement livré Ruth Mendelson aux Turcs, dit-il lentement d'une voix tremblante, et cela, vous l'avez fait pour que la fille joue le rôle que vous lui aviez assigné. Et après la capture de Ruth, vous avez réussi — je ne sais pas comment — à convaincre Murat de l'envoyer ici, au Caire.

— J'ai fait tout cela, moi ? dit Montague, moqueur. Je devrais me sentir flatté. Vous me prêtez des pouvoirs surnaturels, mon garçon.

— Je ne sais pas comment vous y êtes parvenu, répéta Saul. Mais je sais que vous avez délibérément sacrifié le réseau Mendelson pour que Ruth puisse faire l'objet d'un chantage et travaille pour eux.

On frappa à la porte, et l'ordonnance de Montague passa la tête dans l'encoignure.

— Mon colonel...

— Pas maintenant ! aboya Montague, et l'homme battit prestement en retraite.

— C'est vous qui avez annoncé qu'une femme viendrait de Palestine, reprit Saul. Je me souviens encore de votre déclaration lors de la réunion de l'état-major impérial.

— Vous êtes complètement fou, dit Montague, mais sa voix manquait de conviction.

— Depuis le début, vous saviez que Ruth était ici. Vous saviez que Mary Bartlett c'était elle, vous avez dû la protéger. J'imagine aussi que lors de cette soirée à l'Impérial, lorsque j'ai failli la prendre, c'est vous qui lui avez permis de s'échapper. J'imagine enfin que vous avez fait en sorte qu'elle obtienne de faux plans.

— Comment ? demanda Montague. Dites-moi comment.

Saul s'approcha de la fenêtre et plongea le regard dans la nuit. Il avançait à tâtons.

— Je n'en sais rien, dit-il sincère. Peut-être est-ce vous qui avez placé Saunders sur son chemin. Peut-être pas. De toute façon, j'imagine que vous aviez une dizaine d'arrangements en réserve pour faire en sorte que Ruth obtienne à temps les faux plans.

— Tout cela, ce sont des balivernes, et vous le savez parfaitement, dit Montague en se levant. Allez, pourquoi aurais-je fait une chose pareille ?

— Il y a encore quelques détails que je ne comprends pas, reconnut Saul, mais je vois bien le plan d'ensemble. Trois fois, l'armée britannique a lancé des attaques dans le secteur Gaza-Beersheba, et trois fois vous avez été repoussés et vous avez perdu des milliers d'hommes. Vous avez alors compris que jamais vous ne perceriez les lignes de Murat s'il ne déplaçait pas ailleurs le gros de ses forces. Il fallait convaincre Murat que l'offensive contre Jérusalem serait lancée dans une autre direction. Vous vouliez qu'il dégarnisse le front de Beersheba et transporte ses troupes vers l'ouest sur le Jourdain. Ce qu'il est probablement en train de faire en ce moment.

— Attendez un moment, mon garçon..., commença Montague, mais Saul frappa furieusement le bureau du poing.

— Assez de paternalisme ! Je ne suis pas votre garçon ! J'en ai assez de ces... de ces balivernes, comme vous dites.

Montague garda le silence. Dans la salle de conférence au bout du couloir, la vieille horloge sonna dix fois et Saul se força à attendre la fin du carillon.

— Pour obliger les Turcs à retirer leur armée de Beersheba, il fallait les convaincre qu'ils étaient en possession des véritables plans secrets de la campagne de Jérusalem. Mais vous ne pouviez laisser un espion de troisième ordre apporter ses plans à Murat.

Il se rappelait le regard soupçonneux de Murat le jour de son expulsion de Palestine.

— Vous connaissez Murat, poursuivit Saul, voilà des années que vous étudiez son caractère. Vous m'avez dit que c'était l'ennemi le plus retors et le plus soupçonneux auquel vous ayez eu à faire face. Murat savait que les plans étaient bien protégés. Si un espion lui avait apporté ces plans, Murat se serait méfié. Il aurait deviné un coup fourré des services de renseignements britanniques. Il fallait que Murat croie à l'authenticité de ces plans ; il fallait dissiper tous ses soupçons. Voilà pourquoi vous avez décidé de sacrifier Ruth Mendelson.

— Je ne voudrais pas faire de paternalisme, fit remarquer Montague d'un ton glacé, mais je trouve que vous avez tendance à utiliser le terme sacrifice un peu facilement.

Saul ignora la pique.

— Vous avez fait en sorte que Ruth obtienne ces plans. Ça, c'était la partie la plus facile du travail. Mais pour qu'ils aient l'air authentiques, vous aviez besoin de moi, l'amoureux de Ruth, un homme déchiré entre ses sentiments et son devoir. Il fallait que je suive Ruth, que je la capture et que je la laisse repartir avec les plans ; et c'est exactement ce que j'ai fait. Il fallait que Murat soit au courant de cela. Il fallait le convaincre que seule Ruth pouvait s'emparer des plans et être capturée sans être immédiatement pendue par les Britanniques. La seule raison qui explique la fuite de Ruth avec les plans, c'est mon amour pour elle.

— Murat était au courant pour vous et Ruth Mendelson ? demanda cyniquement Montague.

Saul acquiesça.

— Oui, il savait, et grâce à vous j'imagine. Murat a envoyé Von Traub au Caire simplement pour empêcher que Ruth me rencontre. Vous avez également fait en sorte que ce soit moi qui pourchasse l'espionne de Murat à travers toute l'Egypte.

— Vous étiez le meilleur..., commença Montague.

Mais Saul l'interrompit sèchement. Son amante était morte ou près de mourir, et lui perdait un temps précieux dans cet ignoble duel verbal. Mais il devait convaincre Montague qu'il avait vu clair dans son jeu et qu'il pouvait faire échouer son opération. Il devait faire comprendre au vieil homme qu'il n'avait pas d'autre choix que de lui obéir.

— Murat et Von Traub savaient que je poursuivais Ruth, dit-il. Ils savaient que nous étions amoureux. Si je laissais Ruth s'enfuir avec les plans, c'est que je ne pouvais me résoudre à la laisser traduire devant une cour martiale. Notre rencontre dans le désert était la pierre angulaire de votre plan. Je dois reconnaître que tout s'est bien déroulé.

Le téléphone retentit, mais Montague ne décrocha pas.

— J'imagine que vous avez livré Lawrence à Murat comme preuve de l'authenticité des plans, reprit Saul en souriant. Vous l'avez envoyé à Gaza. A l'heure qu'il est, il doit être en prison, et peut-être même est-il mort. (Il prit une profonde inspiration.) Et très bientôt, lorsque Murat découvrira la vérité, Ruth mourra aussi. Il n'hésitera pas à la faire décapiter.

Une étrange faiblesse s'emparait de lui : il s'interrompit.

— En avez-vous fini ? demanda froidement Montague.

Ils se dévisageaient de part et d'autre du bureau.

— Vous savez, dit doucement Saul, vous me rappelez l'époque où je vivais en Russie. Vous me faites penser aux manipulateurs des services secrets du tsar. Ils étaient passés maîtres dans l'art de la tricherie et de la dissimulation. Ils infiltraient des provocateurs dans nos rangs, répandaient de fausses informations, montaient des complots contre le tsar dans lesquels ils enrôlaient nos hommes, puis faisaient pendre les conjurés. Il faut avoir un esprit bien vicieux pour imaginer de telles machinations. Vous auriez fait merveille là-bas.

— Votre prêche est-il terminé ? demanda Montague, d'un ton cassant.

— Presque, dit Saul. Mais maintenant c'est à mon tour de jouer.

Montague fronça les sourcils.

— De jouer ?

— Eh bien, dit Saul, vous prétendez toujours que tout ce que j'ai raconté est un tissu d'inventions ?

— Bien sûr.

— Dans ce cas, j'espère que vous ne verrez pas d'inconvénient à ce que demain Murat reçoive un message qui facilitera la tâche de Lawrence.

— Quel sorte de message ? demanda Montague, soudainement sur ses gardes.

— Je peux vous citer ça de mémoire, dit lentement Saul : « D'après des renseignements transmis par Mary Bartlett, vous informe que l'attaque sur Jérusalem est sur le point d'être lancée à partir du secteur Gaza-Beersheba, sous le commandement du général Allenby ; tenir autres informations pour nulles. »

— Mon Dieu ! s'exclama Montague qui laissa choir sa pipe sur le sol.

— Dieu n'a rien à voir avec ça mon colonel. Si ce que j'ai dit n'est qu'un tissu de balivernes, alors

Murat concentrera ses forces autour de Beersheba et Lawrence s'emparera de Jérusalem par surprise, comme prévu. N'est-ce pas ce que vous voulez ?

Le visage de Montague avait pris une teinte cireuse.

— Vous avez envoyé ce message à Murat ?

— Si, à minuit, je ne me suis pas rendu à un certain endroit, dit Saul, ce message sera envoyé à Murat.

Montague le regarda fixement, puis agrippa le bord de son bureau et s'assit lentement dans son fauteuil. La tête inclinée, il avait soudain l'air plus petit, plus vieux et très seul.

— Vous avez perdu l'esprit, articula-t-il. Ce sera une terrible catastrophe. Vous ne voulez donc pas que Jérusalem soit libérée ?

Saul ferma les yeux. Il se rappelait avoir posé à Ruth la même question quelques jours auparavant.

— Alors c'est Allenby, n'est-ce pas ?

Il voulait entendre une confirmation explicite de la bouche de Montague.

— Oui, vous le savez bien, finit par admettre Montague en se tortillant dans son fauteuil. Je vous le demande à nouveau, vous ne voulez pas que Jérusalem soit libérée ?

— Je ne veux pas que Ruth soit tuée ni maltraitée, dit Saul.

— Mais enfin, que voulez-vous que je fasse ?

— Je veux que vous la sortiez de là, dit lentement Saul.

Ses lèvres tremblaient et le sang battait à ses tempes, mais il jeta à Montague un regard de défi. C'était l'instant crucial. Montague devait comprendre que tout son plan allait s'écrouler s'il ne cédait pas au chantage de Saul. Car bien que le procédé ne lui plût guère, Saul devait bien s'avouer qu'il s'agissait de chantage.

Montague demeura immobile pendant un moment, puis se leva avec lenteur. Il contourna le bureau et s'approcha de Saul. La lumière éclairait le vieil homme qui s'efforçait de garder un masque impassible en dépit de la détresse qu'on lisait dans ses yeux.

— Je voulais vous dire..., commença Montague. Je voulais vous dire que malgré toute cette affaire, je vous aime beaucoup, Saul. Je vois en vous infiniment plus qu'un subordonné, et j'aimerais vous considérer comme... un ami.

Saul avait une envie irrésistible de le frapper, mais il se rappela la photographie que Montague gardait dans un tiroir, et il se contint.

— Maintenant, en ce qui concerne la fille...

Le charme était rompu.

— C'est vous qui l'avez livrée à Murat, gronda Saul les poings serrés, c'est vous qui l'en sortirez, vivante. Et je veux que vous m'expliquiez comment vous allez vous y prendre.

Il jeta un coup d'œil à sa montre.

— Je vous conseille de vous dépêcher. Le message doit partir dans une heure environ.

— Attendez, dit Montague. Laissez-moi réfléchir. Attendez.

Pour la première fois, Saul éprouvait un vague espoir. Il s'installa sur la chaise qui faisait face au bureau de Montague.

— Oh ! je peux attendre.

CHAPITRE 17

La jument arabe noire avait flairé le sang frais ; elle se dressa sur ses jambes arrière en hennissant et en secouant la tête de frayeur.

— Doucement, ma belle, souffla Murat en serrant fermement les genoux. Tout doux, Hanum.

Il inspecta du regard la plaine qui s'étendait à l'est jusqu'aux hauteurs d'Amman derrière lesquelles le soleil se levait. L'air du matin était frais et pur, le ciel d'un bleu uniforme. Et tout autour de lui, des centaines de corps, vestiges de la bataille de la veille, jonchaient la plaine. Ils gisaient en tas, couverts de sang, certains démembrés, au milieu d'une multitude de selles, de fusils, de vêtements déchiquetés, de lances et d'épées à lame recourbée. La mort avait empilé hommes et animaux ensemble, Bédouins en chemises rayées, cheikhs dans leurs robes amples, princes du Hedjaz en gallabeya de soie, dromadaires au ventre déjà ballonné, chevaux grotesquement affaissés sous leurs maîtres morts, une écume rose sur le museau, l'œil vitreux.

Il regrettait surtout les chevaux, ces bêtes racées que son artillerie avait taillées en pièces lorsque les hordes du chérif Hussein s'étaient jetées dans son piège au grand galop. Son propre cheval était mort sous lui pendant le combat au corps à corps qui avait suivi.

Il avait été blessé, deux fois, au cours de la bataille ; une balafre profonde traversait son visage, et un coup de lance l'avait atteint à la cuisse, faisant une blessure qui avait abondamment saigné. Mais cela n'était que des égratignures, comparé au coup de poignard de la Juive. La blessure qu'il avait au torse continuait de l'élancer. Mais qu'importait, à présent que le sentiment suave de la victoire gonflait son cœur et se répandait dans ses veines comme un pur nectar.

Quelle victoire fracassante, en vérité ! Deux nuits auparavant, il avait quitté Gaza avec les divisions d'élite de son armée, la Sixième et la Vingt-quatrième, qui avaient gagné le Jourdain à marche forcée. Les mitrailleurs allemands étaient partis pour Jéricho par convoi motorisé. Les unités de réserve de la plaine côtière, les batteries d'artillerie stationnées dans les collines de Jérusalem, la garnison de cavalerie de Haïfa avaient toutes été transportées par trains spéciaux jusqu'à la vallée du Jourdain. La nuit suivante, ils avaient franchi le fleuve pour mettre en place la souricière à l'intention de cheikh Hussein et de ses guerriers dans les vallées de Balqa.

Il était allé en personne reconnaître le terrain, puis il avait disposé ses mitrailleuses et ses canons sur les deux flancs, la cavalerie et l'infanterie en face ; ainsi avait-il transformé le vaste passage dépourvu de tout abri en un véritable abattoir, d'où il était presque impossible de s'échapper. Une fois le piège en place, ses hommes prêts et toutes les pièces d'artillerie réglées sur leurs cibles, lui-même s'était installé dans son quartier général avancé, au sommet d'un mamelon au bord du fleuve ; et il avait attendu l'ennemi.

C'est alors qu'Abdül était arrivé avec des nouvelles de Jaffa. Von Traub avait arrêté les chefs palestiniens et les avait emprisonnés dans la forteresse d'Acre. La Juive aussi était à Acre et enchaînée. Pour

Lawrence, avait dit Abdül, on avait suivi les instructions de Murat. Les hommes s'étaient amusés un peu, ils l'avaient fouetté et, finalement, jeté inconscient dans une ruelle crasseuse. Il devait être hors de Gaza, à présent, mais il ne pourrait pas avertir Hussein que leur plan avait échoué et qu'il n'y aurait ni rébellion en Palestine ni attaque surprise sur Jérusalem. Les fiers guerriers du Nedjd, les tribus du Hedjaz, les Juheinas, les Haouweitat et les Abou Tayi — leurs cheikhs, leurs capitaines et leurs esclaves partis libérer al-Quds — galopaient vers une mort certaine.

Elle arriva en effet le lendemain soir, la plus grande armée arabe jamais rassemblée, par les ravines et les lits des oueds, depuis leurs lieux secrets de ralliement, de Kissir et de Salt. Ils s'engouffrèrent au galop, par centaines de front, dans la vallée de Balqa ; ils laissaient enfin le désert derrière eux. Ce seraient bientôt les eaux fraîches du Jourdain, les vergers de Jéricho et, enfin, les collines de Jérusalem. Murat les avait vus depuis son poste de commandement, somptueux déferlement de cavalerie ; leurs robes flottaient dans le vent, ainsi que des centaines de drapeaux colorés ; ils chantaient, battaient les tambours et psalmodiaient le nom d'Allah ; ils brandissaient lances, épées et fusils. La terre avait tremblé sous les sabots de leurs superbes chevaux et des méharis richement caparaçonnés.

Alors il avait donné l'ordre de tirer et le carnage avait commencé.

Il éperonna Hanum légèrement, et elle répondit ; elle s'avança précautionneusement entre les cadavres. Les quelques Turcs tués l'avaient été durant le massacre final, lorsqu'ils avaient lancé l'attaque de cavalerie contre les Bédouins battant en retraite.

Il entendit un gémissement et se retourna dans sa selle. Un jeune Arabe, la poitrine ouverte en diagonale, leva une main tremblante et sanglante, le regardant avec des yeux fébriles. Près de prendre son pistolet, Murat changea d'avis. Il n'avait pas envie de tuer, pas aujourd'hui, pas après cette victoire. Il y avait probablement un grand nombre de blessés dans ces entassements de corps. D'ici quelques heures ses hommes envahiraient le champ de bataille pour le pillage traditionnel, et ils tailleraient en pièces allègrement tous les survivants arabes jusqu'au dernier. Mais Murat éprouvait une manière de sympathie, de la gratitude même, envers les ennemis qui lui offraient, par leur mort, une telle victoire aux yeux d'Allah et des hommes.

Dans sa poche de poitrine était rangé le télégramme adressé à lui par le sultan en personne et arrivé par messager spécial une heure auparavant. « Au nom d'Allah le miséricordieux, disait le sultan, nous vous félicitons pour cette victoire magnifique. » Un ricanement lui échappa à la pensée de Mustafa Kemal à Damas et à la mine déconfite d'Enver et de ses comparses dans les palais parfumés d'Istanbul. Comment auraient-ils pu imaginer qu'il allait en l'espace de quelques jours couvrir de ridicule Lawrence, battre les tribus hedjazies et sauver Jérusalem ? Ils devaient être extrêmement inquiets. Car leurs ennuis commençaient là où se terminaient ceux de Murat.

Il entendit un bruit de sabots sur le sable. Il se retourna. Abdül mettait pied à terre. Il lui tendit une enveloppe blanche.

— Un télégramme du quartier général, Excellence, dit-il en prenant les rênes de Hanum.

Murat déchira l'enveloppe. Un télégramme d'Enver, sans doute. La vilaine fouine avait dû entendre parler des félicitations du sultan, et elle jugeait sage de faire de même. Comme si ce geste minuscule pouvait le sauver !

Il déplia le télégramme et le lut. Lettres et mots n'étaient pas assemblés comme il s'y attendait ; d'abord il n'y comprit rien, et il le relut plusieurs fois. Puis un frisson glacé le traversa, il se raidit, la feuille de papier tremblant entre ses doigts. Les lettres imprimées dansaient devant ses yeux.

— Pacha ? murmura Abdül, alarmé.

Murat déglutit avec difficulté, la gorge transpercée par la douleur. Le télégramme était bref, direct, pire qu'une sentence de mort : « Les armées d'Allenby ont percé la ligne Gaza-Beersheba, conquis Beersheba, et approchent d'Hébron et Jérusalem. »

Allenby aux portes de Jérusalem ! Impossible. C'était une erreur, évidemment. Ce n'était pas Allenby mais Lawrence... Lawrence devait attaquer Jérusalem ; je l'ai capturé, le salaud. J'ai vu le plan...

Le plan ! Il ferma les yeux, horrifié ; soudain les événements des derniers jours prenaient une tout autre signification. Une à une les pièces du puzzle s'emboîtaient, formant une figure différente. Et il comprit la machination de l'ennemi. Le plan apporté par la Juive n'était qu'une diversion. C'était sans doute l'œuvre du vieux colonel dont lui avait parlé Von Traub, ou de l'amant de la Juive. Ils avaient sacrifié Lawrence et ses guerriers hedjazis pour l'éloigner du lieu prévu pour leur véritable offensive. Et il était tombé dans leur piège.

Pendant qu'il se divertissait de Lawrence et qu'il massacrait les Arabes, Allenby traversait le Sinaï, inaperçu, et frappait à l'ouest de Beersheba. Normalement, les Anglais auraient été arrêtés dans leur avancée, comme les deux fois précédentes. Mais cette fois il n'y avait pas de troupes fraîches à lancer dans la brèche, ni canons pour tailler en pièces les attaquants ni mitrailleuses pour faucher dragons et fantassins vague après vague. Cela parce qu'il avait massé toutes ses forces de l'autre côté du Jourdain pour assassiner un ramassis de sauvages du Hedjaz. Magnifique victoire, en effet !

Pire, il n'y avait plus entre Beersheba et Jérusalem une unité capable d'arrêter Allenby ! Murat avait dépouillé la ville de toute défense en envoyant hommes et équipements dans la vallée du Jourdain.

A moins d'un miracle, la ville tomberait dans les mains des Anglais comme un fruit trop mûr.

Une bouffée de rage impuissante le submergea. Il éprouva un besoin irrésistible de frapper et de tuer, de dépecer l'ennemi morceau après morceau. Soudain, il tira son épée et, se tournant vers le jeune Arabe blessé gisant près de son cheval, il lui taillada la poitrine jusqu'à ce que la lame fût gluante de sang. Le garçon expira avec un gargouillement écœurant.

Murat leva les yeux. Abdül l'observait sans mot dire, une étrange lueur dans le regard.

— Abdül..., murmura Murat.

— Oui, Excellence.

— Rassemble l'état-major dans ma tente, immédiatement. Que toutes les unités se préparent au départ. Je pars pour Jérusalem dans une heure. Trouve-moi une voiture et une escorte de mitrailleurs. Télégraphie... télégraphie à Mustafa Kemal, à Damas, et demande-lui d'envoyer deux divisions à Jérusalem par train spécial.

— Mustafa Kemal ?

Evitant le regard d'Abdül, il continuait de donner ses ordres pour les troupes — bien qu'il sût que c'était trop tard. Jérusalem était perdue ; il pouvait lui sacrifier sa fierté ou même sa vie, cela n'y changerait rien. D'ici quelques jours, il serait rappelé à Istanbul, jugé sommairement et emmené à la Fontaine du Bourreau. Il lui restait néanmoins une chose à accomplir, fût-ce la dernière de son passage sur cette terre.

Vengeance.

Il savait depuis le début qu'il ne devait pas se fier à la fille Mendelson. Il n'aurait jamais dû écouter Von Traub. Lui, Murat Pacha, il avait eu le pouvoir suprême à portée de la main, et il s'était laissé berner et ridiculiser par une petite salope qui avait les yeux du diable. Il lui ferait payer. Pour ce qu'elle avait fait à l'Empire et pour ce qu'elle lui avait fait, la Juive devait mourir.

Ils vinrent la chercher le troisième jour.

Depuis qu'on l'avait amenée de Gaza, en la jetant comme un tas de guenilles à l'arrière d'un vieux camion allemand, personne n'était venu la voir dans sa cellule de la forteresse d'Acre. Ce n'était pas la même cellule, mais une autre plus petite, avec une faible lumière filtrant entre les barreaux rouillés d'une ouverture en hauteur. Elle empestait l'urine. Elle n'avait pas revu les deux femmes qui avaient fait de son premier séjour dans les cachots un cauchemar vivant. A part cette fois à Gaza où elle avait tenté de poignarder Murat, personne n'avait levé la main sur elle. D'ailleurs, les coups reçus cette nuit-là, elle ne les avait même pas sentis, car elle était au-delà de la douleur. Elle regrettait seulement de n'avoir pas réussi à tuer Murat. Mais au fond, quelle valeur aurait eu sa mort comparée à tout ce qu'il lui avait pris ?

Elle n'avait plus le désir de vivre. Etendue dans sa cellule obscure d'Acre, elle priait Dieu de lui offrir un moyen de mettre fin à ses jours — un instrument pointu, une corde, une fiole de poison. Elle était seule au monde après la mort de son père. Les siens ne voudraient plus d'elle ; Saul la mépriserait parce qu'elle avait trahi et l'avait obligé à trahir lui-même. Il lui avait donné une nuit d'amour infini, qu'elle chérissait à présent comme son souvenir le plus précieux. Mais c'était tout l'amour qu'elle aurait jamais dans sa vie. Elle n'avait jamais cru en Dieu, mais maintenant elle priait, avec ferveur, le Dieu d'Israël de mettre un terme à cette vie lamentable.

Elle ne toucha pas aux bols de nourriture ni aux gobelets d'eau saumâtre que lui apportait une vieille Arabe dans sa cellule. Elle demeurait étendue des heures durant sans bouger, poursuivie par les souvenirs hideux de ces deux derniers mois. Elle pensait à son père. Comment était-il mort ? Assassiné par Murat et ses hommes de mains ? Ou vraiment de faiblesse au fond d'un cachot ? Même cela ne lui importait plus guère, car lorsque la vérité sur la mort de son père se ferait jour, elle serait morte depuis longtemps.

Personne ne lui parla, mais elle comprit que quelque chose se passait. Le deuxième matin après son arrivée, elle entendit les gardes turcs pousser des cris de joie dans les couloirs, taper dans leurs mains et rire très fort. Elle en déduisit qu'ils fêtaient la victoire de Murat sur les tribus hedjazies, qu'elle avait rendue possible. Puis, le lendemain, les Turcs s'enfoncèrent dans un silence morose, tandis que les prisonniers des cellules voisines se mettaient à crier de joie et à chanter. La situation s'était modifiée, mais en quoi ? Elle ne pouvait pas s'expliquer ce qui était arrivé. Elle ne s'en souciait guère d'ailleurs ; pour elle, plus rien n'avait d'importance.

Et puis ils vinrent la chercher.

Deux agents turcs, bien mis, leurs bottes cirées, leurs pistolets dans des étuis de cuir, entrèrent dans sa cellule. L'un d'eux s'adressa à elle avec calme, presque civilement ; les bras contre les flancs, il penchait la tête vers elle. Elle connaissait juste assez de turc pour comprendre qu'il voulait qu'elle les suivît.

Ils grimpèrent l'escalier et traversèrent la cour où avait eu lieu l'exécution. Elle darda les yeux vers la plate-forme de pierre à la recherche d'une tache sombre. Dans la cour il n'y avait personne, à part quelques soldats en treillis fripés occupés à charger des couvertures, des ballots de farine et des caisses de munitions dans des charrettes. Une fine pluie grise tombait. Le sergent qui s'était adressé à elle au début, un homme au teint mat et au visage bouffi, lui indiqua l'entrée d'un couloir étroit, dont les murs lépreux étaient d'un vert trouble. Deux sentinelles gardaient une porte au fond du couloir. Ils s'écartèrent pour laisser le passage à Ruth.

Une vaste pièce rectangulaire aux murs blanchis à la chaux. Deux fenêtres à barreaux ouvrant sur la cour. Un vieux drapeau turc cloué au mur. Une longue table recouverte de couvertures grises, un plateau d'argent avec une bouteille d'eau et quelques verres. Derrière la table, cinq chaises, celle du milieu plus grande et plus haute que les autres. En face, trois bancs. Près des fenêtres, un bureau étroit encombré de dossiers, et une chaise. Et debout dans un coin, l'air anxieux et apeuré, un vieux rabbin avec une courte barbe blanche et une redingote élimée.

Le rabbin vint à sa rencontre et, après un instant d'hésitation, prit ses mains dans les siennes.

— Comment vas-tu ? lui dit-il avec douceur, en hébreu.

Il avait une voix mélodieuse.

Elle baissa les yeux.

— Ils m'ont fait venir pour traduire.

— Traduire quoi ?

— Ils ne t'ont pas dit ?

Le rabbin secoua la tête en tenant sa calotte de soie noire. Il avait des yeux bruns emplis de compassion et la bouche petite et nerveuse des gens faibles.

— Tu vas passer devant une cour martiale pour espionnage.

Elle haussa les épaules. Quelle importance ? Bizarrement, elle pensa à Sabine de Ponthieu et à sa vénérée Mata.

— Savez-vous quoi que ce soit au sujet de mon père ? demanda Ruth. Il était enfermé ici jusqu'à sa mort. Il s'appelait Mendelson. Professeur Mendelson. D'Amérique.

— Non, dit le rabbin en secouant tristement la tête.

Un sergent, le greffier d'audience sans doute, entra et s'assit derrière le bureau ; l'air hautain, il entreprit de feuilleter le dossier du dessus de la pile.

— Il faut essayer de faire durer le procès plusieurs jours, dit le rabbin en tirant sur sa barbe jaunie.

— Pourquoi ? s'enquit-elle, indifférente. Ils vont me déclarer coupable de toute façon.

— Oui... Oui. Mais les choses auront peut-être changé d'ici quelques jours.

— Quelles choses ?

Deux commandants, dans des uniformes impeccables, entrèrent à leur tour. Ils portaient des dossiers de carton brun. Le plus âgé avait les cheveux grisonnants et le nez crochu. Il s'assit sur le banc. L'autre s'approcha de Ruth et la salua timidement. Il avait la peau du visage très lisse et parsemée de grains de beauté. Ses mains étaient petites et potelées. Il dit quelque chose en turc.

— C'est ton défenseur, dit le rabbin en prenant dans les siennes les mains de Ruth.

Il avait les paumes moites.

Ruth le regarda et demanda :

— A-t-il des questions à me poser ?

Le rabbin traduisit. Le Turc secoua la tête négativement ; gêné, il passa d'une jambe sur l'autre, et il alla s'asseoir aux côtés de l'autre commandant. Ils ne faisaient même pas l'effort de cacher que le procès n'était qu'une farce, pensa-t-elle, une simple formalité pour compléter leurs archives. Elle était déjà condamnée à mort, par Murat probablement.

— Vous disiez que les choses pourraient avoir changé d'ici quelques jours, dit-elle au rabbin.

— Oui, dit-il avec énergie, puis il détourna les yeux. C'est ton seul espoir.

— Espoir de quoi ? Quelles choses ?

— Tu ne sais vraiment rien, alors ? dit le rabbin à mi-voix. Allenby approche.

— Quoi ?

— L'armée anglaise a percé leurs lignes (il fit un petit mouvement de la tête en direction des Turcs) — ça fait trois jours maintenant. Ils battent en retraite partout. Une colonne anglaise marche sur Jérusalem, une autre sur Naplouse et la troisième avance le long de la côte. Ils sont assez près maintenant.

— Mais Lawrence...

— Qui ?

Le rabbin lui reprit la main et la regarda tendrement.

— Si le procès dure assez longtemps...

Incapable d'assimiler ses paroles, elle secouait la tête. Allenby en Palestine ?

— Dites-moi..., commença-t-elle.

Mais l'arrivée de cinq officiers turcs l'interrompit. Le rabbin lui lâcha la main et inclina la tête. Le président du tribunal, un général au crâne dégarni, s'inclina à son tour et s'assit. Les quatre autres, tous des colonels, prirent place à ses côtés. Tous firent mine de l'ignorer, sauf un petit homme tout fripé avec une grosse verrue sur le menton ; il la regarda et la salua d'un hochement de tête.

Le président dit quelque chose d'une voix sonore et distincte.

— Tu peux t'asseoir maintenant, dit le rabbin. Je traduirai.

— Ce n'est pas la peine, dit-elle.

Le tonnerre gronda faiblement dans le lointain au sud.

— Tu ne comprends pas. On fera durer le procès plus longtemps de cette manière. On demandera à ce que soit traduit chaque mot prononcé ici, et après tu auras des questions à poser, ou tu feras une déposition. Il faut qu'on gagne du temps, à tout prix.

Un instant, une vague lueur d'espoir s'éveilla en elle. Il avait raison, peut-être — peut-être que les Anglais arriveraient à temps, s'ils faisaient traîner le procès. Et si vraiment Allenby approchait, c'est que peut-être sa faute n'était pas aussi lourde que cela. Saul avait dû faire quelque chose ; il l'aimait encore, peut-être. Mon Dieu, pensa-t-elle, la vie me serait-elle offerte, une fois de plus ?

Mais cet espoir fut très rapidement anéanti. Le président de la cour expédia le procès avec la totale coopération de ses pairs. Les deux commandants échangèrent de brèves déclarations tout en agitant leurs papiers. La cour ne manqua jamais d'interrompre le rabbin dans ses efforts pour traduire. Et de toute façon, Ruth ne l'écoutait plus. Une heure à peine après le début du procès, le président s'adressa à Ruth.

— Il te demande de te lever, dit le rabbin d'une voix blanche.

Ruth le regarda. Son visage était empourpré, de fins capillaires rouges sillonnant ses joues. Ses lèvres tremblaient.

Le général parla à nouveau.

— La cour martiale, murmura le rabbin en se levant auprès d'elle, vous a déclarée coupable d'espionnage et vous condamne à mort par pendaison. La sentence sera exécutée demain à l'aube.

Elle demeura immobile tandis que les officiers supérieurs quittaient la pièce. Le rabbin les suivit et entreprit de discuter avec le petit colonel avec la verrue sur le menton. Les deux sergents debout au fond de la pièce s'approchèrent alors d'elle pour la reconduire dans sa cellule.

Le rabbin la rattrapa dans la cour.

— Ils pouvaient exécuter la sentence immédiatement, mais ils ont ordre d'attendre demain. Murat Pacha arrive — il veut te voir mourir.

Le rabbin l'observait avec gêne.

— Qu'a donc contre toi Murat Pacha ?

Elle ne répondit pas.

Le vieil homme soupira, et elle vit une larme rouler sur son menton.

Alors le rabbin lui saisit les mains.

— Sois forte, Ruth. Je te reverrai avant...

Sa voix se brisa et il s'éloigna en hâte.

Une vieille Turque l'attendait déjà dans sa cellule. Son large visage était pâle, ses lèvres très serrées. Sans un mot, au moyen de gestes et de signes uniquement, elle ordonna à Ruth d'ôter tous ses vêtements. Et elle lui fit mettre une robe de grosse toile marron. Ruth frissonna. C'était le vêtement traditionnel des condamnés. La femme turque scruta le visage de Ruth, puis elle laissa échapper un profond soupir. Sans un mot, elle quitta la cellule.

Quelques minutes plus tard, la femme était de retour. Elle déverrouilla la porte de la cellule et se glissa à l'intérieur tout en jetant des coups d'œil inquiets derrière elle. Elle portait une timbale emplie d'un breuvage fumant. De la compassion dans le regard, elle tendit la timbale à Ruth. Puis elle appuya la joue sur ses mains jointes et ferma les yeux, et Ruth comprit qu'elle lui avait apporté quelque chose qui l'aiderait à dormir.

— Merci, dit Ruth en arabe.

Le liquide était très chaud et sucré.

La femme lui reprit la timbale vide des mains, et alors, d'un geste impulsif, elle se pencha pour caresser du bout des doigts la joue de Ruth.

Seule à nouveau, Ruth s'assit sur le lit de camp étroit. Les yeux vagues, elle voyait les ombres du soir envahir peu à peu la cellule. Loin au-dessus d'elle, elle entendait un martèlement de métal sur du bois et des bribes de conversation. Il lui fallut un certain temps avant de comprendre de quoi il s'agissait. Les Turcs construisaient un gibet à son intention dans la cour de la forteresse.

Au milieu de son sommeil troublé, elle entendit la clef tourner dans la serrure. Elle se réveilla instantanément. Venait-on la chercher déjà ? C'était la nuit noire. Une forme traversa la cellule, puis une main ferme fut plaquée contre sa bouche, et de l'autre on la tenait par l'épaule.

— Etes-vous réveillée ? demanda une voix en anglais.

Alors elle se débattit de toutes ses forces contre l'ombre menaçante. Elle connaissait cette voix froide et métallique. Un rayon de lune éclaira le visage de l'homme penché sur elle. Tous les muscles tendus, elle tentait de lutter, en frappant désespérément avec ses poings le torse de l'Allemand. Car c'était Von Traub.

— Calmez-vous, s'il vous plaît, dit-il à voix basse.

En proie à la panique, elle se débattait toujours. Que lui voulait-il encore et qu'allait-il imaginer de lui faire subir ? Elle essaya de le repousser avec ses jambes en se contorsionnant sur le lit.

— S'il vous plaît, répéta-t-il. Si vous vous taisez, je vous lâche, d'accord ? Faites oui avec la tête si vous comprenez.

Il y avait dans sa voix une note d'intensité étrange. Elle fit oui lentement et détendit ses bras.

— Pas le temps d'expliquer, dit-il en ôtant la main de la bouche de Ruth. Venez ! murmura-t-il.

Déroutée et paralysée par la peur, elle ne bougea pas. Alors il la prit par la main, d'une poigne énergique.

— Et taisez-vous, répéta-t-il.

— Non, dit-elle en retirant sa main. Je n'ai pas confiance en vous. C'est encore un de vos jeux ignobles.

— Ce n'est pas un jeu, dit-il en lui reprenant la main.

Son étreinte était étrangement rassurante.

— Pour l'amour de Dieu ! Venez ! Vous ne voulez pas partir d'ici ?

— Vous allez me faire sortir d'ici ?

Mais déjà ils avaient traversé la cellule et franchi la porte ouverte. Il l'entraîna dans le corridor obscur.

— Vite !

Elle le suivit, ses pieds nus glissant sur la pierre humide. Que pouvait-elle faire d'autre, sinon suivre la longue silhouette de l'homme qui la guidait dans les entrailles de la citadelle de Murat ? Les portes de fer sur leur passage étaient toutes déverrouillées. Des bruits de ronflements montaient des cellules tout au long des couloirs. A chaque tournant il faisait une halte pour regarder et écouter, avant de l'entraîner un peu plus loin dans le labyrinthe obscur. Ils atteignirent une petite porte qu'il ouvrit avec une clef ; puis il se baissa et la tira à sa suite dans un étroit tunnel. Elle se sentit patauger dans une eau tiède qui dégageait une odeur nauséabonde. Les égouts, probablement.

Von Traub s'arrêta à nouveau, batailla un moment

avec ses clefs pour ouvrir une autre porte. Soudain ils furent dehors, sur un champ boueux parsemé de pierrailles. Une pluie froide tombait dru. Elle leva la tête. Au-dessus d'eux se profilait la muraille de la forteresse. Von Traub la conduisit jusqu'à un bouquet d'arbres bas de l'autre côté du champ. Elle inhalait avec délice la fraîche odeur d'herbe mouillée. Un jeune cheval avec une crinière blonde taillée attendait sous la pluie, attaché à une souche d'olivier.

— C'est votre cheval, dit Von Traub en détachant l'animal. Je n'ai pas eu le temps de vous procurer des vêtements. Vous allez filer vers le sud-est jusqu'au mont Carmel en traversant l'enclave druze. Il n'y a presque pas de forces turques dans cette région, uniquement des patrouilles. Vous ne devez vous approcher de Haïfa sous aucun prétexte. Vous contournerez la ville et prendrez l'oued Oren jusqu'à la côte. Puis vous irez vers le sud, en longeant la plage. Des unités avancées britanniques sont déployées le long des marais salants, à l'extérieur d'Atlit. Vous y serez vers le matin. Ils vous attendront.

— Qui ? articula-t-elle en émergeant de son état de stupeur.

— Vite !

Il la hissa sur le cheval.

— Ils vous attendront là en début de matinée. A Atlit.

— Attendez, fit-elle en le saisissant par la manche. Pourquoi faites-vous ça ?

Il secoua la main qui le retenait.

— Toujours disposé à secourir une demoiselle en détresse, dit-il.

Il se retourna et repartit en direction de la forteresse.

Les mots de Von Traub résonnaient dans sa tête, tandis qu'elle faisait escalader à son cheval les pentes glissantes du mont Carmel. « Ils vous attendront », avait-il dit. Qui l'attendrait ? Et comment le savait-il ? Elle le haïssait plus encore que Murat. Murat avait anéanti sa famille, Von Traub avait détruit sa dignité. Mais pourquoi l'avait-il fait s'échapper d'Acre ? L'utilisait-il pour une autre de ses machinations ?

Mais à mesure qu'elle s'éloignait de la forteresse, un espoir insensé croissait en elle. Elle atteindrait peut-être les lignes anglaises, si elle ne commettait pas d'imprudence. Revenait-elle à la liberté, à la vie ? A Saul ? Elle ne cessait de se répéter ces mots qu'il avait dits, en essayant de deviner leur véritable sens. Ils l'attendraient...

Elle longea soigneusement les villages druzes ; elle traversa leurs vergers emplis de figuiers et d'amandiers, et sentit la fumée montant des fours abrités de la pluie dans leurs cours. La pluie battante avait trempé son vêtement, lui plaquait les cheveux sur le crâne et dégoulinait en filets glacés sur sa peau nue. Deux fois, elle esquiva de justesse des embuscades placées par les patrouilles montées turques sur les sentiers de montagne. Mais le Carmel était son territoire. Elle en connaissait chaque chemin, chaque crête, chaque buisson. Elle s'ingénia à éviter villages et hameaux de montagne en empruntant essentiellement les oueds et les flancs boisés. Chaque site familier faisait bouillonner une foule de souvenirs ; les blessures non guéries se rouvraient.

Elle ne fit aucun détour intentionnel. Et pourtant, comme le point du jour dessinait les hauteurs du Carmel, elle émergea au sommet de la colline, sa colline, qui surplombait les restes calcinés de la maison Mendelson. Trois ans avaient passé depuis que Saul lui avait donné un baiser, ici, à l'ombre du vieux chêne. Et moins de trois mois auparavant, Murat était sorti de la brume avec sa troupe amenant la mort et le feu sur sa maison. Des images de ces derniers mois se bousculaient dans son esprit, lorsqu'elle entendit le tonnerre. Mais ce tonnerre-là était différent, retentissant, bref, continu. Et ce n'était pas le tonnerre mais un duel d'artillerie. On se battait et les canons grondaient sur la côte, près d'Atlit, comme l'avait dit Von Traub.

Elle jeta un dernier coup d'œil aux ruines noircies. Elle reconstruirait la maison, un jour, si elle survivait. Elle gifla l'encolure du cheval qui se mit à descendre la pente au trot. En émergeant sur une crête, beaucoup plus près de la côte, elle se retrouva juste au-delà des positions turques, au nord des marais salants. Le vent secouait un immense drapeau ottoman, dont l'étoile et le croissant dominaient trois lignes de tranchées hâtivement creusées. Des hommes entraient et sortaient en courant des niches de mitrailleuses, traînant des caisses et des armes. Des charrettes à ânes et des voitures attelées à des chevaux étaient alignées sur la route, derrière les tranchées. Deux dromadaires allaient tranquillement sur la plage ; un troisième gisait, mort, et son sang répandu sur le sable semblait noir dans la froide lumière du matin.

Elle se tourna vers le sud, et son cœur bondit dans sa poitrine. Elle voyait, derrière des sacs de sable entassés, les casques ronds et plats et les uniformes vert olive des Anglais. Non loin de la ligne de front, des centaines de véhicules militaires, des voitures blindées, des charrettes attelées à des mulets et des canons occupaient la longueur de la plage. Des volutes de fumée montaient au-dessus d'une étendue plane entourée de tentes jaune pâle. Et à l'ouest, la mer de novembre abattait avec fureur d'énormes vagues écumeuses sur le sable blanc.

— Maintenant ! murmura-t-elle en serrant les rênes.

Ils vous attendront, avait dit Von Traub.

Les Anglais l'aperçurent les premiers. Comme elle commençait à descendre la dernière pente, il y eut soudain une grande agitation derrière la rangée de sacs de sable, puis un crépitement de plus en plus fort. Les balles volaient au-dessus de sa tête comme des frelons enragés. Ils lui tiraient dessus ! Les Turcs la virent à leur tour, et le vent soufflant depuis la plage lui apporta le bruit de leurs cris ; une rafale de mitrailleuse retentit, puis une autre. Elle était prise dans un feu croisé.

Elle hésita une fraction de seconde, tira brusquement sur les rênes, et sa monture effrayée se cabra en hennissant. Impossible de reculer à présent, pas le temps de réfléchir. Elle pressa ses pieds nus contre les flancs du jeune cheval et, couchée sur son dos, étreignant presque sa blonde encolure, elle s'élança vers les lignes anglaises.

Puis ce ne fut qu'une succession brouillée d'images fragmentaires... les champignons de sable autour des sabots de son cheval, l'interruption soudaine du crépitement du côté anglais, l'odeur de la fumée de la poudre à canon, les uniformes courant à sa rencontre, une voix familière appelant son nom, et elle tomba du cheval dans deux bras robustes.

Et, juste avant de perdre conscience, le visage pas rasé et les yeux noirs de Saul Donsky.

ÉPILOGUE

Le 9 décembre 1917, à l'aube, le gouverneur militaire turc de Jérusalem détruisit à coups de marteau le matériel télégraphique qui se trouvait dans son bureau. Puis il remit une lettre de reddition au maire arabe de la ville sainte, et s'enfuit vers Jéricho avec les derniers soldats turcs survivants ; dans leur fuite, ils furent inlassablement poursuivis par des tirs d'artillerie.

Une heure plus tard, le maire Husseini et le chef de la police livrèrent la ville de Jérusalem à deux soldats britanniques stupéfaits venus chercher de l'eau près des portes de la ville. Le jour même, les soldats de la 60e division britannique faisaient leur entrée dans Jérusalem, follement acclamés par les populations juive et chrétienne, mais boudés par les Arabes. Les Arabes détestaient les Turcs, mais ils savaient qu'avec la débâcle turque, c'en était fini de la domination musulmane sur leur ville sacrée. Le 11 décembre, en effet, le général Edmund Henry Hynman Allenby devint officiellement le premier maître chrétien de Jérusalem après 730 années.

Ce matin-là, monté sur son alezan brûlé, Allenby passa en revue sur la route de Jaffa les détachements représentant les différentes unités de l'armée britannique. Australiens en jambières boueuses, Gurkhas émaciés et de petite taille, Ecossais en bérets à carreaux, Gallois aux visages fatigués, Londoniens mal rasés, Néo-Zélandais en tenue de combat, se tenaient côte à côte le long de la route pavée. Certains, bouleversés, ne cachaient pas leurs larmes. Cette sobre cérémonie était égayée par la présence d'une unité de bersaglieri italiens en chapeaux à plumes et de poilus français en uniformes bleu horizon, représentant les forces alliées aux Britanniques. Arrivé devant la porte de Jaffa dans l'ancienne muraille de Jérusalem, Allenby descendit de cheval et confia sa monture à une ordonnance. Il franchit à pied l'arche de la porte, signifiant ainsi son respect pour la cité sainte dans laquelle il pénétrait.

Une foule immense massée en haut des murs et sur les toits, dans l'encadrement de chaque porte et de chaque fenêtre, sur les terrasses et les balcons, saluait par sa clameur l'entrée d'Allenby dans la vieille ville. On y trouvait un curieux mélange de religions et de races : patriarches juifs aux longues barbes avec leurs papillotes, prêtres grecs orthodoxes en robes de brocart et couronnes ornées de pierreries, prêtres arméniens en vêtements noirs et capuchons triangulaires, sombres moines éthiopiens aux visages émaciés, nonnes carmélites en robes immaculées, dominicains, bénédictins, franciscains, des femmes grecques, anglaises et américaines, et des centaines d'Arabes chrétiens en chemises rayées de couleurs vives. Le silence se fit brusquement, lorsque le conquérant de Jérusalem se fraya humblement un chemin au milieu d'eux. Le carillon des églises de Jérusalem résonna dans l'air. Deux rabbins accueillirent leur libérateur avec l'offrande traditionnelle : un pain fraîchement cuit et un bol de sel posés sur un plateau ovale de vieil argent.

Allenby s'avança solennellement vers la citadelle, où il devait lire sa proclamation au peuple de Jérusalem. Les deux représentants officiels français et italien qui l'accompagnaient demeurèrent avec tact quelques pas en arrière. Allenby avait la réputation de détester les cérémonies pompeuses. Seul un groupe d'une vingtaine d'officiers supérieurs suivit le commandant en chef sur la terrasse de l'ancienne citadelle, près de la tour de David.

Au premier rang, derrière Allenby, pâle, l'air sombre, marchait à grands pas le commandant T.E. Lawrence.

Et à côté de lui, dans un uniforme taché de boue, les plumes d'émeu de son chapeau flottant dans le vent, s'avançait le lieutenant-colonel Jeffrey Saunders.

Les sourcils froncés, le cœur battant, Ruth Mendelson observait son ancien amant qui s'avançait avec raideur en ne quittant pas des yeux les remparts massifs de la citadelle. Elle se tenait au premier rang de la foule qui ovationnait les libérateurs ; elle aurait presque pu le toucher. Elle remarqua la fatigue de son regard, ses joues creusées, la barbe blonde naissante. La ligne rouge d'une blessure récente soulignait cette bouche qu'elle avait embrassée. Une vague de souvenirs déplaisants la submergea, et elle frissonna. Et si Jeffrey l'apercevait ? S'il quittait le groupe d'officiers et venait lui parler ? Et que se passerait-il s'il rencontrait Saul, qui se tenait à côté d'elle et lui tenait fermement la main ?

Mais Jeffrey ne l'aperçut pas. Quand il passa devant Ruth, elle faillit perdre l'équilibre et dut s'appuyer sur Saul. Elle observa alors le profil de pierre de son amant, ses lèvres décolorées refermées sur ses dents serrées. Aucun doute : il avait reconnu Saunders ; et elle imaginait les affres par lesquelles il passait. Mais Saul évitait le regard de Ruth. Il ne se tourna pas vers elle, se contentant de lui serrer plus fort la main d'une manière rassurante. Pour cette marque d'amour, et pour cette absence de regard accusateur, elle éprouva une immense gratitude.

Après son évasion, Saul s'était montré si tendre et

si compréhensif. Après qu'elle eut atteint les lignes britanniques, il l'avait conduite dans une tente fraîche et sombre et l'avait étendue sur un lit de camp. « Reste avec moi », avait-elle supplié en le serrant contre elle. Elle avait tant de choses à lui dire ! Elle se mit à parler, mais s'endormit presque immédiatement, en lui tenant la main.

A son réveil, il lui apporta un plateau avec de la nourriture et du café. Lorsqu'elle eut fini de manger, il prit dans les siennes les deux mains de Ruth et lui expliqua toute la machination de Montague. Il parla longtemps, décrivant dans ses moindres détails la tortueuse opération. Pétrifiée, elle l'écouta, incapable de prononcer la moindre parole.

Mais après le départ de Saul, elle avait éclaté en sanglots. Elle avait été utilisée, roulée, mais par-dessus tout, elle se sentait profondément humiliée. Les gens pour lesquels elle avait risqué sa vie avaient joué avec ses sentiments les plus intimes, avaient trahi sa confiance, cyniquement sacrifié son père et son frère ; cette dernière idée la rendait folle. Mille pensées terribles la tourmentaient ; chaque détail de ce qu'elle avait vécu depuis deux mois prenait une nouvelle signification.

Si seulement elle pouvait chasser cet épisode de sa mémoire ! C'eût été pour elle le seul moyen de préserver sa raison. Mais elle sentait bien que c'était impossible, et que ces événements l'avaient marquée pour toujours.

Lorsque Saul revint, elle s'était ressaisie. Mais une question ne cessait de l'obséder : pourquoi Von Traub l'avait-il sauvée ?

— Je ne sais pas, avait dit Saul. Tout ce que je sais, c'est qu'il a agi sur les ordres de Montague. Le vieux devait avoir un moyen de pression sur lui. Il m'a simplement dit de me trouver ce matin-là à Atlit, sur la ligne de front. Il m'a dit que Von Traub essaierait de te faire libérer. Il a dû menacer Von Traub de révéler aux Turcs sa véritable identité, ou bien il avait un autre moyen de chantage.

Ce fut la dernière fois qu'ils prononcèrent le nom de Montague. Depuis ce jour, toutes les nuits, les mêmes cauchemars venaient hanter son sommeil. Chaque fois elle se réveillait en hurlant, et se retrouvait dans les bras de Saul.

Saul ne voulait pas qu'elle vînt à Jérusalem pour cette cérémonie. Montague serait certainement là, et peut-être d'autres qu'elle n'aurait pas envie de voir ; inutile de s'exposer à une expérience aussi désagréable. Mais elle était bien décidée à venir. « Tu m'as dit que c'est moi qui leur avais donné Jérusalem, avait-elle dit à Saul. Je veux les voir s'en emparer. »

Et aujourd'hui, elle les voyait s'emparer de Jérusalem. Le général Allenby, le commandant Lawrence, les officiers britanniques, les Italiens, les Français. Et le lieutenant-colonel Jeffrey Saunders.

— Regardez, est-ce que ça n'est pas...

Maimon montrait Saunders à Ruth et à Saul, mais en voyant leur air égaré, il ne termina pas sa phrase. Ruth ne savait pas exactement ce qu'il connaissait de l'histoire, mais elle sentait que, peu à peu, Maimon assemblait les morceaux du puzzle. Le jour de leur retour à Jérusalem, lorsque Saul les avait présentés l'un à l'autre, elle avait vu son regard s'attarder sur la cicatrice qu'elle portait au bras. Mais si Maimon s'était rendu compte que Mary Bartlett et Ruth Mendelson ne faisaient qu'une, il l'avait gardé pour lui. Ruth sentait qu'elle pouvait lui faire confiance. Avec Saul et Maimon à ses côtés, elle se sentait en sécurité.

Maimon détourna le regard, puis se mit à rouler lentement une cigarette. Saul s'éclaircit la gorge.

— C'était Lawrence, derrière Allenby, dit-il. On dirait qu'il est malade. Je ne l'ai jamais vu si pâle.

— C'est vrai, dit Maimon, il a l'air d'un fantôme.

La petite procession avait atteint la citadelle.

— Que lui est-il arrivé? Ruth ? demanda Saul.

Tous les deux la regardaient. Elle frissonna. Elle

était bien décidée à protéger le secret de Lawrence. En partie, parce qu'elle se sentait coupable d'avoir servi d'instrument à cette tragédie, mais surtout par respect pour ce héros discret, et par volonté de protéger sa dignité. Lawrence était vivant, et cela seul importait. Pourtant, dans ce visage tourmenté elle voyait ce que d'autres ne pouvaient deviner : il était marqué à jamais par l'horreur de cette nuit à Gaza.

Une voix calme se répandit sur toute la place. Depuis les terrasses de la citadelle, Allenby avait commencé de lire sa proclamation au peuple de Jérusalem. Ruth se tourna vers la citadelle pour observer la cérémonie et elle aperçut alors parmi les invités de marque un homme blond vêtu d'un strict complet gris. Il étreignait une femme âgée, frêle, dont le visage semblable à un camée était auréolé de cheveux blancs.

— Que se passe-t-il, demanda Saul en sentant que Ruth se raidissait.

Mais elle était incapable de prononcer un mot. Maimon leva lui aussi le regard.

— Bon sang ! s'exclama-t-il en laissant tomber sa cigarette par terre. C'est Von Traub !

Le nom de l'Allemand la tira de l'état de stupeur dans lequel elle était plongée, et elle se précipita vers la citadelle. Suivie par Saul, elle se fraya un chemin au milieu de la foule compacte. « Ruth ! Ruth attends... » Maimon claudiquait derrière elle. Des gens s'écartaient pour la laisser passer, d'autres lançaient des imprécations, agitaient le poing, mais elle s'en moquait. Elle gardait les yeux rivés sur Von Traub tandis que les pensées les plus folles tourbillonnaient dans son esprit. Que faisait-il ici ? Etait-ce Murat qui l'avait envoyé ? Comment s'était-il glissé dans la tribune ? Il fallait prévenir Allenby, il fallait lui dire qui il était ! Et qui était cette femme à côté de lui ?

Allenby avait fini de lire sa proclamation, et deux civils, un Juif et un Arabe, traduisaient ses paroles en hébreu et en arabe. Allenby s'apprêtait à quitter la terrasse suivi par un commandant en uniforme américain, lorsque Ruth atteignit la rangée de soldats postés devant la citadelle. Elle voulut se glisser entre deux de ces soldats, mais ils lui barrèrent le passage avec leurs fusils.

— Impossible d'aller plus loin, mademoiselle, dit l'un d'eux.

Un sergent intervint et la prit par le bras.

— Laissez-moi passer ! dit-elle en se débattant. Je dois... je dois...

— Ruth, attends !

C'était la voix de Saul, juste derrière elle.

— Laissez-moi passer ! répéta-t-elle en tâchant de se défaire de l'étreinte du sergent.

Elle leva les yeux vers la tribune. Les civils avaient fini de traduire la proclamation d'Allenby.

— Von Traub ! hurla-t-elle, Von Traub !

Dans le silence qui suivait la fin de la cérémonie, sa voix retentit à travers toute la place.

L'homme en gris tressaillit, mais ne la regarda pas. Un colonel âgé, les yeux bleus et une moustache en brosse, qui se tenait à côté de Von Traub, lui jeta un regard étrange et descendit sans hâte l'escalier.

— Von Traub ! hurla-t-elle à nouveau.

Sur sa droite, elle aperçut le visage de Maimon ruisselant de sueur. Il haletait péniblement.

— Von Traub ! hurla-t-il lui aussi. Falkenhayn !

La dame aux cheveux blancs les regarda avec surprise et tira l'homme blond par la manche.

— C'était sa mère, dit Maimon.

Von Traub se tourna lentement vers eux. Mais à la grande surprise de Ruth, le visage de Von Traub avait changé. Il semblait plutôt embarrassé, et haussa gauchement les épaules en écartant les bras comme pour s'excuser. Puis il chuchota quelque chose à la vieille dame, la prit par la main, et rejoignit le groupe d'invités qui quittaient la tribune par-derrière.

— Où va-t-il ? hurla Maimon, tandis que Ruth agrippait le treillis du sergent à deux mains. Il faut arrêter cet homme. C'est un espion turc !

Quelqu'un alors posa doucement la main sur l'épaule de Ruth.

— Vous devez être mademoiselle Mendelson.

Elle se retourna et se retrouva face à face avec le colonel qui se trouvait dans la tribune un instant auparavant. Il fit signe au sergent de la relâcher.

— Mademoiselle Mendelson, répéta le colonel.

— Elle sera madame Donsky la semaine prochaine, dit froidement Saul en passant le bras autour des épaules de Ruth. Je te présente le colonel Montague.

La fureur s'emparait à nouveau d'elle. Tous les détails de la machination de Montague, tels que les lui avait décrits Saul, revenaient à sa mémoire.

— Ah ! vous vous mariez, dit Montague, permettez-moi de vous présenter mes félicitations.

— Non, dit Ruth, je ne vous permets pas. Nous ne voulons pas de vos félicitations. Nous ne voulons rien de vous.

Montague encaissa le coup en silence. Mais déjà Ruth ne le regardait plus ; elle observait par-dessus son épaule Von Traub et sa mère, qui s'éloignaient lentement.

— Regardez, Von Traub s'en va, s'écria Maimon. Mais enfin, pourquoi ne l'arrête-t-on pas ? (Il se tourna vers Montague.) C'est Von Traub !

— C'est vrai, dit doucement Montague, c'est Von Traub. Un excellent homme. Mais très fier. Il a refusé le grade de colonel dans l'armée britannique. Il a déclaré que ce ne serait pas convenable pour un Allemand.

Il se détourna, et se mit à marcher en direction de la terrasse de la citadelle, à présent presque déserte.

— Pas convenable ? répéta Ruth en suivant Montague dans l'escalier. Vous lui avez proposé un grade de colonel ? A Von Traub ? Vous savez qui il est ?

Un sourire fugitif éclaira le visage de Montague.

— Oh ! oui, moi je le sais. Mais il semble que vous, ne le sachiez pas.

— Son vrai nom est Falkenhayn, dit Maimon en grimpant lui aussi l'escalier. C'est un Templier.

— C'était le principal conseiller de Murat Pachat, ajouta Ruth.

Mais en même temps, le doute s'insinuait dans son esprit et elle jeta un regard interrogateur à Saul.

— C'était notre agent en Palestine, dit Montague comme si cela allait de soi.

Ruth le regarda sidérée. Elle se souvint alors de ce bref moment au Caire, devant la maison de Saul, lorsqu'elle avait surpris une expression de compassion dans les yeux de Von Traub ; et le rôle de l'Allemand dans son évasion d'Acre. Leur agent en Palestine !

— Tu le savais ? demanda-t-elle à Saul, mais celui-ci secoua la tête.

— Non. Je pensais que Montague le faisait chanter.

Saul s'interrompit, et regarda Montague.

— C'est vrai, Falkenhayn est un Templier, et un bon Allemand. Au moment de la déclaration de guerre, son jeune frère et lui sont rentrés en Allemagne pour s'engager ; son frère a été tué à Verdun.

— La mère de Falkenhayn, reprit Montague, la petite femme que vous venez de voir, est une des dirigeantes des Templiers. Elle est une figure de proue de la faction qui au sein des Templiers prône le retour des Juifs dans leur patrie. Ils considèrent que la domination turque sur Jérusalem est contraire à l'esprit de l'Ancien et du Nouveau Testament.

— Mais l'Allemagne est alliée à la Turquie ! s'écria Maimon.

Montague acquiesça.

— A Berlin, Falkenhayn s'est efforcé de convaincre son oncle le ministre de la Guerre et quelques membres de l'entourage du Kaiser que l'Allemagne devait publiquement soutenir le retour des Juifs en Palestine.

— Quoi ? dit Saul. Une déclaration Balfour allemande ?

— Exactement, mon garçon. En fait, il existe à Berlin un lobby politique très puissant qui défend cette idée.

— Les Templiers ? demanda Maimon d'un air peu convaincu.

— Non, bien sûr que non. Mais pour le lobby dont je parle, une telle déclaration aurait valu à l'Allemagne la sympathie des Juifs européens, et aurait incité les Juifs américains à s'opposer à l'entrée en guerre de leur pays aux côtés de la France et de la Grande-Bretagne.

— Mais ils ont échoué, dit Saul.

— Oui, ils ont échoué, reprit Montague. L'Allemagne était trop engagée aux côtés de la Turquie. Et le jeune Falkenhayn estimait que c'était une erreur fatale. Il a alors décidé d'agir. Il a pris le nom de Von Traub et demandé à être muté au Moyen-Orient, comme conseiller de Murat Pacha en matière de renseignements. Ensuite il a pris contact avec nous au Caire.

— Et c'est comme ça que vous avez monté votre machination, dit Ruth.

Elle commençait à comprendre. Sur l'échiquier de Montague, les pions s'assemblaient. Seulement, leurs rôles et leurs couleurs étaient inversés. Montague jouait le rôle du méchant, et Von Traub était son partenaire. C'étaient eux qui tiraient les ficelles ; Murat n'était qu'un jouet entre leurs mains. Et la vie des Mendelson était le prix de la victoire.

— Oui, dit Montague, c'est comme ça que nous l'avons montée.

— Et tout ce qu'a fait Von Traub en Palestine et au Caire, tout ce qu'il m'a fait à moi, le chantage, les menaces, la terreur... Tout cela c'était votre idée ?

Montague baissa les yeux et se mit à examiner le fourneau de sa pipe.

— J'étais en contact étroit avec Von Traub, tout le temps.

— Mon Dieu, murmura Ruth, vous êtes pire que Murat. Je le trouvais cruel, mais c'est un enfant de chœur comparé à vous.

— Nous devions prendre Jérusalem, dit Montague en évitant son regard.

— Pour nous ? dit Saul. Pour les Juifs ?

Pour la première fois, Montague hésita.

— Non, admit-il. Pas pour vous. Pourtant, certains parmi nous sont profondément marqués par leur éducation religieuse, comme le Premier ministre Lloyd George, ou moi-même, et nous sommes sensibles à ce qui se passe ici. Vous savez, on m'a appris à adorer David, Salomon et les Macchabées.

— Très intéressant, dit Saul qui maîtrisait sa colère à grand-peine. Bientôt, vous allez nous dire que vous avez sacrifié la famille Mendelson pour les Macchabées.

— Je croyais que nous avions déjà discuté de cela au Caire, répliqua sèchement Montague.

Ruth saisit Montague par le bras. Ses mains tremblaient et ses yeux étaient remplis de larmes.

— Et mon père ? s'écria-t-elle. Et mon frère ? Assassin !

— Ruth, je t'en prie..., dit Saul en la tirant doucement en arrière.

Montague finit par la regarder droit dans les yeux.

— Je le regrette, dit-il. Cela ne faisait pas partie de notre plan. Ce n'est pas ce que nous voulions. Votre frère a été tué en tentant de s'échapper. Et votre père était apparemment trop faible.

— Mais on pouvait tous être sacrifiés, n'est-ce pas ? hurla Ruth.

Elle se jeta sur Montague, prête à lui lacérer le visage. Saul parvint à la retenir tandis qu'elle se débattait.

— Assassin ! hurla-t-elle à nouveau.

Son père était mort pour rien, petit grain de sable broyé dans la machinerie du renseignement britannique. Comme Giddy, autre pion innocent, sacrifié dans le jeu cynique de Montague.

— Lors des échecs des attaques sur Gaza, dit Montague en faisant un pas en arrière, nous avons perdu plus de dix mille hommes. Ils étaient tous sacrifiables comme vous dites.

Saul serra Ruth contre lui.

— Ruth s'est portée volontaire pour vous aider, elle a risqué sa vie. Elle était votre agent en Palestine, bon sang ! Et pour tout remerciement, vous lui plantez un couteau dans le dos.

— Et tous ces volontaires qui sont morts dans le Sinaï, à Gaza et à Beersheba ? se mit à hurler Montague, qui pour la première fois se départait de son calme. Tous les Anzacs, les Ecossais, les Gallois et les autres, qui ont été sacrifiés au cours d'attaques de diversion, ou délibérément envoyés à la mort ? Leur avons-nous aussi planté un couteau dans le dos ? C'est la guerre, ne l'oubliez pas. Des millions d'hommes sont déjà morts. Pour sauver Jérusalem, et pour sauver plusieurs milliers de jeunes gens, je me suis servi de vous. (Il regardait froidement Ruth.) Oui, vous étiez sacrifiable. Oui, la méthode était tortueuse. Mais regardez autour de vous, maintenant. Nous sommes à Jérusalem !

Ruth se tourna vers Saul. Elle était incapable d'écouter Montague plus longtemps. Les hommes comme lui l'effrayaient plus que tous les Murat du monde. Au nom de la victoire, ils étaient prêts à tout sacrifier : êtres humains, alliés, idéaux, principes moraux.

— Partons, dit elle en étreignant le bras de Saul. Je t'en prie.

— Un dernier mot, dit Montague alors qu'ils s'apprêtaient à partir. Nous nous sommes servis de vous deux pour nous emparer de cette ville. Il fallait gagner, et c'est ce que nous avons fait. Mais à long terme, vous les Juifs, vous serez peut-être les vrais vainqueurs. Vous êtes vivants tous les deux, la Palestine est libérée et votre communauté a été épargnée.

Son regard se porta sur la tour de David.

— Et un jour, qui sait, Jérusalem pourrait redevenir votre capitale, vous ne croyez pas ?

Que sont devenus les vrais héros

La libération de Jérusalem fut le point culminant de la brillante campagne de Palestine menée par Allenby. Cette campagne avait commencé à Beersheba avec la charge des bataillons de la cavalerie légère australienne. Cette opération hardie, qui réussit à briser les lignes turques, devait entrer dans la légende comme la dernière charge de cavalerie de l'histoire.

La chute de Jérusalem ouvrit la voie à la défaite totale des Turcs en Palestine. Neuf mois après la chute de Jérusalem, Damas fut enlevée par les Anzacs suivis de Lawrence et de son armée arabe. Le 30 octobre 1918, la Turquie vaincue signait l'armistice, ce qui entraînait *ipso facto* la fin de l'Empire ottoman. La Palestine passait sous mandat britannique pour les trente années à venir. Des territoires libérés de la domination turque émergèrent l'Irak, la Syrie, le Liban, la Jordanie et l'Arabie saoudite. A la fin de la guerre, Allenby devint le dernier haut-commissaire britannique en Egypte et conduisit ce pays à sa pleine indépendance en 1921.

T.E. Lawrence, nommé lieutenant-colonel, conduisit son armée arabe de victoires en victoires qui culminèrent avec l'occupation de Damas. Mais jamais il ne se remit de l'humiliation que lui avaient infligée les Turcs en cette nuit de novembre. Ses blessures physiques guérirent, mais son esprit demeura blessé à jamais.

Dans notre récit, cette scène est située à Gaza. En fait, elle a eu lieu à Deraa, et a été décrite de façon extraordinaire par Lawrence dans son livre monumental, *Les Sept Piliers de la Sagesse*. Lawrence rapporte ainsi sa réaction inattendue face à l'un de ses tortionnaires : « Je me souviens aussi de lui avoir souri stupidement : une chaleur délicieuse, probablement sexuelle, se gonflait en moi et me traversait. [...] A l'intérieur de moi-même le cœur de la vie parut se soulever en houle lente, faire éclater mes nerfs, chassé du corps qui l'habitait par ce dernier spasme indescriptible. » Chercheurs et historiens commentent aujourd'hui encore ces phrases dans lesquelles ils sont nombreux à voir la preuve des tendances homosexuelles de Lawrence.

Lawrence l'écrivit lui-même, après Deraa, « la citadelle même de mon intégrité personnelle s'était irrémédiablement écroulée ». Des années plus tard, dans une lettre à un ami intime, il condamna lui-même sans appel sa reddition physique aux Turcs : « C'est une attitude impardonnable, dont on ne peut se remettre ; et c'est ce qui m'a interdit de mener une vie normale. »

Lawrence a sans nul doute voulu tirer vengeance de ce qui s'était passé à Deraa. Son heure arriva dix mois plus tard lors de la bataille de Tafas, à moins de six kilomètres au nord-ouest de Deraa. Lors de cette bataille, pour la première et dernière fois au cours de la guerre, Lawrence ordonna : « Pas de prisonniers ! » Et dirigea en personne le massacre sauvage de centaines de Turcs capturés.

Murat Pacha survécut miraculeusement au massacre de Tafas. Sa colonne fut attaquée par Lawrence lors de la retraite turque de Palestine en direction de Damas. Mais tandis que les Bédouins de Lawrence étaient occupés à massacrer ses soldats, Murat parvint à s'échapper sous la protection d'une unité de mitrailleurs allemands. Quelques semaines plus tard, il s'enfuit de Damas deux heures avant la prise de la ville par les Australiens.

Curieusement, les plus grands dirigeants de l'Empire ottoman qui s'écroulait — Enver, Talât, Izzat et Murat — réussirent à s'enfuir de Turquie. Certains choisirent un exil luxueux en Europe, tandis que d'autres, ironie du destin, devenaient conseillers aux affaires musulmanes de la nouvelle Union soviétique. Ils auraient pu atteindre un âge canonique, et peut-être même devenir héros de la révolution, si depuis leurs tombes leurs victimes ne les avaient pas pourchassés.

En 1921, un groupe de militants arméniens qui avaient survécu aux massacres perpétrés par Enver, Murat et leurs acolytes, lancèrent l'opération Némésis. Le 15 mars 1921, Talât Pacha fut assassiné à Berlin, et en décembre de la même année, à Rome, ce fut le tour d'Izzat.

En 1920, Enver Pacha fut reçu avec tous les honneurs à Moscou où il ne tarda pas à devenir président de l'Union des sociétés révolutionnaires islamiques, affiliée à l'Internationale communiste. L'homme que les Turcs avaient surnommé Napoléonik devint pour les Russes le pacha bolchevik. Mais un an plus tard, il se retourna contre ses protecteurs et souleva les musulmans de Boukhara contre le régime soviétique. Le 4 août 1922, une brigade de la cavalerie rouge s'affronta aux rebelles d'Enver dans un défilé de montagne. A la tête des troupes russes galopait une escouade d'Arméniens. Enver fut abattu alors qu'il éperonnait son cheval gris, Derviche, une épée dans la main droite, un petit Coran serré contre son cœur.

Un mois plus tôt, deux vengeurs arméniens avaient fini par retrouver la trace de Murat. Il était devenu conseiller spécial du gouvernement soviétique pour les affaires musulmanes et passait quelques jours à Tiflis en république soviétique de Géorgie, sous la protection des services secrets russes. Le 25 juillet 1922, Murat et ses deux gardes du corps furent assassinés à Tiflis devant le quartier général des services secrets. « Voilà pour le massacre du peuple arménien ! » hurla Ardaches, l'un des vengeurs, avant de vider son mauser dans la poitrine de Murat.

Le rival de Murat, le général Mustafa Kemal, devint après la guerre le premier président turc. Grâce à une série de réformes audacieuses et radicales, il fit de son pays une nation moderne et démocratique, gagnant une gloire immortelle sous le nom de Kemal Atatürk, le père des Turcs.

On n'entendit plus jamais parler de Sabine de Ponthieu. Elle quitta apparemment l'Egypte en toute hâte, grâce à de faux papiers, peu après le départ de Ruth Mendelson pour la Palestine. Selon un rapport des services de renseignements, elle se trouvait à bord du *Maria Pia,* l'un des derniers navires coulés en Méditerranée par les sous-marins allemands. Cette information ne fut jamais vérifiée.

Le jour de la libération de Jérusalem, le colonel Montague demanda à être relevé de son commandement mais il refusa de révéler ses raisons. Il fut muté aux Indes, mais n'occupa jamais son nouveau poste. Il mourut d'une crise cardiaque à Port-Saïd, la veille de son embarquement.

Le colonel Jeffrey Saunders revint au Caire après l'armistice de novembre 1918. Toutes ses lettres à Mary Bartlett lui avaient été retournées sans avoir été ouvertes. Il se livra à une enquête minutieuse mais vaine pour savoir où elle se trouvait. Saunders regagna l'Australie, après les émeutes du Caire de 1919, et devint général de l'armée australienne. Il mourut à l'âge de soixante-seize ans après deux mariages malheureux. Au cours de ses dernières années, il parlait souvent de la fille aux yeux d'or qu'il avait aimée au Caire.

Trente ans et six mois après l'entrée d'Allenby dans la ville sainte par la porte de Jaffa, l'Etat d'Israël était créé. Jérusalem devint sa capitale.

Achevé d'imprimer en juin 1990
sur les presses de l'Imprimerie Bussière
à Saint-Amand (Cher)

PRESSES POCKET - 8, rue Garancière - 75285 Paris
Tél. : 46-34-12-80

— N° d'imp. 1414. —
Dépôt légal : juin 1990.

Imprimé en France

JOHN JAKES

NORD ET SUD (1. Les jours heureux)

Louisane, Georgie, Nouvelle-Orléans, Caroline du Sud, immense Mississippi et frontière du Mexique, paysages de rêve, arbres immenses enserrés dans les lianes, existences choyées dans de somptueuses propriétés...

Nord et Sud nous offre cette atmosphère romantique, délicieuse pour les uns, le plus souvent insupportable pour les esclaves noirs.

Il nous dépeint les vicissitudes, les amours et les joies de deux familles, unies durant deux générations par l'amitié née de la rencontre de deux jeunes hommes à West Point (le Saint-Cyr américain).

1861. La guerre de Sécession éclate aux Etats-Unis, creusant un fossé entre ces deux grandes familles : les Hazard, maîtres de forges de Pennsylvannie, au Nord, et les Main, planteurs de Caroline du Sud, qui se trouvent dans des camps opposés malgré les liens d'amitié qui les unissent.

A travers leurs destins parallèles se dessine la réalité d'un conflit où les hauts faits, les exploits héroïques, les attitudes chevaleresques entre adversaires cèdent bientôt la place à la boue des tranchées, aux tueries inutiles.

Prodigieuse épopée d'un pays et double saga familiale dont on retrouve fidèlement le souffle épique dans l'une des plus grandes séries télévisées de ces dernières années.

JOHN JAKES

NORD ET SUD (2. Amis, ennemis)

Louisane, Georgie, Nouvelle-Orléans, Caroline du Sud, immense Mississippi et frontière du Mexique, paysages de rêve, arbres immenses enserrés dans les lianes, existences choyées dans de somptueuses propriétés...

Nord et Sud nous offre cette atmosphère romantique, délicieuse pour les uns, le plus souvent insupportable pour les esclaves noirs.

Il nous dépeint les vicissitudes, les amours et les joies de deux familles, unies durant deux générations par l'amitié née de la rencontre de deux jeunes hommes à West Point (le Saint-Cyr américain).

1861. La guerre de Sécession éclate aux Etats-Unis, creusant un fossé entre ces deux grandes familles : les Hazard, maîtres de forges de Pennsylvannie, au Nord, et les Main, planteurs de Caroline du Sud, qui se trouvent dans des camps opposés malgré les liens d'amitié qui les unissent.

A travers leurs destins parallèles se dessine la réalité d'un conflit où les hauts faits, les exploits héroïques, les attitudes chevaleresques entre adversaires cèdent bientôt la place à la boue des tranchées, aux tueries inutiles.

Prodigieuse épopée d'un pays et double saga familiale dont on retrouve fidèlement le souffle épique dans l'une des plus grandes séries télévisées de ces dernières années.

JOHN JAKES

NORD ET SUD (3. Guerre et passion)

Louisane, Georgie, Nouvelle-Orléans, Caroline du Sud, immense Mississippi et frontière du Mexique, paysages de rêve, arbres immenses enserrés dans les lianes, existences choyées dans de somptueuses propriétés...

Nord et Sud nous offre cette atmosphère romantique, délicieuse pour les uns, le plus souvent insupportable pour les esclaves noirs.

Il nous dépeint les vicissitudes, les amours et les joies de deux familles, unies durant deux générations par l'amitié née de la rencontre de deux jeunes hommes à West Point (le Saint-Cyr américain).

1861. La guerre de Sécession éclate aux Etats-Unis, creusant un fossé entre ces deux grandes familles : les Hazard, maîtres de forges de Pennsylvannie, au Nord, et les Main, planteurs de Caroline du Sud, qui se trouvent dans des camps opposés malgré les liens d'amitié qui les unissent.

A travers leurs destins parallèles se dessine la réalité d'un conflit où les hauts faits, les exploits héroïques, les attitudes chevaleresques entre adversaires cèdent bientôt la place à la boue des tranchées, aux tueries inutiles.

Prodigieuse épopée d'un pays et double saga familiale dont on retrouve fidèlement le souffle épique dans l'une des plus grandes séries télévisées de ces dernières années.

BARBARA WOOD

SÉLÉNÉ

Babylone, la Perse, Alexandrie, Rome, lieux mythiques de l'Antiquité : telles sont les étapes du formidable périple qui va conduire Séléné vers sa destinée… Elle a seize ans lorsque sa mère, une guérisseuse de renom, l'arrache à sa ville, Antioche, et surtout à l'homme qu'elle aime et auquel elle s'est vouée corps et âme.

Les deux femmes se lancent sur les routes peu sûres de l'empire de Claude. En plein désert, Méra révèle à Séléné le mystère de sa naissance, et meurt… La jeune fille retrouvera-t-elle ses véritables parents ? Parviendra-t-elle à rejoindre l'homme qu'elle ne peut cesser d'aimer et qui semble perdu à jamais ?

Un éblouissant roman d'aventures au cœur de l'Empire romain, de ses mœurs pittoresques et de ses usages les plus surprenants, où l'on découvrira le secret de médecines inconnues, l'immense savoir du monde antique et la destinée des femmes à l'époque.